# 蒼茫誰盡東西界

## 论东西方文学与文化

段怀清/著

ZHEJIANG UNIVERSITY PRESS
浙江大学出版社 | 全国百佳图书出版单位

# 夜雨孤灯乱翻书（代序）

读书生涯中，免不了会有这样一些时候，灯下枯坐，意懒神滞。百无聊赖之际，耳听夜雨秋风在窗外飘摇。每逢此时，我似乎已形成一个习惯，从书架上抽出几本"经"书，默诵静思片刻，似亦渐能入定，而原本不宁的心绪，逐渐地亦能为眼前书中那一行行或厚朴坚定、或凝重庄严的文字充满，而且，往往还会有一种别样的情愫，在这夜雨孤灯中袅袅地牵引生长出来。这样的时候，窗外的风雨，似乎也幻化成一片仅属于个人的天籁，仿佛自己正置身于一个清明澄彻的世界之中，眼前的"俗"物，亦仿佛放射着圣洁的灵光，如水般地流溢在你的四周……所谓"境由心造"，大抵亦就如此罢。

我不是任何形式上的信徒——没受过戒，也没入过教，自然用不着苦心孤诣地去守持。相反，经常地让思想去碰触一下"清规戒律"，倒能生出不少微妙的感觉。"人心唯危，道心唯微"，在这样的境况中，也能多少有点平素所不曾获得的体会。久而久之，这样的碰触，便生成了一种习惯的乐趣，自以为在享受着无拘无束的好处。拥有一片自以为是的自由和清静，可以放任你的思绪，在每一本书的每一页上轻盈地往返流荡，恰似风行水上。"小径无尘竹引路，池水有声风作鳞"，那种默然之中、凭栏细听风吹水上鳞的景致和感觉，不是也很诱人么？

也不尽然。

信徒自有信徒的得天独厚。信徒可以因信得救。不信，自然无从获救，也就只能堕身于原罪欲念的轮回折磨，无法超脱尘世之苦、登临圣界天堂。信，当然包括信"经"。神的旨意包含在"经"中。"经"是凡界圣界之间的桥梁，信是神赐予你解"经"的钥匙。在每一个信徒眼里、心中，"经"绝非仅止于历史语言，而是天经地义，是宇宙间的大真理，是真正生命或觉悟了的生命赖以维系和照亮的支撑，是过去、现在和将来的贯穿与流动，是超脱时间界域的灵魂，是弥天的大法，是深深扎根于大地的一棵心灵之树，招摇出人类精神的灵光和力量。这就是因信而产生的力量，一种完全彻底地改变一个人的精神面貌的力量。我寄身尘世，有时却又不免向往这样的生命境界和精神力量。只是，这样的境界和力量，对于一个尘世居士来说，可能么？

首先想到的，是一则几乎人人皆知的佛教典故。说是禅宗五祖弘忍意欲传其衣钵，嘱众僧写一偈语，以明各自心迹。先有高僧名神秀者在一面寺壁上书："身是菩提树，心如明镜台。时时勤拂拭，勿使惹尘埃。"俟而，有一伙房僧名慧能者，不识字，听到寺里传念的神秀偈语，乃托人将自己的一段偈语也书于同一面墙壁上，偈语为："菩提本无树，明镜亦非台。本来无一物，何处惹尘埃。"典故至此，说法基本一致，而其结局却有两种。一说五祖弘忍听了慧能的偈语，心中暗喜，倚之为可托付之人。但恐慧能遭神秀算计，乃夜招慧能入密室，传经、钵、袈裟之类，嘱其快走。慧能听五祖言，夜走岭南。神秀遣人追慧能，欲抢回经、钵、袈裟，但慧能得神佑护，终无恙而至韶州。另一说是弘忍为慧能偈语所动，以为得禅宗真谛，招慧能来欲托衣钵之类，慧能不受，如一鹤飘然南行。两种结局，相较而言，我宁信前者但神往后者。

这个典故很早就听说了，只是一直悟不出其中的味道。后来慢慢地亦觉得神秀的偈语显得过于小心谨慎，处处有一种举轻若重般的拘泥，讲求的是一种慢性修养功夫，以此明性见佛。而慧能的偈语空灵洒脱，透溢着一种举重如轻般的自由和超然，强调的是成悟。所谓顿渐之分，实非慧能本意。《敦煌新本南宗顿教最上大乘摩诃般若波罗蜜经六祖慧能于韶州大梵寺施法坛经》中云："法无顿渐，人有利钝。迷即渐勤，悟人顿修。识自本心，足见本性。"此足以为证。只是我人属迷钝，却又向往利顿之境，无根无柢，却急于明心见性，虽属人之常心常情，却如此南辕北辙，或者缘木求鱼，也只能是当局者迷、旁观者清了。

身为读书人，久陷书海，既为读书所乐，有时亦难免为读书所困。会有一种沉重系压在心头，推之不动。《论语》中云"颤颤惊惊、如履薄冰"，多少亦与此有些干系。每逢此时，便更向往慧能的洒脱。菩提、明镜这些"东西"，原本并不存在——心外无物，又何必自设心狱、自寻烦恼呢？如果说神秀为历史及现实所困，为修身修行所困，走的是渐进修持以达解脱之路的话，慧能只是极潇洒地挥一挥手，眼前的历史烟云便消散殆尽，剩下来的，便是自我的大自由与大光明。这样的潇洒，不是天地间最有魅力的潇洒么？

如此这般，伙房僧慧能那飘然南行的背影，便深深地印在了我的记忆之中。

不仅如此。

《圣经·创世纪》开篇，上帝说："要有光"，便有了光。请注意这其中的文法。只记得每次灯下读到创世纪篇中上帝这六天的工作时，总是抑止不住心中的激动和憧憬。那种创造的伟力和神奇、意志的明晰和坚定、态度的从容和雍穆，除了上帝自身无法想象的存在，同样不是亦可以说是由记载那话语、那事迹的文字与文法创造出来的"奇迹"么？当然，我亦深知，在一个信徒眼里，我的这种看法自然是荒诞不经的了。

此外，亦还想到过《维摩诘经》。此经自传于中土，先后有三种译本。一为后秦佛经翻译大家鸠摩罗什译本，名《维摩诘所说经》，凡三卷；一为三国吴支谦译本，名《维摩诘经》，凡二卷；一为因去西天取经而播名至今、妇孺尽知的唐玄奘译本，名《说无垢称经》，凡六卷。三种译本中，我尤喜鸠摩罗什的译本，文字优雅，几乎字字珠玑。此经《卷一·佛国品第一》中对"如是我闻"中"我闻"的诠解，尤其令人怦然心动。"我闻"，什曰："若不言闻，则是我自有法，我自有法，则情有所执，情有所执，则净乱必兴。若言闻，则我无法，我无法，则无所执，得失是非，归于所闻。我既无执，彼亦无竞，净何由生？"这真是天底下文字中的极品了。读之，如沐春风、如饮琼浆……

据说旧式文人其实也并不都自困于儒家一端。在四书五经、科试八股之外，也有或神系老庄，或喜诵佛经者，其中原委，没细想过，不清楚。不过，对于一个健康的、尘世中的、既向往自我解脱又对世俗欢乐依恋难舍的心灵来说，六祖慧能的偈语和背影也罢、上帝开启天地浑沌的伟力和仁慈也罢、鸠摩罗什缜密和睿智的诠释和宣扬也罢，一心系之，不是也很正常的么？

人和书的关系可能很复杂，人和"经"的关系，在信徒们眼里心中，则宜极简单。即便不是一个信徒，这之间也应该是一种纯粹透彻的关系。也只有如此，夜雨中、孤灯下，融身其中，心才会变得透彻明亮，并在瞬间的自我澄明之间，获得一种来自于神秘之中的信念与理想的加持力。

或许还有人会说十年寒窗的快乐，就在"朝为田舍郎，暮登天子堂"的荣耀，亦或"穷则独善其身，达则兼及天下"的自守与自我实现。只是觉得这样看待读书,总不免过于实际。相较于前文中之种种,心亦有所不喜。当然,现代人又为读书增添了种种新说法,譬如求真理,譬如认识自然人性社会等等,将生命价值与意义,与漫漫求知之旅途关联起来。所谓生命问题的大解决,一般而言,总归是被排除在这种现代的知识生涯之外的。

于是,便不免时时回味经书中所记述的那些今天看来类似于神话传说一类的故事,那该亦是读书生涯中难得的一种大幸福吧——无边无际的通往彼岸的大智慧。或许在今天看来,这些都不免虚妄,不过,又有谁能说,那不也是一种令人心向往之的自修境界呢?

只是,读书研习的路,还得一步一步地走。

此文原发表于《书屋》1998 年第 4 期

# 目　　录

# 赛珍珠的诺贝尔文学奖

1938年,美国女作家赛珍珠(Pearl S. Buck,1892—1973)被瑞典文学院授予诺贝尔文学奖。她是第一位获得此奖的美国女作家,也是第三位获得此奖的美国作家。此前,还有辛克莱·刘易斯(1885—1951)和尤金·奥尼尔(1888—1953)分别获得1930、1936年度的诺贝尔文学奖。30年代的诺贝尔文学奖,因1935、1940年未颁奖,美国作家以及美国文学,也就成了诺贝尔文学奖设立以来的第三个十年中除欧洲文学之外的最大赢家。

但在美国文学中,无论在当时甚或当下,以美国作家身份获得此奖的赛珍珠,都是一个"另类"。在其晚年一个短篇小说集《〈还原〉及其它故事》(*Hearts Come Home and Other Stories*)的"引言"中,有这样一段文字涉及赛珍珠在美国文学中的"独特位置":

> 在当代美国作家中,赛珍珠的位置是独特的。人们难以按照习惯,将其列入到我们这一个或者那一个短篇小说家流派之中。尽管她是美国文学艺术学院的荣誉院士,但她并非那些同人中的主流,正是这些同人,将20年代、30年代以及40年代的美国现代短篇小说带向了成熟。确实,赛珍珠广为世界各地的人们提及喜爱,她的作品之翻译介绍到国外,在美国作家中也仅次于马克·吐温,相比之下,她更属于世界文学之主流。

这段文字,并非是说赛珍珠在美国当代文学中找不到自己的位置(不过,80年代以后,有些美国学者编撰的重要的美国文学史著作,确实只字不提赛珍珠)——事实上她似乎足以开辟一个属于她自己的美国文学的当代传统——而是说,与美国文学的当代传统相比,赛珍珠显然更容易在 20 世纪的"世界文学"中找到自己的位置。她以中国题材的长篇小说《大地》以及"自传性杰作"而获得诺贝尔文学奖,似乎也说明了这一点。

问题是,这样一个"世界文学"是否真的存在,或者所谓"国际化"写作的方式是否得到相关国度的作家们的认可。不妨来看看当年鲁迅在一封书信中对赛珍珠式的"跨界"写作的议论:

> 先生要作小说,我很赞成,中国的事情,总是中国人做来,才可以见真相,即如布克夫人,上海曾大欢迎,她亦自谓视中国如祖国,然而看她的作品,毕竟是一位生长中国的美国女教士的立场而已,所以她之称许"寄庐",也无足怪,因为她所觉得的,还不过一点浮面的情形。只有我们做起来,方能留下一个真相。……然而启示我的是事实,而且并非外国的事实,倒是中国的事实……

这封信写于 1933 年 11 月 15 日夜,收信人是后来为人所知的翻译家、戏剧家姚克(莘农)。文中所谓"布克夫人",即指赛珍珠。所谓"上海曾大欢迎",指的是当时上海文坛对赛珍珠的《大地》等作品一度出现的积极翻译介绍等"追捧",此外,1933 年上海的《文学》杂志、《矛盾》月刊等,都曾有专门栏目介绍赛珍珠,甚至评论界也屡有文章论及她的小说。以当时上海文坛对国际文坛信息之敏捷的一般情况来看,赛珍珠所受到的如此"关注",本无过于特别之处,不过,鲁迅上述文字中所透露出来的信息,显然是对上述"关注"并不大以为然。或许让鲁迅不曾想到的是,自己在私人书信中的这么一说,后来又几乎成为赛珍珠在中国际遇的一个"判词",尤其是在某个特殊时代,这当然并非是鲁迅之本意,更多只是后来的社会政治文化生态使然而已。

不过,赛珍珠当年到底是仅以"中国题材"而赢得了诺贝尔奖,还是以对中国题材的文学表现赢得了诺贝尔奖,其实在对她的授奖理由中应该说已经讲得很清楚了──这得益于"她对于中国农民生活的丰富和真正史诗气概的描述,以及她自传性的杰作"。就此理由来看,赛珍珠中国题材的《大地》三部曲,显然是她走进授奖殿堂的主要原因,不过评委会并没有将 1938 年以前的赛珍珠,仅仅视为一个靠"异国情调"抒写而获奖的英语世界的作家,在赛珍珠的获奖理由中,还提到了她为其父母所创作的文学传记《天使在战斗》和《异邦客》──不过,这或许也只是出于一种"平衡",既是对赛珍珠文学成绩的一种平衡,亦是对当年诺贝尔奖评委会内部评价意见的一种平衡。

但在赛珍珠眼里,她之所以能够"获此殊荣",无庸讳言得益于她的中国背景和中国经验,这在西方20世纪前期的主流文学世界中依然是独特而且具有一定吸引力的。而无论是她的《大地》系列,还是她的以其在中国宣教布道的父母为对象的传记《异邦客》《天使在战斗》等,都可以作为西方自19世纪中期以来接触、走进中国所努力获得的最醒目的文学果实。赛珍珠的中国叙述,既不是西方旅行者叙述中常见的"猎奇"与"惊艳",也没有传教士叙述中屡见不鲜的自以为是的西方中心主义或宗教文化优越感。当西方对东方与中国的认知,呈现出赛珍珠式的"宽广"、"丰富"、"细腻"与"深沉"的时候,这种中西文学——文化关系的新阶段与新景观,不仅让西方人惊讶感叹,中国人(甚至于中国现代作家们)亦尚未适应。

## 左批中国现代作家,右打中国传统文人

30年代上海文坛对于赛珍珠或布克夫人在大洋彼岸文坛的"横空出世"所给予的关注,显然传递到了赛珍珠那里,但美国出版界和读者们对赛珍珠作品所表现出来的"热情",似乎足以抵消上海滩吹来的热风——《大地》在美国出版之后,很快即被列为畅销书,从1931年3月初版,到1932年4月,一年之间,《大地》已经连续22次印刷,其中1931年3月初版后,一个月内又连续两次印刷;紧接着6月三次印刷,7月两次印刷,9月两次印刷,10月两次印刷,12月两次印刷,直至1932年4月一月内甚至连续四次印刷!而其间每月一次的印刷尚未计算在内。

具体地讲,赛珍珠很难说是一个绝对的不同文化交流对话的信仰者,至少在涉及到留学生与中国现代新文化运动这个话题时并非如此。这是一个颇为蹊跷同时又让人不免好奇的"怪异"现象——赛珍珠异常珍视自己的中、美"结缘"(combination)经历,并深为自己的双重文化身份而骄傲,但对中国那些漂洋过海到异国寻求真知真理的中国留学生——这些中国留学生不过是另一种翻版的赛珍珠而已——她却显得苛刻得多。

1938年底的诺贝尔授奖仪式上,一开口赛珍珠就对中国现代新文化和新文

学运动的"数典忘祖"、"背离根本"提出了听起来很是尖利的批评指责：

> 我说中国小说时指的是地道的中国小说，不是指那种杂牌产品，
> 即现代中国作家所写的那些小说，这些作家过多地受了外国的影响，
> 而对他们自己国家的文化财富却相当无知。

赛珍珠这里所批评的中国现代作家，还有他们所写的那些小说，其实与赛珍珠自己以及她的小说相对于她的美国同行们来说，具有颇为相似的处境甚至命运。但在她的美国同行以及诺贝尔评委们面前，赛珍珠骄傲的是自己的双重文化身份和这种极为难得的跨文化经验，而在提到中国现代那些具有同样极为难得的跨文化经验的新文化者和新文学者的时候，她却批评他们"过多地受了外国的影响"，"对他们自己国家的文化财富却相当无知"。中国现代作家们（尤其是鲁迅、周作人等）是否对自己国家的文化财富"无知"到像赛珍珠所想象并指责的那样，因为我们并不清楚（其实在她的《大地》三部曲《分家》中，那些从美国留学回来，整天徜徉在奢华的餐桌和交际场所之间，高谈阔论，无论魏晋的新派知识分子身上，已经有所显现）——更确切地讲是赛珍珠并没有给我们指出来——我们实在不好过多议论。但至少有一点是清楚的，那就是当赛珍珠在接下来的演讲中大谈特谈中国传统文人、传统文化与传统小说的时候，她显然是将自己想象成了中国传统小说最合适也最称职的现代辩护人，全然不顾她当时的美国女作家身份，以及听讲者中究竟多少是中国人或中国文化的爱好者或所谓"知华者"。而当她说到自己与中国小说和美国小说之间的关系时，甚至出现了这样一段直言不讳的话：

> 虽然我生来是美国人，我的祖先在美国，我现在住在自己的国家
> 并仍将住在那里，我属于美国，但是恰恰是中国小说而不是美国小说
> 决定了我在写作上的成就。我最早的小说知识，关于怎样叙述故事和
> 怎样写故事，都是在中国学到的。

赛珍珠没有说自己"过多"地接受了中国小说的影响，也没有说自己对自己的国家（美国）的文化财富"相当无知"有什么需要自我检讨或惭愧之处（或许在她看来，自己已经很好地解决了这一问题），相反，她不能容忍的是，那些从海外归来的中国留学生，却要发起一场让她痛心疾首的旨在批评她所接受的中国传

统文化的运动。

其实,这场新文化运动的基本原则、目标诉求以及发生原由,正是赛珍珠在她的这篇演讲中所着重阐述的内容。让人匪夷所思的是,赛珍珠演讲中花了大量的篇幅,向她的那些高贵的西方听众介绍中国历史上的白话文学传统的"弥足珍贵",这显然会让她的那些并不具有多少中国文化素养的西方听众们以为,赛珍珠是中国这种长期被正统文化压抑的民间文化和白话文学的唯一代言人,这也无疑让那些将诺贝尔奖授予给她的那些评委们更感宽慰。而 1938 年的诺贝尔文学奖,似乎也就成为赛珍珠这种贡献与身份的一个及时而适当的注脚。但赛珍珠知道她无法掩盖一个事实,那就是中国现代的白话文学运动不是首先由她发起的;同样的,无论是在她开始文学写作之时,还是她获得诺贝尔文学奖的时候,现代中国的白话文学运动,已经在没有赛珍珠参加的情况之下展开了若干年了。更关键的是,现代中国的白话文学运动,并不是在赛珍珠的提醒倡导之下才发生的。

或许是对被中国作家视为不过了解一些中国的"浮面的情形"之不满,赛珍珠在批评了现代中国的留学生运动以及现代失去了民族文化"根源性"的知识分子运动之后,又转而对中国传统文人的极端封闭又孤芳自赏式的鄙陋文化传统进行了更广泛、可能也被她视为更深刻的清理批判。

赛珍珠的目的,其实是想清理出中国小说的历史演进路径,尤其是它被统治阶级与正统的文人文学——文化传统压制的不公正历史,其中也涉及中国历史上文人阶级与人民大众长期分裂隔膜、中国文人的正统文学严重偏离真正的生活、沦落为一个数量上极为有限、生活形态上又极为封闭保守的小集团的严重异化了的精神生活与情感生活的"历史事实"。演讲试图向西方读者阐述,中国历史上,文人阶级如何在无视人民、无视生活之中逐渐为人民所抛弃,为生活所抛弃的。而中国的文人阶级,又是如何在这一历史进程中,逐渐丧失思想文化的想象力与文学创造力的。在赛珍珠的那些阐述中,中国传统的正统文人,要么是些走兽都不齿的酸腐儒生,要么是些没有真才实学甚至也丧失了生命活力的行尸走肉——总之,他们是中国历史上一个反社会、反生活、反自然、反人民同时也反文学的反动集团,一个毫无用处的腐朽堕落阶层。

不能说赛珍珠对中国传统文人的批判全无道理,甚至也不能用以偏盖全一类的断语来评价她的演讲中所包含的某些真理性——尤其是这些批评来自于一个对中国和中国历史文化抱有同情心的异域作家。问题是,赛珍珠演讲中所指出来的那些"现象",其实相当部分正是她所批评指责的那些"受到了外国影响"的中国现代知识分子们所诟病并揭露批判的——我们在赛珍珠所描述的那些传统文人的形象中,不难看到鲁迅笔下的孔乙己、陈士成之流。但我们在赛珍珠的这一阐述中,却没有见到她提及任何中国现代新文化和新文学运动倡导者们的贡献——在赛珍珠的演讲的这一部分,似乎暗示着赛珍珠和她的《大地》,才是中国传统文学与现代文学的分水岭。

如果这一阅读印象属实的话,无论赛珍珠的演讲是有意为之,还是无意为之,显然都让人不免生疑。因为无论是她在东南大学或中央大学的同事中,还是与她有一定往来的中国现代作家中,都不乏传统文学和文人文化传统的批评者。事实上,赛珍珠此前在其他一些著述中,已经注意到中国传统文学中一直存在着的自我批判与自我疏离的内在思想传统——就在赛珍珠所批判的传统文人与传统文学史上,不是同样存在着为她所肯定、所接受、所认同与所模仿的开放的人民文学的"小传统"吗?如果赛珍珠是在依靠着中国文学传统中的一个分支传统,来指责批评中国文学传统中的另一分支传统,那么,她的批评就有以偏盖全之嫌了。更有甚者,她依靠着白话文学传统来批判文言文学传统的时候,忘记了五四新文学发生之文学语境,而就在她背依着中国本土文化资源来批评五四新文学的"外源性"特性的时候,她又忘记了,五四新文学者们一直注意从中国文学传统的白话文学与人民文学这一分支传统中汲取灵感与支援。

> **"恰恰是中国小说而不是美国小说决定了我在写作上的成就。我最早的小说知识,关于怎样叙述故事和怎样写故事,都是在中国学到的。"**

几乎所有赛珍珠作品的中国读者,都会记住并时常引用她在诺贝尔文学奖颁奖典礼上的那一段获奖感言:

> 我属于美国,但是恰恰是中国小说而不是美国小说决定了我在写作上的成就。我最早的小说知识,关于怎样叙述故事和怎样写故事,都是在中国学到的。今天不承认这点,在我来说就是忘恩负义。

不过赛珍珠晚年也说过这样一段话：

> 回国之时，对我的祖国来说我不过是一个陌生人，我从一出生就生活在中国，尽管我实际上出生在美国。我喜欢这种"结缘"。出生在一个国家，为你提供了一种与那里的自然根连。我永远不变的是一个美国人。不过，以一个陌生人身份之回国，也有其优势。我用一个陌生人的目光来观察我的祖国。一切对我来说都是新鲜的。没有任何记忆模糊我的视野。我看到的是一个完整的祖国。（Pears S. *Buck's America*，1971 年版）

其实，只要多读一点赛珍珠的著述，就会发现类似表述并不鲜见。赛珍珠是一个感情丰富而充沛的作家，早年在中国绝对的"少数民族"生活，并没有封闭枯涩她对生活和人生的情感，相反，她几乎是彻底地向几乎要淹没自己的异域生活敞开了心扉——当她的父亲、传教士赛兆祥更多以一个"传教士式"的情感怀抱接触中国人与中国社会时，赛珍珠已经可以不需要多少勉强地进出于她的中国友人们的宅院，而她自己家的大门，也几乎一直是向她的左邻右舍敞开着的。不过，赛珍珠的中国和中国人、社会与人生，并非仅止于现实形态上的，亦非阻隔于社会阶层与文化差异；在此之外，文学作品，尤其是传统白话小说、民间传说、故事等口传文学中的中国和中国人，似乎更让她迷恋并充满想象——关于这一点，从她《大地》三部曲的第二部《儿子们》中的王虎"叛主"、"占城为王"、经营自己的势力范围的种种行为的叙述中可见一斑。

其实，对于中国小说这一话题，赛珍珠确实做过不少功课。而在《水浒传》的研读与西译上，赛珍珠所耗费的精力更是为人所知，尽管未必同样为人所赞同。

1933 年，也就是在《大地》出版后两年，赛珍珠翻译的 70 回本《水浒》在美国出版，英译本书名为《四海之内皆兄弟》（*All Men are Brothers*）。可以肯定的是，赛珍珠不是第一个对《水浒》表示出兴趣并将其翻译成英文的西方人——早在赛珍珠的《四海之内皆兄弟》译本之前半个世纪，已经有西人将《水浒》节译并刊登于香港的英文汉学刊物《中国评论》上。与赛珍珠的译本相同的是，该节译本也将原著书名做了变更，改为《中国巨人历险记》——所节译几回，都是关于鲁智深的故事；与赛珍珠的《四海之内皆兄弟》所不同者，这是一个选译本，而且也没有注解等必要的内容。

遗憾的是，赛珍珠的《水浒》英译本，就像她的《大地》"三部曲"一样，在她的中国同行们那里，并没有获得她所期待的评价。其中最广为人知的意见，大概还是鲁迅的那句话：近布克夫人译《水浒》，闻颇好，但其书名，取"皆兄弟也"之意，便不确，因为山泊中人，是并不将一切人们都作兄弟看的。

鲁迅在致姚克这封信中就赛珍珠的译本所作的评价，不可谓不及时——当时上海文坛与世界最新文学出版之间信息往来之快捷，由此亦可见一斑。需要说明的是，鲁迅的上述意见，是仅就赛珍珠译本的"书名"而言的，并未涉及整个译本。不过鲁迅式的批评，不少时候是一针见血——"书名"翻译尚且如此，书中翻译自然可以想见的。而后来不少人沿袭鲁迅的上述意见，也就不足为怪了。

本文此处并不想就《四海之内皆兄弟》的译文质量发表意见，而是想略微提及一个线索，那就是《大地》"三部曲"中农民王龙最小一个儿子王虎的故事，与水泊梁山上的英雄们的快意恩仇之间所存在着的潜隐线索。

在《四海之内皆兄弟》译本序中，赛珍珠曾不作任何掩饰地说过这样一段话：

> 《水浒传》是中国最著名的小说之一，我的这个译本并不打算对其作学术性的译介，没有详细的引证和注解，对它的翻译根本不是出于学术兴趣，完全出于我对这个故事精彩、讲说得也精彩的小说的喜爱。

可以肯定，赛珍珠对《水浒》和"梁山英雄们"的喜爱是真诚的。赛珍珠在早期作品中对于强烈的情感力量与英雄力量的明显的青睐推崇，其中都可以看到《水浒》的影子。而其中最值得一提者，就是《大地》第二部《儿子们》，几乎与赛珍珠的《四海之内皆兄弟》译本同时完成出版。"儿子们"换一个视角，也就变成了"兄弟们"。只是《大地》中这几位有着血缘关系的"亲兄弟们"身上，那种生死与共的命运感与为此不惜一切的牺牲精神，似乎远不及梁山的那些异姓兄弟。

不过，梁山英雄们身上的那种顽强而坚韧的生命力与强力崇拜，尽管在《儿子们》中尤其是在王虎的两个哥哥身上发生了变异，但在王虎身上，却得到了一脉相承式的遗传——一个具有顽强生命力的农民王龙，将其身上那种力量，遗传给了他最为叛逆的小儿子王虎。而一个农民，也就一变而成为一个占山为王的山大王,直至一个统治一方、拥有生杀予夺的至上权力的军阀。赛珍珠毫不掩饰她对王虎式的生命力与生存力的好感。而这种好感,无论是在当时中国旧式文人还是新式知识分子中,都极容易招致非议。赛珍珠似乎对这些并不介意,或许她对此亦根本就不是很清楚。与这种思想上的"不谨慎"相一致的是,赛珍珠在她的诺贝尔奖演说中,亦毫不吝啬地评说她与中国、中国人民和中国小说之间的"血脉相通"与"心心相印":

> 假如我不按自己完全非正式的方式提到中国人民,我就不是真正的我了。中国人民的生活多年来也就是我的生活,确实,他们的生活始终是我的生活的一部分。
>
> ……
>
> 我就是在这样一种小说传统中出生并被培养成作家的。因此,我受到的教育使我立志不去写那种漂亮的文字或高雅的艺术。我认为这是一个很好的教育,而且正如我说过的,它对西方小说也有启发意义。

中国小说传统是不是对西方小说也有意义,显然仅凭赛珍珠的一人之见还是不够的,哪怕她是一个诺贝尔文学奖的获得者。不过,有一点可以肯定,那就是在诺贝尔奖的历史上,赛珍珠是第一个将中国和中国小说带进诺贝尔授奖大厅的。仅为此,赛珍珠的名字,就不应该被国人所遗忘。

该文原发表于《随笔》2011 年第 1 期

# 一代人的冷峻良心：奥威尔的思想遗产

2003 年是英国作家乔治·奥威尔(George Orwell，1903—1950，原名 Eric Arthur Blair)诞辰一百周年。笔者曾应上海《社会科学报》编辑约稿，撰写过一篇长文，作为对这位 20 世纪上半期英国最有思想和文学个性的作家(有意思的是，奥威尔自己却认为一个艺术家就是要不断努力消除自己的个性)的百年诞辰纪念(《乔治·奥威尔：集权社会的文学预见者与讽刺者》，载《社会科学报》2003 年 9 月 25 日)。两年后，又读到杰弗里·迈耶斯撰写的《奥威尔传》(孙仲旭译，东方出版社，2003 年 11 月)，对于奥威尔作为一个作家的思想遗产又有了一些新的认识和想法，而这也就成了此文的一个引发。但是，这篇文章并不想列举作为文学知识分子的奥威尔和作为《动物农场》、《一九八四》作者的奥威尔对于他的同时代以及 20 世纪 50 年代以后作家们的影响，包括对于左派知识分子们的影响，而是关注他的那些思想遗产的思想属性及对于 20 世纪知识分子思想运动的实质性贡献。

有人说，有的作家像睿智长者，有的作家像风暴急流，而奥威尔则是一棵大树，它有自己扎根的土壤，有自己完整的生存链，还有坚硬挺拔的树干以及倔强地伸向空中的梢枝——那让人很容易联想到某种类似于探索、怀疑或者抗衡的姿态。也因此，奥威尔绝对不会只属于英国，只属于他所生活的 20 世纪上半期。

重新思考奥威尔的意义和价值，容易让人产生这样一种印象甚至误解，那就是奥威尔俨然是隔离于我们的思想和生活之外的一个文学思想符号，一段已经成为历史的记忆，一个纠缠过一代人的噩梦，或者一种可有可无的传统。如果那些曾经困扰甚至折磨过奥威尔的社会和思想存在，包括他在自己多个小说文本还有批评文本中所作的极富思想洞察力、政治洞察力、社会洞察力的批评的那些极权体制都已经淡出于我们今天的生活，那么，奥威尔的意义，也就应该已经随着他的离去而逐渐消散。但事实却并非如此。

英国小说家、《幸运的吉姆》(Lucky Jim)的作者金斯利·艾米斯(Kingsley Amis)在《社会主义与知识分子》中，曾经这样高度赞扬奥威尔的真诚和思想上的明晰毫不含糊其辞："在对战后知识分子圈具有吸引力的所有作家中，他是最吸引人的一个，远过于其他人……没有别的哪位当代作家拥有那种气质，即热诚相信他要说的，也坚定不移地尽可能说得有力而且简单明了。"①他甚至还将奥威尔誉为那种处于知识分子英雄顶峰的少数几个，"奥威尔是那种你永远无法真正摆脱的作家……似乎无可避免受到其影响，以至于对任何一个知识分子而言，如果他们能拟出一个自己心目中的英雄的名单，不管他们的年龄（在合理范围内如何）如何——不管他们另外还喜欢谁，而且，——头一眼看上去更是难以理解——不管他们的政治派别如何，很可能都会把他放在前两名或前三名"②。

这样的肯定并不足以显示出奥威尔的全部意义所在，尽管它明智地指出了奥威尔的"真诚"，也有人将其称之为正直，这种真诚不仅是奥威尔的思想品质，也是他的文学文本的一种独特的风格——那种"讲述事实的特点"，这是一种有着生活的硬度和思想情感硬度与质感的文风，明朗简洁而且决不含糊其辞。或许更多读者以及评论者将关注的目光集中在了奥威尔对于权力渴求主题的探讨表现上，还有在此过程中对于罪恶本身以及体制本质的探索。而这样的探索也确实几乎伴随着奥威尔的整个写作生涯，从他的《缅甸岁月》、《如此欢乐童年》、《巴黎伦敦落魄记》，一直到《通往威冈码头之路》、《向加泰罗尼亚致敬》，奥威尔似乎一直在为《动物农场》以及《一九八四》的诞生做着各种准备，但这并非意味着上述作品在主题和内容上是不完整不成熟的，而只是表明，尽管奥威尔在自己的作品中先后探讨了看上去不同或者彼此独立的主题，譬如他的《缅甸

---

① （美）杰弗里·迈耶斯著，孙仲旭译：《奥威尔传》，东方出版社，2003 年 11 月，北京，第 446 页。

② 同上，第 447 页。

岁月》被认为其创作目的是为了"驱除个人的心魔",而他在《通往威冈码头之路》中主要是对资本主义进行了批评,在《向加泰罗尼亚致敬》中则明确反对法西斯主义,在《动物农场》中对集权进行了抨击,而在《缅甸岁月》中抨击的则是帝国主义。① 但实际上,奥威尔的每一部作品,都与他当时的思想之间有着密切的精神联系,而且与 20 世纪西方或者东方、自由民主社会还是极权独裁社会中的每一位严肃认真的思想者同样有着密切的精神联系。

总而言之,"奥威尔提出了一种真诚——关于知识分子式真诚的标准"。这也是本篇文章试图探讨并揭示的一个主题。

**一、奥威尔经历甚至直接参加了他那个时代理想主义知识分子所发起并追求的几乎所有的社会思想运动——他的作品在文学上的特点,"有力的文风,动人的真诚,机灵的隽语",以及他的个人品质"正直、理想主义和执著",不仅在其文字中闪耀着光芒,"如同清溪中的卵石",而且几乎都与他的上述经历息息相关、密不可分。这样的经历,在成就了奥威尔的思想品质的同时,同样成就了他的文学品质。**

迈耶斯的《奥威尔传》——这并不是第一部英文版的奥威尔传,相信也不会是最后一部——给我们提供了一个完整的描述:奥威尔思想的形成过程。迈耶斯显然在试图说明,一个思想者的奥威尔、一个作家的奥威尔与一个社会生活中经历了各种狂热、幻灭以及痛苦的奥威尔之间,是密不可分甚至相互依存的——奥威尔不是那种在传统的或者单纯的知识分子话语体系中寻找并形成思想与文学自我的作家,与此相反,奥威尔的"成长",是一个 20 世纪的知识生命和人的成长,一个最初并没有确定的知识目标和精神思想目标的成长,但这并不意味着奥威尔是一个自然主义者,或者一个听凭生命本能和情感思想本能的任性之人,尽管他的许多举动决定确实曾经让他身边的人感到困惑失望和痛苦。

在奥威尔对于自己早年家庭生活的回忆中,他曾经将自己的童年生活描述成"少有的枯燥,破落,死气沉沉,缺乏温暖"②。这种"夸张",几乎是大多数早熟或者极为敏感的作家们对于自己早年生活所惯用的一种表现方式,东西方皆

---

① (美)杰弗里·迈耶斯著,孙仲旭译:《奥威尔传》,东方出版社,2003 年 11 月,北京,第 165 页。

② 同上,第 22 页。

然——并没有可信的资料来证明奥威尔的童年生活就比同时代的其他孩子有多大程度的不同，但奥威尔对于自己家庭生活的记忆描述，尤其是他对自己在圣塞普里安预备学校经历的描述，让我们感觉到，一个真正的叛逆者，需要从什么时候开始就要为此而付出亲情以及世俗生活的代价。正如奥威尔的一位早年同学所说的那样，"我是个装出来的叛逆者，奥威尔才是个真正的"①。"在那些男生中，他是唯一一个知识分子，不人云亦云，因为他独立思考，看肖伯纳和塞缪尔·勃特勒的书，他抵制的不仅有圣塞普里安学校，而且还有战争、大英帝国、吉卜林、苏塞克斯郡（吉卜林的家乡，也是圣塞普里安学校所在地）以及好品质。"②

　　奥威尔从早年家庭生活和预备学校时期就表现出来的这种叛逆，更多时候是用一种性格特征表现出来的，而没有形成一种具有明确方向的思想精神力量，譬如郁郁寡欢，譬如敏感，譬如在某些功课方面具有超人的天赋、而在那些自己并不喜欢的功课方面又表现出令人有些不解的缺乏。但是，不要因此以为，奥威尔后来对于极权主义社会的批判的经验，直接来自于他的个人生活，无论是寄宿学校里的生活还是在家里的生活。在那些早年生活经验与后来的极权主义批判之间，还需要其他一些必不可少的因素衔接并使之发生化学变化。但是，在中学之前，至少在离开伊顿公学加入大英帝国驻缅甸警察部队之前，奥威尔的经历，与同时代的青年并没有什么不同，所不同的只是他自己对于早年生活的记忆描述而已。但从伊顿公学毕业、放弃继续在学业上的升造改而到大英帝国在东方的殖民地去担任警察开始，奥威尔真正开始了属于他个人的"道路"——这首先是一条人生道路，兼具探索中不断明晰起来的思想道路——据说，在当时，伊顿公学每年的毕业生有57％进了牛津大学和剑桥大学，20％进了军队，16％直接从商，而奥威尔却在毕业之后选择了到缅甸去当警察——这或许是奥威尔第一次以如此决绝的方式来偏离传统常规。尽管对于他当初作出如此选择的原因有各种不同的解释，解释甚至至今也没有停止下来，但有一点是肯定的，那就是奥威尔或许第一次靠自己而不是家人或社会的力量选择了自己的未来。

　　传记作者依然努力地去寻找并向读者提供材料，来现实地解释奥威尔当初

---

① （美）杰弗里·迈耶斯著，孙仲旭译：《奥威尔传》，东方出版社，2003年11月，北京，第41页。

② 同上。

为什么会放弃到牛津或剑桥继续深造的机会,而选择到远离大英帝国本土的东方去当警察。传记作者列举并分析了下面这些可能的因素:不菲的工资(当奥威尔后来突然放弃警察职业而回到英国后,经过二十年他一年的薪金所得才达到二十年前他在缅甸当警察的薪金收入),独立性和职责——据作者分析这正是当时的奥威尔所期待的,而且他也渴望去东方,那可能是与他童年记忆有关的一种神秘的难以解释的心灵暗示或者召唤。但无论原因如何,至少有一点是清楚的,那就是奥威尔的反殖民主义观点、反帝国主义的观点乃至对于威权的怀疑、反感与批判的形成,与他早年在缅甸的警察生涯无不关系——在 20 世纪英国作家当中,有过像奥威尔这样的警察生涯经历的屈指可数。而当奥威尔在书籍、阅读以及现实之间所找寻到的"社会良心"逐渐明晰起来的时候,警察职业、与这种职业相关的独立性与职责等,包括这种职业所服务效忠的大英帝国以及殖民体制等,也就再也难以限制这个头脑的思考了。事实上,奥威尔此后思想内容的相当部分,几乎都与他此前的工作以及在东方的生活有关——那其实就是大英帝国的一部分,在 19 世纪末、20 世纪初的一部分,那也曾经是大英帝国的理想。"缅甸对奥威尔有着持久的影响,有些是具体的,另外是他的性格的塑造"[①],《奥威尔传》的作者如是说。

　　而特别令人关注的一个问题是,传记作者认为,奥威尔这一时期以及后来对于威权的批判,是与他自己曾经对于威权的迷恋甚至追求经历密不可分的。"对埃里克有很强吸引力的是制服、金钱、冒险、危险、权威和半军事性警察机关,那让他得以负责帝国的一小块地方"[②],这是传记作者所描述的刚刚从伊顿公学毕业时候的奥威尔的"真实"的思想状况。传记作者也注意到了,这样的一个埃里克,可能与所有读者心目中的作家奥威尔之间存在着巨大的差距,所以他没有忘记补充道,"尽管这份工作看上去也许对我们所知的作家奥威尔完全不适合,但年轻的埃里克似乎渴望从事这种工作"[③]。

　　与上述现实经历相比,传记文本中的奥威尔的"觉醒"或者转变,可以从他

---

① (美)杰弗里·迈耶斯著,孙仲旭译:《奥威尔传》,东方出版社,2003 年 11 月,北京,第 90-100 页。

② 同上,第 70 页。

③ 同上。

的"第一篇出色作品"《绞刑》中展示出来。在这篇主要记述一次"讲究仪式的处决"的作品叙述到一半的时候，奥威尔直接点明了这篇作品的主题，"那一刻之前，我未曾意识到那意味着摧毁一个健康、有意识的人。看到那个死囚迈向旁边以避开水坑时，我认识到看到将一个生命正当盛年时而令其中断一事的不可理解及错得可怕之处"①。而不同于传统作家的是，写作《绞刑》时的奥威尔，没有将生命的这种尊严与权力简单地归属与上帝宗教，"而是提出了生命神圣性的准宗教性认识——这是他首次本能地表现出了人道主义，并成了他所有作品的特点"②。传记作者的这种分析，应该说是合适而且符合奥威尔的思想轨迹的。而对于奥威尔内在自我的这种觉醒过程，传记作者还作了这样的描述，"从小到大，布莱尔被教导相信帝国主义是正当的，因为英国文明比他们统治的野蛮人的文明更优越，但是经验让他明白并非如此。在缅甸，他的伊顿式的超脱，怀疑精神和反体制精神露出头来，待得越久，他就越觉得自己受到玷污"③。而奥威尔自己也曾经在1936年的一篇文章中这样写道，"当一个被统治民族奋起反抗时，你必须镇压，这样做时你不得已采取的镇压手段让所谓西方文明更为优越的断言不攻自破。为了统治野蛮人，你只能自己也变成一个野蛮人。"④

　　无论是奥威尔的"觉醒"还是传记作者，都提醒我们注意这一点，那就是奥威尔的"觉醒"中经验自我的重要——这些经验，是基于奥威尔伊顿公学毕业之时的自我选择，当然也基于他在缅甸警察生涯的耳闻目睹。换言之，如果没有后来奥威尔的"觉醒"，他当初放弃牛津或者剑桥深造机会，似乎也就失去了真正的思想意义。

　　奥威尔的上述"觉醒"，伴随着一种深深的内疚感，一种职业的内疚感，一种作为英国人的内疚感，一种掌握着威权的统治者的内疚感。而就在奥威尔意识到作为一个殖民地警察、作为一个大英帝国在缅甸的殖民统治代理而产生深深的内疚感之后，他就马上并极为突兀地作出了一个让他的上司、家人以及朋友们都感到吃惊的决定——放弃这份工作。而迎接他的，是一个时间上相当漫长

---

① （美）杰弗里·迈耶斯著，孙仲旭译：《奥威尔传》，东方出版社，2003年11月，北京，第101页。

② 同上，第101-102页。

③ 同上，第104页。

④ 同上。

的流浪生活。"从警察到流浪汉是彻底的冒险之举：部分是赎罪，部分是考察社会，部分是为了自省。流浪让他有时间检视自我，发现目标，集中志向，为他提供写作的原始材料，增加对人情世故的了解，也没那么专注自我。"①正如奥威尔自己在《通往威冈码头之路》中那段令人印象深刻的自白那样："我意识到我有极重的罪过要赎。……我觉得我一定要逃离不仅是帝国主义，而且要逃离任何一种一人主宰另一人的行为……当时在我看来，失败似乎是唯一一种美德。每种有嫌疑促进个人利益之事，甚至在生活中达到'成功'，即一年赚几百英镑这种事，在我看来在精神上似乎都是丑陋的，是恃强凌弱……我的心思马上转向极端的例子，那些社会弃儿：流浪汉，乞丐，罪犯，娼妓。这些是'底层中的最底层者'，是我想接触的人。当时，我迫切想做的，就是找到某种途径，以完全脱离这个体面的世界。"②这种深刻的发自肺腑的负疚感，这种并非源于阅读、天启、内修式的道德觉悟，又直接导致了奥威尔灵魂深处产生出强烈的赎罪感，这种赎罪感，不仅让他厌恶自己原来的职业、自己所属的中产阶级、自己所信奉的文化教养等等，甚至让他感觉到只有去过一种穷苦的生活，一种现实的自我生活折磨，才能够减轻这种一直折磨着他的心灵的负疚感与赎罪感。因此，他也自然无法在原来的职位上继续下去了。而过艰苦生活和当作家，也就自然而然地成了"脱离这个体面世界同一条道路之两面"③。

奥威尔也因此而成了他的那个时代众多职业流浪汉中的一个例外——他是因为负疚感、赎罪感而"选择"这样一段流浪生活的。这让人想起了那个时代众多的批判现实主义作家，以及许多非批判现实主义作家，像威尔斯、乔伊斯、劳伦斯、艾略特、赫胥黎、海明威，包括像杰克·伦敦这样的作家。还是在《通往威冈码头之路》中，奥威尔进一步解释了自己当初为什么要去过这种穷困潦倒的生活：

> 我想让自己沉下去，一直沉到被压迫者中间，成为他们中的一员，
> 跟他们一起对抗施暴政者……我可以到这些人中间，看看他们的生活

---

① （美）杰弗里·迈耶斯著，孙仲旭译：《奥威尔传》，东方出版社，2003年11月，北京，第114页。
② 同上，第115页。
③ 同上，第116页。

在怎么样，暂时觉得自己属于他们的世界。我一旦到了他们中间并被他们所接受，我就应该能接触底层，而且——这就是我所感到的：甚至在当时，我就意识到那是非理性的——我的部分内疚感便会离我而去。①

这不是一种虚伪的道德觉悟，或者觉悟之后的自我折磨，而是一种真实的自我精神历程，它源于一种真实而深切的自我体验，而不是建立于一种传统的宗教或者知识分子的人文话语资源之上的思想行为。其中的感受，那些复杂的感受是自我式的，真切而粗砺的，有着超出于仅仅属于精神思想领域的特性，这种特性只会在现实生活的磨砺之中，在付出了真实的感情和生活之后才会获得。而这样的经验和基于经验基础之上的写作，也使得奥威尔初期的一些作品，几乎都带有某种程度的自传写实特点。但这样"沉下去"的经验——拥抱生活并且与生活肉搏的经验——最终并没有让奥威尔成为一个革命意义上的社会改革者，而是成为了一个作家。

奥威尔所描述的上述写作动机或者自己深入底层生活的动机，被认为是"他渴望从内部，而不是从纯粹理论性立场体验各种状况，渴望消除社会等级感和为被压迫者斗争，并为其苦难极为痛心。他为向下层突围感到兴奋，他到了底层才知道他能承受，那种焦虑、解脱和消除内疚后的欢欣感觉他都一一尝过"②。在这一点上，奥威尔无疑最容易让人联想到另外两位英国作家狄更斯和劳伦斯。"跟劳伦斯一样，奥威尔认为这种赎罪性经历承载了一种文学价值，少了这些经历，就不可能进行真正的写作。"③而这也就是奥威尔的文学品质。"而这种故意受罪和赎罪，这种消除世上罪恶的渴望让他有了种宗教性使命"④，而不仅仅只是局限于当时的社会主义知识分子所热衷的那些革命话语。也因此，奥威尔在《通往威冈码头之路》中对当时的左派知识分子和社会主义者都进行了批评也就不会让人感到奇怪了。

---

① （美）杰弗里·迈耶斯著，孙仲旭译：《奥威尔传》，东方出版社，2003 年 11 月，北京，第 193 页。

② 同上。

③ 同上。

④ 同上，第 194 页。

奥威尔的每一部作品几乎都没有脱离政治,但他并没有让自己的作品沦为一般的政治读物或者社会历史文献,而仍然使其保持了文学性,甚至是很强的文学性。在缅甸生活、伦敦与巴黎的流浪生活之后,对奥威尔的思想与写作产生了重大影响的,就是西班牙内战。"他在西班牙的半年","成了他一生中最重要的一段经历,强化了他对政治的理解,加深了他对天主教和共产党的敌意。这次痛苦经历也强化了他对社会主义的信仰,启发他写出了他到那时为止的最佳作品《向加泰罗尼亚致敬》(Homage to Catalonia),而且预示了他将写出的最后也是最有影响的一些作品"。① 这里所谓的最后也是最重要的作品,主要是指《动物农场》和《一九八四》。正如奥威尔自己在《我为什么写作》(Why I Write?)中所写的那样,"1936 年以来,我所写的每一行严肃作品都是直接或间接反对极权主义,支持我所理解的民主社会主义……过去全部十年中,我最想做的,就是将政治性写作变成一种艺术。我的出发点总是感觉到党派偏见和不公"②。西班牙内战以及他在战争中的经历,几乎将奥威尔的思想切分为战前与战后两个不同的时期。"西班牙在奥威尔精神上留下的伤口要大得多。回到英国后,尽管他那么勇敢,仍对未来感到沮丧,对政治行为的本质,他的态度更悲观、更抱以深深的怀疑。"③他甚至还这样写道,"1933 年以来,几乎所有左翼分子的罪过在于想反纳粹,却不想反对极权主义"④。与西班牙内战在奥威尔的现实经历上所产生的深刻影响相比,他的《上来透口气》(Coming Up for the Air,1939)则成了一部"过渡性作品","它集中了奥威尔 30 年代的贫困小说中探索过的主题,预示了接下来的 10 年中他将写出的政治讽刺作品"。⑤ 而与奥威尔的写作关系最为密切的最后一段现实经验,就是"二战"期间他在英国广播公司的工作经历,这让奥威尔对于宣传的本质,对于体制性文化与存在,对于权威的现实认识进一步得到深化。

而在上述现实生活过程中,奥威尔主动放弃了自己的中产阶级生活,转而

---

① (美)杰弗里·迈耶斯著,孙仲旭译:《奥威尔传》,东方出版社,2003 年 11 月,北京,第 237 页。

② 同上。

③ 同上。

④ 同上,第 238 页。

⑤ 同上,第 265 页。

选择了底层社会生活和边缘生活——实际的经验当然不会跟局外人或者此前的想像完全一致，相反，甚至是大相径庭——他为自己的选择和这种生活牺牲了健康、金钱、可以预见的前途甚至多次面临死亡威胁，"这种令人苦恼的社会良知怎样让他们未能开心地吃顿像样的饭或在市内舒服地走段路"。正如传记作者所言，"奥威尔描写实际观察过的事物时，最能给人留下深刻印象，他有意去获得他在作品中用得上的经历。那种经历越糟糕，他在预备学校、流浪时、威冈、西班牙和伦敦被轰炸时受的罪越多，他在记述时的知识配备就越好。苦难、不公、暴行和压迫促使他去写作，而其声誉，是建立在发人深省的真诚之上"①。而奥威尔也正是在这样的现实经验中，见证了他的那个时代在底层社会所发生的一切，一切为了改变这种状况所有有良知的知识分子所进行的一切不懈努力。

二、奥威尔的讽刺文学尽管在文本上是虚构的，但在文本背后，与他那一代理想主义知识分子基于亲身经验的切肤之痛与深切忧患甚至体制恐惧又有着经验上的内在关联性。也因此，他的政治讽喻，绝非空洞的乌托邦梦想在现实社会和历史惯性的界面上轻轻接触之后的反弹，而是基于一代人的社会理想试验失败之后的复杂却又包含着真诚与期待的个人抒情——以一种冷峻的批判的叙述方式的个人抒情，其中也包含着对于生命和人生的深沉怜惜与悲悯。

奥威尔的写作显然并非从一开始就确立了这样的主题和风格。在《我为什么写作》(Why I Write)中，奥威尔曾经提到自己刚开始写作时候的"愿望"："要写数量极多的自然主义长篇小说，有着并非皆大欢喜的结尾，里面充满了细致入微的描写和极其贴切的比喻，也充满了辞藻华丽的段落，其中使用的单词部分是由于其本身的发音。实际上，我完成的第一本小说《缅甸岁月》就相当接近那种风格。"②

但是，尽管奥威尔对底层社会的穷困绝望有着足够的体验，但他并没有肆无忌惮地夸耀这种个人经验，或者不遗余力地渲染这种社会苦难。在《通往威

---

① （美）杰弗里·迈耶斯著，孙仲旭译：《奥威尔传》，东方出版社，2003 年 11 月，北京，第 145 页。

② 同上，第 162 页。

冈码头之路》中,他甚至还极为难得地对工人阶级的习惯、性情、坚忍和民主精神做了"带有怀旧色彩"的理想化描写,而且还"美化"了他们的家庭生活中"温暖、得体、人情味浓重的气氛":

> 特别是用过下午茶后的冬日傍晚,炉火此时在敞口炉中发出光亮,闪动地映在钢挡板上,当父亲的仅穿衬衫坐在炉火边的摇椅里看赛马结果,当母亲的坐在另一边做针线活,孩子们因为有一便士薄荷糖而开心,那条狗懒洋洋地卧在破旧的垫子上烤火。①

奥威尔这样写,并不是在回避底层阶级的苦难与穷困,并不是为了回避底层工人身上的"气味"——奥威尔在自己的作品中批评了那种认为底层工人身上"有味"的知识分子社会主义者。他之所以这样写,只是在还原生活中难得的温馨一刻,这一刻也是底层工人家庭生活中最令人心动的日常瞬间。

而奥威尔将这视为自己作为一个作家的不同于他人的能力:一种直面不愉快事实的能力。当同时代的人和作家们不愿意甚至也无力来直面惨淡的生活的时候,奥威尔却创造出来一个"有点个人化的世界",而正是在这个世界中,作为写作者的奥威尔,认为自己可以从中"找回信心,平衡日常生活的失意"。② 但是,奥威尔的这种能力,既不同于狄更斯,也不同于劳伦斯。奥威尔曾经在1943年出版的一部不厚的评论集《鲸内》(*Inside the Whale*)中的一篇对狄更斯进行批评性研究的文章中触及到这样一个问题,那就是什么才是小说的"寓意",以及它与作者自己的生活经历究竟存在着怎样的关系;同时小说的"寓意"又如何反映政治背景,一个小说家应否有政治目标等。③ 对于狄更斯,奥威尔深为关注的一个问题是:解决社会不平等问题有两个可能的途径:革命或道德说教——这几乎是那个时代大多数民主社会主义者或者知识分子社会主义者所笃信不疑的。在革命者看来,可以通过改变制度来改进人性,而在奥威尔看来,狄更斯那样的道德家,相信只有人们的心意转变,世界才会改变。"奥威尔引用《双城记》(*A Tale of Two Cities*)中的话来揭示狄更斯害怕暴民的歇斯底里性,并认为革命总会带来

---

① (美)杰弗里·迈耶斯著,孙仲旭译:《奥威尔传》,东方出版社,2003年11月,北京,第191页。

② 同上,第464页。

③ 同上,第282-283页。

对权力新的滥用"。奥威尔在他这篇评论狄更斯的文章中这样写道，"总会出现一个新暴君等着接替旧的——一般说来不是特别坏，但到底仍是暴君"①，而在传记作者看来，这也成了奥威尔的《动物农场》和《一九八四》的潜在主题。

而传记作者曾经将同样关注英国工业化过程中工人阶级的生存状况的奥威尔与劳伦斯进行比较：

> 这两位作家平生大部分时间都惶然生活在穷困之中，都极具独立性，有种为了某一事业的奋斗精神。……他们都将工人阶层的生活理想化，相信他们富于同情心，与其心心相通。他们都不喜欢城市、机器文明及金钱崇拜，喜爱乡间，对大自然了解很深。他们憎恨阶级体系，抨击中产阶级价值观。

但比较之下，劳伦斯作品中的浪漫主义与奥威尔笔下的理想主义并非可以相互替代的精神话语。奥威尔的写作很快就摆脱了那种自恋性质"开始越来越多地成为单纯对自己所作所为及所见的描写"。但是，作为一个真正具有思想个性和文学个性的作家，奥威尔依然处于寻找探索之中，他还在寻找属于自己的思想精神经验的字汇用语，那些适合于表达他自己对于生活、人生、思想与情感的感受态度的用语。这样的寻找探索过程，实际上关联着极为丰富的背景内容，甚至直接与他对写作动机目的的认知。奥威尔在他的《我为什么写作》一文中试图解释这种动机，而初略一看，奥威尔的写作观，似乎与那种时代环境决定论有着更清晰的精神联系。他说："他的写作主题由其生活的时代所决定——至少在我们目前这个喧嚣和变革的时代是如此"，但是，奥威尔又补充道："开始写作前，他会形成一种情感上的姿态"，并肯定到这种姿态是他"永远不可能完全与之脱离的"。② 奥威尔并没有随之对这种必不可少的先在的"情感上的姿态"予以相应解释，而是转而将各个作家的写作动机进行了归类，并提出了"纯粹的个人主义"、"美学热情"、"历史冲动"和"政治目的"这样四种文学写作动机。而出于一般人的意料的是，奥威尔认为自己属于那种"前三种动机大于第四种动机的人"。或许意识到了这种解释与他的文本给于读者的印象之间存在

---

① （美）杰弗里·迈耶斯著，孙仲旭译：《奥威尔传》，东方出版社，2003 年 11 月，北京，第 283 页。

② 同上，第 466 页。

着差距,奥威尔紧接着解释道,"一开始,我在不合适的职业上花了五年(驻缅甸的印度皇家警察),然后我经历了贫困和失败的感觉(这里是指在巴黎、伦敦流浪的四年)。这些增加了我对权力的天生恨意,也第一次全面意识到工人阶级的存在,而在缅甸的工作让我对帝国主义的本质有了一些认识。但是这些经历不足以使我具有明确的政治倾向"①。奥威尔是想说明,一个写作者在自己的政治倾向明确起来之前,他的写作中不可能表现出明确的"政治目的",但他并没有说明所谓明确的政治目的与并不明确的政治目的之间的差别以及对于写作所造成的影响——写作本身是可以表现一种并不明确的宽泛的政治目的的,甚至并不需要写作者自己此前一定要有一个明确的政治目的。奥威尔似乎是想通过这种解释说明,将真正的包含有政治目的的文学写作,与那种包含着政治目的的文学宣传分别开来。

但奥威尔的上述说明的意义却依然存在,那就是他接着点明希特勒和西班牙内战对于他的思想和艺术观念的形成所产生的巨大影响。他在一首非常罕见的小诗中这样写到:②

> 我原应当个快乐的牧师,
> 活在两百年前,
> 就不变的世界末日布道,
> 也看着我的核桃树长高;
>
> 但是现在,唉,极坏的时代,
> 我错过了那个适意的避风港,
> 因为我的上唇长出了胡须,
> 而教士们的脸都刮得光光。
>
> 后来的日子仍是不错,
> 我们曾是如此易于高兴,

---

① (美)杰弗里·迈耶斯著,孙仲旭译:《奥威尔传》,东方出版社,2003年11月,北京,第467页。

② 同上。

我们把烦心事轻轻放下，

置于树冠之中。


我们曾不以无知为耻，

欢乐如今却被我们掩饰；

苹果树枝上的黄鹂鸟，

就能让我的敌人战栗。

这首并未引完的小诗有一种游戏的语调，但奥威尔认为它真实地表达了 30 年代中期自己的"两难心态"。就是在传统的体系性话语与现代的真实之间，作为一个有良知的知识分子，究竟是应该直面惨淡的现实人生，还是逃避进那些传统的避风港。到了 20 世纪 30 年代，至少在文学知识分子这里，"诸如宗教、家庭、爱国主义和帝国的传统价值观都失去了意义"——知识分子们将自己也推到了一片精神的荒原上。奥威尔以自己直接参加了西班牙内战并负伤归来的经历表明，"西班牙内战和一九三六至一九三七年间发生的事件改变了态势，此后我就知道我的立场如何"，"一九三六年以来，我所写的每一行严肃作品都是直接或间接反对极权主义，支持我所理解的民主社会主义"，他甚至强调，"在我们所在的这个时代，那种以为可以回避写这些题材的意见在我看来是无稽之谈"。① 他最后还这样说道，"一个人越清楚地认识到自己的政治倾向，就越可能达到既政治地行事，又不牺牲他在美学和思想上的诚实"。奥威尔自己的写作经验似乎证实了这一点。

奥威尔的上述解释说明，更多似乎是关于文学中的主题问题，而没有涉及到文学的结构及语言问题。实际上，奥威尔在这方面所倾注的精力并不逊色于他在现实生活层面所遭受的那些穷困苦难。无论是预备学校时期，还是后来的伊顿公学时期，奥威尔有一点让他当年的同学们都印象深刻，那就是他在阅读上所花费的时间精力。而直到《动物农场》和《一九八四》，奥威尔上述所谓的主题与它的艺术表现之间才实现了他所期待的融合和平衡，他的思想风格通过他的艺术风格而得以最终呈现。

---

① （美）杰弗里·迈耶斯著，孙仲旭译：《奥威尔传》，东方出版社，2003 年 11 月，北京，第 469 页。

三、在体制话语崇拜与体制崇拜的混乱、狂热与失望沮丧之后,奥威尔终于以文学文本的方式,将一代人的追求与失望、狂热与痛苦、思想与呐喊以及祈祷与忧惧化成叙述文字,将文本化了的一代人的思想追求和自我经验遗留并呈现给后来的追求者。奥威尔小说文本中对于强权、专制、体制所表现出来的高度敏感与警惕,与 19 世纪末、20 世纪初西方社会,尤其是知识分子群体在经历了传统基督教信仰动摇失落之后,在反对帝国主义、殖民主义、极端主义乃至现代化运动中,西方理想主义知识分子用一代人甚至几代人的理想、热情、追求与献身所换来的思想经验彼此呼应,至今仍闪烁着思想精神的光辉。

奥威尔思想的这种特性,被认为与他的思想生长环境密不可分——他成长在"令人窒息的爱德华时代的英国阶级体系和大英帝国江山永固的观念"之中[1]。但是,就在这样为一般人认为"江山永固"的时代,奥威尔不仅听到了冰山崩塌一般的社会解体、观念解体的撕裂之声,同样也感受到了只不过是些谎言在维持着这摇摇欲坠的一切。1942 年前后,奥威尔曾经在战时的英国广播公司东方部工作,尽管对于战时工作奥威尔并没有任何先在的偏见,甚至还不停地到处活动,但他对于带有文化和种族优越感甚至偏见的宣传工作还是感到厌倦。他曾经在 1942 年 4 月的一份日记中这样写道,"你可以永永远远把谎话说下去,但最明显的谎言是那些谎言尽管无人真正相信,但对之也没有强烈反感。我们全被淹没在污秽中……我觉得知识分子式诚实和公正的判断力已从地球表面彻底消失……就没有人抱有坚定信念和公正态度了吗?实际上还有很多,但他们没有权力,所有权力都掌握在偏执狂手中"[2]。他将这种宣传工作视为一种摧毁人的灵魂的工作,而作为一个自由独立的思想者,"相对这种在一个巨大的官僚机构从事基础性但是摧毁灵魂的工作,他过于独立和直言不讳",也因此,无论是当初在缅甸的工作,还是后来在英国广播公司的工作,他都是"以理想主义开始,以幻想破灭告终"。[3]

但奥威尔用文学文本的形式留住了他的思想和精神。直至今日,《一九八

---

① (美)杰弗里·迈耶斯著,孙仲旭译:《奥威尔传》,东方出版社,2003 年 11 月,北京,第 7 页。

② 同上,第 302 页。

③ 同上,第 303 页。

四》一直在全球范围内盛行不衰，实际上，它已经成为"源远流长的英语文化的一部分"。奥威尔曾经称赞吉卜林为"我们这个时代唯一一位为我们的语言增添了词汇的作家"①。显而易见，奥威尔自己也足以与之媲美。仅在《一九八四》中，奥威尔就创造了具有独特内涵的词汇，如："老大哥在看着你"、"两分钟仇恨会"、"思想罪"、"表情罪"、"双重思想"、"记忆洞"、"蒸发"、"非人"等，"这些词汇高超地表达了生活在极权主义社会中的人们的想法及感觉"。②

有人说，奥威尔不过是一个需要实话实说时代所诞生的一个思想者和言说者而已，他甚至并没有像我们谈到某些作家之时而连带提到的所谓流派、思潮等，他只是一个不与人为伍者，一个孤独的思想和文学的行路人。但是，正如爱德华时代之前的维多利亚时代的英国批评家卡莱尔评论塞缪尔·约翰逊的贫穷、疾病、勇气和执著时所说的那样，奥威尔也是这样一个人：

> 这个伟大而悲伤的人，睿智地过着艰苦兼困惑的生活，过得出色，如一位极为英勇之士。在功利性写作的无聊纷扰中，在对宗教及政治、人生理论及实践的怀疑精神的无聊纷扰中，在其贫困中，在未受重视和郁郁寡欢中，以其抱病之驱，身穿破旧外套，使自己取得成功，似一个无畏之士……如所有无畏之士所需，他亦有自己的指路明星。他的目光集中于那颗星，决不改变奋斗方向。③

也有人说，奥威尔"终其一生，热切渴望能将不同阶层的人团结起来，并在英国建设一个公平的社会。他这种渴望为他赢得尊敬，也为他戴上了一个光环。极讲原则的他严于律己，对道德价值不懈的追求为其随笔及小说注入了活力，而他易懂的文字代表他成功地战胜了外表之下自我怀疑的纷扰"④。相信奥威尔这样的努力与期待，决不仅止于他的文本之中，也决不会仅满足于文本中的所谓"成功"。

该文原发表于《社会科学论坛》2006 年第 5 期(上半月刊)

---

① （美）杰弗里·迈耶斯著，孙仲旭译：《奥威尔传》，东方出版社，2003 年 11 月，北京，第 400 页。

② 同上。

③ 同上，第 452 页。

④ 同上，第 7 页。

# 俄罗斯曾经的激情与道德想象力：关于启蒙者罗亭

一

1848年6月26日炎热的中午，在巴黎，"国立工场"的起义几乎被镇压下去的时候，在圣安东尼区的一条狭窄的胡同里，正规军的一个营正在攻占一座街垒。几发炮弹已经把街垒摧毁；一些幸存的街垒保卫者正在纷纷撤退，他们一心只想着逃命。突然，在街垒的顶部，在一辆翻倒的公共马车的残架上，冒出了一位身材高大，穿一件旧衣服，腰间束一条红围巾，灰白蓬乱的头上戴一顶草帽的男子。他一手举着红旗，另一手握着弯弯的钝马刀，扯着尖细的嗓子在拼命叫喊，一边向上爬，一边挥舞着红旗和马刀。一名步兵学校的学员正用枪瞄准他——放了一枪……只见红旗从那个身材高大的男子手里掉下来，他自己也脸朝下直挺挺地栽下来，好像在向什么人行跪拜礼……子弹穿透了他的心脏。

"你看！"一位逃跑的起义者对另一位说，"波兰人被打死了。"

"他妈的！"另一位回答说。接着两人飞快地向一幢房子的地下室跑去。那幢房子的所有窗户都关着，墙壁上弹痕累累。

这位"波兰人"就是——德米特里·罗亭。

上面这段文字，出自屠格列夫的小说《罗亭》的结尾。一个一直处于漂泊之中的人，最终为自己的思想找寻到了最后归宿——在那里，而且也只有在那里，思想与生命、理想与现实、言语与行动才完全融为一体，并以一个决绝的姿态，把这种结果呈现了出来。只是目睹这最后一幕的，是两位逃跑的起义者，还有巴黎起义的镇压者。

不过这无损于罗亭生命最后一幕的意义——就罗亭一直无法为其思想和理想找寻到一个自我实现与落实的境遇，并也因此而屡遭诟病半生坎坷而言，巴黎巷战中的这样一个姿态，几乎集中了罗亭一生的努力：理想、启蒙、激情、献身……那是生命与精神的一种高亢而高扬的姿态，一种背离世俗与凡庸的姿态，一种最终摆脱了各种牵扯而呈现出来的终极决绝姿态。罗亭用这样一种最后的坚定决绝姿态，将他从所谓"行动的矮子"、"多余的人"、"零余者"、"冷酷的人"的行列里清除出来——他最终以自己的行为证明了自己是一个牺牲者，一个街头巷尾的战士，而不只是一个华而不实、哗众取宠的人，一道漂浮在俄罗斯社会与生活之外的影子，或者一个可有可无的并不真实的生命存在。在革命者与道德说教者之间，罗亭最终以一个自我牺牲的革命者的姿态，完成了对一个道德说教者的超越。

其实，罗亭的一生对于绝大多数人来说都是片段式的，这也正是他生活的方式：漂浮、四处奔波，没有人曾经见到过或者能够见到一个完整的罗亭，但这部小说从一开始就将这样一个片段式生命的最终结局呈现给所有读者，又在文本中为罗亭安排了一个几乎毫不留情面的"剖析者"——当罗亭热衷并极为擅长地剖析时代、剖析俄罗斯、剖析人性和文明的时候，他的旁边还有另外一个人，那就是他大学时代的同学列日涅夫，一个罗亭性格和命运的必不可少的观察者与剖析者，当然还包括批评者，以及最后时刻的同情者与包容者。而罗亭与列日涅夫的最后一次对话，一次坦诚高尚而又略带感伤的对话，实际上既是罗亭最后在巴黎巷战中那一个姿态的一个思想注脚，也包含了作为叙述者的屠格列夫对于罗亭这位俄罗斯曾经的激情与道德想象力的代言人的一种复杂而真切的情感，那是一种切肤之痛：

> 两位朋友互相碰杯，又满怀深情地，带着纯粹的俄罗斯韵味，音调不准地唱了一首昔日的大学生歌曲。
>
> "现在你要回乡下去了，"列日涅夫又提起这件事，"我并不认为你会在那儿停留很久。我也无法想像，你将在何处，以什么方式来结束

自己的生命……但是请记住，不管遇到什么情况，你总会有一个安身之处，藏身之地，那就是我的家……你听见了没有，老朋友？思想也会有自己的残兵败将，他们也该有一个栖身之处。"

罗亭站起来。"谢谢你，老兄，"他说，"谢谢！我永远不会忘记你的好意，只不过我不配享有这样一个栖身之处。我毁了自己的一生，并没有好好地为思想服务……"

"别说了！"列日涅夫说道，"每个人只能够尽其所能，不应该向他提出更多的要求！你自称为'漂泊一生的犹太人'……可你怎么知道，也许你命该终身漂泊，也许你因此而在完成一项崇高的使命，而自己还不知道。有道是：谁都逃不出上帝的手掌。这话很有道理。你不留下来过夜吗？"

"我走了！再见。谢谢……我的下场将是非常糟糕的。""那就只有上帝知道了……你非走不可吗？""我要走了。再见。过去我有什么对不起你的地方请多包涵了。"

"好吧，我有什么不是，也请你原谅……别忘了我给你说的话。再见了……"

上述文字中弥散着一种理想主义者在遭遇到现实挫折之后无法避免的失败主义或者颓废主义、虚无主义一类的情绪。这种情绪既是一种思想的情绪，也是一种生命的情绪；既是一种理想的情绪，也是一种道德的情绪；而这种情怀既是罗亭的，也是大多数理想主义知识分子在激情与道德想象力都遭遇到现实挫折之后的一种"自然"呈现。不过，也正是在这里，即在列日涅夫这里，罗亭作为"这一个"的文学意义、思想意义和道德意义，真正得到了一次可靠的落实和回报。换言之，罗亭思想与生命的努力，固然在俄罗斯大地上没有绽开花蕊、结出果实，但也因为有了列日涅夫这样的"目击证人"，而多少应该有些宽慰。而在此之后所剩下的，就是罗亭自己如何选择释放思想生命和情感生命在屡遭碰壁之后所淤积的能量的方式了。而在此情况之下，巴黎革命，似乎也只有巴黎革命，也就极为自然地成为了罗亭最合适的归宿。在那里，随着那一声枪响，罗亭的生命不是停止了，而是得到了超度与升华，那是一个高亢激昂的思想生命与情感生命一直期待的结局：一种死亡的壮烈华美气息，随着那一声枪响而弥散开来,将这个无法自我安息的生命弥盖包裹起来,那是这个生命一直期盼着的最动听的安魂曲。甚至可以套用鲁迅的一句话,"这不是一件事的结束,而是一件事的开头"。仅就此言,罗亭用其生命,将其话语的全部意义得以真正落实乃至延伸。

## 二

就在罗亭巴黎街头就义六十年后,中国五四新文化运动的发起人之一的胡适,在其留美归国前一首《沁园春·新俄万岁》词中,这样表达了自己对于俄罗斯那些革命者的羡慕、追随与赞颂:

> 客子何思,
>
> 冻雪层冰,
>
> 北国名都。
>
> 看乌衣蓝帽,
>
> 轩昂年少,
>
> 指挥杀贼,
>
> 万众欢呼。
>
> 去独夫"沙",
>
> 张自由帜,
>
> 此意如今果不虚。
>
> 论代价,
>
> 有百年文字,
>
> 多少头颅。
>
> 冰天十万囚徒,
>
> 一万里飞来大赦书。
>
> 本为自由来,
>
> 今同他去;
>
> 与民贼战,

毕竟谁输！

拍手高歌，

"新俄万岁！"

狂态君休笑老胡。

从今后，

看这般快事，

后起谁欤？

半年之后，胡适回到中国，掀起了现代中国历史上的一场启蒙思想运动，他将这场运动，视同西方历史上的"文艺复兴"。而从胡适上面这首词看，尽管胡适早期思想的基本构成，以西方近现代哲学思想尤其是实验主义和实用主义思想为主体，但俄罗斯知识分子那种为理想而牺牲献身的热血激情，也曾经温暖激荡过一个中国启蒙知识分子的心灵（尽管那时候胡适并没有读过《罗亭》）。

不仅如此。巴金在他的《家》中，更是将罗亭及其生命激情、思想激情与道德想象力，作为吸引并昭示觉慧、觉民等青年与缺乏生气与活力的生活进行抗争，努力摆脱死一般无趣和冷漠现实的精神灯塔。在《家》中，罗亭给予觉慧、觉民他们的，显然并非仅止于所谓的思想。

罗亭其实是以一个完整的生命形态进入到《家》中那些渴望激情与活力的年轻生命的视野之中的，在《家》里那些年轻人眼中，那是一个富有激情的思想生命和道德生命，在罗亭身上，思想与道德是融为一体的。换言之，觉慧们从罗亭这里获得的，绝对不只是思想上的启发激励，而是一种道德的、符合人性的生活方式。这样一种生活方式上的启迪，其力量无疑是要超越一般意义上的思想上的启发招引的——即便是在千万里之外的异域，罗亭依然是一个不停地释放出思想能量和道德能量的生命存在，激励着《家》中那些年轻的生命去尝试、去拼搏、去冒险。

三

罗亭曾经作为一个"闯入者"，而扰乱了一些人原本平静的生活。其中就有亚历山德拉·巴甫洛芙娜，而她的生活原本是这样的：

那是个静谧的夏天早晨。太阳已经高悬在明净的天空，可是田野里还闪烁着露珠。苏醒不久的山谷散发出阵阵清新的幽香。那片依然弥漫着潮气，尚未喧闹起来的树林里，只有赶早的小鸟在欢快地歌唱。缓缓倾斜的山坡上，自上到下长满了刚扬花的黑麦。山顶上，远远可以望见一座小小的村落。一位身穿白色薄纱连衣裙，头戴圆形草帽，手拿阳伞的少妇，正沿着狭窄的乡间小道向那座村庄走去。一名小厮远远跟在她后面。

这是罗亭到来之前巴甫洛芙娜的生活环境，一个寻常夏日的早晨，宁静而悠闲，一派俄罗斯式的田园乡野情趣。这样生活中的人，自然也是闲散安逸的：

她不慌不忙地走着，好像在享受散步的乐趣。环顾四周，茁壮的黑麦迎风摇摆，发出轻微的沙沙声，起伏的麦浪不断变换着色彩，时而泛起阵阵绿波，时而涌出道道红浪。高空中，云雀在施展银铃般的歌喉。

而就在这个早晨，在刚刚探视完一位生病的农妇的时候，巴甫洛芙娜与路过此地的列日涅夫有这样一段伏笔性的对话——这段对话不仅对罗亭的出场作了铺垫，而且对罗亭时代的整个俄罗斯最有代表性的思想与情感状况，也作了铺垫：

"冷冰冰的表情……您总是需要火，而火是毫无用处的。它燃烧，冒烟，过后就熄灭了。"

"还给人温暖……"亚历山德拉·巴甫洛芙娜接着说。

"是啊，……还会伤人。"

"伤人就伤人吧！那也没什么。总比……"

"我倒要看看，哪一天您被火烧成重伤以后还会不会说这样的话。"米哈依洛·米哈雷奇气恼地打断她，挥动缰绳在马背上抽了一下。"再见！"

与亚历山德拉·巴甫洛芙娜对热力、激情的渴望相比，列日涅夫对热力、激情等则有着一种一般人难以理解的"偏执"和警惕，这当然与他自己的经历有关，但在一种无动于衷的冷漠的表象下面，似乎又显示出某种难以言说的沉重与矛盾纠结。在小说《罗亭》中，列日涅夫、巴甫洛芙娜等，无疑是屠格列夫予以肯定的俄罗斯庄园经济与庄园生活方式的优秀代表，他们代表了俄罗斯那个时代乡土的沉着、宁静、宽容与良善，当然，他们也需要一种世俗生活的外表，但他们并没有因此而放弃对于高尚、自由和为更多的人的解放而牺牲奉献者应有的尊重理解，这也就是列日涅夫，一个嘴上面一直说不需要激情同时也生活得沉闷而凡庸的俄罗斯人，为什么在小说的结尾会对罗亭的一生作出如此饱含着理解与尊重的"盖棺论定"。

而达丽娅·米哈依洛芙娜的客厅里的无聊，似乎从另一个角度揭示出罗亭的激情对于当时的俄罗斯社会，尤其是对贵族知识分子日常生活的意义所在：当贵族知识分子们沉湎于一个极为狭窄的自我生活世界和精神世界的时候，更广大的俄罗斯社会还挣扎在生死边缘——巴甫洛芙娜的清晨正是从探视一位病重的农妇开始的。而罗亭为了知识，为了追求真理而奉献的生命活力，难道不正是当时的俄罗斯所需要的一种道德自觉，哪怕这种自觉并不是恒久的？

不妨来看一看第一次出场的罗亭，他的娓娓而谈带给沉闷凡庸的贵妇客厅的究竟是什么：

> 过于丰富的思想妨碍了罗亭用确切而周密的语言表达自己的意思。形象一个接着一个，比喻层出不穷，时而大胆得令人瞠目结舌，时而又贴切得令人拍案叫绝。他兴之所至，恣意发挥，充满了激情和灵感，绝无空谈家的自鸣得意和矫揉造作。他并没有挖空心思地寻找词汇：词语自己会驯服地、自然而然地流到他嘴里，每一个词语似乎都是直接从灵魂深处喷发出来，燃烧着信念的火焰。罗亭几乎掌握着最高的秘密——说话的高超艺术，他知道怎样在拨动一根心弦的同时，迫使其他的心弦一起颤动、轰鸣。有的听众或许不明白他说的确切含义，但是他们也会心潮澎湃，他们面前一道道无形的帷幕徐徐升起，展现出光辉灿烂的前景。

> 罗亭的所有思想似乎都向着未来，这就赋予它们一股冲劲和朝气……他站在窗前，目光并不特别专注于某人，只顾自己滔滔不绝地说着——由于受到普遍的同情和关注的鼓舞，由于几位年轻女性的在场，由于美好的夜色，由于源源不断的感受的吸引，他已经登上了雄辩

的高峰，达到了诗意的极致……他的声音细腻而温柔，这又平添了几分魅力，好像是神祇在借助他的嘴说话……罗亭在论述短暂的人生为何具有永恒的意义。

这当然是叙述者视角里的罗亭，当然也是几位被深刻地刺激并点燃的生命视角里的罗亭，譬如巴甫洛芙娜、娜塔里娅、巴西斯托夫、沃伦采夫（当他还没有意识到罗亭可能对他心爱的姑娘产生诱惑的时候）。对于这些生命来说，罗亭的到来，应该说就意味着生命和意义的觉醒，尽管这种意义对于各个人来说一时可能还多少有些捉摸不透。而"罗亭之夜"后叙述者所描述的各位在场者的反应也颇为有趣：

> 仆人端上晚餐。半个小时之后，客人们都纷纷回家了。达丽娅·米哈依洛芙娜硬把罗亭留下来过夜。在和弟弟坐车回家的途中，亚历山德拉·巴甫洛芙娜对罗亭非凡的智慧赞不绝口。沃伦采夫也同意她的意见，不过他认为罗亭的话有时候未免有点捉摸不透……"也就是不那么明白易懂。"他补上这么一句，显然是要为自己的想法作一点解释。可是他的脸色阴沉，因此他那盯着车厢一个角落的目光显得更加忧伤了。
>
> 潘达列夫斯基解下丝绣背带准备就寝的时候自言自语道："真是个机灵鬼！"——突然又恶狠狠地瞪了自己的仆人一眼，命令他出去。巴西斯托夫彻夜未睡，也没有脱衣服，直到天亮还在给莫斯科的一位朋友写信；而娜塔里娅尽管脱了衣服躺在床上，但一点也睡不着，连眼睛都没合过。她手枕着脑袋，眼望着黑暗；她的脉搏在狂跳，一声声长叹使她的胸脯时起时伏。

这当然是一种叙述策略——几乎所有的启蒙文本都需要从被启蒙者一面来展示启蒙者的"启蒙"效果，同时也藉此来塑造人物。可以肯定的的是，尽管罗亭对于自己那一套似乎漂浮在半空中的"未来话语"也不时表现出疑虑，但他不是一个怀疑主义者（当然他对自己的那一套话语在现实生活中的可能遭遇也并非一点疑虑都没有），至少不是像比加索夫那样既愤世嫉俗又否定一切的人——而实际上又在贵妇人的客厅里周旋，甚至还虚伪而贪婪地接受过别人的贿赂。

其实,就小说所提供的背景信息来看,罗亭时代的俄罗斯还是一个"知难行亦难"的时代,也正因为如此,叙述者一方面通过那些被罗亭的思想激情和生命激情所点燃的生命之光,来揭示罗亭思想的时代意义,同时又通过罗亭在行动方面处处遭遇到坎坷碰壁的事实,来对罗亭式的俄罗斯知识分子的现实命运寄予深切关怀和同情,其中尽管通过各种不同的人物来对罗亭式的启蒙话语进行质疑,但整个小说并没有对理想主义知识分子"不切实际"的思想与理想的否定批判,更没有所谓的讥贬嘲讽。而罗亭这个人物形象的深刻及意义,显然并非是仅仅建立在罗亭式的理想主义之上的,而是在这种看似浅薄的片面性中,还有一种复杂的包含着对自我怀疑的矛盾:

> 罗亭把脸转向娜塔里娅。
>
> "您这话是什么意思?"
>
> "我是想说,"她有点不好意思地说,"别人可以休息,而您……您应该工作,努力成为有用的人。除了您,又有谁能……"
>
> "谢谢您的恭维,"罗亭打断她,"做一个有用的人……谈何容易!(他用手抹了抹脸)做个有用的人!"他重复了一句。"即使我有坚定的信念,我如何做一个有用的人呢?即使我相信自己的力量,可哪儿能找到真诚而富有同情的心灵呢?……"
>
> 罗亭绝望地挥了挥手,伤心地垂下了脑袋。娜塔里娅不由得问自己:昨天晚上我听到的那些热情洋溢,允满希望的话,真的出自此人之口吗?
>
> "当然,事情并非如此。"他突然甩了甩自己一头狮子般的浓发,补充道,"这些都是废话,您说得对。谢谢您,娜塔里娅·阿历克赛耶芙娜,衷心地感谢您。(娜塔里娅根本不理解他为什么要感谢她。)您一句话就使我想起了我的义务,为我指明了道路……是的,我应该行动。我不该埋没自己的才能,如果我真有才能的话。我不该尽说空话,把自己的精力浪费在毫无用处的空话上……"

这样的一幕,或者说这样的一个罗亭,并不常见,尤其是在人多的公共场合。这究竟是罗亭的虚伪呢,还是他的真诚呢?在比加索夫看来,罗亭不过是俄罗斯小说中的"一个英雄",一个不真实的人,当然也包括他的不真实的思想。但究竟怎样看待这样一个"英雄"？还是来看罗亭大学时代的同学列日涅夫的分析：

"我很了解他，"列日涅夫说，"他的缺点我也很清楚。这些缺点之所以格外明显，是因为他不是个平庸之辈。"

"罗亭具有天才的性格！"巴西斯托夫附和说。

"天才么，他也许是有的，"列日涅夫说，"至于性格……他的全部不幸实际上就在于他根本没有性格……不过问题不在于此。我想说他身上好的、难得的方面。他有热情；而这一点，请你们相信我这个懒散的人，是我们这个时代最宝贵的品质。我们大家都变得难以容忍的谨慎、冷漠和萎靡，我们都沉睡了，麻木了，谁能唤醒我们，给我们以温暖，哪怕一分钟也好，那就得对他说声谢谢。是时候啦！你还记得吧，萨莎，有一次，我跟你说到他的时候，还责备过他冷漠。当初我说得既对又不对。冷漠存在于他的血液之中——这不是他的过错——而不在他的头脑中。他不是那种矫揉造作的演员，像我以前说的那样，也不是骗子，不是无赖。他要靠别人养活并不是因为他狡猾，而是因为他像个孩子……是的，他确实会在穷困潦倒中死去，难道因此就得对他落井下石吗？他之所以一事无成，恰恰是因为他没有性格，缺乏热血。不过谁有权利说他从来没有做过，也不能做一件好事呢！谁有权利说他的言论没有在年轻人的心中播下许多优良的种子呢？对那些年轻人，造物主并没有像对罗亭那样拒绝赐予行动的力量和实现愿望的才能。是的，我自己首先就有过亲身体会……萨莎知道，我年轻时对罗亭是多么崇拜。记得我还曾经说过，罗亭的话不可能对人们产生影响。不过我当时指的是像我这样的人，像我现在这样年纪、有过相当阅历并且受过挫折的人。他说话只要有一个音走了调，那么我们总觉得他所有的话都失去了和谐。幸好年轻人的听觉没有那么发达，那么挑剔。如果年轻人认为自己听到的那些话的本质是美的，那么音调准不准对他们又有什么关系呢！和谐的音调他可以在自己的内心找到。"

我之所以大段引用列日涅夫的话，是因为没有比他的分析更贴近罗亭的性格的了。这其实也是叙述者希望我们接受的一个事实——叙述者并不希望我们在上述分析之外还去胡乱揣度罗亭的思想、情感和行为，因为这些并不是叙述者所愿意看到的结果,其中可能包含了对罗亭这个叙述者所钟爱的人物的伤害。换言之,罗亭只有在列日涅夫口中,才是让叙述者最为放心的。

罗亭掌握了一套宏大的话语体系,或者说他试图掌握一套宏大的话语体系,这也正是启蒙主义者不惜为之而奉献一切的原因所在——仅仅追求这套话语本身,就几乎将耗尽一个现实生命所有的激情热力。但在比加索夫看来,这样的知识,连同掌握着这样知识的人,都是危险的,因为在这样的话语和人那里,其实什么也没有:

> "我不想为文明辩护,"罗亭沉默了片刻后继续说道,"它也不需要我的辩护,您不喜欢……各人口味不同么,再说,这也离题太远了。请允许我向您提醒一句古老的谚语:'朱庇特光火——理亏。'我是想说,对体系、一般的论证以及诸如此类的东西进行攻击之所以特别令人痛心,是因为人们在否定体系的同时,也否定了知识。科学和对科学的信仰,从而也否定了对自己,对自己力量的信仰。而人们需要这种信仰:他们不能单凭感官生活,害怕思想,不相信思想,对他们来说是一种罪过。而无用和无能始终是怀疑主义的特征……"
>
> "这都是空话!"比加索夫嘟哝道。
>
> "也许是空话。不过请注意,我们在说'这都是空话'的时候,往往是要回避说出比空话更有用的东西。"

在罗亭看来,比加索夫式的对于启蒙话语的警惕甚至反感和否定,将其批驳为空话,害怕思想、不相信思想等等,其实并不意味着思想的深刻或者成熟,只不过是一种认为思想无用和无能的怀疑主义者而已。而《罗亭》中罗亭自己就很清楚罗亭式启蒙话语的结症所在,这也正是他内在的生命矛盾与思想矛盾的结症所在,但他无法也无力去依靠自我的力量解除这一结症。他除了依然怀着期待去四处碰壁之外,最终只能让激情将自己吞没——那就是巴黎街头的一声枪响。

## 四

小说《罗亭》包含着启蒙主义思想文本的一切文学要素,它甚至不惜用人物大量对话来损害小说叙述和结构上应有之平衡。这种对话体叙事文在传教士式的传经布道文本中是常见不鲜的，而罗亭的生命所系，似乎也正是在向一个沉闷、贫瘠、凡庸而苟且的时代，传递火一般的激情与道德想象力。换言之，在19世纪上半期的俄罗斯，罗亭的意义就在于，现有的社会秩序、生活秩序、道德秩序、政治秩序、经济秩序或者人与人之间的关系伦理秩序，都已经让人感觉到窒息，这是罗亭及罗亭之火能够点燃一些心灵的时代前提。至于比加索夫甚至列日涅夫们对罗亭所提出的质问或者更高期待，那已经不是罗亭仅凭一己之力能够实现的了。

这不是罗亭的浅薄与虚伪，而是俄罗斯时代与社会的难以沉受之重。

该文原发表在《社会科学论坛》2008 年第 1 期（上半月刊）

# 新英格兰的文学知识分子

习惯上,19 世纪 30 年代被认为是美国民族文学确立并开始自觉地发出独立于他们的欧洲同行的声音的时期。但对于这一时期所确立起来的美国民族文学传统,有些美国作家甚至用"新英格兰的绅士传统"来概括,其中包含着明显的不屑甚至叛逆。原因很简单,这种传统与美国文学中后来一直强调的平民化、民主化的文学精神诉求并不那么和谐一致,新英格兰的文学知识分子们,不知不觉地在这种"绅士文学传统"的建构中,不仅间接地形成了对像爱伦·坡这样具有颠覆和叛逆精神的南方都市个人主义文学者的压制,甚至也因为知识分子自身根深蒂固同时又难以超越的趣味与格调,而将美国更广大的现实生活空间排除在了这种文学传统之外。

但没有人能够因此而简单地否认这场对后来的美国文学产生了重要影响的"文艺复兴",即通常所谓的"新英格兰的文艺复兴"。这场文艺复兴一般也被称之为新英格兰的超验主义运动,其中核心成员有阿尔卡特(Amos Bronson Alcott)、皮博迪(Elizabeth Peabody)、瑞朴雷(George Ripley)、梭罗(Henry David Thoreau)、玛格丽特·富勒(Margaret Fuller)、爱默生(Ralph Waldo Emerson,1803—1882)等,另外还有小说家霍桑、诗人惠特曼。

其实,这场"新英格兰的文艺复兴"中本身就包含着多元的声音,其中既有像爱默生这样向北美大陆的知识分子们发出思想与精神独立自主呼吁的启蒙思想家、梭罗这样以个人的亲身实践体验来尝试并捍卫新英格兰的个体思想自由和行动自由的散文作家、霍桑这样对人性的困境踌躇忧郁的小说家,还有像惠特曼这样呼吁美国文学知识分子们在向自我看、向内在看的同时,更应该向外看、向广袤的美国大地看并从中发现那些新的美国要素的田野气息浓郁的浪漫诗人。

# 只有康河在静静地流

留学美国时期的胡适，曾经两度光临波士顿的康可德（Concord）。第一次是在 1914 年的 9 月，他应邀参加留美学生年会；第二次是 1915 年 1 月 27 日日记中补记的赴波士顿参加波士顿勃郎宁会演讲的经历。日记中对第一次游历记载颇为详尽，第二次的记载相比之下则简略得多。

在第一次游历康可德前，胡适已经读过 R. W. 爱默生（R. W. Emerson）的一些著作。"前夜在 Rev. C. Heizer 处读美国思想家爱茂生（Emerson）札记（1836—1838 年份）数十页。此公为此邦文学巨子，哲理泰斗，今其札记已出五册。"①此则日记还记录了爱默生札记中读《论语》数条心得，并抄录有《论语》五则。胡适认为，爱默生"所记多乐天之语，其毕生所持，以为天地之间，随在皆有真理，一丘一壑，一花一鸟，皆有天理存焉"。

对于爱默生的关注，不仅在胡适非常有限的美国文学知识背景上显得格外突出，而且还表现在他在第一次游历康可德之时的"有心"上。在康可德，胡适还参观了华盛顿·欧文笔下的"睡谷"和康可德河上的小桥。在小桥边，胡适看到了镌刻在桥西铜像上的爱默生的诗《康可颂》。胡适抄录并翻译了这首诗的前四句"小桥跨晚潮，春风翻新饰。群鸶此倡义，一击惊世界"。

一直到晚年，胡适对于自己曾经力倡并躬行的白话文学运动和新文化运动的历史定位都十分在意。如果说早年曾经一度因为现实的艰难而有过心灰意冷的时候的话，愈到晚年，胡适则对自己年轻时代"但开风气不为师"的思想行为倒是愈显得格外在乎。他曾经屡次将五四新文化运动与欧洲走出中世纪漫长精神和思想蒙昧状态的"文艺复兴"相提并论，并说，当初北大学生创办的《新潮》杂志，其英文译名就是"文艺复兴"，其寓意也即在此。

胡适当然也知道，爱默生和他所倡导的思想文化运动——习惯上被思想文化史家们称之为"美国的超验主义运动"——同样跟"文艺复兴"有关，并被称之为"新英格兰的文艺复兴"。

尽管有人将爱默生的《致美国学者》视为美国知识界独立于欧洲同行的标

---

① 曹伯言整理：《胡适日记全编》卷一，安徽教育出版社，2002 年，第 164 页。

志,但爱默生及其学说在其生前及生后几乎都是毁誉参半的。爱默生的同时代人、美国诗人、小说家爱德加·爱伦·坡(Edgar Allan Poe,1809—1849)认为,爱默生充其量不过是英国思想家托马斯·卡莱尔(Thomas Carlyler)的"令人尊敬的翻版"而已,"他属于那个我们难以苟同的绅士阶层……一个神秘兮兮的神秘主义者"。这里撇开爱伦·坡的论述是否过于尖刻不论,类似的议论倒也确实粗略地描述出了爱默生思想中的几个特点:在思想渊源上与托马斯·卡莱尔之间的密切联系;在思想的语言材料和思维方式上对西方人文传统、基督教传统以及美国现实命题的兼收并蓄、对凭借个人直觉与语言对象和经验结果之间的内在关系的推重、在思想的个人性与文学研究的伦理目的之间的平衡努力。但是,当爱伦·坡把这几个特点汇集在一起来描述和评价爱默生时,我们除了从这里发现一种非常鲜明和独特的个人批评声音外,却很难以把这种批评完全置放于爱默生身上并加以完全认同接受。原因很简单:也许爱伦·坡的评价切近爱默生思想的大致状况,但却降低了爱默生思想在 19 世纪美国批评史上的地位及意义,至少忽视了爱默生对于 19 世纪末和 20 世纪初日趋成熟的美国思想和美国精神的影响。爱默生虽然算不上一个 19 世纪伟大思想的集大成者,但是,他的思想以及思想成长历程,却充分体现了这一时代乃至更久远的历史上的那些思想资源和语言资源内在的复杂性和矛盾冲突。有人认为,爱默生为一个非纯粹意义上的思想者,即他"从未给我们提供完整的思想,完整的劝诫和完整的对于美国人生活的批评","情感在他的学说中占有很大比重";也有人甚至干脆将爱默生的思想命名为"诗化哲学"。这里所谓的"诗化哲学",并非褒义,而是指他的哲学缺乏"严密的逻辑"(cool logic)。也有人认为爱默生根本算不上一个"真正的哲学家",而只是一个"观察者和言说者"(A Seer and a Sayer)——他的思想不是单向地朝向纯粹的抽象,而是不断地、全面地从时代和社会现实中获取思想和语言材料;他不是在一个预设的语境中纯粹依赖语言本身的逻辑去推导自己的思想,而是格外注重自己实际的思想体验——爱默生把这称之为别人思想或外在自我的内化及个人化(这也是区分一般意义上的模仿和思想传统的创造性的转换与生成的标准之一)。

但是,或许那种指望爱默生为他的时代乃至后来的时代提供所谓"完整的思想"本身就是不合时代发展的"过分要求"。T. S. 艾略特在《诗的作用与批评的作用》一文中就曾经指出:"批评的发展是诗的发展和变化的表徵。而诗的发展,其本身又是社会变化的表徵。批评出现的重要时刻,似乎正是诗不再表现人类整体的思想的时候。"这段论述描述了处于不断发展和变化中的"诗"与"批评"之间此起彼伏、相互拉动的特殊关系。换言之,当一个时代批评不兴的时候,诗多半是以一种近巫的语言及方式存在着的。而正是这种方式,又在一定程度上规范了甚至约束了"诗"与社会之间的关系,而这种关系其实是具有明显的反科学与非民主的色彩的。但是,当批评(现代意义上的批评)不仅在诗人与读者(与诗人平等的现代社会与文化的思想主体)之间架起了一座诠释的桥梁——普通读者(也是现代社会与文化的产物)可以通过这座桥梁走进原本充满神秘甚至诡异色彩的诗人的精神世界或者"语言世界"的时候,其结果是原本完全由诗人控制的人类整体的思想不仅有了越来越多的破译者或者诠释者,而且,诗人的社会地位也随之发生了潜在的变化,他已经再也不可能担当"整体思想"的提供者或者规范者那种秩序制造者或立法者身份了。

但是,爱伦·坡的批评多少代表了那些坚持并且还在不断走向更加"纯美的艺术"的批评者的声音。这种声音所体现的追求,以直接关注个人性的文学语言和生命的现实体验而与爱默生思想中的宗教成分和说教色彩区分开来。但是,在与此有别的另外一个思想系统或者传统中,我们却发现爱默生被置于到一个不可忽略的承继者和传递者的位置上。马修·阿诺德(Matthew Arnold,1822—1888)把爱默生推崇为19世纪的四个伟人之一;即便是素为爱默生所尊崇的卡莱尔,也没有看低爱默生对于美国的意义。他认为,对于那个广袤而年轻的国家来说,爱默生"无疑是一个新时代"。这个新时代除了所谓的美国思想的独立之外,还意味着什么呢? 尼采曾将爱默生与 Giacomo Leopardi、Prosper Merimme、Walter Savage Landor 并列,视为19世纪堪称大师级的散文家。如果我们理解了尼采对于散文家的界定,我们就不会把爱默生简单地看作一个"无足道也"的"文人"了。

或许德国诗人海涅评价宗教改革者马丁·路德的这番文字,可以作为我们重新评估爱默生的思想文化个性和历史地位的借鉴:

> 他不仅是他那时代的吼舌,而且也是他那时代的刀剑。他既是个冷静的、经院式的诠释家,又是一个狂热的、神灵附体的预言家。……他浑身充满着令人畏惧的敬神情绪,充满着对圣灵的献身精神。他能

完全沉潜于纯粹的精神领域之中,然而,他又十分了解大地上的一切美好的事物。

对于个人在历史、传统当中的作用、地位,或许爱默生自己的一段话更适宜用来作结:

> 书籍的原理是高尚的。最初的学者接受他四周的世界,这使他沉思;在他自己内心里把这一切重新整顿过之后,他又把它陈述出来。它进入他里面的时候是人生;它从他里面出来的时候是真理。它到他这里来的时候是短暂的动作;它从他里面出来的时候是不朽的思想。它到他这里来的时候是事务;它从他那里出去的时候是诗歌。它以前是死的事实,而现在,它是活的思想。它可以站得住,而它也可以走动。它一会儿是稳固耐久的,一会儿又飞翔,一会儿又予人以灵感。当初孕育它的心灵有多么深,它就飞得多么高,歌唱得多么久,那比例是非常精确的。

就在爱默生去世三十多年后,一个现代中国的启蒙知识分子来到了康可德河边,不仅参观了他的旧居、他经常发表演说的教堂,还拜谒了他的墓地。在这种思想精神的对视交流中,我们难以彻底明了胡适心中复活起来的究竟是怎样一个爱默生。或许胡适也没有预想到的是,在他身后,人们对他的评价,其中有不少几乎与爱默生当年的遭遇极为相似。其实,爱伦·坡也罢,阿诺德也罢,卡莱尔也罢,甚至,胡适也罢,爱默生只有一个,就是曾经在康河边徘徊沉思的那个爱默生。只是哲人已逝,只有康河还在绵绵不断地静静地流淌。

# 一湖一世界

当 R. W. 爱默生将他的目光投注在北美大陆,凝望那浩瀚星空和广袤原野的时候,他所看到和想到的,绝非夏多布里昂式的美洲大陆;或者,当他一再将急切的目光投向欧洲大陆、英格兰和苏格兰高地的时候,他所看到和钟情的,也绝非亨利·詹姆斯笔下的足以供北美顶礼仿效的文明礼仪之域。爱默生在一种清晰的自我矛盾之中,将北美大陆的文明肇始,尤其是北美大陆知识分子独立思想和传统的肇始,或者说美国式的自由思想和知识分子传统的肇始,系绑在了欧洲文明传统与美洲大陆那勃勃的生机之上，并将任何能够体现这种"嫁接"或者"捆绑"式的新兴文化，命名为美国式的文化和思想。也因此，他对惠特曼的《草叶集》的出版予以高度评价，因为在惠特曼的那些"草"、"叶"之上，他看到了一种新型的、美国式的和谐统一——一种粗犷、豪迈、生机勃勃的思想情感与它的表达对象之间内在的和谐与统一。

爱默生式的"高瞻"与"远瞩"，并不是当时北美大陆唯一的一种思想姿态，尽管他实际上担当着新英格兰知识分子的精神领袖甚至思想导师的角色。小说家纳撒尼尔·霍桑就将自己近于天性的忧郁，转化成为他的作品中人性的某种几乎是与生俱来的"黑色"——这种"黑色"同时也吸引了另外一个小说家，他就是小说《白鲸》（又名《莫比·迪克》）的作者麦尔维尔。也就是说，爱默生式的明朗和乐观，在新英格兰的小说家们那里，遭到了一定程度上的质疑和冷遇。这些小说家几乎都属于那种发现自己被关了一间不大的屋子里，为寻找不到开门的钥匙而苦闷不已的人，而事实是，开门的钥匙或许就在他们自己手上。

而就在同时，还有另外一个人，以另一种姿态和方式，在悄悄地积攒、凝聚并提升自己的思想。他以一种近于虔诚的自我方式，跟随在爱默生身边，自甘以一个"思想学徒"的身份，从爱默生那里汲取着精神和思想上的"滋养"。这个人就是后来以《瓦尔登湖》、《康科德及梅里马克河畔一周》、《论公民的不服从》而在美国文学史、思想史上占据一席之地的亨利·戴维·梭罗。这位从哈佛大学走出来的思想叛逆，并没有将自己一生捆绑在一个无论看上去多么诱人的思想传声筒之上。即便是在1841年移住进爱默生家的时候及后来的日子里，他也没有被爱默生的思想所淹没。就在爱默生曾经关注甚至也引发了无限遐想的一个名不见经传的湖畔，梭罗成就了他自己，一个诗人——自然主义者的理想。

这个名不见经传的湖，名叫"瓦尔登湖"。说是湖，其实不过是一个硕大的水池而已。因为出自天然，而且离康可德镇不过一英里半，平常也并非人迹罕至。对于有散步习惯的爱默生来说，自然不会从未莅临湖畔。但这位放眼整个美国的思想家和精神领袖，将自己的情感投注在了更为广袤、阔大、遥远的对象之上，很难想象他会对脚下的这小小一池湖水产生无限思想。他到这里，不过是偶尔的思想散步而已，他的目光，是在凝望着那遥远的深邃之处。瓦尔登，在爱默生那里，永远只是他的生命、情感和思想之外的一处自然景观，一处生命、思想和情感的小背景或者陪衬。

而对于梭罗来说,瓦尔登湖的意义显然并非如此。他从这一个小小的野生湖泊生生不息的自然生命当中,感受到了生命的每一处细节和情景,体会到了时间变更唤醒生命时的激动以及时间残留给生命的痕迹的内在意义。不仅如此,他将自己内在生命完全消融、投注在身边的这小小一池水上,他在观察水畔时间的"流逝"之中,一点点地倾听、观察着生命成长的声音——在他这里,或者说在瓦尔登湖畔,时间又似乎从来不曾真正流逝,流逝掉的,只是属于我们自己仅有一次的生命。

这一切并不是一下子、顺利地完成的。1845 年 3 月,已经 28 岁的梭罗,开始在瓦尔登湖畔筑建茅屋,同年 7 月,他从爱默生家搬进筑好了的湖畔小屋。但是,他为此付出了代价——1846 年,因为拒付人头税,梭罗被捕入狱,出狱后他游览缅因森林,并于次年 9 月迁出瓦尔登湖畔的小屋,重新借住在爱默生家。

湖畔的声音,依然清晰地回响在重新回到世俗社会之中的梭罗耳边,而不仅仅只是留驻在他的湖畔日记中。与世俗体制与法则的冲突,将梭罗的精神气质从一个一般意义上的自然诗人或者自然主义者——依靠本能的生命力量抗拒叛逆社会体制、群体意志的个人,转化成为一个深刻的并具有内在精神思想脉络的诗人——自然主义者。《论公民的不服从》,一下子将梭罗的思想提升到了与卢梭的思想同等的高度,并将梭罗从一个逃避现实社会的近代隐士,转化成为一个以独特的姿态张扬个人价值及立场、对体制价值和群体法则表示怀疑及不遵从的具有自觉思想和思想力的现代人。这种姿态的思想价值及其现实意义,绝对不逊色于爱默生的思想带给美国文化和社会的影响。

值得注意的是,爱默生所强调的生命、思想的"直觉",并没有被他自己最成功地实践,他依然主要是从书籍中、从书籍所引发的沉思默想中,来推动和展开自己的思想,并在此基础上堆积出思想的"巴比塔"。真正自觉地实践着爱默生的"思想"的"直觉"观的,在当时的新英格兰,是惠特曼和梭罗。惠特曼说,我一直在冒泡、冒泡,是爱默生一下子让我沸腾起来。而梭罗则将生命的一段(更确切地说是全部)献给了瓦尔登湖,并以此回应了爱默生对新英格兰知识界的呼吁和期待。

梭罗不是一个从大到小地展开自己的思想的思想者,与那些具有良好的文化史知识储备和素养的学者相比,梭罗更是一个自然主义者,一个第一意义上的自然主义者。观察自然,几乎占据了他日常生活的大部分和他精神生活的绝大部分。但是,他不是一个现代科学意义上的植物学家和物候学家,尽管当时已经有不少读者都将梭罗的作品当作地理和植物学著作来读,就连爱默生也惊叹于梭罗的植物、物候知识。同时,梭罗也不是一个"主观先行"的思想实践者,他是真正地认识到自然的价值,并将自然从"对象"、"客体"的地位提升到"本体"和"主体"地位,并具备完整生命和内在精神思想的原初来认识和感受的。一湖一世界,是梭罗式的思想价值及意义之所在,无论是对于他自己,对于他的时代,对于美国,还是对于一个更广袤的世界。

## 惠特曼的歌唱

"卡莱尔作为一个有代表性的作家,作为一个文学人物,他把我们这暴风雨时代的重大暗示,这时代强烈的自相矛盾的事物,这时代的喧嚣,这时代苦苦挣扎的分娩期,都留传给了未来,这是任何人都不及他的。"这是惠特曼在《托马斯·卡莱尔之死》一文中对那位苏格兰思想者的评价。在同一篇文章中,这位《草叶集》的作者同样直言不讳地批评道:每一页上都有消化不良的痕迹(指卡莱尔的著作——作者),有时甚至占满全页。所以在他一生的教训中——虽然他这一生也长寿得惊人——还应当包括除天才和伦理之外的那个胃,是怎样起着一种决定性作用的。[①]

在惠特曼眼里,卡莱尔无疑是一个时代的文化天才和巨人。对新英格兰的知识界来说,因为爱默生不遗余力的推重介绍,卡莱尔和他的思想,确实是一点也不陌生。但是,惠特曼并没有因此而完全拜倒在卡莱尔的思想"峻岭"之下。他十分敏锐地看到了卡莱尔思想深处内在的矛盾与因此而生发出来的痛苦,"他是个谨慎而保守的苏格兰人,完全懂得气球的气囊是怎么回事,却不懂得现代的激进主义是怎么回事,可是他那颗伟大的心却要求革新,要求变革——常常与他那傲慢的头脑几不相容",所以,惠特曼认为,卡莱尔是一个"有严重缺点的人"。惠特曼否定了卡莱尔身上的那种矛盾着的力量的现代意义,他自己要寻找的,是一种根植于北美大陆的,天空之下、土地之上的美和对这种美的歌唱。

---

① 张禹九译:《惠特曼散文选》,湖南人民出版社,1986 年。

既然已经看清了卡莱尔身上的矛盾和痛苦，那种在矛盾着的力量的拉扯中难以和谐平衡的痛苦，那种因为无限地追求深刻与复杂而带来的痛苦，因为完全地朝向历史文化深处而身陷其中的痛苦，惠特曼认为，美利坚不需要这种类型的痛苦。所以，惠特曼以一种自信、感激和毅然决然的态度，这样描述了卡莱尔时代的结束："颗颗星星都睁大了眼睛，比往常更透明，显得更近；不像在那些夜晚，大星星使别的星星都相形见拙。每一颗小星，每一个星团都同样清晰可见，同样离得很近"。美国思想的"学徒"期应该结束了。如果说爱默生以《致美国学者》和《论自然》两篇文章，从学理上呼吁北美知识界在思想上的独立意识并预示着北美知识界的成熟的话，惠特曼则以形象的比喻，给卡莱尔时代拉上了帷幕。

这个拉帷幕的人，并不是一个与卡莱尔一样，用文化哲学的方式，来认识人类历史、文化以及当代处境的人，他选择的自我表达的方式，是诗，是歌唱。在他眼里，密西西比河和它的文学，是浑然一体的，但是，这样的观点的形成，却是经历了一个较为漫长的过程的。

在《"本土"文学》中，惠特曼向他的美国同胞提示：我们自己没有足够的判断之见；我们忘记了，上帝赋予美国人的分析与精明的能力，为世界上其他任何国家的人的能力所不及。其实，就连惠特曼自己都怀疑，这样的论断对于19世纪前期的美国人来说，究竟有多少实际意义上的说服力。即便是对于北美知识界，也会认为惠特曼的这种认识，不过是一种"夜郎自大"式的自我吹嘘。而这样的结论也并不过分——无论此前还是当时，美国知识界，依然需要欧洲大陆思想资源的滋养和培育。

但是，四十年之后，在1879年的秋天到美国西部去旅行的路上，惠特曼终于大彻大悟，并给自己当初评价卡莱尔和提示美国同胞的言论提供了一个坚实的美学上的注脚。一路上，他信心十足地自言自语："我已发现我的诗歌的规律"，"我在这荒野中过了一个钟头又一个钟头——万物充足而丰富，绝对没有人工痕迹，原始大自然的活动不受束缚——陷窟，峡谷，水晶般的山泉蜿蜒曲折，有几百英里——天地真是广阔，一望无垠"。沉浸在大自然博大、浑厚的伟力之中的惠特曼，引用了一位古人思想与赞美自然和自然力的话，"这大千世界的景象最为壮观，一个人在海洋的深处或在无数个子夜转动的星空当中——如果这可能的话——总是想到此等景象何其壮观，他会考虑到，不是为了这景象本身,不是抽象的而是联系他本人的切身体验——这一切对他有什么影响,会给他带来什么色彩的命运"。

惠特曼在美国的土地上、在美国的景象面前,产生了较之以往更加深切的体验,这些体验,对于他来说,永远不可能仅仅借助于抽象的语言就能够完全、彻底地表达和表现出来。但是,对于惠特曼来说,写作过程中完全排除主观的"本土"文学意识,同样是困难的,"这想法固然美妙,不过我不禁感到更加美妙的想法,却是将美国所有这些无与伦比的地区熔入完美的诗歌或其他文艺作品的加工器里,全然是西部的,崭新的,无限的——完全是我们自己的,丝毫没有欧洲土壤、意识,没有那种固定的框框和千篇一律的内容的痕迹"。但是,他不会因此就唱着失去了人类文化共性的土地之歌,他在更加深切地体味北美景象在"美学"上更加充实的含义,体味着这些景象的独特民族文化意蕴,同时还在想"诗歌应当表现和提供我已略微提到的这周围的富饶地区"。那些异域诗人学者对北美大陆的抒写,在惠特曼看来,"同我们的时代和国家是何等绝对无缘",其内容也是"何等狭隘",其中还充满了"不合时代的错误和谬论"。

而作为诗人的惠特曼所要歌唱的,究竟又是什么呢?

"纯洁的气息,原始的特色;无限的富庶和充裕;审慎、力量与克制的奇异融合;现实与理想的奇异融合;独特与优良的奇异融合;这些草原与洛矶山脉的奇异融合;密西西比河与密苏里河的奇异融合;所有这一切会以某种形式成为我们的诗歌和艺术标准吗?"诗人以自问自答的方式,对那种"更深邃、更广阔、更坚实的却是一种伟大、跳动、有活力、富于想象"的作品或多种作品或文学,寄予了厚望,并坚决地肯定道:"要创造这样一种文学,大平原、大草原、密西西比河及其多样而富饶的流域所遍及的地方,都应当是具体的背景;美国现在的人性、激情、斗争、希望——在这新大陆的舞台上,在迄今为止的一切时代的战争、传奇和演化中——现在是将来也是一种说明——应当闪出轻轻摇曳的火和理想"。

这就是惠特曼的歌唱,一个没有上过多少学的现代美国诗人的歌唱。


## 黑色的忧郁


在新英格兰的知识分子群体中,纳撒尼尔·霍桑无疑是独特的——新英格兰的知识分子几乎每一个都是独特的,但是,霍桑的独特,在于他那种内在的忧郁气质,这种忧郁,就像你在日常的细节与节奏的缝隙中所感受到的丝丝凉意与阴冷。日光照耀下的丛林中,是一条僻静地流淌着的小溪,溪水在丛林藤蔓之下缓缓流淌,只有偶尔的一缕、两缕阳光,透过林木枝蔓,撒散在平静的溪水之上……那时,或许有鸟的鸣叫,但绝不可能是唧唧喳喳的争吵,而是一两只鸟在荫翳之中的对语,间或也有一阵阵的静默,那时的丛林中便只闻溪水的声音,和树叶坠落的声音了。而在这样的静默与幽僻的深处,或许就伫立着一个孤独的身影,还有这个身影同样孤独的背影……

这就是我们在读霍桑的那些古屋青苔之间的重讲一遍的故事的时候情不自禁地生发出来的联想。霍桑毫不掩饰地把自己内心深处的一种矛盾——一种并非剧烈冲撞、撕心裂肺般疼痛的内在矛盾告诉给自己的友人。他在一封寄给波多因学院时期的同学的信中倾诉道:我把自己关在了一个囚笼之中,无法将自己解救出来。囚笼是如此狭小,我已经没有办法再这样忍受下去,可是,我又找不到将自己释放出来的办法。而实际上,囚笼的钥匙就在我自己手上。明知原委之所在,却又无力解决,这几乎成为霍桑一生精神生活的悖论。

霍桑的矛盾,不仅是一种抽象的、文化意义上象征式的思想困境,也是一种具体的、精神上的痛苦,一种近于忧郁的、家族遗传式的"自闭症"——他的母亲在父亲死后近于"幽闭"的闭门独处式的生活方式,不能说对霍桑的心灵世界没有产生影响。但是,霍桑的忧郁,不仅源于此,也不是简单地停留在家族精神遗传上,那种难以摆脱的家族阴影,还要牵扯着更远的家族历史——那是尘封在家族记忆深处的黑色,一点点地浸濡着他对于家族历史的想象。忧郁,随着霍桑对家族史的进一步了解而慢慢地扩展开来,最终成为他气质中的一道阴影。而群体精神谱系中所隐现的黑色,就像是一道与霍桑个人精神谱系中的忧郁并行的网,既让他涉身其间而无法脱解,又让他的忧郁象一块蘸上了、浸润了黑色的纸,一点点地被濡湿、放大,弥漫成为一种彼此呼应的黑色风景。

他似乎永远难以说服自己去像惠特曼那样去歌唱,去歌唱人性中的亮丽与伟岸,去歌唱北美大地的生机与活力,去歌唱正在成长之中的希望与憧憬——那种无所顾忌的酣畅淋漓,在霍桑那里,成为一种精神上的奢侈;他似乎也没有办法让自己像梭罗那样,沉浸在一种"物我两忘"的个人精神世界之中,以一种强大的个人力量,将自我自然地从社会和历史中拉扯出来,消融在瓦尔登湖畔的树木水草之上。霍桑可能做的,就跟《红字》中的丁梅斯戴尔牧师一样,只有在夜色阑珊之时,或者月明星稀之时,一个人在空旷的小镇广场或者镇边林中徘徊独行。《重讲一遍的故事》对于霍桑来说,应该不只是自己在孩子们面前一种讲故事的技巧的炫耀,历史或者过去,在霍桑的记忆深处,总是不时地浮泛出它的阴冷的黑色,像是一个与生俱来的胎记,或者系在头上的一袭黑纱,以一种难以彻底摆脱的方式,将今天与过去的某一处勾连在一起,甚至成为解开今天处境的唯一途径,可是,通往这一处境的路径或者打开这一历史大门的钥匙,却找不到了。

因此,对于新英格兰知识分子们的理想实验,在经过短时间的参入之后,霍桑孑然退出,并将这一段知识分子的生活实验,用小说的方式记载了下来,这就是他的《福谷传奇》的背景。背景是霍桑小说的一个剔除不掉的标记,一种根深蒂固的气质或倾向,一种绵绵不绝的思想和精神气息。这种背景在他的《七个带尖角的房子》、《古屋青苔》、《红字》以及《福谷传奇》中都不同程度、不同方式地存在着,或者是以一种宿命的方式揭示着人物命运的循环原因;或者是以一种难以抗拒的力量方式推动、牵引着人物一步步走向其早已"命定"了的结局;或者是以一种忧郁的气息,弥散在作品的叙述语言之中。

霍桑这种难以从过去的重负之中解脱出来的负罪感,与当时"清教"教义中的某些观念内在吻合,或者说彼此相互诠释,不仅成为霍桑思想的一个时代注脚,也为霍桑小说打印上明显的宗教文化烙印。

霍桑似乎从来就没有刻意掩饰自己作品中的这种色彩背景——这种色彩不仅限于宗教,也可能是人性、个人道德或者历史记忆、家族史等。但是,作为一个小说家,一个用小说的方式诠释自我感受、体验和认识的生命个体,小说对于霍桑,应该还有着更丰富的内涵和意义。在时代不断膨胀、喧嚣的群体话语当中,霍桑凭借着他的小说,保持着一个知识者的冷静和清醒。对于那些鼓胀着外在激情的自我扩张意识与行为,霍桑总是以一种近于偏执的个人姿态,表示着自己对于人性认识上的低调——那种似乎已经渗入到骨髓之中的黑色,就像一种慢性毒素,在一点点地侵蚀他的健康的体魄,同时,他也在承受痛苦的过程中,慢慢地熟悉认识了这种致命的黑色,并成了一个用形象的方式向他人展示和说明这种黑色的忧郁的个人。

这是一种近于纯粹的个人精神之旅,一种在沉静与痛苦之中面对自我的清醒、勇敢与坚定，一种寻求内在解决的个体主观努力。就像梭罗、惠特曼等人一样，霍桑也需要精神上的点拨与导引，需要群体精神生活中的思想鼓动、拉扯与激荡纠缠，否则，他就会完全沉浸在自我封闭式的情感幻想与精神冥想之中，这或许也正是他愿意并尝试参加康可德的知识分子们各种思想实验活动的原因所在。但是，即便是在新英格兰的知识者群体活动最鼎盛的时候，霍桑身上那种根深蒂固的忧郁，始终成为了一道将他与那些知识者们的乐观私底下隔开的精神和情感之墙。他始终关注着自我、内在与人性，关注着个体、历史与精神处境，这种关注，在新英格兰的知识分子当中，霍桑并不是唯一，但是，霍桑用他独特的精神气质，将他自己身上的这种独特性显示出来，并为一个乐观时代涂上了一道忧郁的黑色，而不仅仅只是一道忧郁的眼神。

该文原发表于《随笔》2007 年第 2 期

# "离开这里，这就是我的目的"
## ——卡夫卡的文学写作

当我们注意到卡夫卡的文字中不断被强调的"离开"主题的时候，很容易因此而忽略了他也曾经多次描述过一个逡巡徘徊在"回家"途中的游子的踌躇。不过，无论是一个急于逃离此地的人，还是一个重返父亲的老院子的人，目的和希望在卡夫卡的文本语言中并不存在，他所真正关注的，既不是逃离之后的出路，也不是归来者即将享受的家庭天伦，而是"离开"之际与"归来"之际的真实处境，一种此时此地的经验感的存在，但又不只是一种具体的荒谬感或者抽象的空虚。这在《变形记》中格里高尔即便变成了一只又大又丑的甲壳虫之后依然没有选择逃离家人中可见一斑。

马尔库塞在《论萨特的存在主义》一文中，曾经这样解释卡缪的思想文字中那种弥漫不去的荒谬感：

> 卡缪并不属于存在主义学派，但浸润于他思想中的基本体验，却仍然植根于存在主义的土壤中。该时代是一个充满极权恐怖的时代：纳粹统治的力量登峰造极，德军的铁蹄践踏着法兰西。西方文明的价值和标准，不是与法西斯制度的现实同流合污，就是被法西斯制度的现实取而代之。那种与所有希冀和理想矛盾的现实，那种既拒斥理性主义又拒斥宗教、既拒斥唯心主义又拒斥唯物主义的现实，又一次把思想掷回到它自身的领域。思想再一次发现自己处身于笛卡儿的境遇，再一次祈求着一种清楚和明白的真理。只有仰仗这种真理，思想才可能继续生存下去。思想提出的问题并不是指向抽象的概念，而是

面向个人具体的生存;思想所提出的问题是:能够为个人在世界中此时此地的生存提供基础的清楚和明白的经验是什么?

这段文字似乎也可以拿来勉强解释距离此前约三十年的卡夫卡,是怎样在一个极权文化的包围中揭示出"个人具体的生存"真相与困境的,反过来,卡夫卡的那些文学文字,也足以拿来回答上述那个疑问,即"能够为个人在世界中此时此地的生存提供基础的清楚和明白的经验是什么"。当然我们也可以肯定地说,卡夫卡的那些文字,显然也能够为现代文明与人的困境,提供基础的清楚和明白的个人经验。

一、卡夫卡的文字中真正触动心灵的,并不仅仅是那种荒诞感,那种对生命的同情与悲悯,以及对于人与人之间的冷漠、隔膜乃至彼此互为伤害壁垒的揭示,而是先于这些而存在的那种对于生命的当下状况所表现出来的敏锐而深刻的"处境意识"或者存在意识。当他说"对我来说不存在高空和远方"的时候,或者说,当他说"以往我不能理解,为什么我的提问得不到回答;今天我不能理解,我怎么竟会相信能够提问。但我根本就不曾相信过什么,我只是提问罢了"的时候,但丁也罢,莎士比亚也罢,歌德也罢,才真正作为古典作家而上升到属于他们各自的星座,卡夫卡开创了属于他自己的一个时代,尽管他可能并无意于此,事实上他也无意于此。

卡夫卡有一篇小小说(更像是一首散文诗),不长,抄录如下:

> 我叫人从马厩把马牵出来。仆人听不懂我的话,于是我自己到马厩去,给马上了鞍,骑了上去。远处传来喇叭声,我问他这表示什么。他什么也不知道,什么也听不见。到了大门口,他把我截住,问我:"主人,你骑马要到哪儿去?""我不知道,"我说,"只要离开这里,只要离开这里。只有持续不断地离开这里,我才能达到目的地。""所以你是知道你的目的地的?"他问。"是啊,"我回答,"我不是说了:离开这里,这就是我的目的。""你没带着口粮?"他说。"我不需要,"我说,"旅途这么远,如果中途得不着吃的,我肯定会饿死。带什么口粮都救不了我。谢天谢地,这是一次真正不寻常的旅行。"[①]

---

[①] 叶廷芳等译:《卡夫卡文学代表作》,九州出版社,2006年,第324-325页。

这是卡夫卡一则极有象征意味的完整文字,在这则文字中,似乎潜隐着卡夫卡的人生观和文学观中的某些东西,但又有一些恍惚和让人捉摸不定的东西。譬如文字中的"我"急于离开这里并不难理解——逃离此地或者生活在别处、生活在远方一类的主题在契诃夫和米兰·昆德拉的作品中亦有揭示表现。卡夫卡的"不同"在于,离开这里并不是为了去往"远方",或者说去往"别处"并不是离开此地的目的,离开此地本身才是离开此地的目的,而这样一个即将开始的旅途却又不需要带任何口粮,因为"带什么口粮都救不了我"。

这种类似的"处境意识"在卡夫卡的文字中并不少见。他的《荆棘丛》所表达出来的"存在感"与理性意志之间的差别和碰撞,给人的印象同样强烈。

> 我误入一块穿不过的荆棘丛,大声喊公园管理员,他立刻就来了,但是他到不了我跟前。"您是怎么到那荆棘丛中去的呀,"他叫喊着,"您不能从原路走出来吗?""不可能,"我喊着回答他,"我一边静静散步,一边想事情,忽然就发觉自己陷在这里面了,简直就像是我到这儿以后树丛才长出来似的。我出不来了,我完了。""您简直像个孩子,"管理员说,"自己先从一条禁止通行的路挤到这野树丛中,现在又诉苦。您又不是在原始森林里,您是在公园里,有人会把您弄出来的。""公园里就不应该有这样的树丛,"我说,"人家怎么救我呢,谁也进不来。要救我的话,就得马上动作,天已很晚,夜里在这儿我可受不了,我已经被刺刮得伤痕累累了,我的夹鼻眼镜掉到地上去了,找也找不着,没有眼镜我等于半瞎。""是,没错,"管理员说,"不过您还得耐心稍等一会儿,我怎么也得先找来工人砍出一条路,而在这之前得先拿到公园管理处主任的许可。所以,您得有点耐心,还得有点男子汉气。"①

卡夫卡在上述文字中并不是想表达一种荒诞感,至少他并不急于表达这种感受——尽管它客观上可能确实传达出来了这种感受,他更希望"唤醒"我们关注的(如果我们把他的文字所产生出来的客观效果视为一种希望的话),是这种文字所表达出来的那种尖锐得有些刺人的"处境意识":生命在生活中的当下处

---

① 叶廷芳等译:《卡夫卡文学代表作》,九州出版社,2006年,第328-329页。

境。但这并不完全等同于一种问题意识，即我们遭遇到了怎样的问题，以及该如何因应和解决问题，不过又与这样的问题相关，甚至他往往也在文字中将问题提了出来，但问题的出现和解决，似乎都带有卡夫卡式的荒诞意味。也就是说，卡夫卡真正关注的，依然不是问题本身（无论是问题的出现还是解决），而是问题背后的"存在"：生命的当下处境。这才是卡夫卡和他的文学赖以生成的最坚实的基础。我们可能找到一次性地找到解决这一个问题的方法，甚至也警示自己或者他人不要再去重蹈覆辙。但我们依然在生活的洪流之中而无法脱身，只有卡夫卡的文字中那种"无法脱身"的存在感，那种"莫名其妙"而又"置身其中"的当下意识，才具有将我们从生活的洪流中暂时脱离开来的可能，也只有在此时此地，"我"也才第一次成为"我"而不是被生活裹胁湮没的"他们"中的一个。

但卡夫卡又不是那种追求强烈的启蒙意识的先知预言作家，哪怕他的文字事实上足以让他放心安逸地处于这样的地位。他的写作甚至"主观"上并不是为了去像一个生活或者思想的强者那样启蒙谁，在卡夫卡这里，作家和文学写作，都是一种"弱"的存在和表现。在与一位青年作家的谈话中，他曾经这样阐释过自己对于作家和文学写作的观点：

> 您把作家写成一个脚踏大地、头顶青天的伟人。这当然是小资产阶级传统观念中一幅极普通的图画。这是隐蔽的愿望的幻想，与现实毫无共同之处。事实上，作家总要比社会上的普通人小得多，弱得多。因此，他对人世间生活的艰辛比其他人感受得更深切、更强烈。对他本人来说，他的歌唱只是一种呼喊。艺术对艺术家是一种痛苦，通过这种痛苦，他使自己得到解放，以便去忍受新的痛苦，他不是巨人，而只是生活这个牢笼里一只或多或少色彩斑斓的鸟。[1]

卡夫卡这里所谓的"弱"，应该具有现实和抽象意义上的双重内涵。这是一个处于困境和荒谬之中的生命主体，但被困在了沮丧和失败的牢笼之中。而对于这只牢笼里的"鸟"，卡夫卡还有更多文字来描述它的"处境"：

> 它的翅膀剪掉了，这是真的。而在我，翅膀无须剪掉，因为我的翅

---

[1] 叶廷芳等译：《卡夫卡文学代表作》，九州出版社，2006年，第445页。

膀已经萎缩。因此，对我来说不存在高空和远方。我迷惘困惑地在人们中间跳来跳去。他们非常怀疑地打量我。我可是一只危险的鸟，一个贼，一只寒鸦，但这只是假象。实际上，我缺乏对闪光的东西的意识和感受力，因此，我连闪光的黑羽毛都没有。我是灰色的，像灰烬。我是一只渴望在石头之间藏身的寒鸦。

相对于那些依然在高空飞翔的鸟，这只牢笼中的"鸟"已经是一个异类，它不仅翅膀已经萎缩，并因此而失去了原本属于它的高空和远方，更让人感到寒心的是，这样一只原本应该飞翔在高空和远方的鸟，如今也随之而识时务地"渴望在石头之间藏身"，这不禁让人想到那个一觉醒来，发现自己变成了一只大得吓人的甲壳虫的格里高尔。发现了自己已经变形了的格里高尔，并没有急于让自己的父母家人帮助再变回去，而是"平静"地接受了这一事实，甚至逐渐地享受这样的事实。这样的"逻辑"，是卡夫卡的叙述成为可能的基础，或者说，卡夫卡的思想与感受，是建构在荒谬这一基础上的，但又并没有因之而导致非理性主义。

这就是悖论，一个卡夫卡式的悖论，这也似乎可以作为我们走近卡夫卡的开始。而要想真正意义上走进卡夫卡，这无疑是另一个悖论，这几乎就像他的《一道圣旨》中的那个似乎永远也跑不出皇帝的宫廷和圣城的使者：

> 他仍一直奋力地穿越内宫的殿堂，他永远也通不过去，即便他通过去了，那也无济于事；下台阶他还得经过奋斗，如果成功，仍无济于事；还有许多庭院必须走遍；过了这些庭院还有第二圈宫阙；接着又是石阶和庭院；然后又是一层宫殿；如此重重复重重，几千年也走不完，就是最后冲出了最外边的大门——但这是决计不会发生的事情——面临的首先是帝都，这世界的中心，其中的垃圾已堆积如山。没有人在这里拼命挤了，即使有，则他所携带的也是一个死人的圣旨。——但当夜幕降临时，你正坐在窗边遐想呢。①

这是一种似乎只需要在语言文字中完成的思想，更接近于一种遐想，或者说一种影像幻觉，作为叙述者的卡夫卡，在尽力追逐着这种幻觉，但在那即将消

---

① 叶廷芳等译：《卡夫卡文学代表作》，九州出版社，2006年，第294页。

逝的幻觉的尽头，他的语言叙述即将完成的地方，那个奋力奔跑的使者依然在皇帝的重重宫殿里，而对于那个似乎在作着无意义的奔跑的使者来说，他并不清楚自己是在传递一道死人的圣旨——这在作为叙述者的卡夫卡来说却是有意义的，也是需要予以关注的带有存在主义色彩的命题。

卡夫卡曾经在另一处文字中再次涉及这个注定永远也跑不出皇帝的宫殿和皇城的信使的"困境"，他说，"他们可以选择，是成为国王还是成为国王们的信使。出于孩子的天性，他们全要当信使。所以世上净是信使，他们匆匆赶路，穿越世界，互相叫喊，由于不存在国王，他们传递的都是些已经失去意义的消息。他们很想结束这种可悲的生活，但由于职业誓言的约束，他们不敢这么做"。信使的困境可能原于他在选择出发之前，已经放弃了他本来还有可能的另一种选择，那就是他原本还可以选择当国王。但被广泛接受的一般常识是，信使是可以为一般人所选择的，而作国王显然是无法选择的。

于是也就有了信使的悖论。

而在有些人看来，这似乎只是一种卡夫卡式的文字游戏，或者一种需要一定智力解读的寓言。而对于自己的作品可能在读者中造成的"困惑"，卡夫卡似乎也早有预感。他在《论比喻》一文中对读者的类似"困惑"作了如此让人瞠目的解构：

> 许多人埋怨智者的话总是有一些比喻，在日常生活中一点也用不上。而我们仅有的只是日常生活。当智者说"到那边去"，他的意思并不是叫人走到街道的另一边去。不过如果值得的话，这至少还是做得到的事。他说的是神话般的不知所指的彼岸，是我们所不知而他自己也无法详细描绘的处所。因而对我们在此也就一点儿帮助也没有。所有这些比喻所要说明的，其实就是，不可理解的事物就是不可理解，而这是我们本来就知道的，我们每日为之劳心劳力的是一些其他的事。

> 对此有个人说过："你们为什么不愿接受呢？假如你们照着比喻做，那么你们自己也就成为比喻，如此一来，你们就不必每天辛苦劳累了。"

> 另一个人说："我打赌，这也是一个比喻。"

第一个人说:"你赢了。"

第二个人说:"但可惜只是在比喻中。"

第一个人说:"不,在现实中,在比喻中你输了。"

一个在现实中赢了而在比喻中输了的人,是否就能够走出卡夫卡式的困境呢?

**二、当卡夫卡在 1912 年底写作并完成他的《变形记》的时候,他已经将现实生活中的一种戾气,内化为一种文学叙述中的平静耐心,这种耐心既意味着他并没有以一种决绝的姿态与家人和过去彻底告别,但又在一种全新的层面和境界上,开启了一个只属于他自己的精神世界和审美世界。因此,当他告诫一位青年友人"人们必须在我们周围沙沙作响的枯萎死亡的树叶背后看见幼嫩鲜亮的春绿,耐心等待。耐心是实现一切梦想的唯一的、真正的基础"的时候,实际上他已经将这个错乱的世界中被错置的某些关系清理纠正了过来,尽管上述行为可能只是在他一个人这里完成的,而且还是在他的内心深处。**

卡夫卡曾想将自己的《变形记》与《判决》、《司炉》结集出版,但他当时倾向于所用的标题是《儿子们》。在后来出版社出版单行本时,卡夫卡还曾特别致函该出版社,提醒千万别在单行本的封面上"画上那只昆虫"。而后来单行本封面上的图画画的是"一个青年哭着走出家门"。

这是一个似乎并没有多少文学意义的细节,因为它并不关涉卡夫卡的写作和文本本身,更多地只是有关已经完成的文本以怎样一种方式进入到读者的视野当中,尤其是给他们怎样一种第一印象。

但卡夫卡无疑是关心这第一印象的。更为有趣的是,他会去建议出版社选用《儿子们》这样一个标题。但细想一下,又觉得也不意外。其实卡夫卡早已将父亲、家这样的主题或者意象多次使用过了,但他又绝不是一个一般意义上的意象主义者。不妨来看一看他的《回家》:

我回来了,我越过田野,四处张望着。这是我父亲的老院子,院子中央积了一洼水,一些旧的不能用的用具乱七八糟堆在一起,挡住了通向台阶的路。猫伺守在栏杆上。一度裹在杆子上用于游戏的头巾,现在成了碎布随风飘扬着。我到了。谁来招呼我呢?厨房门后有谁等候着呢?炊烟袅袅,炉子上正做着晚餐喝的咖啡,你感到亲切吗?

觉得到家了吗？我不知道，我毫无把握。是的，这是我父亲的房子，但是一样样的东西好像互不相干，各忙各的。所忙之事，有些我已忘却，有些则是我从不知道的。我对他们有何用处，即使我是老主人的儿子，我对他们来说算老几。我没有勇气敲厨房的门，我只敢远远地站在那儿仔细地听着，站在人家看不见我的地方。因为在远处听，所以我听不到什么，只听到轻轻的钟声，或者以为听到了那儿儿时耳熟的钟声。厨房里的事，是坐在那儿的人对我保守的秘密。在门外踟蹰越久，就越是陌生。如果现在有人开门问我有什么事，那会怎么样呢。我难道不会像个要保守自己秘密的人那样做？

在这篇不长的文字中，卡夫卡将现代意识中的古与今、传统与现代、父与子的关系命题，通过一个重新回家的"我"的细腻感觉而淋漓尽致地表现了出来，文字精炼、情绪节奏舒缓而意味悠远。特别值得注意的是，卡夫卡并没有将"我"与他自己在《致父亲》那封超级长信中的"我"完全重叠起来。他不是一个冷漠的审父者，更不是一个试图报复所谓的家庭不公的破坏者，同样也不是那种流行的 20 世纪的弑父文化的代言人。令人多少有些意外但理解之后又觉得舒体通泰的是，卡夫卡让"我"回到了父亲的家，一个显然我曾经生活过并再熟悉不过的院子，还有厨房。这是一次谨慎的还乡返家，没有那种迫不及待的渴望和冲动，也不是那种近乡情更怯一类的感觉，没有具体的原因来解释为什么游子又回到了父亲的老院子——当然这里也曾经是"我"度过儿时时光的所在——或者只是因为"我"的内心深处的一次毫无端倪的悸动，一次朝向家乡方向的远眺。无论怎样，这次回家都不可能是一次精心安排的"事件"，但在"我"的生活中，在"我"与"父亲"的关系生活中，这次回家的意义却是无与伦比的。但"我"只能够逡巡徘徊在父亲的积有水洼的老院子里，已经为回家而奔走了那么远的旅程的"我"，却似乎再无力推开那最后一扇进入房间的门。

同样需要注意的是，卡夫卡在这段文字中再次提到这样一点，"这是我父亲的房子，但是一样样的东西好像互不相干，各忙各的"。而他曾经在另一处文字中对此予以过阐释，他说，"我们已经无法认清事情的意义关联。尽管人群拥挤，每个人都是沉默的，孤独的，但对世界和对自己的评价却不能正确地交错吻合。我们不是生活在被毁坏的世界，而是生活在错乱的世界。一切都像破帆船的索具那样嘎吱作响。您和哥哥看到的贫穷只是某种深重得多的苦难的表面现象"。

这是卡夫卡对于生活和现实的认知理解，从中可见他并没有对这样的生活与现实发出绝望的哀鸣，这也可能就是"我"还会重新回到父亲的老院子的潜在原因之一。而与这位已经回到父亲的老院子里却还是不得其门而入的"游子"相比，他的《算了吧》一文中的"我"，几乎就可以视为回家途中的"我"曾经经历的一段迷惘：

> 清晨，街道洁净空旷，我正前往火车站。我与塔楼上的大钟对了一下表，发现时间比我想象的要晚得多，我得加快速度才行。这个发现使我顿觉惊慌，连对自己脚下的路都失去了把握，因为我对这个城市还不大熟悉。幸好附近有个警察，我匆忙上前，气喘吁吁地向他问路。他微笑着说："你想问我该怎么走？""是的，"我说，"因为我自己找不到路。""你还是算了吧，算了吧，"说着他一个急转身走开了，就像那些想独自发笑的人那样。①

这是一段注定了只属于"我"自己一个人的旅程，尽管我现在也处于"找不到路"的窘迫之中。卡夫卡将"我"的这种处境，命名为"踌躇"，这是一种可以抽象为现代人的一种普遍处境的描述，《回家》中的我如此，《算了吧》中的我如此，怀抱了怎样一种心态而给父亲写下了如此之长的家书的卡夫卡，又何尝不是如此？

踌躇是否意味着无所作为呢？首先需要说明的是，踌躇本身就是有所作为的结果，是有所作为过程中的一个停顿，而且我们也希望这只是一个完整行为过程中的暂时停顿而已。事实上，卡夫卡对于这种"踌躇"的普遍意义也曾经作出过进一步的解释：

> 自我控制不是我所追求的目标。自我控制意味着：要在我的精神存在之无穷放射中任意找一处进行活动。如果不得不在我的周围画上这么一些圈圈，那么最佳办法莫过于：瞪大眼睛一心看着这巨大的

---

① 叶廷芳等译：《卡夫卡文学代表作》，九州出版社，2006年，第330页。

组合体，什么也不做。观看反而使我的力量得到增强，我带着这种增强了的力量回家就是。①

也就是说，这是一种有意义的踌躇，一种存在。而对于这种存在，卡夫卡说，"没有拥有，只有存在，只有一种追求最后的呼吸、追求窒息的存在"。

正如曾经在与一位青年友人的谈话中这样表达自己对于美国诗人惠特曼的肯定的那样，"我钦佩他在艺术和生活两者之间的和谐一致"，卡夫卡似乎并没有放弃回家的努力，尽管这种热情绝非一般意义上的浪漫乡愿。在《十一个儿子》中，他似乎在心理学意义上暗示了父子之间永远难以和谐的现实，但他又没有最后放弃返回父亲的老院子的努力。那个老院子，是我们曾经的天堂吗？为什么还要在那里逡巡不前？

这就是卡夫卡的困境吗？或者，这就是他在艺术与生活之间踌躇、徘徊复徘徊的困境吗？在卡夫卡这里，踌躇并不可怕，徘徊也不可怕，可怕的是没有足够的耐心踌躇和徘徊。"所有人类的错误无非是无耐心，是过于匆忙地将按部就班的程序打断，是用似是而非的桩子把似是而非的事物圈起来。"对于这种"无耐心"，卡夫卡曾经多次予以阐释，甚至将此视为人类的"主罪"，"人类有两大主罪，所有其他罪恶均和其有关，那就是缺乏耐心和漫不经心。由于缺乏耐心，他们被逐出天堂；由于漫不经心，他们无法回去。也许只有一个主罪：缺乏耐心。由于缺乏耐心，他们被驱逐；由于缺乏耐心，他们回不去"。

在这里，我们似乎又一次见到那个重回父亲的老院子的儿子，那个奔走在去火车站的路途中而迷路的旅人，还有那个变成了大得吓人的甲壳虫的格里高尔。

如果是因为他只是急于离开此地，就以为卡夫卡是一个并不真正关心未来远方的写作者，这肯定是对卡夫卡的一种误读。他说："真正的道路在一跟绳索上，它不是绷紧在高处，而是贴近地面的。它与其说是供人行走的，毋宁说是用来绊人的"；他还说，"道路是没有尽头的，无所谓减少，无所谓增加，但每个人却都用自己儿戏般的尺码去丈量。诚然，这一尺码的道路你还得走完，它将使你

---

① 叶廷芳等译：《卡夫卡文学代表作》，九州出版社，2006年，第339页。

不能忘怀"。而且,他也曾这样说,"生的快乐不是生命本身的,而是我们向更高生活境界上升前的恐惧;生的痛苦不是生命本身的,而是那种恐惧引起的我们的自我折磨"。

所有这些,都是我们从卡夫卡的文学写作中能够读出来的。

该文原发表于《社会科学论坛》2007 年第 3 期(上半月刊)

# 雷蒙德·卡佛小说中的"底层"叙述

　　德莱塞（Theodore Dreiser，1871—1945）以其对美国社会真实图景的"广泛而深入"的描写而被视为与海明威、福克纳齐名的美国现代小说的三巨头之一。而以德莱塞为代表的那场坚定地表现现实生活题材的文学运动，也并没有因为他的去世而烟消云散或者销声匿迹。德莱塞所关注并予以探究表现的美国社会的现实真实、资本家或者新兴爆发户的金钱的罪恶以及资本主义制度本身的不公正和不公平、人性因为欲望的过度膨胀与追逐而呈现出来的沦落扭曲等现实命题，也没有随着这场文学运动暂时转入"沉寂"而失去其思想与文学的追随者。在德莱塞之后，无论是对美国社会、美国梦或者美国底层民众尤其是 30 年代中期美国失业农民的悲惨命运予以真诚关注及深刻描写表现的约翰·斯坦贝克（John Steinbeck，1902—1968），毫无争议地成为了 19 世纪末期、20 世纪初期美国批判现实主义文学运动在德莱塞之后的抗旗人。而他在其代表作《愤怒的葡萄》中所广泛而深刻地描写并表现的美国 30 年代中期那些失去了土地和家园的底层民众在生活的最底层的努力、奔波与挣扎，不仅进一步发展了批判现实主义文学毫不妥协的"现实战斗精神"，而且也进一步拓宽了它的文学表现力与战斗力。在这部经典文本中，斯坦贝克通过一个失去了土地与家园的一家人在"路上"的不断奔波、努力与挣扎，极大地丰富了批判现实主义文学中的"底层"社会与底层民众的精神世界与心理世界，让读者进一步真切地感受到这些诚实朴实的美国底层民众在"时代洪流"中的理想、渴望、恐惧乃至迷惘与抗争。

　　在德莱塞、斯坦贝克之后，美国小说中依然能够强有力地进行类似"宏大叙事"的经典文本事实上已经趋于"沉寂"。在已经发生了深刻而复杂变化的社会文化环境中，似乎已经不可能再产生上述类似的文学叙述，因为这种叙述不仅致力于将其本身知识化,而且还要将其合理化和意识形态化。这种类似的"社会革命"或者"制度革命"的诉求与执著,显然已经从美国主流文学中消退了。但是,美国文学中对于现实题材,包括对底层社会与底层民众的描写与表现,并没有就此中断。在 70、80 年代,继承了德莱塞、斯坦贝克所倡导并实践的现实主义文学传统的小说家并非少数,其中无论是左翼知识分子读者,还是右翼知识分子读者,包括更广大的普通文学读者都能够接受的小说家,当数雷蒙德·卡佛(Raymond Carver,1938—1988)。

一

值得注意的是,几乎没有多少读者会直接地、简单地将卡佛与德莱塞、斯坦贝克所倡导并实践的文学传统轻率地关联起来。任何一个稍微熟悉上述三位作家作品的读者,都会毫不犹豫地指出卡佛与前两位作家之间存在着的"不同"或者"差异":卡佛主要是一个短篇小说作家;卡佛的文本中的世界是一个比较之下要"狭小"得多的世界,几乎就是一个个体的生命的关联世界;卡佛并不热衷甚至还会怀疑为德莱塞、斯坦贝克所使用的那种"宏大叙述"方式;卡佛并不追随并描写表现那种快速推进变化的"外部时间",更多时候,他的文本中所描写表现的是那种被"外部时间"所遗忘或者所淹没的"时间",那是另外一个世界中的时间与节奏,生命与生活在这里呈现出来的是另外一种或者种种景观——或许这是已经被主流与时尚生活所抛弃乃至鄙弃的时间,但卡佛却孜孜不倦地从这种时间中感受生命与生活的最本真的处境与现实……

但是,尽管有上述种种的不同,我们却依然能够从卡佛的小说文本中,轻而易举地感受到德莱塞和斯坦贝克的思想与文学气息,他们那种真切地关注现实、底层社会与底层民众的目光,透过历史的时代的重重迷雾,依然明亮。而他们在自己的文学文本中所揭示并表现的现实命题,也并没有因为美国经济、社会与文化的发展变化而随之得以完全解决,那些不合理的社会现象,底层社会与低层民众生活的辛酸与悲苦,依然存在于美国社会的方方面面、角角落落。而作为一个熟悉并有志于描写表现这一社会层面、这一类型的民众生活的小说家,卡佛几乎从一开始就注定了与德莱塞、斯坦贝克的传统之间的血缘关系。

这种血缘联系揭示出这几位作家在思想上精神上乃至艺术上所切实存在

着的"互文关系",但这种"互文关系",并不是他们之间关系现实的全部,甚至不是最重要的,尤其是对于卡佛这样一个主要写作成就集中于 70、80 年代的小说家来说。

　　1987 年春天访问巴黎之际,卡佛曾经接受法国文学杂志编辑 Claude Grimal 的采访。在后来所形成的《故事不可能来自于稀薄的空气》(*Stories don't Come Out of Thin Air*)访谈录中,卡佛曾经直言不讳地说,"我并不是一个政治作家,但我还是遭到了不少美国右翼批评家的攻击,他们指责我没有描绘出美国社会和生活中的美好一面,而且不够乐观,所写人物也大多为那些没有取得成功之人"。在卡佛看来,他确实写了失业,写了为了家庭生活中因为没钱而滋生的苦恼,以及婚姻问题等种种美国社会的"阴暗面",但是,这些都是"基本"的,是美国 80% 甚至 90% 以上人的生活事实。

　　不仅如此,作为一个作家,卡佛并不回避也不反对文学与现实之间的关系命题,他甚至明确阐述了两者之间实际上存在着一种密切的关系,至少在他自己的写作中如此。被卡佛视为导师和父亲一般的作家、批评家约翰·加德纳(John Gardner)在其《论道德小说》(1978)中,对后现代形式主义所表现出来的"虚无主义"提出了严厉批评,而卡佛也提出,伟大的文学是"与生活相关的"(life-connecting)、"肯定生活的"(life-affirming)和"改变生活的"(life-changing)。不仅如此,卡佛同时还进一步阐述道,在"优秀的小说作品中","核心人物,男女主人公,也是可以移动的人物,在故事中,他(她)遭遇到了某些事情,并因此而发生了一些变故。而所发生的这些变故,也改变了人物看待他自己以及这个世界的方式"。卡佛这里所谓的"变故",显然不只是局限于人物的内部世界中的心理的精神的情绪的变故,还应该是指向现实生活中的外部原因所引发的"变故",这种变故,实际上就是将人物与外部生活与现实,与主流时间或者时代社会关联起来的桥梁。

　　即便如此,我们依然难以简单地将德莱塞、斯坦贝克和卡佛放在同一个传统中,一条事实上已经几乎干涸或者改道了的河流中进行比较。卡佛的文学世界,与德莱塞的文学世界和斯坦贝克的文学世界有着太多的不同或者差别,尽管他们的小说文本几乎同样让我们看到了底层的辛酸、悲苦、挣扎与恐惧彷徨等等,包括绝望与堕落、疯狂与毁灭。而让这种不同或者差别产生并存在着的,不仅是已经改变了的外部世界,同时也与一个小说家的内部世界有着切实的密不可分的关系。或者说,是文学本身让卡佛与德莱塞、斯坦贝克不同起来的,而一旦深入到文学语境中,他们之间的不同几乎太多了,审美意义上的、修辞意义上的甚至句法意义上的,凡此种种,似乎都足以将卡佛与另外两位作家区别开来。

譬如,在卡佛的小说文本中,他并不正面地描写一个底层生命的强悍,他的顽强的生命力,那种在艰难粗砺冷酷的生活环境中依然兀立的生命力量,譬如《愤怒的葡萄》中的妈妈,尽管她也曾经发出过"不要拍打我,否则我就会彻底跨掉的"一类的抱怨,但 Joad 一家依然还能够保持着一个"家"的形式,与妈妈的坚强密不可分。即便是在儿子汤姆对未来几乎已经绝望的时候,妈妈还能够说出这样一段话:我知道,也许会使我们更加坚强。有钱人发了财还是要死。他们的子女都没出息,也会死掉。咱们的路倒越走越宽。她甚至坚定地宽慰儿子:汤姆,别急,好日子快来了。

换言之,在卡佛的小说叙述中,他基本上是采用侧面描写的方式,揭示展现并描绘一个在底层生活环境中挣扎着的生命的"价值"与"意义","快慰"与"希望",以及最平凡意义上的"感动"或者"触动",还有由此而产生出来的情感涟漪。卡佛的小说人物几乎都不是在一种具体的有形的时代社会背景上刻画出来的,而是将探究的目光深入到一个底层人物的内心世界之中,直面人物们在生活的催逼之下的那种乏力的疲惫感,在那里,叙述者与对象人物的本真相遇并碰撞,触发出真切的同情与人性的光亮,尽管这样的光明在卡佛的文本中也几乎从来不曾放射出明亮到足以照彻天宇的光亮——那不是淋漓尽致或者情感极端,更多是一种哀而不伤式的关照与清风拂面般的抚慰。

二

不妨来看一看卡佛的《父亲的一生》(*Father's Life*)。这是一篇界于自叙性回忆散文与小说之间的文本,其中包含了卡佛小说中的诸多常见要素。《父亲的一生》中有不少细节需要阅读时小心谨慎地对待,譬如开头父亲的名字和"我"的名字之间的关系,譬如父亲一直是如何称呼"我"的,譬如为什么正文中叙述者一直称父亲为"爸爸",而在标题中却称父亲,而在正文中却又一直称母亲为母亲而不是妈妈,譬如为什么一直处于被叙述和描写的无声状态的父亲,却在乘坐"我"的汽车、在一个下坡地方突然说了一句意味深长的话"你开得太快"。所有这些,都是在共同营造父亲所生活的周围环境,无论是血缘亲情所形成的小环境,还是时代社会所形成的大环境,而在这样的环境中,父亲的形象一点点、一个一个侧面地得以完成落实。父亲是一个有着具体的时代位置的人,但父亲所属于的时代已经远去,或者说父亲又是一个在已经发生了变化的时代找寻不到自己位置的人,一种没有办法跟着时代一起走进当下时间之中的被遗失或者落下的那种人,或者一个被自己的时代所抛弃了的人。他只能够说时间变化发展得太快,此外他没有任何办法与一个又一个飞驰而来的时代进行对话交流,所以他能够进行的唯一选择,也就只能是沉默了。从一定意义上讲,父亲这一代人,也是被时间淹没了的一代人,而《父亲的一生》也正是从这里,让我们感受到了一代人的悲剧。

其实,《父亲的一生》这个文本对于卡佛的意义是多重的,通过这样一个"审父"文本,作为小说家的卡佛完成了对于一代人的历史与命运的反思与叙述,同时也完成了对于一个曾经时代的被忽略的另一种本质性存在的洞悉与关怀。为了让我们这样一个时代有更具体的感受,不妨征引几段《父亲的一生》中的文字:

> 一九三七年父亲从阿肯色州到华盛顿找工作,徒步、搭便车或乘坐空荡荡的货车。我不知道他到华盛顿去,是不是为了追求一个梦想。我怀疑。我不觉得他有很多梦想。我相信他仅仅想找一个收入不错的稳定工作。稳定的工作就是有意义的工作。他有一段时间摘苹果,接着又在大古力水坝当建筑工。积蓄一点钱以后,他就买了辆小汽车开回阿肯色州去帮亲戚们,也就是我的祖父母,帮他们收拾细软迁居到西部。后来他说他们在那儿几乎饿死了,这话不是夸张。
>
> ……
>
> 接着他在俄勒冈州克拉茨卡尼的一个锯木场找到一份工作,那是一个坐落在哥伦比亚河边的小镇。我在那儿出生,母亲有一幅照片:父亲站在工厂门口,骄傲地把我举到摄影机前。我的童帽歪斜斜的,快松掉了。他把帽子前后反转过来戴,咧着大嘴笑着。他是要去工作还是刚下班?这无关紧要。总之,他有一份职业和一个家。这是他血

气方刚的青年时代。

......

　　他已经六年没有干过活,在那段时间里他失去一切——房子、车子、家具和电器,包括那个曾使母亲感到又骄傲又快乐的大雪柜。他也失去了他的好名字——雷蒙德·卡弗是个付不起账单的人——他的自尊丢掉了。

......

　　那些年里我都在努力养自己的家和谋生。但是,由于这样那样的原因,我们不得不频频迁徙。我无法跟进父亲的生活情状,但在一个圣诞节,我还是有了一个机会告诉他我想当一个作家。我也完全可以告诉他我想当一个整形外科医生。"你打算写些什么东西?"他想知道。然后,像要帮我解开这难题似的,他说:"写些你熟悉的事情。写些关于我们去钓鱼的事情。"我说我会的,但我知道我不会。"写好了给我看看。"他说。我说我会这么做的,然而我并没有。我没有写任何关于钓鱼的事情,我想他并不特别关心我在那些日子里写了些什么,甚至没必要去了解。此外,他不是一个读者。怎么说也不是我心目中的读者。

　　上述文字似乎足以让我们明白,卡佛与所谓"底层"之间的关系,并不完全是一种文学传统的精神血缘之间的传承延续,也是他自己家庭生活的曾经真实。而他的小说人物与德莱塞、斯坦贝克的小说人物的一个明显不同,就在于卡佛更倾向于描写表现那些在底层生活中依然被视为"失败者",那些并没有明显的阶级特征尤其是没有那种被典型化了的阶级性格与阶级心理。在卡佛这里,一切都是个体中心的,是具体的、个体的经验与生活,在牵引着生活与叙述。除此之外,一切都被屏弃或者过滤掉了,无论是所谓的意识形态化了的阶级意识,还是所谓的类化了的生存经验与情感思想反应。

　　也就是说,《父亲的一生》为我们提供了一条走进卡佛的小说文本的隐秘通道,这是一条精神与情感上的"暗道"。卡佛无意之间向我们透漏了他对生活、对底层人物以及他们的现实处境所怀抱着的情感与立场态度。他对这样的人物与生活,是一种近于对待父亲般的真实与虔诚。

　　但有太多的因素让卡佛在德莱塞、斯坦贝克之外,寻找到另外一种叙述"底层"的方式,一种将情绪与民间的悲苦隐藏起来或者尽量过滤压抑的方式,一条在有限的外表之下潜隐着"巨大的冰山"式的时代的、社会的、现实的、生活的、生命的信息的道路,这条道路,也就是海明威式的道路。

没有一个读者会无视卡佛的叙述与海明威的叙述之间的关联性——你可以将这种关联性称之为一种精神上和文学审美和文学技巧上的"暗合",你甚至也可以将这种关联性视为一种隔代之间的"呼应"或者类似于某种"复兴"之类的重新出现,但海明威依然并不能够作为卡佛的小说叙事的唯一背景,甚至也不是最重要的背景,就跟德莱塞、斯坦贝克不是卡佛的小说叙事的唯一背景一样。卡佛参照并潜移默化了海明威的小说中的许多要素,但是,卡佛明确地放弃甚至是拒绝了海明威小说中的"英雄主义"意识与情怀。与海明威小说中的永不言败式的平民英雄相比,卡佛的小说文本中的底层人物,有着更明确的底层特征,也从来没有显示出海明威式的英雄主义。甚至可以说,卡佛本身就是要将这种英雄主义从底层叙述中解构掉,将底层叙述重新恢复到生活本原的状态。那种普通美国人和美国家庭中的琐细的日常生活细节与状况,其中没有剧烈的冲突,有的是一种无奈与淡淡忧伤,以及莫名其妙的无力的疲惫感,一种将叙述者的情感与立场尽可能淡化之后而还原出来的生活与人物的本真。

卡佛也正是在这里,亦呈现出他与契诃夫(Anton Pavlovich,1860—1904)的小说写作之间的"类似"。

契诃夫曾经在 1886 年 5 月 10 日的一封信中,提出了被后来的批评家视为"微型小说"写作指导原则的几条标准,即:无关乎政治—经济—社会;客观地贯穿始终;描述人物和事物中的真实;极度简洁;大胆创新、力避陈词滥调;热心。正是在类似的"未曾得以放弃的责任感"与"永恒的困扰"之间,卡佛确信契诃夫的上述小说理念颇为适合自己。也正是在这样的思想与艺术谱系中,在 60、70年代,卡佛基本上循着契诃夫的上述文学路线,创作了他那些数量上并不可观的短篇小说中。而在美国批评家斯达尔(William. L. Stull)看来,卡佛的上述实践和努力,为美国短篇小说中现实主义在 1980 年代的复兴奠定了基础。其实,卡佛自己也坚持认为,一个小说家,如果能够将"现实细节"与"浪漫抒情"结合起来,在表现手法上有所节制同时又能够达到在读者那里引发共鸣的效果,这样的小说实践,就是成功的。而在一个所谓"超小说"——那种非模仿的、形式上带有实验性质——日渐得势的时代语境中,卡佛对于"现实"因素的关注、虚构故事的完整性(也就是卡佛所谓行为的"起因"和"结果")明显有些不合时宜。但没有一个批评者会认为卡佛的叙述是传统小说中的那种单线式的叙述的现代翻版,尽管卡佛的叙述中的句子的一个明显特点就是"直截了当"和"毫不隐讳"。卡佛所信奉并坚持实践的语言"简洁"原则——实际上是语言"精确"原则的另一种表述——已经预示着他的叙述方式和叙述语言与传统现实主义文学之间所存在着的差别。而卡佛对文学的非"政治—经济—社会"目的的强调,更是让我们深切感受到他与德莱塞、斯坦贝克之间那种具有相当党派倾向的现实社会的文学批判方式之间的差别。卡佛并不是一个激烈的社会批判者或者体制批判者,更不是一个具有复合身份的作家——革命家,或者类似的党人身份,相反,卡佛几乎是一个纯粹的小说家,一个一直致力于现实的文学表现与实现的职业作家。

卡佛的魅力,或者说卡佛小说语言的魅力,不在句子的复杂、含混,恰恰相反,在于语言的简洁明澈。这种简洁,是那种铅华去尽的简洁,而那种明澈,也是曾经沧海的明澈。这种语言,与他的小说文本中所表现的底层人物以及他们的生活,具有一种近于同质的没有矫饰与虚伪的特质。而卡佛的小说叙述语言中一直氤氲着的一种淡淡的忧郁,并没有直接影响到他的小说文本中的人物们在面对生活时的心理情绪,很多时候而是作为小说文本的一种情感基调,一种背景音乐而存在的。我们可以将这种背景音乐,视为叙述者对他的叙述对象所持有的一种态度,譬如同情、理解乃至充满温馨的抚慰与肯定。

## 三

作为一个小说家(当然也是一个诗人和随笔作家),卡佛一生完成发表了 37 部短篇小说。这些小说先后收录于他的《请你安静下来,好吗?》(*Will You Please Be Quiet , Please*,1977 年获得全国图书奖提名)、《我们谈论爱情时都说些什么?》(*What We Talk About When We Talk About Love*)、《大教堂》①(*Cathedra*,1984 年获得普利策奖提名)、《我打电话的地方》(*Where I'm*

---

① 《大教堂》收录 12 篇小说;《我打电话的地方》收录最齐全,一共 37 篇小说;《我们谈论爱情时都说些什么?》17 篇;《请你安静下来,好吗?》22 篇。这些文集中所收录的作品有交叉重叠。

*Calling From*）等小说集中。

卡佛的小说世界里没有那些时尚生活的喧嚣与泡沫，只有那些最有质感、对于一个具有生活良知的作家来说根本无法回避的现实存在。而那些在现实世界里处于边缘和底层的人物与生活，也因为卡佛的小说而得救——是他们让卡佛的艺术世界熠熠生辉。

究竟是哪些因素才让评论者几乎众口一词地将卡佛列入到 20 世纪能够称得上"大师"（master）级的小说家之列的呢？是他对当代美国人生活处境的敏锐洞察？是他对底层普通民众生活的深切悲悯与同情？是他那贴近生活本色的语言风格？是他那逼近阅读心理极限的叙述控制能力？是他特立独行的审美追求？是他对困扰一代人的存在主题所进行的奇妙的生活具象化？是他对日常生活的那种化腐朽为神奇的艺术魔力？似乎都是，但又不尽然。或许真正走进卡佛的适宜方法，还是去阅读他的那些小说文本。

卡佛的小说《平静的》（*The Calm*）表现的是一种"平静中的波澜"，一种不慎中被触动的"敏感"。四个男人，一个叙事者，平静、平淡甚至让人感到乏味的缺乏变化的生活，但在叙述中，这种文本中的生活却能够产生出缕缕不绝的温情，那种基于岁月、友情、地域环境、经历等因素而产生出来的人与人之间的心理依存关系——不是那种强烈的感情上或者思想上的需要，更多时候，只是一种共同存在（相同的时间和空间）中的那种奇妙的心理感受，一种共同担当"假象"之上的情感上的倾向性。小说《维他命》（*Vitamins*）似乎只是要表达生活中那种失控的状况，那种无法挽救的越来越糟糕的处境。比较之下，《小心点儿》（*Careful*）叙述了一个简单得不能够再简单的故事：一个搬出家室的男人，租住在一个条件并不怎么样的地方，还遭受着右耳失听的痛苦折磨，一天妻子不明原因地来访，说是要告诉他什么，用一种土方法治好了"我"的耳疾。迁徙、酗酒、同居生活中极为敏感又极易破碎的关系、对温情和稳定生活的渴求、那种在快速变动的生活现实压力之下对于那种正在消逝的相对稳定生活和人际关系的回味体验与珍视。这些在卡佛眼里和文本中，正是美国 70、80 年代底层人生的真实处境。《我打电话的地方》（*Where I'm Calling From*）依然是卡佛式的人物：叙事者"我"，J.P 以及 Tiny 等，都是一些小人物（烟囱清扫工之类）。酗酒者、边缘、底层以及灰色却并未完全麻木的生活。《冠羽之轻》（*Feathers*）描述的是个人处境的生成以及当它完全向外人敞开之时的状态，尤其是他人因之而生的反应。当生活以其最真实、最本原的状态向我们敞开的时候,我们以为自己已经作好了接纳这样的真实、这样的生活的准备。我们准备用什么来应对这些几乎突破了我们最后的自我防线的真实与现实呢?只有同情地理解(sympathetic understanding)或者"换位思考",除此之外别无它途。一个丑陋不堪的孩子,还有一只从未如此近距离接触的喂养在家中的孔雀,这是 Jack 和 Fran 夫妇受邀在同事家里聚餐时不曾预料到的处境。但幸运的是 Jack 还是禁不住为这样的真实所感动,为这种真实的"生活"所感动。

小说《大教堂》(*Cathedral*)为卡佛获得了一片赞誉。它是对日常经验的极限的超越,也被认为与卡佛以前的文本在观念与实践上均完全不同,一个并不怎么受欢迎的盲人客人,在一次不曾预料的来访中帮助他的主人重新审视生活。卡佛把握叙述节奏和变换视角语调的能力在这篇小说中得到了充分展示,一些最为细微的细节差异也被敏感并不露声色地捕捉到了,同时也得到了精确的表现。

卡佛并不讳言自己对于《大教堂》的喜爱,同样被他提及的自己最为喜欢的作品还有《微不足道的好事》(*A Small, Good Thing*)。作为一个大师级的小说家,卡佛在这篇小说中不仅发展了他的人物,而且也发展了他的主题。在这篇关于丧失爱子的故事中,卡佛让一对因为丧失爱子几乎已经濒临崩溃的夫妇,在与一位面包师的"冲突"中得救了。在那种平常状态下最不起眼的细节上,人与人之间的关系产生出了新的可能。对于生活的感激最终替代了对于生活的疲惫与厌倦,生活在最脆弱的地方又有了峰回路转,在最紧张的时刻又呈现出柳暗花明。

正是在这样一篇一篇的文本细读中,我们在一点点累积对于卡佛的"亲近"——这不仅是在"亲近"一个 20 世纪的文学生命,也是在"亲近"这个生命所赖以存在的一个几乎为我们向来忽略或漠视的世界。

# 比较文学之道

## ——兼评《比较文学之道：艾田伯文论选集》

一

1867 年底，避祸香港协助理雅各（James Legge，1815—1897）翻译"中国经典"的王韬，接到先行返国的理雅各来书，邀请他赴英伦继续协助完成尚未译迄的中国经典。从香港搭乘邮轮的王韬，启程四十余日之后，抵达法国，在马赛稍事休憩后旋赴法京巴黎，并在这里拜会了法兰西学院院士、汉学家儒莲（Stanislas Julien，1799—1873）。以王韬、儒莲二人在各自学术思想领域的修养成就，这次会见无疑是晚清中西文化交流史上一次值得关注的文化事件。相较于儒莲，王韬显然更为看重这次与法国"翰林院院士"的会见，他不仅在自己的《漫游随录》中对此作了记载①，而且后来还专门为儒莲立传，并在《法国儒莲传》中特别提及这次晤谈②。

遗憾的是，王韬和儒莲二人对于这次交流所怀期待明显存在着差异：王韬希望通过这样一次难得的机会（王韬与儒莲之间的书札往来，得益于理雅各的介绍），能够与儒莲建立起一种更为长久稳定的学术联系，更具体地讲，他希望能够与儒莲一起合作编写一部中文法兰西志。而对于王韬的上述期待，儒莲均

---

① 王韬：《漫游随录》，收录于《走向世界丛书》，钟叔河主编：岳麓书社，1985 年 3 月，第 87 页。

② 王韬：《弢园文录外编》，上海书店出版社，2002 年 1 月，上海，第 278 - 279 页。

未作出积极回应。对于王韬的前一期待，已经年迈的儒莲尽管并未一口回绝，但终究因为五年之后即已去世而不了了之；至于两人合作共同撰写一部法兰西志，这显然不是作为法兰西学院院士的儒莲所期待并愿意的合作项目——与儒莲那种学院式的汉学研究相比，王韬当时对于西方和西学的研究，显然还处于随意而业余的起步阶段。而这种知识、学术起点、学术观念、研究方法和准备上的不对等，不仅体现在彼此对于西学与汉学已有的研究程度上，更关键的差异，还体现在王韬当时并非一心一意于西学——与 19 世纪晚期欧洲汉学正在逐步专业化、学科化的状况相比，王韬对于西学的兴趣，显然不在纯粹的学术研究本身，而在于对国内正处于发轫阶段的洋务运动提供西方"民富国强"的进一步解释，并以此来对国内知识界进行知识思想启蒙。从这个角度讲，晚清中国绝大多数倡言西学的知识分子，包括士大夫阶级，其出发点都在于思想启蒙而不是专门纯粹的西学研究。

19 世纪下半期中西文化交流的这种错位或者不对等性，在 20 世纪发生了巨大变化。在王韬和儒莲这次会见的六十余年之后，儒莲汉学传统的继承人艾田伯（Rene Etiemble，1909—2002），已经并不满足于法兰西传统学院式的汉学研究，他所关注的中国，也不再只是那个古老传统的中国，那个只在历史文献文本上存在的中国，同时更关注当下中国的现实。他不仅与当时留学法国的诗人戴望舒保持着密切的通信联系，而且还通过戴望舒的介绍，对 30 年代初期中国的进步文艺，尤其是左翼文学运动状况给予了高度关注，并与戴望舒合作翻译了丁玲、张天翼、施蛰存等人的小说作品。①

艾田伯的学术路径，依然有着 19 世纪欧洲汉学的印记：比较文学研究与东方学以及汉学研究的纠缠交集。当 19 世纪的英国东方学家、比较宗教学家、牛津大学的德裔教授麦克斯·缪勒（Max Muller）提出"仅知一者，一无所知"的时候，他这里所说的"一"，并非是一种民族文学或者国别文学，而是指一种宗教。缪勒的努力，催生了 19 世纪末期的欧洲在神学之外的宗教史研究和比较宗教学研究，同时也加速了 19 世纪末期欧洲的东方学和汉学研究朝着更加专门化和学科化的方向发展。

---

① 艾田伯：《比较文学之道：艾田伯文论选集》，三联书店出版社，2006 年 1 月，北京，第 54 页。

　　但是,缪勒、理雅各这些东方学家试图通过对于西方之外的东方的研究与"发现",来突破超越这一时期与欧洲的殖民主义、扩张主义相伴相生的基督教优越论、欧洲文明中心论所造成的文化认知上的狭隘局限的时候,虽然这种东方学也呼吁对于东方采取"同情的理解"(sympathetic understanding),但是,这种东方学或多或少依然带有 19 世纪西方"汉学东方主义"的痕迹。艾田伯将这种"汉学东方主义",扩展到西方比较文学研究中的沙文主义,也就是"自我文学中心的文学沙文主义"。① 而对于这种以本国文学为中心的比较文学观,艾田伯提出了批评。在《比较不是理由:比较文学的危机》一文中,艾田伯批评了斯特拉斯堡大学文学系讲师马利尤斯-弗朗索瓦·基亚(Marius-Francois Guyard)的著作《比较文学》(初版于 1951 年,收录于法国著名的"我知道什么"丛书之中)中所表现出来的那种以本国文学为中心的文学比较观——艾田伯在评论中显然并不认同那种将比较文学研究等同于"法国作家在国外,外国作家在法国,外国文学之间的相互影响"这样的自我文学中心的文学沙文主义。②

　　这种比较文学研究中的沙文主义,在艾田伯看来,实际上是 19 世纪以降西方殖民主义、扩张主义的理论基础,也就是西方基督教文明至上主义、西方文明优越论的现代遗产。当然,20 世纪比较文学研究领域需要引起注意的并非只有上述沙文主义,还有与这种沙文主义相对应的殖民地国家或者发展中国家容易采取的文学"封闭主义"——在这些殖民地国家或者发展中国家里,比较学的研究有时候不是为了进一步扩大对外交流,"理解、鉴赏人类文化"、"促进人类文化交流的目的",而是为了简单地保持本国文学的独立性与纯洁性,或者是为了为本国文学的意识形态提供反面服务的材料。最为明显的例子,就是 50 年代与东西方分隔成社会主义阵营和资本主义阵营相呼应,比较学(Comparatism)和比较文学研究也分成了社会主义阵营的比较文学研究与资本主义阵营的比较文学研究,在社会主义比较学学者看来,资本主义阵营的比较学就是"鼓吹世界主义的资产阶级思想","是一门资产阶级学科"。③

---

　　① 艾田伯:《比较文学之道:艾田伯文论选集》,三联书店出版社,2006 年 1 月,北京,第 2 页。

　　② 同上。

　　③ 同上,第 3 页。

　　而上述观点在艾田伯看来,是政治在比较文学研究领域的渗透,这是东西方比较文学在相当一个时期内都难以完全摆脱超越的命题现实。在"政治与比较文学"这样一个命题的论述部分中,艾田伯试图说明,出于地理、历史以及当下政治的原因,在 50 年代的西方世界以及社会主义世界,虽然比较文学还是存在着的,但前者"着重于研究受古罗马文明影响的国家之间文化,特别是文学之间的关系",而后者"主要是研究社会主义阵营内部各国家之间文化,特别是文学之间的关系"。① 尽管这种切分本身就是政治分野的产物,但艾田伯认为,这种切分是地理、历史以及"今日政治"共同原因的产物,而不是一种脱离了上述合力的纯粹意识形态的产物,也因此,他才会同时提出,"无论东方或西方,都要避免使比较文学的区域研究成为高层政治手段的借口或伪装"②。

二

　　概言之,20 世纪的比较学和比较文学,尽管看上去解除了上个世纪的宗教、种族和所谓文明发展阶段说的束缚,但又被一种新的政治意识形态所羁绊,这种状况在东西方冷战时期达到了顶峰。艾田伯试图阐明,真正的比较文学,既不是一种基于本国文学中心论或者大国文学沙文主义的文学比较学,也不是一种完全脱离了向心力的没有精神归属的社会学和文献学意义上的机械考证方法。艾田伯并没有回避直到今日欧洲比较学研究中依然残存着的种族文明优越论的影子的事实。在阐述这种事实时,艾田伯指出,历史地看,那种期待"比较文学"完全脱离了现实政治影响的观点是"不切实际"甚至是"幼稚的"。在他看来,某些德国人的比较文学研究中,就依稀可见"欧洲梦"的影子,并认为这是一种民族优越论或者民族文化中心论的表现。但这样的梦想实际上在许多民族文化的历史语言中都不同程度地存在着,中国士大夫阶级的传统"华夷观",其实就是一种中国版的文化优越论,这一点毋庸置疑。而只有那种克服了文化沙文主义和文化孤立主义的文化整体论,才被艾田伯看成是比较文学能够贡献

---

　　① 艾田伯:《比较文学之道:艾田伯文论选集》,三联书店出版社,2006 年 1 月,北京,第 5 页。

　　② 同上。

于人类文化交流的真正基础。在分析 50 年代东西方两大阵营各自所坚持倡导的"普世真理"时,艾田伯提醒到,无论是西欧世界的天主教,还是社会主义国家的共同意识形态,都不能够作为建立一个"世界中心"的基础,并认为这是一种危险的企图。① 因为这些被确认的所谓"共同基础",都忽略甚至压抑了历史现实地发展或存在着的、国家民族之间其他类型的因为彼此之间的交流或者因为自身发展而形成的共同基础,譬如当社会主义阵营强调他们之间因为意识形态的共同性的时候,艾田伯认为,即便如此,也不能够否定或者贬低这些国家与西欧"古老的历史和现实的联系"②。

如果以为艾田伯将 50 年代西方比较文学的危机仅仅局限于"政治与比较文学"这样一个命题范围之内,显然忽略了艾田伯作为一个职业东方学家、汉学家甚至小说家的"专业立场"。在《比较不是理由:比较文学的危机》这篇分析并总结 50 年代欧洲比较文学的现状及经验的文论中,艾田伯在阐明了政治与比较文学这样一个当时语境中无法回避的命题之后,将比较文学研究迅即收回到专业研究的语境之内,他明确提出了当时欧洲进一步发展比较文学所急需开展的至少两项工作,即书目索引与工作语言。相比之下,艾田伯对于一个理想中的比较文学学者的工作语言的重视强调令人印象尤为深刻。在欧洲文学语境中,艾田伯并不认同那种将比较文学研究,包括专门从事现代比较文学研究的人,仅仅将其研究对象限定于"罗曼语系和日耳曼语系,至多附带地偶尔涉足斯拉夫世界"的做法,这样的比较文学研究在他看来并没有什么价值。而艾田伯理想中的比较文学研究,至少在语言文化谱系范围内,应该包括"希伯来语学家、拉丁语学家,还应该有苏迈尔语和埃及语学家,有斯拉夫语专家,有印地语和孟加拉语专家,有汉学家、日耳曼语学家和罗曼语学家,有闪语学家,有专门研究芬兰——乌戈尔、土耳其——蒙古、达罗呲荼文学的人,还有日语"③。概言之,仅从语言文化角度,艾田伯即认为,比较文学研究仅限于比邻语系的文学比较研究显然是不够的。在他看来,要开展比较文学研究,除了必备的目录学、版

---

① 艾田伯:《比较文学之道:艾田伯文论选集》,三联书店出版社,2006 年 1 月,北京,第 6 页。

② 同上,第 6 页。

③ 同上,第 7 - 8 页。

本学、校勘学诸多方面的专门训练准备之外，工作语言方面的素养尤为重要。他甚至提出，"比较文学的确是要研究所有民族的文学，从现在起（50 年代），谁要是想研究什么问题，不读一些至少包括十二种文字的作品是不行的"①。

艾田伯对于比较文学研究中文献学、工作语言等的强调，并没有影响到他对于比较文学的研究对象与研究方法的探讨。对于比较文学研究领域中所谓历史主义和批评主义的主张，艾田伯首先批评了那种将文学研究，甚至包括比较文学研究"都限制在历史研究的范围之内"的做法。② 在他看来，对于文学的历史研究，并不能够完全替代"文学研究"和"文学欣赏"，因为前者只能是后者的"前导"而不是替代。而对于比较文学的研究内容，艾田伯借对法国著名比较文学学者伽列为基亚的《比较文学》一书所作的序言中提出的有关比较文学研究内容的阐述，对以此观点为其基础的法国学派的正统观提出了批评。因为这种观点所强调的是，"比较文学是文学史的一支：它研究国际的精神联系，研究拜伦和普希金，歌德和卡莱尔，司各特和维尼间的事实联系，研究不同国家文学的作家在作品、题材甚至生活方面的事实联系"③。而在这样一种观念之下的比较文学研究，"并不是特别重视作品本身的价值，它所注重的是每个民族、每个作家借鉴其他文学时所作的改造……最后，比较文学不是在美国讲授的总体文学，它可以成为总体文学，在某些人看来，它也应该是总体文学。但是，各种主要的平行论，诸如人道主义、古典主义、写实主义、象征主义，由于过分系统，在空间和时间上过于广泛，弄不好就流于抽象、任意或者辞藻堆砌。这些重要的综合研究，比较文学固然可以为它们做准备，但是却不能从中指望什么"④。艾田伯如此大段征引伽列对于比较文学研究对象的阐释，旨在说明尽管比较文学研究需要注重作家、流派或者文学体裁之间的事实联系，但这些并不能包括比较文学的全部内容。原因很简单，因为"到处都有文学形式、体裁不变的东西"，"因为到处都有人，都有文学"。⑤

---

① 艾田伯：《比较文学之道：艾田伯文论选集》，三联书店出版社，2006 年 1 月，北京，第 12 页。

② 同上，第 22 页。

③ 同上，第 23 页。

④ 同上。

⑤ 同上，第 24 页。

艾田伯这里提出了一个听上去比较拗口的分辨，那就是"比较文学的历史研究"与"文学的比较研究"，在他看来这两者并不相吻合。艾田伯引述了文学批评史家韦勒克的观点，"文学是人类加给自己自然语言的形式体系，文学的比较研究不应该局限于事实联系的研究，而应该尝试探讨作品的价值，对价值进行判断，甚至可以参与提出价值"①。从一般联系事实到对作品价值的判断甚至提出，这是比较文学研究对象上的扩大。

而这种对象的扩大本身所产生的后果，绝对不限于比较文学的研究对象领域，还自然地扩展并牵连到比较文学的研究方法，也就是从一种历史主义的、关注于历史学的、社会学的考证方法，延伸到审美领域的价值判断与价值确定。这多少与儒学史上的"汉学"与"宋学"在认识论与方法论上具有某些类似。

而面对 50 年代社会主义阵营与资本主义阵营的对立，以及这种对立同样渗透延伸到学术研究领域的事实，艾田伯依然提出了一种超越上述两大阵营界限的"比较文学"的未来，而这种比较文学，能够"把历史方法和批评精神结合起来，把考据和文章分析结合起来，把社会学家的谨慎和美学理论家的勇气结合起来，这样比较文学立时便可以找到正确的对象和合适的方法"②。

三

艾田伯所致力于揭示的，当然并不仅限于比较文学的对象和方法，尽管他在对于比较文学的方法的介绍中，几乎罗列了弗洛伊德精神分析理论、马克思主义文学批评、各种类型的形式主义（包括形态学、修辞学、文体学等）以及"新批评"等各种批评主义的文学方法。在这部文集中，艾田伯也多次涉及到容易为比较文学研究者或者非比较文学研究者经常提到的几个概念：世界文学、总体文学以及比较文学。在艾田伯这里，这几个概念尽管存在着一定程度上的交集，但并不能相互替代，比较文学"既不同于歌德的世界文学（Weltliteratur），也

---

① 艾田伯：《比较文学之道：艾田伯文论选集》，三联书店出版社，2006 年 1 月，北京，第 24 页。

② 同上，第 28 页。

不同于美国的总体文学(General Literature),也不同于苏联同行阿尼西莫夫(Anissimov)最近告诉我莫斯科科学院正在编撰的世界文学"①。不过,对于50年代苏联莫斯科科学院正在编撰之中的世界文学与比较文学之间的交集,艾田伯予以了明确肯定,并认为"比较文学应该朝这个方向做准备"。

在《是否应该修正世界文学的概念》一文中,艾田伯对当代那些对世界文学的概念提出批评的观点提出了质疑,他认为,这些批评将世界文学看成是国际主义在精神领域中的一种表现形式。② 不过值得注意的是,艾田伯将"总体文学"也视为比较文学研究方法的分支之一,而不是一个真正能够与比较文学、世界文学平起平坐的概念。他认为比较研究的方法可以分成好几个分支学科:比较文学史、文学的比较社会学、文类理论、普通美学、总体文学。③ 而在有关比较文学与世界文学的关系问题上,艾田伯的观点是,"如果说比较文学可能更近似于世界文学的话,绝不是因为它和世界文学完全一致,而仅仅是因为它可以接近世界文学"④。文学应该超越语言、政治或者宗教的歧视,而比较文学或许正是实现上述理想的途径之一。从这一意义上来看,神学与宗教史和比较宗教学之间的差异也就显而易见了。

而在《为何以及如何培养世界文学研究者》一文中,艾田伯提出的建议是,"总体文学应该重视所有的文学:无论是口头文学还是书面文学,无论是马来文学还是罗曼文学,无论是汉藏文学还是日耳曼文学,无论是土耳其——蒙古文学还是斯拉夫文学"⑤,这不仅是知识分子精英文学与民间文学、大众文学之间的平等,而且也是一种真正意义上的民族文学或者国别文学之间实现平等的文学理想。或者说,对于那些试图讲授总体文学的人来说,他就"应当拒绝赋予某种语言或某种文化卓而超群的地位",也就是说,他不能够将绝大部分国别文学从属于几个所谓伟大的文学传统。

这就涉及到比较文学研究中批评方法的标准问题。首先需要说明的是,总

---

① 艾田伯:《比较文学之道:艾田伯文论选集》,三联书店出版社,2006年1月,北京,第24页。

② 同上,第90页。

③ 同上,第93页。

④ 同上。

⑤ 同上,第116页。

体文学与世界文学中所倡导的文学平等,并不意味着它们回避甚至否定"文学中还存在着伟大的文学和平庸的文学"之间的差别①,并不意味着它们回避甚至否定了这样的文学事实,即因为语言的、政治的和宗教的原因而实际上依然存在着文学—文化之间地位的差别。但是,艾田伯对这一事实所作出的解释显然同样需要引起注意,那就是这些差别并非是由这些文学的美学价值所决定的,而是由它所附属的民族—文化的历史地位所决定的。

这种比较文学立场导引出了如下几个文学研究中、尤其是外国文学研究中颇为值得关注的问题。首先是在涉及到其他国别文学时,怎样才能够克服"不以自己的文学为标准来评价别的文学呢";其次是,对于一个信奉比较文学准则的研究者来说,在涉及到诸如小说这样的文体只有一个起源,还是不同小说的拥有各自不同的起源这类问题上,研究者是否需要穷尽所有的国别文学的历史研究,才可能就上述问题作出一个尽可能完满的回答;再次,比较文学或者总体文学研究,对于我们的国别文学研究究竟能够提供怎样的经验与建议呢? 对于这个问题,艾田伯在《法国文学总揽》一文的开篇倒是给我们提供了一个极好的典范。在这篇文论中,艾田伯就对法国文学在世界文学中的地位作出了一个定位性的结论判断,"法国文学有九百年或者一千年的历史了,但与希腊或中国文学相比,法国文学尚显年轻、幼稚"②。尽管这样的结论只不过是一句话而已,但确是在比较文学的科学研究之后就国别文学的地位所作出的判断,而只有这样的判断,才是关于法国文学的真正科学的知识。而国别文学,显然也成了艾田伯的总体文学或者世界文学甚至比较文学研究的另一落脚点。在这篇文论的引言中,艾田伯写了这样一段话,"总体文学绝不是结结巴巴地去介绍各国文学的概要。总体文学要求准确性。一旦我们周游了人类世界之后,总体文学不仅不阻止我们,而且建议我们在得到充实之后,回到我们自己的文学园地中来,以便恰如其分地进行评价,并从中找出与众不同的东西"③。艾田伯这段话解释了比较文学、世界文学或者总体文学与国别文学研究之间的辩证关系。

---

① 艾田伯:《比较文学之道:艾田伯文论选集》,三联书店出版社,2006 年 1 月,北京,第 119 页。

② 同上,第 150 页。

③ 同上。

比较文学对于国别文学提供的帮助或者裨益，并不止于这一点。在所谓影响研究中，最常见的就是中心与边缘的单向辐射影响模式。而艾田伯在《象征主义在国外》这篇文论中，则明显摈弃了那种中心辐射影响模式，它并不是以一个宗主国的文学为中心向外扩散或者辐射其影响，而是科学理性民主地考察象征主义在各种文学文本中的表现形态，以及这些表现形态之间所提供的进一步比较的可能。①

艾田伯所倡导的比较文学方法中，明显存在着法国"百科全书派"的痕迹，以及 15 世纪以来的汉学研究中近于苛刻的在语言学和文献学方面的要求的"余温"。艾田伯显然是赞同理想中的比较文学学者应该是"百科全书式的学者"的，但他也同时强调，这种类型的学者最好同样能够有效地"鉴赏""欣赏"具体作品，也就是这类学者在历史学、社会学甚至宗教社会学领域的百科全书式的知识，并不能够替代他们所应该具有的文学鉴赏力——这种鉴赏力事实上也最终决定着上述研究究竟是真正意义上的文学研究，还是对于文学文本和文学关系的社会学、历史学意义上的研究，"对于文学美应该具有深切的感受"，"一个比较学者倘使缺乏对文学疯狂的热爱，缺乏创作经验，那他至少必须具备鉴赏力"。② 但是，作为一个学者，艾田伯批评得更多的，还是在实际的比较文学研究之中，那些主张所谓纯批评的人，总是会对比较文学研究中的"实证主义"的考据式研究提出这样那样的非难，或者对上述研究方式中所形成的经验加以拒绝。"他们的借口是因为文学是人类想像的产物，所以是不可能——照他们的说法——加以分析的。"③

而将历史的考证与批评的或者审美的思考和价值判断结合起来，艾田伯认为，这正是比较文学能够长期得以存在发展的原因所在。"把这样两种互相对立而实际上应该相辅相成的方法——历史的考证和批评的或审美的思考——结合起来，比较文学就会像命中注定似的成为一种比较诗学。"④需要说明的是，"这样的美学不是从思辨原则上加以推导的，而是在对体裁的历史演变或者从

① 艾田伯：《比较文学之道：艾田伯文论选集》，三联书店出版社，2006 年 1 月，北京，第 183－187 页。

② 同上，第 33 页。

③ 同上，第 32 页。

④ 同上，第 42 页。

各种不同文化体形的特点和结构上做了细致的研究之后归纳出来的，所以它不同于任何教条，它将会是有益的"。① 而艾田伯这里所强调的"历史的考证"，似乎是在强调文学自身的延续性，以及对于前人和他人文学经验的借鉴，而不是片面地强调所谓"想像"与"创造"。但需要说明的是，艾田伯这里所谓的借鉴，并非是局限于本土文学传统和文学语言的历史资源，而是一个远比上述传统和资源更为开放也更为广阔的存在。而更为值得关注的是，在阐述到文学传统或者既存的文学资源对于现代文学的意义的时候，艾田伯提出了这样一个设问，"我们为什么要拒绝尝试建议一种固定因素系统，只要加以慎辨，这种系统就可以帮助现代文学摆脱混乱、迷惘、丑恶的状态"。艾田伯从比较文学和比较诗学的角度及其所提供的批评语言基础之上，对现代文学中的各种实验主义及其成果也提出了明确而审慎的批评。"我们看到，现代文学在这样的状态里即令不毁灭，常常也是在消耗自己。当诗丢弃了韵律，接着又丢弃了节奏、词类的划分、词义、标点和词、以孤立的字母或者在纸上信手涂鸦的一堆念不出来的辅音的形式出现的时候，当小说以散页的形式出售，在读者手里就好比一把纸牌的时候，对诗的结构的比较研究可以使我们发现——很有可能——诗的必不可少的条件。"②也就是说，比较文学的意义，在这里同样得到了充分体现：对于当下文学实践所具有的指导性的批评。

该文原发表于《跨文化对话》第 22 辑

---

① 艾田伯：《比较文学之道：艾田伯文论选集》，三联书店出版社，2006 年 1 月，北京，第 42 页。

② 同上，第 43 页。

# 中国人的浪漫史：重新叙述中国及其文化寓意

## ——以 F. H. 巴尔福《远东漫游》文本分析为中心

"但愿不久的将来，东西方世界在更好地了解和观点不断前进的基础之上，相互熟悉、彼此忍耐、彼此钦佩对方，也许能做些有助于建立东西方友谊的事情，难道这一希望太过分了吗？是英国人了解和更加关心中国人的时候了。他们应该破除这种观点，即认为中国官员就像傀儡，主要成就就是不停地点头；也要破除这种观点，即认为中国风景就像一幅印在有柳树图案的盘子上的画。我们深信，两国之间存在的冷漠主要是由于误解而不是由于人们通常的想象造成的。子曰：'不患人之不己知，患不知人也。'我们自己的经历总的来说是非常顺利的，在这个世界上很难发现有哪个民族像汉人的子孙那样，十分淳朴、友好、慷慨、勤劳与善意。"①

——F. H. 巴尔福《远东漫游——中国事务系列》"结语"

一

晚清来华西方人对于中国的叙述——只要是一个清醒的自觉的叙述者——都离不开这样一个叙述语境，那就是已有西方人对于中国的叙述与想象，以及一般普通民众对于中国知识的极度缺乏与隔膜。也因此，晚清来华西

---

① （英）F. H. 巴尔福著，王玉括等译：《远东漫游——中国事务系列》，南京出版社，2006 年 9 月，南京，第 181 页。

方人对于中国的叙述,通常就不可避免地带上了这样两个附带的叙述使命:矫正前人对于中国叙述与想象的"极端",无论是高度浪漫理想的想象叙述,还是过于现实而且否定的讽刺叙述;与此同时,还要对基于现实利益基础之上的一般民众对于中国认知上所存在着的急需矫正补充的缺憾:最基本的关于中国的知识的普及。

这种状况或者中国叙述的前设语境,在晚清英国来华汉学家 F. H. 巴尔福(Frederic Henry Balfour,1846—1909)的《远东漫游——中国事务系列》(*Waifs and Strays from the Far East*,1876)中得到了明确体现。其实,作为一个最初来华从事丝绸茶叶贸易的商人,巴尔福完全没有必要给自己对于中国的观察与描述承载上如此使命重负,但巴尔福的商人身份并没有持续多久,因为他后来基本上是在口岸西人支持的英文报刊担任主笔,这些报刊即有《通闻西报》①(*Shanghai Courier and China Gazette*)、《华洋通闻》(*The Celestial Empire*)②以及《字林西报》(*North China Herald*)③。报纸主笔身份给巴尔福的中国叙述至少带来两个明显特点,一是他的强烈现实感。不同于理雅各这种专注于"中国经典"(Chinese Classics)翻译介绍研究的汉学家的是,巴尔福对于现实中国的真实生存处境的关注与阐述,成为他的中国叙述中一个突出的亮点,而且这种叙述既没有为世俗中国、民间社会的琐碎所羁绊,也没有沉溺于暴露揭示一个贫穷苦难的中国于西方读者面前;二是他的力求全面客观和公允的意识。这种意识所带来的最大效应,就是他对理雅各在翻译"中国经典"时所提出的"带有同情的理解"原则(sympathetic understanding)的身体力行。

巴尔福的中国叙述的上述两个特点,并非没有任何实践层面的风险。事实上,要对晚清中国的政治、经济、军事、外交、社会乃至民情风俗等作全面完整的介绍说明,就不能不牵涉到价值判断问题。对于传教士们来说,他们所皈依的宗教信仰一方面成为了他们走进中国人和中国思想文化的一道必须首先克服的障碍,但也可能成为他们自我保护的依托。作为一个世俗意义上的知识分

---

① 《华洋通闻》,1874 年 7 月 4 日创办,周报。

② 《通闻西报》,1875 年 3 月创办,1879 年 4 月改为日报。

③ 近代上海最早英文报纸,初名《北华捷报》(*North China Herald*)。创刊于 1850 年 8 月三日(清道光三十年六月二十六日),周刊。1864 年 6 月(清同治三年四月)改名《字林西报》并更为日报。1951 年 3 月 31 日终办。出版时间长达 101 年。

子,巴尔福没有可供退守的自我辩解依凭,他只能够凭借一个知识分子的良知、对于真理的追求捍卫以及基本的同情心或者人道主义。而这些品质对于晚清来华西方人来说,并非轻而易举就能够做到。实际上,在当时口岸城市的西方人社区中,真正能够做到言行一致地对中国人与中国文化予以同情地理解的西方人,应该属于凤毛麟角。

比较之下,晚清来华西方人对于中国的观察与叙述,要明显不同于启蒙运动时期的西方思想家对于中国的想象与叙述。有关这一点,比巴尔福稍早来华宣教的法国天主教遣使会传教士古伯察在其《中华帝国纪行》中已经作了明确说明。他说:①

> 伏尔泰给我们描绘了一幅迷人的中国图画,描绘了它的等级制的礼仪,父权制的政府,建立在孝道基础上的机构,经常对大多数有学问、有德行的人教育的明智的行政管理。② 相反的,孟德斯鸠用最黑暗的颜色,把中国人描绘成一个可悲的怯懦的民族,在残酷的专制君主统治下弯腰屈膝,在皇帝意志的驱使下好像是一群肮脏的牛。

《风俗论》和《论法的精神》的两位作者——伏尔泰与孟德斯鸠笔下的两幅图画,与实际情况完全不一样。两者均有夸张,而其真相当然应当在两者之间去寻觅。

古伯察所倡导的观察和叙述中国的"第三种叙述",又应该是怎样的呢? 他说:③

> 在中国像在其他各地一样,好与坏,善与恶杂处五方,当注意力集

---

① (法)古伯察著,张子清译:《中华帝国纪行》,南京出版社,2006 年 9 月,南京,第 48 页。
② 严格意义上,很难说伏尔泰对于古代中国的政治社会秩序的描述是错误的,如果他的描述中不带有那么明显的倾向性和夸张色彩的话。晚清美国来华传教士丁韪良曾经先后在华生活近六十年,但在他的回忆录中,对于中国社会的管理秩序尤其是民间社会的管理秩序,丁韪良也与有与伏尔泰类似的叙述:中国社会的框架建构于像古代罗马一样极端的 patria potestas (拉丁语:父权)之上。孝道或曰父权,是大清帝国的基本法。家长是微型的国家元首,二者都秉承天意。儿孙不是因离心力随风而散,而是依偎着祖先之树,像印度榕树一样在祖荫中扎根。(丁韪良著:《花甲忆记》,广西师范大学出版社,2004 年 5 月,南宁,第 226 页)
③ (法)古伯察著,张子清译:《中华帝国纪行》,南京出版社,2006 年 9 月,南京,第 48 - 49 页。

中在哪一边时,你既可以有机会讽刺,也可以有机会称赞。在你想见到的不管是什么民族之中,如果你从事先认定的意见出发,而且原封不动地保留这个意见的话,你就容易见到这些好或坏、恶或善。伏尔泰梦想着一个国家,它的编年史与《圣经》的传统不一样,这是一个理智的、反宗教的民族,不过是处在连续不断的和平与繁荣的时期,他以为,他发现中国就是这个模式的国家,而且成功地把中国推荐给欧洲,让欧洲人羡慕它。

这里,无论是被批评的伏尔泰、孟德斯鸠,还是作为批评者的古伯察,都没有提及造成上述三种叙述、三个中国的最根本原因所在。古伯察只是强调了,不能从已经形成的意见出发、受到这种意见的左右来形成自己的新的对于中国的认识。毫无疑问,在古伯察未曾明言的暗示中,真正客观有效的办法,应该是"亲历"。

而晚清西方对于中国叙述的一个突出特征,就是这些叙述者基本上都是亲历者,有些甚至是中国经典文献的求证者。出于对于中国儒家圣贤孔子的崇慕,丁韪良在正式出任京师同文馆西席总教习之前,曾经专程前往曲阜拜谒孔子①,这样的行为对于一个传教士来说,前去向自己要宣教并劝化的"异教徒"的精神领袖表达敬意,无疑是出格的不妥行为。无独有偶,就在丁韪良的上述行为发生后六年,1873 年,在中国香港宣教布道并翻译中国经典长达近四十年的理雅各准备返回英国。在彻底离开中国之前,他同样选择了一条"儒教中国"之旅的路线并前往实地查考。在这一旅程中,最值得关注的是,理雅各以及陪同他的另一位传教士、汉学家艾约瑟(Joseph Edkins),在作为中国皇家敬天祀天场所的北京天坛参观的时候,得出了中国人古来已有敬天思想的最现实的依据。而这两位传教士同伴在孔子以及孟子故乡的所为,甚至还连同他们在天坛的所为一道,后来均遭到了他们那些传教士同事以及差会的诟病。② 而对于理雅各的批评,不仅在第一届来华新教传教士上海大会上达到了顶峰,而且一直波延到英国国内,尽管此时理雅各已经从伦敦会退休并已出任牛津大学首任中文教授。

---

① 参阅丁韪良著:《花甲忆记》,广西师范大学出版社,2004 年 5 月,南宁,第 190 - 196 页。

② 有关理雅各的华北之行的具体情况,参阅 Helen Edith Legge, *The Missionary and Scholar*, 以及 Norman J. Girardot, *The Victorian Translation of China*, *James Legge and His Oriental Pilgrimage*.

## 二

这至少说明，晚清西方人叙述中国的文本自由，并不完全掌握在叙述者自己手中。超越与平衡是在思想过程中逐步完成的。在这一点上，巴尔福的《远东漫游》具有一定的代表性。这部读物依然带有这一时期那种类似中国叙述中的面面俱到的色彩，但在深度或者专业性上，显然已经有所提升。不妨先来看一看他的"远东漫游"（其实就是中国漫游）的旅程。在这部二十章的"漫游"中，叙述者先就"中国人的面面观"作了一般性的介绍描述，然后分别就大清王朝以及清代以前的王朝等作了朝代史方面的介绍。尤其值得一提的是，不少晚清来华西方人都注意到当时中国社会的一个现实，那就是民间秘密会社的存在，《中国评论》上就曾刊发过多位汉学家有关三合会等中国民间会社的研究文章。而巴尔福在进一步展开介绍说明之前，竟然专辟一章，以"秘密会社及其政治意义"为题，对中国社会中这种比较独特的现象予以介绍阐释。符合巴尔福这部著作的"远东"标准的，是这部书的六、七、八、九几章。这四章分别介绍了中国周边的几个邻居，即琉球王国、朝鲜、日本。巴尔福如此安排内容，符合他报社主笔的职业特点。而接下来对于中国当时对外贸易的介绍，也与他曾经在华从商的经历有关，但更主要的原因是，当时口岸中英文报纸均以货物贸易以及航运信息发布为主，兼及地产物价租赁等。也就是说，对于晚清中西贸易的一般状况，虽然没有专门的统计，但作为报社主笔，基本的信息应该还是掌握的。但巴尔福并非满足于对中西贸易的一般状况的描述说明，而是分析阐述中西贸易的现状及可能的前景，尤其是相当深入地分析了中国当时商业贸易复苏的可能前景以及中西贸易陷于停顿的经济的、政治的和社会的原因。

在上述现实命题之外，巴尔福自然也介绍了中国的宗教文化，譬如关于中国的佛教乃至占星术，另外也介绍了中国的犹太人以及中国人的创世说。但真正让《远东漫游》具有在晚清西方的中国叙述学中占有相对独特位置的，是该书中第十七章"中国人的异想天开"和第十八章"中国人的罗曼史"。

"中国人的异想天开"一章极短，介绍了清乾隆十五年（1750）一位名叫"王大海"的华人离家远行，曾经到过爪哇、印尼以前的首都巴达维亚和新加坡，后撰写了一部有关自己海外旅行见闻的著作。在巴尔福看来，这部出版于19世纪 40、50 年代的华人海外游记见闻录,对当时中国知识界无疑是一部近于海客谈瀛洲一类的著述。士大夫阶级在好奇之外,并没有从中引发出什么富有寓意的感慨或者发现,"北京的许多绅士都非常惋惜这位同胞竟然把自己的才能浪费在一个陌生、偏远、没有沐浴在中华文明的熏陶之下的地方"①。18 世纪中国"标准"的西洋游记作品,依然满足于中华文化优越论的"虚荣"。其实这并不让人觉得有多么奇怪或者荒唐。首先,这些游记并非是对真正"西洋"的游历介绍,而是对确实要比中华文明落后的南洋地区的描述;其次,18 世纪的中华文明,在政治经济文化诸方面,尚处于日落前的最后一次回光返照的辉煌之中,因此,这样的游记没有在当时士大夫阶级读者中引发思想上和观念上的震撼也就并不令人惊奇,也因此,对于他们对游记作者可能表现出来的所谓"嘲笑"与"蔑视",也并不让人感到匪夷所思。倒是巴尔福对于中国人的"西游记"的介绍与评述,放在他即将展开的颇为详尽的"中国人的罗曼史"之前,一方面形成了一种观念与文本上的对照,另一方面也为了揭示中国人对于西方的认知,其实与西方人对于中国的认知一样,都经历了否定肯定、蔑视赞叹一类的变化。正如他在本章结尾处所得出的结论那样:②

> 在过去一个世纪里,中国人变得越来越聪明,已经开始领会了这一事实,即在包围中国广袤土地的四海之外还有一个世界,而且不是他们曾经信以为真的是个野蛮人与妖怪的世界,而是一个智慧、进步与启蒙的世界,是中国人注定不久要向其进发的世界。

事实上,巴尔福上述文字,只要把其中的中国与西方的位置调换一下,几乎同样适用。这也说明,在 17、18 和 19 世纪的东西方彼此认知的历史进程中,由于信息的极度缺乏与有限,由于彼此所掌握对方信息的高度不对称性,由于彼此文明在发展并走向高峰的过程中基本上是在一种相对孤立的文化环境中实现的,因此,上述东西方历史上曾经出现过的彼此误读——无论是正面的夸张还是负面的嘲讽——都与历史自身的局面性密不可分。

而 19 世纪中西方彼此认知的广度、深度以及可靠性有效性等,应该说远远

---

① (英)F. H. 巴尔福著,王玉括等译:《远东漫游》,南京出版社,2006 年 9 月,南京,第 121 页。

② 同上,第 123 页。

超出了以往若干个世纪的努力（当然这并非意味着以往那些认知的无效），其中一个重要原因，就是以往以极少数人的描述游记文本为中心的联想夸张方式，逐渐为越来越多的人的亲身经历及更为客观直接的描述所取代。不仅如此，仅仅建立在有限的文本联系与想象基础之上的中西方关系，开始为几乎全面铺开的政治经济军事文化外交文学等方方面面的现实关系所取代。文本关系依然是现代中西彼此描述彼此评价关系中的一种比较独特的关系，但已经不是唯一的关系，更不是唯一有效的关系。而且，这种文本关系，不再像历史上所曾经出现的那样，仅仅接受想象与理性逻辑的检验，如今还要接受大量的人员交往中所形成的现实经验的检验。而后者，在19世纪中西文本关系中，不仅充当了以往那些片面夸大中华文明的理想化一面的叙述文本的矫正者，而且也充当了19世纪西方建立在新的西方文化优越论和种族优越论基础之上的对于东方和中国的带有歧视甚至蔑视色彩的不公正叙述的矫正者。而在后者一面，19世纪西方人对于中国的描述，不仅让我们从另一个视角看到了当时镜像中的中国，而且也看到了处于一个比较完整的中国叙述的历史文本链条中的新的一环，以及这一环所包含着的历史文化寓意。

## 三

比较之下，巴尔福的《远东漫游》中最引人注目的，是他的"中国人的罗曼史"一章中对中国人的情感方式、思维方式与行为方式的叙述研究。叙述基本上以历史故事与现实故事双重材料为背景交互展开进行。而之所以叙述者要将关注的焦点从一个民族、一个国家的外部力量（政治、经济、军事、外交等），转向到对于这个民族和国家的内在存在（心理、精神、道德、信仰等），按照巴尔福的说法，是因为"居住在中国的外国人对中国人的社交生活恐怕几乎是一无所知"，"现在虽然已经出版了许多关于中国的法律、宗教、文学、政治的杰出论著，但是真正深入探究这些'奇怪的'东方人家庭生活的书真是少得可怜"！[①]

也就是说，实际生活状态中的中国人的情感世界、精神世界，依然是那些主

---

① （英）F. H. 巴尔福著，王玉括等译：《远东漫游》，南京出版社，2006年9月，南京，第124页。

要依靠文本描述——无论是西方人的描述还是中国人自己的描述（譬如这时候已经被翻译介绍的中国古代思想文化经典）——而现实处境中的中国人，又是在如何因应具体的困扰并形成它的民间的、现实的文化形态的呢？"经过深入研究，你可以熟知中国贤明之士的思想，甚至可以模仿中国文学中比较浅显的形式（如戏剧小说）写些东西，但是你与那些真正生活着、工作着，忍受着煎熬而又不失欢乐的活生生的中国人还是有隔膜的。"①这种自觉的民间意识与当下生活意识，是晚清西方来华之士在叙述中国时一种非常值得肯定的"当下意识"或者"现实意识"，一种在中国的知识分子文化传统之外，在文本中国叙述之外发现并重新叙述另一个中国的冲动与信念。而这种叙述中的发现乃至叙述本身的意义和价值，并不逊色于一个文本中国或者知识分子传统的中国的被发现与被叙述的意义和价值。"我们相信，哪怕仅仅对中国人隐秘的私人生活做惊鸿一瞥，也是唯一能够帮助我们获得正确评价中国人性格的手段。"②而这种材料与叙述中的中国人，不再只是概念化类型化的中国人，而是"实实在在的中国人，不是匆匆过客"，不仅如此，这些所收集的事件、材料，也"因为它们自然、生动，以一种新颖、诱人的方式表现中国人"，③所以其价值亦由此而得以凸显。

巴尔福所收集起来的材料、事件，基本上是一些"逸闻故事"。巴尔福解释说选择这些"逸闻故事"，一方面是为了娱乐读者，另一方面则是为了"教导"读者。为了前者，巴尔福所选择的"逸闻故事"，自然就突出了对于西方读者来说显得"怪异"、"稀罕"的一面，而为了后者，则强调了中国人的心理世界、精神世界的民族特性的历史因缘、文化背景以及它的普遍性共通性——中国人尽管是异教徒，但绝不是野蛮的、猥琐的、不近人情的不可以沟通的未经开化之人。这些逸闻故事被分成了三类：一类是关于中国人的宗教信仰与精神信念，包括他们的道德习惯，对于这类故事，巴尔福认为，"所说的迷信虽有些古怪，但世界各地的人都能接受"④。第二类逸闻故事"来自于人们遵守的令人好奇的婚姻习俗"。第三类故事则是"证明中国人是绝对的异教徒"，但是又绝顶聪明，并非那种颠顸愚昧的异教徒。

---

① （英）F. H. 巴尔福著，王玉括等译：《远东漫游》，南京出版社，2006 年 9 月，南京，第124 页。

② 同上。

③ 同上。

④ 同上。

事实上，巴尔福在这一章中所讲述的有关中国人的"逸闻故事"，并非只有上述三类，而所解释说明的内容或者命题，也要超出上述三种诉求。甚至他说转述的那些现实故事，即所谓"发生在中国人的实际生活中的罗曼史"，也带有一定的杜撰色彩，但这些故事中的人物以及他们的行为，包括他们的行为心理与行为方式等，又符合中国人的"审美习惯"——无论是审美还是审丑，也无论是赞美还是谴责。

这一章在巴尔福的全书中篇幅最重，一共讲述了 28 个"逸闻故事"。这些故事的讲述方式与叙述中所夹带的点评，为我们提供了晚清中西文学交流以及比较文学研究的不少原始文献。

或许是为了增加可信度并吸引读者的关注，巴尔福一再声称上述逸闻故事中有些是"真实"的，甚至就发生在某地，而且其中的当事人迄今依然生活在某地等一类的补充解释。譬如他所讲述的第一个逸闻故事"据说不久前发生在汉口街头"①——鉴于汉口当时已经开埠，也有不少西方传教士、商人、外交领事人员在这里生活，巴尔福在故事前头添加这样的提示，无疑是为了拉近与故事之间的距离感；而他在第二个故事讲完结尾处，也加上了这样一句话，"这对忠实的夫妻现在就住在上海附近几百英里以内的一个地方"②。

大体而言，巴尔福并没有按照他上述所谓三类故事的顺序来展开叙述。他的第 1、2、3 个故事是有关婚姻中的夫妻背叛与忠实主题的，第 1 个故事是关于一个淫荡无耻的妻子的，而第 2 个故事却是关于中国人夫妻之间的忠贞不二、始终如一。这种讲述意义上的邪恶妻子与贞妇、恶与善的相互对照，一方面有助于阅读效果上的平衡，另一方面也是巴尔福所主张的中国人的民族性并非是单一的良善，也不是单一的丑恶，而是与西方人一样复杂而且需要全面辨证地认知观点的具体体现。正如他在讲述第 2 个故事之前所点评的那样，第 2 个故事"确实对我们上面所提到的那个嘲讽中国人淫荡多变的故事给予了有效的回击"③。不仅如此，他还特别提醒说，"现在讲述的是一个真实的爱情故事，其中的细节十分浪漫，我们好像从没有听说过欧洲也有过类似的爱情故事"④。巴尔福的提

---

① （英）F. H. 巴尔福著，王玉括等译：《远东漫游》，南京出版社，2006 年 9 月，南京，第125 页。

② 同上，第 128 页。

③ 同上，第 127 页。

④ 同上。

示之意义，并不在于是否如其所言，这些故事并没有可对应的欧洲文本，而在于一个欧洲叙述者在讲述（更确切地讲是转述）一个中国故事时的文化视角与立场，为我们提供的 19 世纪西方的中国叙述中一种个案化经验。这种经验并不仅止于叙述视角与立场上的尽可能"非欧洲化"，而在于它在叙述中对"中国特性"的发现与具有一定倾向性的评价。譬如，在他讲完第 2 个故事后，巴尔福再次提示道，"我们的读者可能会对他是否应该如此幸运有自己不同的看法，但是不管怎么说，我们不记得西方文化中有多少女主人公能如此长久的慷慨或忠贞不二"①。

而上述这样的"发现"，也促使叙述者以及他的读者开始思考这样的一个跨文化命题："意志坚强的女子，不仅仅局限于西方国家，而中国的妇女，也远不是我们通常所认为的都是些愚笨无知的玩偶傀儡。"②而巴尔福将他的第 2、3 个故事的区域背景都与上海关联起来，一方面反映出上海在晚清中国社会历史中不断突出的现实地位，另一方面也与巴尔福叙述上的策略考虑相关：讲述一个西方人比较而言可能更熟悉的地方的故事，显然要比讲述一个完全陌生地域的故事更容易引起读者的兴趣与关注。而他的这些故事中的中国女性形象，尽管只是一种转述，但依然生动活泼、光彩照人。与当时西方人印象中的相对猥琐的"中国形象"形成了一种文本叙述上的张力。

与婚姻中的夫妇彼此之间对于婚姻关系的态度相比，巴尔福对中国人是如何现实地表达自己的爱情的，或者说中国人是如何谈恋爱的命题的关注，对于西方读者而言显然不只是一个个文本中的"逸闻故事"，还应该具有某种程度上的道德上的"他者"启示意义。一个急于纳妾的中国男子上当受骗的痛苦经历（第 4 个故事），不仅让西方读者了解到这个男子被骗的可怜，当然也产生进一步的追问，为什么这个中国男子如此在意"无后"？这是一种普遍的心理处境，还只是中国男子用来掩饰他们对于一夫一妻制的不满的一种堂而皇之的"借口"？巴尔福没有对此进一步解释。但他在第 5 个故事中，却特别提到了中国女孩"对她们从未谋面的未来'丈夫'所表露出来的爱或忠诚或其他什么激情，

① （英）F. H. 巴尔福著，王玉括等译：《远东漫游》，南京出版社，2006 年 9 月，南京，第 128 页。

② 同上。

有时真是难以解释"①。而中国式的爱情悲剧与喜剧，"不屈不挠与真诚的爱最终大获全胜"，在巴尔福的中国叙述中显然具有超越种族、文化差异的普世意义。

这些中国式的"浪漫"爱情与婚姻故事，应该不只是为了满足西方读者的阅读好奇或者猎奇心理。巴尔福所选择的第 7、8 个故事尽管显得有些过分曲折，但我们从中依然能够感受到叙述者对于行为的道德感的密切关注，而不是所谓故事是否曲折吸引人本身。即便是故事中的那些具有中国特色的"坑蒙拐骗"，巴尔福也并没有予以特别的带有种族倾向的评论，而这在晚清有些西方人的中国叙述中是受到特别眷顾的，似乎是特别用来证实中国人或者中华民族道德感的低下或者道德力的缺乏的"论点"。但巴尔福超越了这种先有观点结论，然后在中国的社会现实或者中国人自己的历史文献中寻找材料文献的方法，而这种方法本身，正是巴尔福在《远东漫游》开篇所批评的一种叙述方式。

论述巴尔福所提供的这 28 个中国逸闻故事在主题学或者比较文学方面的其他意义同样富有趣味。这些故事集中于爱情婚姻家庭，这本身就是中国人现实生活的主要空间领域。尽管他所列举的那些逸闻故事带有过于强烈的道德寓意，但巴尔福的转述本身，却始终能够克制住直接说教的意味，而将注意力集中于带有戏剧性的故事冲突、人物形象的丰满可信，以及人性的挣扎上，也正是从这里，我们感觉到巴尔福简单地对这些故事背后的那些带有鲜明中国色彩的忠孝节义观进行否定批判，其实是在不断提醒他的读者，"谁说中国人不是一个浪漫的民族？我们前面的故事已经证明夫妻之间的爱慕以及子女对父母的孝心，所有这些都或多或少地让我们西方人觉得非同寻常"②。值得庆幸与感动的是，巴尔福并没有轻易地将这种"非同寻常"否定掉或者抛弃掉。


该文收录于《传教士与晚清口岸文人》一书(广东人民出版社，2007 年 12 月出版)

---

① (英)F. H. 巴尔福著，王玉括等译：《远东漫游》，南京出版社，2006 年 9 月，南京，第 132 页。

② 有关晚清西方来华之士对于中国人"孝悌"观的认知评价，参阅段怀清著《理雅各与满清皇家儒学——理雅各对〈圣谕广训〉的解读》(香港《九州学林》2006 年春季号)以及段怀清著《〈中国评论〉与晚清中英文学交流》(广东人民出版社，2006 年 8 月)。

# 迟到的拜读与批评：
## 侯建先生《欧文·白璧德在中国》读后

一

文学批评史家韦勒克(R. Wellek)认为,人文主义或者新人文主义运动,不过是美国历史上有关文学和文化论争中的一个插曲而已①,"如同过眼烟云,早已被人们遗忘了"②。不过,韦勒克也注意到了有关这场论争的如下事实,即当时所争论的有些话题,在当时并没有得以解决,而这些话题后来又有死灰复燃之势,所不同的是,当初争论中所使用过的那些概念术语,譬如"内省"(inner check),以及"人文主义与人道主义"或者"古典主义与浪漫主义"之间的冲突这样的表述等,都已经被尘封在历史语境之中了。③ 在韦勒克看来,20世纪初期美国知识分子中曾经发生过的那场论战,无论是所谓的人文主义一方,还是反人文主义的一方,"他们常常都言辞辛辣尖锐,而且也常常误解或者错误地阐述对方的原则立场"④。

概略而言,韦勒克对于白璧德(Irving Babbitt,1865—1933)以及以他为代表的美国人文主义运动的评价显然有过低之嫌——在白璧德思想主张的支持

---

① R. Wellek, *A History of Modern Criticism*, Vol. 6, New Haven, 1955 – 65, P17.

② 同上。

③ 同上。

④ 同上。

者追随者眼里，白璧德所提出的那些人文思想和原则，或者说他对那些人类历史上的经典价值的强调，不仅是对于近现代以自然主义（以培根为代表的科学自然主义和以卢梭为代表的情感自然主义）、自由主义为代表的西方主流思想的有效批判，也是人类思想赖以健康存在发展的最坚固的基础。韦勒克认为，这场人文主义运动，随着美国大萧条的到来以及马克思主义批评的兴起而衰落了，而导致其"死亡"的原因，就在于它的社会保守主义以及对于当时各种文学潮流的敌视与抵制。①

如果我们并不将白璧德的思想及其影响局限于文学或者文学批评领域（事实上白璧德也从来没有将自己关注和论述的范围限定在文学——无论是比较文学，还是文学史或者文学批评之内），我们就会发现，韦勒克上述对于白璧德以及新人文主义运动的论述判断，存在着一些主观上的武断。在政治思想家罗塞尔·科克（Russell Kirk）看来，白璧德、穆尔（P. E. More）所代表的人文主义，是从"伯克到艾略特"这样一条保守主义思想传统中的重要环节。② 而且，在美国人文协会版《文学与美国大学》的长篇序言中，罗塞尔·科克更是毫不掩饰地坦陈白璧德的思想，尤其是后者对美国当代教育的批判所带给他的思想震动与持久影响。事实上，即便是在文学和文学批评领域，白璧德的影响通过 T. S. 艾略特等，依然得到了一定程度的延续。尽管艾略特在 30 年代就指出了白璧德将人文主义作为宗教的现代替代的企图，并批评了白璧德在人文主义与宗教之间的摇摆不定③，但艾略特在传统与个人才能之间所作的谨慎平衡，显然有白璧德思想的影子存在。

从 1915 年梅光迪在他的导师 R. 克雷恩（Crane）教授的推荐之下第一次接触到白璧德的相关著述开始④，一直到 30 年代白璧德去世，白璧德在中国——

---

① R. Wellek, *A History of Modern Criticism*, Vol. 6, New Haven, 1955 – 65, P17。

② Russell Kirk, *The Conservative Mind*, Regnery Publishing, Inc. Washington, D. C. 2001.

③ 有关艾略特对于白璧德思想的接受与批判，参阅段怀清：《T. S. 艾略特对于白璧德人文主义的接受与批判》，刊《跨文化对话》总第 12 期。

④ 梅光迪在回忆白璧德的纪念文章《白璧德：人与师》一文中介绍说，他最初接触到白璧德的著述思想，还是他在美国西北大学留学期间。此后，他即转学哈佛，师从白璧德。梅光迪此文见《跨文化对话》总第 12 期，段怀清译。

与白璧德相关或者围绕着他所掀起的论争,成为了 20 世纪上半期中国知识分子文学、文化论战中最重要的部分之一。无论是"学衡派"知识分子群与五四新文学——文化倡导者就白话文学与文言文学所展开的论战,还是梁实秋与鲁迅之间就文学的阶级性所展开的论战,背后都依稀可闻白璧德的声音。60 年代,还有人就白璧德与东方思想之间的关系撰写过专门论文①,但从 1933 年白璧德去世、吴宓在他主持的《大公报·文学副刊》上发布白璧德逝世的消息后,一直到 80 年代,在中国直接以白璧德新人文主义话语进行文学——文化批评者已甚为少见。② 即便是白璧德与中国思想、白璧德思想在中国或者白璧德与"学衡派"这样的比较研究课题,也很少有人提及。这种状况,在 1980 年发生了变化,因为在这一年,出现了第一部以"白璧德与中国"为研究对象的博士论文。这部博士论文的作者,就是台湾旅美学者侯建。相比之下,从 80 年代中后期开始,大陆学界"因研究中国现代文化史、学术史而引起对'学衡派'的关注,……白璧德的新人文主义又受到重视"。但在此前,尽管白璧德及其新人文主义很少为人提及,"该学派之新人文主义精神则在中国学术界仍有着广泛影响"。③

二

侯建的博士论文《欧文·白璧德在中国》(*Irving Babbitt in China*,by Chien Hou,State University of New York at Stony Brook,Ph. D,1980)就其内容而言,主要考察并讨论了四个问题,即白璧德的思想、白璧德与中国思想之关系、"学衡派"知识分子群对于白璧德思想的阐释和发挥以及《新月》时期的梁实秋在对左翼文学的批评中对于白璧德人文主义思想的借鉴。

作为一部以文学影响研究为对象的专门著作,《欧文·白璧德在中国》为自己设立了三个叙述前提,一是将"白璧德与中国"放在现代美国对中国产生了巨

---

① Chang Hsin-Hai, "Irving Babbitt and Oriental Thought". *Michigan Quarterly Review* 4 (1965): P233 – 234.

② 50 年代在台湾创办的《文学杂志》上,梁实秋不仅选译过白璧德《卢梭与浪漫主义》一书中的第五章,而就白璧德思想作了相关阐释。这也是白璧德及其人文主义在现代中国的一段延续。

③ 上述引文,出自北京大学汤一介先生就白璧德在中国问题致笔者的回复。

大影响的两个思想者与中国关系的历史语境之中进行比较叙述（另一位为杜威）；二是将五四新文学——文化运动中所倡导的文学革命与后来的无产阶级文学所倡导的革命文学这两次文学运动联系并统一起来；三是将现代中国知识分子通过白璧德、杜威等与西方的关系，与近代以来中国对于西方的反应联系起来。上述三个前提并不是作为侯建先生的论文叙述的显在线索，而是其潜在的历史语言背景。

在"论文摘要"中，侯建先生对白璧德与20世纪初期中国知识分子之间的思想关系作了这样的评价定位：①

> 在本世纪（20世纪）的所有美国文学学者中，没有一位在中国的影响力能够望白璧德之项背，而他也被视为美国新人文主义的奠基人之一。而这一影响发生于中国刚从昔日的帝国荣光中惊醒，又发现自己已经沦为西方的达尔文式的进化论和帝国主义扩张的牺牲品之时。怀着时代所赋予的责任感，中国的知识分子开始积极地寻求振衰救亡的方案。其中有些人，包括梅光迪、吴宓以及胡先骕等，从白璧德那里找到了一条民族救亡的道路；至少在另外一位更年轻的学者梁实秋那里，从白璧德身上得到了这样的启迪教益，那就是批评判断比欣赏更为重要，此外，在意图与技巧之外，一个作家或者一部文学作品还必须在其内容上得到评判，而用来作为评判标准的，应该是那些"普遍的、永恒不变的一般人性"中所存在着的伦理准则。

侯建先生在其"内容摘要"中，还简要提出了他的论文第三、四章，即白璧德对于"学衡派"之影响，与他对于梁实秋之影响之间的关联性——这也是这部以论述白璧德思想在现代中国传播介绍及应用状况为旨归的论文中尤为值得引起注意的特点之一。一般认为，"学衡派"知识分子群与梁实秋之间的关联性，显然是因为白璧德的思想影响所在。但侯建先生的论述深入到这种影响关系的表象之下，从对于20世纪上半期中国文学界的两次运动：文学革命运动与革命文学运动进行思想反动的需要出发，阐明了"学衡派"知识分子群的文学——

---

① Chien Hou, *Irving Babbitt in China*, Abstract, State University of New York at Stony Brook, A dissertation Presented for Ph. D, 1980, P1.

文化批评,与梁实秋的文学批评之间合乎历史逻辑的连续性。他说:白璧德在中国,或者《学衡》派知识分子群对于五四新文学——文化运动的反动,不仅包含着对于以倡导白话文学为主要诉求之一的文学改良和文学革命运动的批判,而且还包括对于以无产阶级文学为其主要诉求对象的革命文学的批判。也就是《学衡》派的批判反动,从 1915 年一直延续到了 1930 年代,即在《学衡》与《新月》,或者在梅光迪、吴宓等人与梁实秋之间,除了白璧德的思想话语与批评实践之外,还有着一条现代中国自身的语言线索:《学衡》20 年代批评的主要对象是新文学运动,而 30 年代的《新月》所主要批评的,则主要是当时的革命文学。而在侯建看来,白璧德的新人文主义,不仅反对像五四新文学——文化运动所倡导的那些主张个人、个性、实验的时代文学话语,而且也反对 30 时代兴起的左翼文学的革命文学主张。正是因为这样的双重反对,才使得白璧德主义在中国,分别落实于 20 年代的《学衡》和 30 年代的《新月》,并各自有所侧重地承担了其思想的某一侧面。也就是说,当我们常常因为梅光迪、吴宓等人与梁实秋因为与白璧德之间的师承关系而将其联系在一起的时候,一方面,我们忽略了他们之间在批评对象上的不同乃至差异(当然梁实秋在 20 年代中期对于五四新文学的浪漫倾向也提出了总结性的批评),包括他们各自所借用的主要批评话语资源的细微差别;与此同时,我们又简单地因为他们与白璧德共同存在着的师承关系而将其自然而随便地联系起来,没有注意到其实在他们分别于 20 年代和 30 年代的批评实践中在批评语言上所存在着的不同。

对于白璧德在现代中国所激发的回响,究竟该作出一个怎样的评价才算公允?侯建先生显然也处于矛盾之中。一方面,他注意到,那些追随并宣扬白璧德的新人文主义思想的中国知识分子,"他们的作用尽管有意义,却并没有引起真正多大的声浪"[①]。但他又提示到,这些追随者也"试图在国内复兴白璧德所发起的那些论争",而且他们每一次也都将那些话题带到了时代关注的焦点上[②]。为此,他提出了一个从更长远的语境来考察评价白璧德及其中国追随者们的功过的建议。"历史是一个漫长的过程,究竟他们的努力是否已经遭遇了

---

① Chien Hou, *Irving Babbitt in China*, Abstract, State University of New York at Stony Brook, A dissertation Presented for Ph. D, 1980, P5.

② 同上。

失败，还是应该从一个更为长久的时间角度来审视他们的努力的结果"，"一时的挫折，并不意味着彻底的失败"。①

对于白璧德借用孔子儒家思想资源原因的分析，是这部著作又一个值得关注的特色。白璧德将自己的人文主义称之为一种"积极的、批判的人文主义"（positive and critical humnaism）。这种人文主义更多是一种"综合展望"（comprehensive outlook）。侯建分析了白璧德所张扬的"积极的批判精神"产生的学术文化环境——德国学派所倡导的文学研究的文献方法以及哈佛大学校长艾略特所发起倡导的"选修制"。对于上述两种当时在学术领域和教育领域颇有影响的主张，白璧德却认为这都是当时知识界、学术界对当下乃至传统缺乏"积极批判精神"的现实表现②，而且这将加剧与过去传统的断裂。白璧德所主要批评的，是作为一种生活哲学的自然主义，这种自然主义得到了培根的科学浪漫主义与卢梭的情感浪漫主义的滋养③。而他所倡导的一种替代自然主义的思想，就是积极的批判的人文主义，有时也被称之为新人文主义。这种思想所强调的，就是常识、经验的重要性。而为了弥补所谓"理性"的不足——鉴于人性的有限——白璧德又提出了所谓"更高想象"的概念，有时候他也用"伦理想象"或者"更高意志"来描述这种足以克服人性不足的理性力量。

在一个不断向外扩张的时代（科学基础上的物质扩张与情感追求上的精神扩张），白璧德对内省、向心力的强调，似乎是试图将那些破碎的四分五裂的宗教融合起来——他对佛教的兴趣和阐释翻译，也似乎从一个侧面应征了上述判断。但在 20 世纪宗教正处于破产的状况之下，白璧德自然很清楚这一寄托于宗教的人文努力是行不通的。于是，他选择了一条寻找宗教补充（如果不是宗教替代的话）的道路。而在白璧德看来，在中国古代思想传统中，只有孔子认为一种没有宗教认同的人文主义是可能的，这对白璧德产生了吸引。正如他的学生列文（Levin）所言，"白璧德对儒家的世俗智慧极有同感"④。

---

① Chien Hou, *Irving Babbitt in China*, Abstract, State University of New York at Stony Brook，A dissertation Presented for Ph. D，1980，P5。

② 同上。

③ 同上。

④ 同上，第 19 页。

## 三

一个似乎显而易见但依然具有学术价值的问题是,为什么会有那么多中国留学生选择白璧德并服膺他的思想?究竟是白璧德受启发于孔子儒家思想并借用了他的那种世俗化的人文话语资源,从而吸引了那些正在关注中国传统文化在现代命运及其转型的中国留学生,还是中国留学生们对于白璧德所宣扬的那些思想主张似乎有着特殊的兴趣和领悟、从而引发了白璧德对于中国古代思想传统的关注并最终在自己的著述中大量参考征引儒家思想?无论是白璧德自己的阐释,还是侯建以及其他研究者的论述都揭示出,白璧德与那些走近他的中国留学生(尤其是梅光迪)之间是相互吸引的——1915年,当时尚在美国西北大学留学的梅光迪在老师的推荐下开始阅读白璧德已经出版了的几部著作(主要是《文学与美国大学》和《现代法国文学批评大师》)。其中不少思想观点(尤其是古典思想资源对于现代文化建设的意义),对梅光迪产生了特别的吸引力。而课堂上总是能够很好地理解白璧德观点的梅光迪,又很快地引起了白璧德的关注:为什么自己所讲解的那些观点,一个中国留学生总是能够率先予以完整的理解?

白璧德著述中真正直接征引并论述儒家思想以及道家思想的,是他1919年出版的《卢梭与浪漫主义》。当然,这并非意味着在此之前白璧德并没有阅读过有关中国经典方面的西方汉学家们的阐释(不过需要说明的是,白璧德的中国知识,远远不能同19世纪西方汉学家们相比,但这并不是影响他对中国思想传统进行探究阐释的真正障碍)。对于白璧德为什么在梅光迪归依其门下之后才开始正面论述中国思想,侯建作出的解释是,首先是白璧德对于自己的中国学问并没有把握,其次是他并没有觉得有必要从孔子思想中得到对于自己思想的确认。① 在侯建看来,梅光迪是1915年从《现代法国文学批评大师》的最后一章中读到与儒家思想相通的内容观点的。而白璧德对于孔子思想的阐释兴趣或者借用,主要原因在于"确认自己的思想",而不是"启

---

① Chien Hou, *Irving Babbitt in China*, State University of New York at Stony Brook, A dissertation Presented for Ph. D, 1980, P19.

蒙——从中得到思想启迪"①。也就是说,白璧德是为了用孔子的思想来证明确认自己的思想,在此意义上,白璧德从佛陀思想中所受到的直接启发,似乎要超出他从以孔子为代表的儒家思想传统中所受到的启发(不过,需要说明的是,白璧德的儒学知识与认知,远远不能够与他对佛陀思想的认知相提并论)。

而将白璧德与现代中国关联起来的原因,除了传统中国的现代转型外,与晚清中国在西方强势话语的步步进逼之下所面临的"千百年未有之巨劫奇变"以及五四新文学——文化运动所带来的思想冲击也密切相关。恰如梅光迪所言,晚清中国事实上已经沦为"西方各种意识形态的垃圾场"。② 而为了求得生存,中国也自然地产生了最有代表性同时又针锋相对的两种救亡主张,即保守主义与激进主义——其差异就在于"躯体"与"灵魂"的关系上。在激进主义者这里,为了救亡,不惜一切牺牲,而保守主义者则坚持,不仅要让整个民族得以生存,还要首先让这个民族得以成立的、塑造这个民族的民族性的那些东西得以生存。③ 而晚清中国各种运动、革命、争论,无论是政治上的、经济的、社会的还是文学上的,大多都是围绕上述分歧而展开的。④ 正如侯建所揭示的那样,也正是中国知识分子中的思想论辩如此展开的时候,白璧德与杜威之间的论战也在美国国内展开。在白璧德看来,杜威的实用主义,其实就是"'多'的形而上学,是功利主义的、自然主义的和专门主义的,而不是人文主义的"。但两人在后来的几十年中,都在中国产生了重要影响。而他们也分别成为了中国的保守主义和激进主义的守护神和意识形态权威。⑤ 在对杜威及其思想的定位上,侯建这里显然采用了白璧德的观点,即将其视为一种自然主义和激进主义。而在国内,通常将胡适及杜威的思想称之为一种现代的自由主义。

侯建基本上将白璧德在现代中国的影响分为两个时期,一是五四新文

---

① Chien Hou, *Irving Babbitt in China*, State University of New York at Stony Brook, A dissertation Presented for Ph. D, 1980，P19.

② 同上。

③ 同上,第248页。

④ 同上。

⑤ 同上。

学——文化运动时期。这一时期主要是追求用白话替代文言,并且摧毁儒家思想以发展科学与民主。① 而白璧德在中国的追随者们,则在南京成立了《学衡》杂志,与上述运动相对立。至于《学衡》的失败,在侯建看来,是因为"策略上的错误"以及"错误地强调了某些问题"。在侯建看来,《学衡》的失败,更多只是外表形式上的,而不是真正的失败。②

比较之下,侯建将梁实秋对于革命文学的批判,视为白璧德在中国的第二阶段,而且这次的失败同样是外表形式上的。③ 这一时期(1927—1930 年)也为革命文学或者无产阶级文学的扩展时期。梁实秋在对革命文学的批评中,进一步重申了生活与文学的古典原则,而这些正是他从白璧德那里得来的。侯建认为,白璧德与杜威之间的分歧,也就是权威、过去的经验与个人实验之间的分歧。④ 白璧德与杜威之间的分歧,在中国的对应,就是《学衡》派知识分子对于五四新文学运动的批判;而白璧德与他在哈佛比较文学研究所的同事 Spingarn 之间的论争,在中国的对应,则是梁实秋与林语堂之间的分歧;而白璧德与门肯(Mencken)之间的往来较量,在中国的对应则是梁实秋与鲁迅之间的笔战。

侯建始终强调一点,即对于那些中国留学生来说,白璧德之所以有吸引力,是因为他对经典价值的强调。但侯建的分析也提到了白璧德思想与中国留学生之间的"隔膜",一是白璧德有关人性的观点,再就是他对于道家思想的论述。白璧德将道家思想与卢梭的自然主义或者浪漫主义相比拟,这与中国知识分子对于道家思想的认识是有分别的,因为在中国传统思想中,道家思想不仅"可以软化儒家集体主义的苛刻僵化,而且也为灵活和文雅提供了更高程度的可能"⑤。

## 四

侯建先生的《白璧德在中国》,起始于"学衡",又终止于梁实秋。尽管他在

---

① Chien Hou, *Irving Babbitt in China*, State University of New York at Stony Brook, A dissertation Presented for Ph. D, 1980, P248.

② 同上。

③ 同上。

④ 同上。

⑤ 同上。

附录中增补了近代中国对于西方的反应，但相比之下篇幅有限。事实上，白璧德与中国之间的关系，至少包括这样几个层面的关系形态，首先是19世纪西方尤其是新教来华传教运动中传教士汉学家们对于中国的阐释，或者说中国式的东方的发现对于近代西方的意义——这也是白璧德思想中的东方语言资源的近代西方语境；其次是白璧德自身对于西方近现代文明的批判——他将这种文明视为一种缺乏向心力、不断向外扩张的自然主义文明。在恢复宗教的传统地位已经不再可能的情况之下，白璧德对于更高意志以及文化的整体性的强调，只能够在东西方传统人文语言中寻找其可资借鉴的资源——这也是孔子儒家思想为其所关注的个人思想语境；再次，近代以来中国在面临西教、西学和西方文学的不断挑战的境况之下所作出的种种回应，大多只能在中国道统与西方器用之间进行有限调节平衡，白璧德的新人文主义，大大地拓展了上述批评语言的思想疆界，同时又给予孔子儒家思想在世界文明史上前所未有的地位。

白璧德的中国知识有限——这似乎与他渊博的学识形象不符。其实很容易理解，对于一个尽管其专业为比较文学，但显然不是一个东方学或者汉学研究领域的人文学者来说，要让其汉学素养达到理雅各那样的水平显然是不现实的。而这也影响到白璧德对儒家思想和道家思想所作出的评价的学术价值。如果不将白璧德与中国思想传统之间的关系纳入到晚清西方对于东方的发现及探究的历史语境中去，就难以看出白璧德的中国议论的西方思想史和学术史意义，这一点，在侯建先生的论述中并没有得以相应提示。

另外，白璧德思想传入中国之前，为白璧德所借重的一些近代西方人文批评家，像卡莱尔、阿诺德、爱默生、圣伯夫等，都已经为辜鸿铭所关注，并在其文论中大量征引过上述批评家的思想观点。在辜鸿铭之后，经过"学衡"派知识分子群的传播弘扬，近代西方内部另一种自我批评的声音，作为西方现代文明的自我批判力量，呈现于中国现代知识分子面前。如何在辜鸿铭、经过白璧德到"学衡派"知识分子群以及梁实秋之间搭建起一条思想语言的线索，是探究白璧德在中国这样一个课题者值得关注的另一课题。

而在梁实秋与鲁迅之间的笔战之后，也就是在白璧德去世之后，白璧德在中国的影响显然也没有因此随之戛然而止。《学衡》是停刊了，但秉承《学衡》宗旨的另一个知识分子的思想批评刊物《国风》以及《国风》之后的《思想与时代》等刊物依然存在，而且上述两个现代批评刊物中的一个重要人物郭斌龢，即为白璧德晚年最重要的一个中国学生。遗憾的是,尽管侯建先生在论文中数次提及郭斌龢,但对于郭斌龢归国之后在传播白璧德思想方面有哪些作为贡献却语焉不详,更没有注意到《国风》和《思想与时代》的主要作者,大多为当初《学衡》撰稿人或者《学衡》时代的东南大学的教授们。而在《学衡》、《国风》以及《思想与时代》之间所潜隐着的一条学术思想线索,一方面呈现出现代中国的"东南学派"的基本轮廓,另一方面,也将现代新儒家思想运动的一部分昭示于众人之前。对此,作为白璧德在中国这一课题的尾声,无疑也是当予以适当关注的。

该文原发表于《中国比较文学》2011 年第 1 期

# 罗塞尔·科克与20世纪的保守思想

## ——兼评罗塞尔·科克的《保守心灵》

一

在由"罗塞尔·科克文化复兴研究中心"(The Russell Kirk Center for Cultural Renewal)提供的有关科克的简介中,第一句话就是,"罗塞尔·科克一直置身于他的那个时代知识分子论辩的中心,凡四十余载"。这句话不仅是对罗塞尔·科克思想批评风格的描述评价,也是对20世纪美国保守主义思想运动史的时代处境之描述评价——如果以《保守心灵》(The Conservative Mind)的出版为肇始,实际上科克从《保守心灵》1953年初版以来,直至其90年代中期去世,一直处于战后美国思想论战的中心。而在1989年,美国总统里根(Ronald Reagan)在授予科克"总统公民勋章"时,亦对科克作为一位处于时代思想之风头浪尖的职业思想家的贡献给予了高度评价,"作为美国保守主义的倡导者,罗塞尔·科克教导、培育而且激励了整整一代美国人","他深深地触及到美国价值之根,撰写并编辑了有关政治哲学的大量著作。他的知识思想贡献已经成为具有深远意义的爱国主义行为"。

罗塞尔·科克(Russell Kirk,1918—1994)一生著述丰硕,先后完成出版了32部著作,发表了数百篇论文,甚至还有不少短篇小说。美国《时代周刊》、《新闻周刊》都曾经称其为美国当代思想中处于领导地位的思想家。但无论是《时代周刊》还是其他一些更为专业化的学术评论刊物,譬如《党人评论》(The Partisan Review)、《肯庸评论》(Kenyon Review)等,在将科克称之为战后美国处于领导地位的思想家的时候①，大多以其代表性的著作《保守心灵》为标志，但是，科克开始撰写这部著作的时候，还只有二十多岁的年纪。仅就此言，将科克称之为一位少年得志的学者型的批评家或者言论家并不为过。

从《保守心灵》开始，科克的写作以及言论，在内容和主题上即表现出相对连贯性和稳定性，尽管看上去散漫地扩展到政治学、哲学、宗教、文学、历史学等诸多学科领域，但基本上围绕着对于英美保守主义思想的阐释，以及对于各种以自由主义、激进主义为代表的时代思潮的批判。也就是说，科克对于上述学科领域的涉及，大多关注于该学科领域中的"保守思想"文本。而作为其思想和学术代表作的《保守心灵》，也被视为战后美国最有影响力的思想言论著作之一。

《保守心灵》一书一共包括十三章，分"保守主义思想"、"伯克与规则政治学"、"约翰·亚当斯与法律之下的自由"、"浪漫精神与功利主义"、"南方的保守主义"、"自由的保守主义者"、"过渡性的保守主义：新英格兰扫描"、"富有想像的保守主义"、"守法的与历史的保守主义：预言时代"、"保守主义受挫：1865—1918 年的美国"、"英国漂泊不定的保守主义：二十世纪"、"批判的保守主义"、"保守主义的承诺"。除了第一章和最后一章，中间部分基本上是保守思想的文本案例分析。这些文本案例，在思想国别上，集中于英美两国，在时间启始上，从 18 世纪末（英国思想家艾德蒙·伯克的《法国大革命沉思录》问世）一直到 20世纪初期（以哈佛大学教授欧文·白璧德为中心的美国的新人文主义运动为

---

① 自《保守心灵》出版以来，对于它的评论不仅出现在《时代》、《纽约时报》、伦敦《泰晤士报文学增刊》这样的主流大众媒体上，而且也出现在知识分子刊物像《党人评论》、《肯庸评论》(Kenyon Review)等上面。有趣的是，当《时代周刊》将它的 1953 年 7 月 6 日这一期的"艺术与娱乐"版(Arts and Entertainment)的"著作"部分全部提供给对于《保守心灵》的介绍评价的时候，该期同时还刊登了白璧德、穆尔等 20 世纪上半期美国新人文主义思想家的照片，而该期《时代周刊》的封面，也别有寓意地选择美国开国之父华盛顿的照片（需要说明的是，《保守心灵》作为新著予以介绍并不是 1953 年 7 月 4 日出版的《时代》周刊，而是 7 月 6 日出版的《时代周刊》，Henry Regnery 序言中提到的时间为 7 月 4 日有误）。在《时代周刊》这篇介绍文章中，它也提示到"保守主义作为一种事实和一种力量从来没有消逝，而且迄今依然富有活力，而且依然在成长"。当然它也特别提到，1953 年的世界是"共产主义的世界"、"社会主义的世界"、"自由世界"以及"反动世界"共存。参阅 Russell Kirk, *The Conservative Mind* (Seventh Revised Edition)，Regnery Publishing, Inc. Washington，D. C. 2001，P9。

止），时间上大约为一百五十年。科克认为，在这一百五十年间，保守思想在与自由主义、激进主义及其时代思想变种的挑战斗争中处于下风，甚至被击打得溃不成军——《保守心灵》一书原名即为"保守主义的溃败"（The Conservative Rout），只是在出版时接受出版者的建议，才改为更具有积极肯定和乐观攻击倾向的"保守心灵"。①

对于科克的《保守心灵》一书产生的时代思想前提，在《保守心灵》第七次修订版序中，Henry Regnery 有这样一段说明性文字，"到 1950 年代为止，鉴于已经有了 Albert J. Nock、T. S. Eliot②、Richard Weaver、Eliseo Vivas 等人以及其他许多人的大量著述，对于自由主义的批评已经具备了坚实的思想文本基础，但是它所缺乏的，是一种观点，或者更好地说是一种态度，一种能够将保守主义运动联合起来，并赋予它一个中心和同一身份的态度"③。而在序者看来，科克的《保守心灵》这一"富有历史意义的成就贡献"的出版，恰好"提供了所需要的统一概念"。④ "他不仅提供了具有说服力的证据，来证明保守主义是一种光荣

---

① 在《保守心灵》第七次修订版序中，原出版者 Henry Regnery 在序言中简要地介绍了当初建议原作者将书名予以改动的经过。对于这部著作最初的书名"保守主义的溃败"（The Conservative Rout），序者认为这个标题显得"过于草率"，而另外一位同样信奉白璧德和穆尔的人文主义思想的思想评论家 Sidney Gair（也是这部著作的最初的热心推荐者）则提出可以将书名改为"漫长的退却"（The Long Retreat），但无论是原书名，还是 Gair 的建议，都过于强调和突出了保守主义在美国历史上，尤其是从 1865 到 1918 年之间的现实"退守"局面，尽管这种困窘退守的描述基本上符合保守思想的历史境遇，但却没有"有力地"描述出这些思想本身的精神属性和意志倾向状态。所以在序者看来，无论是原书名还是 Gair 的建议，都不让人满意。经过来回讨论，书名最后确定为"保守心灵"。而科克自己也在第七次修订版序言中提到，他当初将书名定为"保守主义的溃败"，确实是想描述在过去的二百年中，英国和美国的保守思想从"被从沟渠里击溃到栅栏里面"的不堪遭遇和尴尬局面。而科克也承认，书名经过上述这样的改动，确实将保守主义从"溃败"改变成为"重新积聚"以图"东山再起"的一种积极的思想力量。参阅 Russell Kirk, *The Conservative Mind*（Seventh Revised Edition）, P14, Regnery Publishing, Inc. Washington, D. C. 2001。

② T. S. 艾略特也曾经给于《保守心灵》以具体帮助，在科克 1986 年为该书第七次修订所作的序言中也特别提到，Faber and Faber's London Edition 的出版，曾经得到了艾略特的帮助。而有关艾略特的"保守主义思想"，可以参阅段怀清《T. S. 艾略特对于白璧德人文主义思想的批判与接受》，刊《跨文化对话》第 12 辑，上海文化出版社，2003 年 8 月。

③ Russell Kirk, *The Conservative Mind*（Seventh Revised Edition）, Regnery Publishing, Inc. Washington, D. C. 2001, P1.

④ 同上。

的、思想上值得敬重的立场,而且它还是美国传统中必不可少的一部分"。序者
甚至带有某种夸张地强调说,"战后美国的保守主义运动,就是发轫于科克的
《保守心灵》的出版",因为正是"这部著作给保守主义以命名,而且更为重要的
是,它赋予了保守主义一直所缺乏的一个中心"。① 而序者也没有忘记提醒读
者,当时的科克还只是密歇根州立学院(即后来的密歇根州立大学)的一位历史
讲师(instructor in history at Michigan State College)。

　　序者花了不少篇幅来介绍自己与科克在 1950 年代初期如何结识并出版
《保守心灵》这部一直令其深感荣幸的著作的经过②(这对我们了解认识《保守心
灵》出版前后美国思想界批评界的大致状况极有帮助),同时也描述了当初科克
自己是如何看待自己通过这部著作所试图实现的目标。在序者所引用的科克
写给他的一封信中,科克提到了自己致力于为"我们文明中的精神、思想和政治
传统作出贡献",而在当时的科克看来,"阿诺德所说的'精约时代'(epoch of
concentration)正在迫近"③。而科克之所以能够在战后美国自由主义思潮正方
兴未艾之时却对保守主义思想的迫近到来怀有如此信心,而没有为自由主义的
泛滥感到过分担忧,在于他认为,"流行的思想常常总是正在离去的一代人的思
想"。而科克自认为自己正在做的工作,"就是为未来的新的社会主人提供某些
确信的东西"。④ 或许多少也受到科克这种极为自信的态度的感染,在序者(也
是出版商)当初决定出版这部一个年轻人的学术处女作的时候,他已经确
信——尽管对其商业前景并不明确——这部著作将成为"当代思想的一个里程
碑"⑤。序者之所以如此确信,除了受到作者感染以及出版者自己的思想倾向
外,事实上还有这样一个思想事实,那就是除了上述几位在《保守心灵》1953 年
出版前已有的类似观点立场的思想文学文本之外,序者还特别提到这样几部著
作,以说明科克当时并非完全是孤军奋战。序者所提到的前后出版的另外四部
著作是 Gordon Chalmers 的《共和国与个人》(*The Republic and the Person*);

---

　　① Russell Kirk, *The Conservative Mind* (Seventh Revised Edition), Regnery
Publishing, Inc. Washington, D.C. 2001, P1.

　　② 同上。

　　③ 同上,第 2 - 3 页。

　　④ 同上,第 3 页。

　　⑤ 同上。

由十三位美国哲学家和黎巴嫩的 Charles Malik 合著的一部旨在反对自然主义的论文集,论文集的标题为《重返理性》(*The Return to Reason*);艾伦·忒特(Allen Tate)的《被遗弃者:教喻与批评文论》(*The Forlorn Demon: Didactic and Critical Essays*);另外一部著作是 Wyndham Lewis 的《为爱复仇》(*Revenge for Love*)。① 序者旨在说明,当初在出版科克的著作前后,美国思想界并没有为自然主义、自由主义以及其他各种激进思潮主张所完全淹没,还有一些"自由"的心灵在思想。值得一提的是,科克在他的《保守心灵》中,却将保守思想的清理论述的时间底线,停留在了 20 世纪上半期,也就是到白璧德去世(1933 年)。这样就在《保守心灵》论述的最近的美国保守思想与《保守心灵》的出版之间,留下了一个二十年左右的时间缝隙,对于这二十年中美国思想批评的状况,科克基本上没有涉及。而这二十年,也正是科克自己的保守思想形成的二十年,或者他酝酿撰写《保守心灵》这部著作的二十年。

在序中,出版者还特别强调了这样两点,那就是科克"实现了将保守主义作为我们这个时代一种相关必要的传统而呈现出来"的追求,而在此过程中,科克显示出自己所具有的"两大优势",一是"将那些他所熟悉的广博知识组织起来的高度技巧",另一点是"评价保守思想,考察它们是否对我们这个困惑时代有效"的迫切感受。② 而科克在他这部著作的开篇也重申,他并不是要撰写一部关于"保守主义派别的历史"著作,而是要质问:"什么才是美国的保守思想的精髓? 作为对法国大革命之后的激进理论思想和社会改革的一种抵制,美国和英国的保守思想的精髓究竟是什么?"③科克旨在通过这种开宗明义地设问,来向读者表明自己并不是一个完全站在局外并保持着思想中立或者所谓客观性的思想史学者,而是一位直接介入历史上的思想纷争之中的思想批评家。而在第七次修订版作者序言中,科克并没有否认自己当初撰写这样一部著作确实有匡正时弊的企图,"作者从事保守主义思想研究,就是旨在改变时代思潮"④。而二十多岁的科克之所以从这样的设问开始,是因为他在这部著作开篇所提出的问

---

① Russell Kirk, *The Conservative Mind* (Seventh Revised Edition), P4, Regnery Publishing, Inc. Washington, D.C. 2001.

② 同上。

③ 同上。

④ 同上,第 13 页。

题或者设问,本身就是他自己一直存在着的思想困惑。而让人感到惊讶甚至有些困惑不解的是,一个只有二十多岁的刚刚走出大学校园的年轻人,在一个如此混淆困惑的时代所追求的思想的清晰与明确坚定。

进一步显示出科克超乎寻常的还有他的思想洞察力,或者说科克的思想批判力与他的思想洞察力是相互依存的。这可以从《保守心灵》的结构框架上反映出来——这并不是一部一般意义上的思想批评著作,而是体现出著作者高度的历史意识,一种基于揭示一条思想史上"客观"存在着的思想线索的历史意识。这种意识帮助科克解决了这种思想批评著作常见的"空疏"泛泛而论的缺陷,在一种思想史的考察中,揭示一种传统存在的历史真实性和思想真实性。毫无疑问,这种历史的考察方法并非科克的发明,几乎所有的人文批评者或者传统的保守主义批评者,都会关注并使用这种历史的考察与阐释方式。传统与传统的反复阐释,就是保守主义思想的一个鲜明特色。无论是从科克所考察的第一位保守主义思想家伯克,还是到他所考察的最后一批保守思想家白璧德、穆尔以及桑塔亚那,几乎每一位思想者提出自己思想观点、阐明自己立场态度的方法,都离不开对于自己所服膺或者信奉的传统语言的阐释,无论是这种语言是人文的还是宗教的。① 对此,科克的说明或许更贴近保守主义者所惯用的这一方法,"保守主义并非一成不变的教条"(conservatism is not a fixed and immutable body of dogma);"保守主义从伯克(Burke)那里继承了这样一种才能,那就是重新阐释他们的信念以适应新的时代"②。而社会保守主义的精髓,就是"保存人类古代道德传统"③。

有人认为,《保守心灵》这部著作对于"1790 年一直到 1952 年的政治学、宗教、哲学以及文学中的保守思想进行了杰出的研究"④。不过需要补充一点

---

① 白璧德对于人文传统的阐释,借用的古代思想资源除了古希腊、罗马的历史人文语言外,还有古代印度佛教和中国的儒家思想传统资源。当然也包括启蒙时代以来西方相关人文语言资源。相比之下,桑塔亚那更多强调的是天主教语言资源对于他的思想价值观的启发影响。

② Russell Kirk, *The Conservative Mind* (Seventh Revised Edition), Regnery Publishing, Inc. Washington, D. C. 2001, P5.

③ 同上。

④ 同上。

的是,在对于各种非保守主义思想或者反保守主义思想的批评上,《保守心灵》则未必是最有代表性的文本。就在《保守心灵》出版前八年和前四年,英国作家乔治·奥威尔(George Orwell)先后出版了他的批判极权主义的代表性的小说文本《动物农场》和《一九八四》。而后者对于战后极权主义所作的极富艺术天赋的想像与描述,无疑从另一个角度增添了《保守心灵》的论辩力量。但这些并不同时表明,保守主义思想或者对于极权主义思想与体制的批判,已经成为那个时代的主流思潮。恰恰相反,当时各种极权主义理论以及革命实践正席卷全球,也因此,科克的著作在当代思想中的里程碑意义亦由此可见一斑。

## 二

需要指出的是,接受"保守主义"这一概念是一回事,而是否接受将战后与自由主义运动相对的整个西方思想运动描述成为"保守主义运动"则是另一回事。譬如尽管哈耶克(F. A. Hayek)被视为强调一种进化理性的保守主义运动的发起之父,但他自己却从来不曾愿意被称之为一个保守主义者。他甚至愿意接受另外一种显得更为古旧的称呼"老辉格党人"(Old Whig)这一标签。不仅哈耶克,在科克所清理论述的所有"保守思想家"中,几乎没有一位直接将自己称呼为"保守主义者"或者乐于被贴上如此标签。

《保守心灵》是否旨在给我们提供一套保守主义的意识形态,或者它是否已经实现了这一企图?它是否已经成功地或富有成效地将过去 100 多年中那些具有某些共同性的思想因子"整合"起来?对于这样的追问甚至疑问,科克自己的回答是否定而且坚定的,"不是,因为所有的保守主义者都憎恶所有形式的意识形态"①。因为,"意识形态"就是一种"政治宗教",而这种"对于人性和社会的完善的预先设计",在科克看来,是对"保守主义的诅咒驱逐",因为对于保守主义者来说,"习俗、惯例、约定俗成的一切以及规矩等,乃一个可以忍受的公民社会秩序的源泉,人不是天使,大地上的天堂不可能靠那些形而上的热情幻想者

---

① Russell Kirk, *The Conservative Mind* (Seventh Revised Edition), Regnery Publishing, Inc. Washington, D. C. 2001, P15.

们设计出来"①;保守主义者拒绝接受乌托邦政治作为宗教的替代物,他们坚持认为需要一代一代人的坚韧努力,需要依靠惯例和调节,来实现并维护人性与社会的道德秩序。也因此,科克将他的这部著作看成是对"有关公民社会秩序模式的一种历史分析",而不是"政党行动的纲领"。同时,他也借助于历史上一些思想家和作家所提供的历史文本,来对"保守者"与"保守主义"这些术语进行澄清界定,并对保守主义的道德和社会秩序原理予以阐释介绍。

不过,尽管科克反复否定这部著作是出于意识形态冲动而写,但他并没有回避这样一个事实,那就是当年他只有二十多岁的年纪,却要撰写这样一部关于保守主义和保守思想的著作,确实出于某种信念②。他也提到,50 年代在美国和英国,民意开始转向保守主义标准,而原因并非是社会主流思潮受到了保守主义思想的影响所致,而是因为"苏联强权的威胁,以及对于政治人道主义的结果的失望"③。而这部著作,正是希望给上述保守冲动提供一种解释说明和正名。

在"保守主义思想"一章开篇,科克就借 John Stuart Mill 之口,点出了 19 世纪自由主义者对于保守主义者的批评——"愚蠢的党人"。但科克很快就将论述的中心转入到伯克这位"现代最伟大的保守主义思想者"身上,并从那里找到了辩护的思想资源。"伯克开启了英国保守主义的道路,他成为了大陆政治家的楷模,他也逐步深入到美国抵抗者的心灵深处。"④但是,科克也注意到,保守主义的伯克,几乎同时又是自由主义的伯克这一矛盾事实,并将他称之为"贵族自由主义的哲学家和组织者"⑤。而 18 世纪末、19 世纪初的英国,正是所谓新人(New Man)大量出现的时期,也就是中产阶级的知识分子及其思想主张,开始进入到时代主流思潮之中并产生影响。这种思想,从总体上而言,是倾向于自由主义的。但科克注意到了伯克作为一个"辉格党人"所信持的"辉格主义"——一种道德秩序、良好的过去的规则、小心谨慎的变革。这些当然也成为了英国思想文化属性的一部分。科克认为,伯克对于保守主义的辩护,主要旨

---

① Russell Kirk, *The Conservative Mind* (Seventh Revised Edition), Regnery Publishing, Inc. Washington, D. C. 2001, P15 - 16.

② 同上,第 16 页。

③ 同上。

④ 同上,第 13 页。

⑤ 同上。

在回应这样三种彼此分离的激进思潮：哲学中的理性主义；卢梭及其弟子们的浪漫的情感主义；边沁的刚刚开始出现的功利主义。① 而后两者，则被新人文主义批评家白璧德视为西方"现代思潮"的滥觞。

而科克之所以将白璧德、穆尔以及桑塔亚那命名为一种"批判的保守主义"，就在于这种"保守主义"在阐述传统思想语言资源的同时，将相当部分精力，放在了对于西方各种非保守思想或者反保守主义的历史语言资源的清理和批判上，在这方面，白璧德无疑是一个突出的例子。白璧德除了《文学与美国大学》这部论文集中对所谓人文主义和人文主义者进行了一些历史语言清理外，他的《现代法国批评大师》、《卢梭与浪漫主义》、《民主与领域》、《论创造》等著述，都是在集中清理批判当代西方思想中的自由主义、功利主义传统及其现实流变。

科克在伯克身上所发现或者所注意到的"保守主义"思想与"自由主义"思想的"兼容"，实际上在他后面所列举的不少思想个案中都存在，譬如他所清理的英国浪漫派诗人柯勒利治②（Coleridge）以及英国小说家司各特③（Walter Scott）等。而科克所列举的美国开国和建国之初的一些政治思想家，包括他对美国宪法的分析，都同样具有上述"兼容"的特性。但科克显然是希望对这种"兼容"性中所显示出来的整体的"稳定性"和"连贯性"予以肯定，而不是突出其中改革的那部分思想和力量。但科克这种分析方式，却与他当初之所以将这部著作命名为《保守主义的溃败》存在着逻辑上的关联，在他看来，保守主义思想之所以在各种自由主义和激进主义思潮的进攻之下处于守势甚至溃败局面，正是与那些具有代表性的保守思想家的思想中这种"兼容"的思想特性存在着内在的关系。

不过，有意思的是，在该书第一章中，科克也曾经专门探询过这一问题，那就是为什么保守主义思想在过去的时间里会处于"溃不成军"的窘境，结果是他

---

① 很显然，科克这里对于伯克的保守主义辩护的分析，多少受到了他所推重的人文主义批评家白璧德对于以卢梭为代表的泛情人道主义和以培根为代表的科学人道主义的批评的影响。白璧德将上述两种类型的人道主义看成是 18 世纪以来西方思想的主流，也就是西方现代性的主流。尽管科克并没有提到培根，而提到了另一位英国思想家边沁，但他同样提到了"功利主义"——这正是白璧德批判培根思想时所使用的术语。

② Russell Kirk, *The Conservative Mind*（Seventh Revised Edition）, Regnery Publishing, Inc. Washington, D. C. 2001, P133 - 145.

③ 同上，第 114 - 123 页。

"发现"了至少两点，一是在整个现代世界，"事情均处于马鞍型的两极之中"，无论是"保守主义思想怎样健康合理"，但它依然难以抗拒那些不理性的力量，这些力量包括工业主义、集权化、世俗主义以及类似的冲动；其次是保守主义思想家们缺乏足够的敏感和敏锐来应对现代的难题。从这个意义上来讲，这部著作也是对上述缺乏敏感和敏锐的保守思想和保守思想者的一种批评，而著作者也并不否定这一点。

同样在第一章中，科克也提出了保守主义思想的六条原则，这些原则在语言上与他在 1993 年的一篇演讲论文中所提出的保守主义的十条原则并不完全一致，但在思想上具有明显的连贯性。这六条为：

1. "信仰一种超验的秩序，或者自然法则，这一法则不仅统治着社会，也统治着良知"；

2. 赞同扩展多样性和人的存在的神秘性，以抗衡大多数激进思想体系中正在日趋狭窄的统一一律（uniformity）、平等主义（egalitarianism）和功利主义（utilitarianism）目的；

3. 坚信文明社会需要秩序和阶级，反对"没有阶级的社会"的主张。也因此，保守主义者常常被称之为"秩序党"；

4. 倡导自由与所有权密切联系在一起；

5. 信仰规则，不信任"诡辩家，精于计算者以及经济学家"；他们将把这个世界按照抽象的设计来重建；

6. 相信改变并非有益的改革：仓促的变革可能会引燃毁灭性的大火灾，而不会是进步的火把……

实际上，科克对于保守主义思想传统的清理，也同时伴随着他对西方思想中、尤其是西方当代思想中各种自由主义、激进主义思想的批判。在美国人文协会版的《文学与美国大学》序言中，科克不惜花费 5 万余字的篇幅，全面介绍了白璧德在这部批评论文集中对于西方文学、教育以及现实思想中的人道主义思想的批判观点，而且同样也夹带着对白璧德之后，也就是 1930 年代以来美国的各种社会思潮进行了清理批判。这些批判再次显示出，科克自己并不是一个仅仅满足于清理保守主义的传统历史语言资源的学者，也是一个关注社会思想现实并积极参入其中的当代思想文化的批评家。

# 比较者与比较学

## ——兼评"跨文化沟通个案研究丛书"

一

19 世纪 60、70 年代,正是英国维多利亚时代的比较学(comparativism)方兴未艾之时,与东方学和汉学研究相关的比较语言学、比较宗教学、比较神话学、比较文学和人类学等新兴学科的基本原理和研究方法等逐步确立并得到推广。与之相适应,19 世纪英国东方学和汉学领域,也逐渐形成了一个以牛津大学、剑桥大学为中心的"学术共和国",而作为这一共和国的代表人物,无论是麦克斯·缪勒(Max Muller,1823—1900)的印度学研究,还是理雅各(James Legge,1815—1897)的中国经典翻译研究,都昭示着英国东方学和汉学研究,已经独立于欧洲的东方学研究和法国的"学院派汉学研究",成为一种强调"文本中国"与"经验中国"并重并注重汉学家的综合语言能力平衡的新兴学派。而与上述异域研究、比较方法和对于异教徒宗教及文化带有比较的、同情的理解相适应的,就是英国大学教育研究体制中原有宗教与教育一体的格局,开始向宗教与教育分离的方向扩展。而按照德国式的进步意识,"学术生活的理性化意味着,严格而苛刻地专注于纯粹的、基础的、批评的、客观的、公正的、科学的、比较的、归纳的和分析的方法,它可以为各种特殊分支,或者新分类的种类提供 19世纪西方国家世界范围内的无情占领殖民地所需要的知识"①。

---

① Norman J. Girardot, *The Victorian Translation of China: James Legge's Oriental Pilgrimage*, The California University Press, 2002, P192.

事实上,即便如此,并不表明上述那些重量级的"东方学家"、"汉学家",已经进入到维多利亚时代末期英国思想学术的主流之中,并在精英知识分子中享有公认的地位与声誉。一个可能让后来者多少感到一些困惑的事实是,与比较学不断上升的学术趋势相比,那些以东方学和汉学为主的"比较者"(comparativist),并未处于时代知识分子的中心,甚至偏离于时代主流知识分子之外,或者处于边缘(当然麦克斯·缪勒可能是个例外)。这一客观存在着的事实,可以从下面有关缪勒和理雅各的两幅漫画的解读文字中窥见一斑。先看有关理雅各的一段文字:①

　　(漫画)刻画了一个在着装和行为上都仿照"中国异教徒"和信仰非国教的大学教授,表现出一种未经过多加工的喜剧意识,图片上的理雅各……是一种演员风格,正站在两只经过装饰的盒子上。他的右边是一把具中国艺术风格的茶壶,茶壶放在一个茶几上,茶几上面盖着仿制的装饰用的织有金银丝浮花的锦缎,上面还绣着两个中国汉字("生产")。在他的左侧,像剧院里的道具一样,有一把扇子,而且极不协调的是在其背后,还有一座多层微型宝塔。

　　在这个戏剧场面中最吸引人的,还是位于正中央的像"中国异教徒"一样的理雅各,他光着头没戴帽子,眉毛浓密,鼻子突出,蓄着络腮连鬓胡子,一副顽皮又诡诈的柴郡(Cheshire,英国郡名)猫样的笑容,一根长得出奇的辫子,用一只伸出来的手托着。他穿着一身满族人风格的长袖外衣,上面打着一种临时添加上的、显然不是中国风格的活结领带,领结将他的维多利亚式的两边衣领以及一条披肩连接起来(大概是滑稽地参照了福音教徒或者牧师的着装),他的右手正拿着一只瓷茶杯还有茶碟。画的下方作为补充的,是一首匿名打油诗,大概意思是说理雅各的教授讲座不过是对"奇特怪异的中国人"的愚昧无知方式的令人好笑的解释而已。这幅图画令人着迷的是,它将"中国异教徒"与作为一个中文教授以及一个非国教牧师的理雅各自己的奇特外来的特性隐秘地联系起来。在这样一所在接受"我们世界之外的

---

① Norman J. Girardot, *The Victorian Translation of China: James Legge's Oriental Pilgrimage*, The California University Press, 2002, P188.

许多世界"的过程中正在变得"越来越好奇"的牛津,对于这样的东方学家和教授的怪异之处的幽默描绘,折射出一种对于大学里面以及更宽泛的文化范围内处于变化当中的环境的不断增长的意识和接受。

另外一段文字,是关于缪勒的。与理雅各的英国苏格兰背景和非国教的福音教派信仰所不同的是,缪勒是一个来自于德国的"异域"学者。而他在当时学界之外与英国社会精英阶层乃至英国皇室的密切甚至有些神秘的关系,使得他在一幅漫画中呈现出下面这样一种形象:①

> 缪勒的形象是,没有任何滑稽—歌剧用具,他站立在万灵学院(All Souls College)外面的"高街"上,在他右肩膀上,是圣玛丽教堂高高升起的尖顶。这些形象的确切日期还是问题,但它又显示出大概印制于 1875—1876 年左右。最有可能的是,它大概出现于就他的教授职位重新进行协商的时候,他的《东方圣典丛书》编辑出版计划最终确定下来的时候,以及他战败了自己的对手和像 Benjamin Jowett 这样不可共患难的同事并取得最满意的胜利的时候。正如这幅图画以及另外一幅名称为"名人谱"的图画所暗示出来的,缪勒如今正处于他个人声望以及在牛津的政治权力的顶峰。尽管他从来不曾为大学议事会成员,但他一直是牛津大学、牛津大学图书馆、泰勒研究所以及牛津大学出版社之间的精英权力中间人。在此之前,他已经从一个站在外面的德国人,变成了一个最终站在里面的大学人,尽管在此期间他还有一些并无多少真心诚意的抗议反对。

> 正像适合于一个因为博学和影响而在牛津广为人知的人一样,缪勒图片中显示出来的形象,是一个阴沉、傲慢的人,穿着他的学术礼服,他的右手里拿着一本书(毫无疑问这是一本他自己的著作),站在万灵学院外面,这是让他在牛津声名显赫的基地之一。在这幅漫画中,略微有些讽刺的地方,就是他所戴着的那顶有些夸张的、几乎平顶的四方学术帽——可能是暗示他过于膨胀的自负意识,就像此前《名

① Norman J. Girardot, *The Victorian Translation of China: James Legge's Oriental Pilgrimage*, The California University Press, 2002, P190.

利场》上面的漫画所滑稽模仿的一样。

缪勒不同于在学术重要性方面显然要弱一些的理雅各,也不是一个马上就会让人愚蠢地联想到或者讽刺成一个怪异的东方圣贤的人,一个荒谬可笑的印度耍蛇者,或者一个滑稽可笑的东方学家。正如我们所知,他属于某种被嘲弄的对象,但是,这里所强调的讽刺色彩,显然要少于他在大学权力阶层里很高的地位。

上面这两段文字,当然不能作为缪勒和理雅各在19世纪中后期英国公众当中的典型形象,但它的文化心理寓意却是真实存在着并显得意味深长的。透过这些漫画和文字,我们多少可以感受到一些在东方学和汉学研究初步确立时期的英国,大众知识分子对于这些异域宗教、异域文化、异域社会的专业研究者的文化形象所进行的夸张与变形。

相比之下,缪勒和理雅各的中国同行——也就是专业意义上的中国的西方研究者——直到20世纪初中期才出现在中国的现代大学体制之中。也就是中国现代第一批、第二批留学知识分子归国之后。不过,在这些体制化大规模的留学知识分子之前,还有零散的具有西方思想文化语境因缘的知识分子,这些知识分子主要有三种类型:一是晚清留美幼童归来者;二是派赴欧洲研习海军兵舰等者;三是像容闳、王韬体制外的这样因为个人因缘而曾经赴洋留学或者游历泰西者。此外,还有从19世纪70年代开始派驻泰西的驻外公使团。如果我们把从1840年代以后,一直到在新教传教士们的宣教之下而归化的口岸草根知识分子与平民大众因为宗教宣道而受到"宗教启蒙"者也化归其中,这一阵营的规模显然还要壮观许多,但也更符合晚清中国的历史真实。在对晚清中国的"西方化"历史进程的研究中,将口岸草根知识分子及平民宗教归化者排除在研究之外,仅仅集中于精英启蒙知识分子和官方洋务运动,显然割裂了晚清中国社会与西方接触的广泛而丰富的历史内容和历史形式。

不过,需要说明的是,在晚清中国的社会语境、文化语境和政治语境中,上述中国的西方研究者,无论是哪一种类型,在已经失去了真正本质性含义却依然根深蒂固的"华夷"观的顽强抵制之下,在晚清处于更为保守昏聩的官僚体制的挤兑之下,不仅处于思想上的中方、西方之间的冲突之中而得不到精神心灵上的片刻安息,而且还时常处于现实生活境遇中的困窘艰难之中而难以真正有所作为。在后一点上，中国最早一批西方研究者，与维多利亚时代的英国东方学家和汉学家相比，其现实境遇虽非天上地下，但之间的荣辱贵贱之差别，却是真实存在着的。

二

中国的西方研究者的现实境遇的改变，基本上是从五四第一代留学知识分子开始的，也就是从蒋梦麟、马寅初、胡适等这一代知识分子开始的，尽管这些知识分子中的大多数并非以专门的"西学"为业（理工科学者除外），而是成为现代中国最早一批具有西方或者现代学术范式意识、专业意识以及科学训练基础的多学科知识分子。他们的专业领域不仅涉及文史哲这些中国传统学问积淀深厚的领域，同样也涉及经济学、社会学、教育学、人类学等现代学科意义上的研究领域。而在这些领域中，依然或显或隐地存在着西方话语资源的依托或者支撑。

譬如胡适。在胡适有关五四新文化和新文学与西方语境的关系形态中，我们更多关注的，是个案的对应研究。这种研究或者关注于彼此之间影响师承关系的存在及其发展延续，或者追寻个体思想学术在中西不同传统中历史的平行走向及原因分析。但是，在胡适的西方语境中，有两点至关重要：一是胡适对于中国现代学术范式确立的贡献，这一点已经有余英时先生的先见，此不赘述。另外一点就是胡适对于中国文学史意识、文学史叙述模式的具体贡献。在胡适的文学史意识中，有一点并没有引起研究者足够注意的，就是胡适一再强调的五四新文学与西方的"文艺复兴"之间的关联性。这种关联性的提示，其意义显然并不在于简单地指出两者之间可能存在着的某些观点、内容、形式上的相似，更关键的，是胡适的这种一再提示中所反映出来的一种对于"五四新文学"的世界文学史和文明史背景之中的定位意识，或者一种新的"世界文学"或"总体文学"观念。这种意识，比将五四新文学与中国文学史上的某些阶段曾经发生过的文学运动或者文学思潮乃至文学改良相比较的行为，其"世界意识"、"普遍意识"和"真理性意识"更为明确而强烈。而无论是胡适的《中国文学史》，还是他的《中国哲学史》，在叙述书写范式上，不仅有着西方科学的语境资源，而且还有着 19 世纪西方汉学特别是德国、法国和美国的汉学家们有关中国学科专门史的书写范式的语境资源的支撑(在辜鸿铭之外,胡适是第二个对于西方 19 世纪以及同时代的汉学家和汉学研究成果予以了注意并有形成文字的评述的现代中国有影响力的知识分子,尽管胡适对于 19 世纪西方汉学的知识存在着明显的缺陷,而且极为不完整和不平衡,但这些并没有影响到他作为一个具有国际学术视野的现代学者对于西方汉学所抱有的敏感与热忱)。

> 正如穆勒 1874 年向伦敦东方学家大会所大胆宣布的那样,"比较精神,就是这个时代的真正科学的精神"——并且还用他那丝毫也不掩饰的浪漫的方法宣布道,"不仅如此,比较精神也是所有时代的真正科学的精神!"他毫不犹豫地断言,"所有人类知识,源于二或者双,而对于两个单独事物的理解认识,要当成一去认识理解。"而对于缪勒上述宣言式的论述最合适的解释,还是他自己那一更为精练同时也更为广为人知的名言:"仅知其一者,终将一无所知。"(The man who knows one knows nothing.)①

毫无疑问,对于宗教意义上的基督教文化和世俗意义上的中国文化而言,要想让一个自由的、思想的、学术的灵魂,超越于原本所依附归属的"宗教"与"文化",对于"在我们的世界之外,还存在着另外世界"进行探究考察,并不是一件像今天看起来这么轻而易举的事情。也因此,无论是在 19 世纪中后期的英国的东方学和汉学研究领域,还是在 20 世纪初中期的中国的西方学研究领域,其思想启蒙的价值意义,几乎与它的学术文化价值意义同在共存。而对于那些思想文化学术的当事人来说,这一过程同样也并不是想象中的那么轻松愉快。没有人会去怀疑当王国维徘徊在所谓"可爱"与"可信"之间时内心所发生的痛苦挣扎;同样,当我们听到"这是一池绝望的死水,春风吹不起半点漪沦"的毅然决然的诗句的时候,我们也同时真实地感受到了闻一多胸中积压已久的愤懑甚至绝望。即便在林语堂有关儒家文化在 20 世纪可能的前途未来的断语中,我们也还是能够若隐若现地感觉到言说者内心的不忍与难舍,以及因此而对人类文化未来和中华民族的文化未来的担忧。在林语堂看来,"作为一种复兴封建

---

① Norman J. Girardot, *The Victorian Translation of China*: *James Legge's Oriental Pilgrimage*, The California University Press, 2002, P176.

秩序的政治体系,儒家学说可能会被现代政治科学和经济学推出历史舞台"①。也就是说,作为一种政治理论,或者一种与经济行为直接相关的价值评判体系,儒家学说不可避免地将被现代工业社会一整套理论规范标准所取代,这是一场无法避免的文化悲剧。

但是,作为一种"人文主义文化",作为一种关注"生活行为和社会行为的基本观念",林语堂认为,儒家学说依然会在现代社会和现代人的生活与思想行为中占据其应该拥有的位置。在他看来,没有一种信仰的统一和思想体系,没有任何一种所谓的格言汇集,能够像儒家学说那样,曾经并且依然能够主导中国——当然林语堂在这里更多地看到的,是中国社会在面临现代西方工业文明体系性的冲击之时,所赖依维系民族情感精神的历史文化延续。而在如此论述的时候,林语堂所谓的儒家思想的可能未来,显然并非仅仅针对它所产生的核心地区中国,其背后所潜隐着的 20 世纪的世界语境依然昭然若揭。

而这些,几乎都发生在这样一个事实的基础之上,那就是原本的"唯一"被打破了。思想进入到一个因为发现了"中国文化"的"他者"而呈现出来的混乱同样也豁然开朗的境域之中。需要确立新的规范、新的秩序、新的中心……几乎原本所熟悉所浸染的一切,都面临着挑战,甚至是从未有过的挑战乃至危机。

## 三

而比较所带来的思想文化效应,几乎与学术文学效应同样令人瞩目。因为比较,王国维的《红楼梦研究》、《人间词话》对于红学研究、词学研究和宋元戏曲史研究的现代范式的确立的贡献有目共睹;同样因为比较,钱钟书的《谈艺录》、《管锥编》对于中国诗歌艺术研究的范式性的贡献,也已经引起越来越多的研究者的关注;同样因为比较,吴宓、梁实秋将 20 世纪初期美国"新人文主义"文化批评的主要思想观点引入到中国知识界,并发起了一场多少带有一些思想悲剧色彩的"反现代化"思想运动。这场文化批评运动的文化思想史意义还有待进一步考究揭示,特别是它所探寻的既在西方又不在西方、既在东方又不在东方,

---

① *The Wisdom of Confucius*, by Lin Yu Tang, Random House, The Modern Library,1938,P3.

或者既非西方亦非东方的新的文化道路的可能性,也就是说一条全新的、超越于传统意义上的西方东方畛域的"第三条"道路的可能性,给后来的探寻者提示着思想史上曾经发生过的那并未远去的一幕幕。

而几乎每一个 20 世纪初中期的中国的西方研究者,都有一个自己在思想上或者精神上所服膺的西方导师或者"启示者"。当我们注意到尼采、叔本华之于王国维的时候,我们也会注意到白璧德之于吴宓、梁实秋,德语诗人里尔克之于冯至等。这样的对应关系,并非说明 20 世纪初期那些中国的西方研究者只是一些狭隘的、智力有限的追随者,也不是简单地指出中国现代思想文化对于西方的"模仿"、"复制",而是通过这样一些思想个案,来揭示说明,曾经发生过的中西思想文化生命彼此之间曾经以怎样的对视、激发方式来发起并完成现代中西文化沟通交流的。

而研究这些文化精神生命,也就是来解读 20 世纪初中期中西文化沟通交流的历史真实。正如由北京大学跨文化研究中心所组织策划的"跨文化沟通个案研究丛书"所试图实现的研究目标那样,通过对王国维、钱钟书、朱光潜、宗白华、闻一多、冯至、陈铨、林语堂、吴宓、徐志摩、刘若愚、梁实秋、穆旦、卞之琳、傅雷等 15 个 20 世纪初期中国有一定代表性的文化个案的解读研究——"完整地在古今中西文化交汇的坐标上阐述他们的生活、理想、事业、成就及其对中外学术发展的贡献"——来"总结百年中国文化发展的经验,努力对中国传统文化的优秀部分进行现代诠释,以针对当前世界问题,参与全球新秩序和新文化的重建"。这是一个雄心勃勃的理想,也是一道值得期待的文化学术愿景。据笔者所知,由北京大学乐黛云先生牵头的北京大学跨文化研究中心,除了上述个案丛书写作出版计划外,还有"中国文化进入世界文化主流研究"丛书(第一卷包括:1.《伏尔泰与中国文化》;2.《荣格与中国文化》;3.《白璧德与中国文化》;4.《莱布尼兹与中国文化》)、"远近丛书"(全书计划二十种,每种皆由中方和法方各一位作者按照同一主题色彩根据亲身经历和体验进行浅白描述,而又寄寓本身的文化特色)、"关键词研究"、"跨文化对话"丛刊等子项目。

这样宏大的研究计划,据悉从一开始就在按部就班地、循序渐进地朝着所设定的目标前进。而参入到上述所有研究写作计划当中的,几乎包括了当下国内比较文学研究领域的大部分一线学者。而对于中国的比较者的研究与中国的比较学的建构发展,在上述计划中同样得到了足够的关注与平衡。正如该丛书主编乐黛云先生在丛书总序中所言：

　　20世纪的一百年，是中国学术文化史从传统向现代转型，并在中外学术的冲突和融通中曲折地走向成熟和繁荣的一百年。……比较文学在20世纪中国的发生、发展和繁荣，首先是基于中国文学研究观念变革和方法更新的内在需要。这决定了20世纪中国比较文学的基本特点。学术史的研究表明，中国比较文学不是古已有之，也不是舶来之物，它是立足于本土文学发展的内在需要，在全球交往的语境下产生的、崭新的、有中国特色的人文现象。

　　百年中外文学的关系和相互影响是中国比较文学的重要组成部分。百年来，已有很多学者在这方面作出了显著的成绩，但过去这方面的研究多局限于西方文化对中国学者和作家的影响，少有研究这种影响如何在中国文化自身传承之中发生和发展，更少有研究中国传统文化如何在外来文化的影响下得到新的诠释而促成自身的现代化。本丛书从这一现实状况和学术史的角度出发，对20世纪一百年来卓有成就的中国学术名家如何在继承中国传统文化的基础上，吸收西方文化，根据时代和社会的需要形成独特的中国现代文化，进行全面的总体探讨和深入研究；并在这一基础上探讨继承传统文化，吸收西方文化以及多元文化交汇共存的规律，目的在于阐明新文化在中国生成的独特路径，通过实例对延续百年的中西、古今之争作出正确结论并预示今后的发展方向，以便中国文化真正能作为先进文化，在世界文化多元格局中占据应有的地位，起到应有的作用。

　　古今文化承接和中西文化沟通是20世纪文化发展的一个十分重要的内容，但学术界至今较多关于这方面的一般理论探讨，较少有将中西汇通和古今传承二者结合起来的、有分量的重点个案分析，本丛书从学术史的角度出发，对沟通中西文化、对中国文化发展卓有贡献的中国学术名家进行深入的个案研究，在古今中西文化交汇的坐标上，完整地阐述他们的生活、理想、事业、成就及其对中外学术发展的贡献。特别着重探讨20世纪一百年来他们如何在继承中国传统文化的基础上，吸收西方文化，形成完全不同于过去的20世纪中国现代文化景观。着重个案研究,意在通过主要人物的生活、理想、事业、成就,以及他们对传统文化的继承、对西方文化的吸收,突出他们对中外学术发展的独特贡献,阐明新文化在中国生成的独特路径,力图通过实例对延续百年的中西、古今之争作出正确结论并预示其今后的发展方向。

在《中庸》的英译本扉页上,辜鸿铭借用了德国哲学家康德的那句名言:"Two things fill the soul with always renewed and increasing wonder and admiration the oftener and more deeply one's thought is occupied with them: the starry sky above and the moral law within me!"而在正文开篇,他又将德国文学家歌德的一首诗的英文译文附在其中。① 这种在中西之间打通融会的努力,撇开其实际结果不论,仅就其形式和体现出来的跨文化阐释整合的意图而言,无疑是辜鸿铭的《中庸》英译本的一个醒目之处。而这样的意图,在"跨文化沟通个案研究丛书"中也是真实地存在着的。

该文原发表于《中国图书评论》2006 年第 2 期

---

① 歌德诗的英文译文全文如下:The mason's ways are/ A type of existence;/ And his persistence/ Is as the days are/ Of men in this world. The future hides in it/ Gladness and sorrow;/ We press on still thorow,/ Nought that abides in it/ Daunting us-onward! And solemn before us/ Veiled,the dark Portal,/ Goal of all mortal: / Stars silent rest o'er us-/ Graves under us silent. While earnest thou gazest,/ Comes boding of terror,/ Comes Phatasm and error;/ Perplexes the bravest/ With doubt and misgiving. But heard are the voices,/ Heard are the Sages,/ The worlds and thte ages: /- "choose well,your choice is "brief and yet endless. "here eyes do regard you/"in eternity's stillness;/ "here is all fullness,/ "ye brave, to reward you;/ "work and despair not. "

# 苍茫谁尽东西界？

## ——王韬《漫游随录》、《扶桑游纪》读解

晚清中国知识分子认识西方的途径，最初其实并非如后来者想象那样众多，也不是一直处于通畅状态。实际上，在官方知识分子和民间知识分子与西方的关系形态方面，官方知识分子也非如想象般一直处于交流优势主导地位——特别是当清政府与西方处于战争状态的时候。而且，一个对西方持相对公允观点的官方知识分子，这样的立场观点，也未必会给他的仕途带来多少实际的益处，这从徐继畬、郭嵩焘的经历遭遇中可见一斑①，大概这也是晚清具有新的世界意识的官方知识分子不得不为此而付出的认知代价。

相比之下，民间知识分子，特别是那些已经仕途无望者，却往往会因为生存之需要，或者处于知识—权力边缘化位置、不大受到主流关注等原因，而在接触认识西方方面，占据着与官方知识分子所不同的位置和视角，并因此，其所引发产生形成的西方观亦或世界观，也往往会与官方知识分子有所不同，至少从他们所表述的那些观点来看是如此。

譬如，尽管魏源当初只是林则徐的幕僚，但因为他的这种半官方或者准官方知识分子的身份，其在《海国图志》中所表现出来的"世界观"，依然是以中国为中心的传统"华夷观"的延续，而他与更趋顽固保守的"华夷观"所略微不同者，在于他率先提出，有必要学习"夷人——洋人"的长处，不过其目的仍在于最

---

① 徐继畬第一次遭贬与郭嵩焘结束驻外使节任归国后的遭遇，几乎都折射出晚清启蒙知识分子所处的政治文化环境，而他们也几乎都或隐或显地被冠以中国的"文化叛徒"的罪名。

终战胜夷人——洋人,而不是东西方和平共处的可能和文化交流的必要。原因
很简单,因为当时自认处于"文明中心"的清政府,已无力与列强抗衡,在所谓
"剿"与"抚"两方面,不少时候满清政府均处于进退失据的窘境。因此,魏源所
提出的"师夷长技以治夷"的国策主张,既道出了当时一些开明知识分子的心声
诉求,也基本上为官僚士大夫阶级所勉强接受。而之所以如此,原因同样很简
单,这种世界观或者对外政策,乃为一种务实而又能维持自我中心的主张,也是
一种因应时代环境的一种不得不如此的明智主张;它在现实地应对清政府在与
列强冲突对抗过程中所亟需提升的政治军事实力的困境的同时,又在文化心理
上尽可能地保护或者满足了一些颟顸昏聩的官僚们夜郎自大的仍然处于封闭
状态的精神心理需求。而魏源所提出的上述主张,既与当时官场政治文化环境
有关,也与当时知识阶级接触认识西方的途径方式有关。

　　对此,晚清另外一个完全处于民间地位的知识分子王韬,就曾指出魏源这
种世界观的缺陷——传统的中国中心论。1879 年,王韬游日期间,曾有供职于
报社的日本文士就魏源《海国图志》中对于西方的认识的观点请教于王韬,并指
出其中有些观点与王韬后来的世界观"大相径庭"。[1] 王韬并没有否定日人上述
观点,但对导致双方观点差别的原因,作了如下解释:"当默深先生之时,与洋人
交际未深,未能洞见其肺腑,然师长一说,实倡先声,惜昔日言之而不为,今日为
之而犹徒袭皮毛也。"[2]

　　其实,王韬在其《扶桑游记》中还提到了一个与此有关的事实。初抵东瀛之
时,王韬曾经与大清驻日官员张斯桂(鲁生)面晤。后者当时有志于西学,并准
备出资刻印数学家、西学大师李善兰的天算方面的著作。而在议论到李善兰之
于西学东传的历史贡献时,张斯桂就指出,在 19 世纪 50、60 年代,李善兰是当
时知识分子中极少以"平等"的眼光看待欧洲诸国的开明者,"以春秋列国比欧
洲,此论实由公韧"[3]。而李善兰与王韬,曾经同在由英国伦敦传道会所属的上
海墨海书馆共事多年,尽管李善兰此时并不曾亲历欧洲,但他有长期与泰西来

---

　　① 王韬著:《扶桑游记》,台湾,文海出版社有限公司,1966 年,近代中国史料丛刊总第
314 卷,第 48 页。
　　② 同上,第 49 页。
　　③ 同上,第 40 页。

华传教士、汉学家往来沟通的经验。相比之下,王韬在墨海书馆之外,还在香港的英华书院协助传教士、汉学家理雅各翻译"中国经典"多年,并于1867年底至1870年,应理雅各之邀游历英伦。后又应日本文士邀请东游。以一民间知识分子之身,能够同时游历西洋、东洋,而且游历期间所交接往来者,大多也并非一般意义上的市井平民,而是西洋或者东洋同样开始具有新的世界眼光和意识的新型知识分子,这样的经历,在晚清中国与世界接触初期的知识分子中,大概只有王韬一人。

一

王韬泰西之游主要在英国,这里不妨先对晚清华人旅英状况做一个大致了解吧。1900年8月,创办于香港的英文汉学评论刊物《中国评论》(*The China Review*, or *Notes and Queries on Far East*)上,发表了一篇有关华人在英国的基本情况的介绍的文章①。文章比较说道,与晚清蜂拥而至中国的英国人相比,当时在英国的华人总数为767人。当时在英国全境,除了Hereford/Rutland/Westmoreland三县没有华人居住外,其余各地已均见华人行踪。不过,绝大部分华人还是选择居住在伦敦及其周围地区,据统计,当时居住在伦敦的华人,几乎到旅英华人总数的一半,有302人。② 而英国东南部的一些县郡,被认为也是这些旅英华人喜欢探访的地区,这些地区的华人具体分布状况如下:

Surrey(45);Kent(49);Hants(24);Sussex(36);Croydon(17);Brighton(5);Hastings(4);Reading(5);Southampton(3);Portsmouth(4);Middlesex(45);Essex(28);Gloucester(22);Lincolnshire(11);Cheshire(14);Durham(10);Lancashire(51);Oxfordshire(1),Huntingdon(1);Derbushire(1)。

此外,其他一些地区还有2—9人不等③。文中还介绍,在一些大的镇子里,

① *The China Review*, or *Notes and Queries on Far East*, Vol. 25, No. 1(1900,Aug), P49.

② 同上。

③ 同上。

也不时可以见到一两个形单影只的华人，譬如 Norwich(1)；Coventry/Bolton/
St. Helens/Blackburn/Preston/South Shields 等，也都只有 1 名华人；而在
Birmingham/Salford/Hanley 有 2 名华人。整个 Yorkshire 地区有 23 名华人。
在这篇统计文章中，作者还注意到，"华人似乎偏爱爱尔兰，那里有 112 名华人。
但在苏格兰和威尔士，华人数量甚少。在苏格兰只有 29 名，而在
Monmouthshire 和威尔士，只有 16 名华人"①。不过，文章作者也指出，尽管在
数量上旅英华人已经大大超出 19 世纪上半期，但大多数在英华人，仍为"政府
官员、学生以及他们随带的佣人"，这与当时英国积极来华的人员结构状况，有
着明显差异，也可见当时中国对外开放状况之一斑。

　　而作为一个在英伦驻留两年多的知识分子旅行者，尽管王韬英伦之行还承
担着继续协助理雅各完成其中国经典翻译的任务，但这并没有妨碍他尽可能广
泛地接触英国社会，尽可能全面丰富地感受认识英国文化。而在所有仓促形成
的感受当中，视觉上的冲击，无疑是最大也是最强烈的。或许，我们可以从当初
离开江南小镇而到上海，从上海再到香港，从香港再到巴黎以及伦敦，这一路过
来给王韬对于西方物质文明或者近代都市文明的认识所产生的印象中，来读解
他在《漫游随录》中所潜隐的心路历程和思想诉求。

　　尽管并非一个足不出户、闭目塞听的穷酸腐儒，但第一次见识开埠不久、中
西通商互市的上海，还是给王韬留下了深刻印象：

　　　　一入黄歇浦中，气象颇异。从舟中遥望之，烟水苍茫，帆樯历乱，
　　浦滨一带，率皆西人舍宇，楼阁峥嵘，缥缈云外，飞甍画栋，碧槛珠帘。
　　此中有人，呼之欲出；然几如海外三神山，可望而不可及也。②

　　这种类似的视觉冲击，在其后来的经历中，自然不胜枚举，但相较于当初的
黄歇浦中之印象，王韬所作出的反应，已稍显从容。1862 年因祸逃避香港，在香
港港湾，王韬所见到的是：

　　　　香港本一荒岛，山下平地距海只寻丈。西人擘画经营，不遗余力，

――――――――――――

　　① *The China Review*, or *Notes and Queries on Far East*, Vol. 25, No. 1(1900, Aug),
P49 - 50.

　　② 同上，第 58 页。

几于学精卫之填海，效愚公之移山。尺地寸金，价昂无埒。沿海一带多开设行铺，就山曲折之势分为三环：日上环、中环、下环，后又增为四环，俗亦呼曰"裙带路"，借取其形似也。①

此番文字，较之当初黄浦印象，自然是曾经沧海之后。但如果以为个中原由，在于当时香港并无可描摹之景致，则显然与事实不符。1873年，也就是在王韬此番文字之后仅十年余，接纳王韬避祸逃难的理雅各，曾经对初创不过三十余年的香港的城市夜景，作过这样一番描述：

> 在香港港口，一个无月之夜，你就像是置身于一片幻境中心。整个海湾都因为数百条船上的灯光而变得明亮起来；每一条船桨入水，都会泛起闪闪点点的鳞光。沿着海滩大约三里之间，点起的灯在远处似乎形成了一条环行的闪亮着的光线，还有山上其他一些层层叠叠闪亮着的灯火，一层高过一层，直到逐渐淡化在云层里。入夜，你上床安歇，但又在拂晓中醒来，凝望着这座大城市，这座矗立在从海里升起的土地上的城市，那些外形精巧的房子的走廊，逐渐从海平面上升，一直到五百英尺的高度。当我最初凝望这片土地的时候，它还几乎是空荡荡的，岛上覆盖着岩石，甚至比苏格兰的山上的岩石还要坚硬和难以对付。而在财富和科学的协助之下，人的意志和力量还有什么不能做到呢？②

但是，无论是上海，还是香港，开埠都不过三十年，虽"时局一变"，但终究不过是中西通商交流的集会之地。尽管这里汇集了泰西物质文明的诸多成就，但毕竟不是泰西文明的发祥之地或者文明中心。上海、香港因为开埠而带来的繁荣兴旺，显然还不足以使得王韬对于泰西物质文明之"伟力"，产生发自肺腑的赞叹认同。或者说，泰西文明要想完全震慑王韬，显然还需要展示其更有震撼力和说服力的东西。泱泱华夏，文明数千载，兴亡起伏，虽不见于当时，但亦可求之于史籍。中国人文知识分子在认识世界方面的"保守性"，多少也与此"曾

---

① *The China Review*, or *Notes and Queries on Far East*, Vol. 25, No. 1, 1900, Aug, P65.

② Helen Edith Legge, *James Legge: Missionary and Scholar*, Chapter IV, London, The Religious Tract Society, 1905.

经辉煌"的历史情结不无干系。而王韬最终不能不对泰西文明至为叹服这一幕，终究也就未能在泰西文明尚未充分发育成熟的上海或者香港出现，而是出现在了他的英伦欧洲之行当中。而此番旅途之中所见所闻，又非一时一地，而是一路不绝，几乎让王韬琳琅满目、应接不暇，心灵思想自然经受绝大之震撼。

初抵法国马赛，王韬两眼所见是：

> 至此始知海外圜篱之盛，屋宇之华。格局堂皇，楼台金碧，皆七八层。画槛雕阑，疑在霄汉；齐云落星，无足炫耀。街衢宽广，车流水，马游龙，往来如织。灯火密于星辰，无异焰摩天上。寓舍供奉之奢，陈设之丽，殆所未有。……觉货物殷阗，人民众庶，商贾骈蕃，即在法国中亦可屈一指。①

马赛印象尚未消退，巴黎盛景又迎面扑来：

> 法京巴黎，为欧洲一大都会。其人物之殷阗，宫室之壮丽，居处之繁华，园林之美胜，甲于一时，殆无与俪，居民百余万。……寓舍闳敞，悉六七层，画栋雕瓷，金碧辉耀。②

展现在王韬眼前的泰西文明，虽然仅为城市外景，但显然亦并不仅限于此。当他在巴黎参观了"博物院"，会晤了西儒汉学家儒莲，见识了法兰西女子在博物馆中当众临摹画作，特别是在游览了"法京古迹"之后，对于一个秀才不出门亦知天下事的中国知识分子来说，原本所固有的中华地大物博、人杰地灵一类的"说法"与自信，就多少有些动摇，甚至还会给人留下井蛙河伯之类的嘲讽口实。

震撼也并非仅仅来自于物质文明一面，也并不仅限于视觉范围内的都市盛景。仅在王韬经历所及的范围内，他对西方人文、历史、社会、政治制度、风俗习惯的认识体验，也在一点点、一步步地丰富扩展原本处于封闭自守状态的"中华观"。而此时返观《漫游随录》开篇，从"鸭沼观荷"、"古墅探梅"、"保圣听松"、"登山远眺"、"白下传书"、"白门访艳"、"金陵纪游"，止于"黄浦帆樯"，王韬所醉心或者钟情的江南景致与隐士生活，那种作为中国古代人文知识分子审美趣味

---

① 钟叔河：《王韬的海外漫游》，载《走向世界丛书》，钟叔河主编，岳麓书社出版社，1985 年 3 月，长沙，第 82 页。

② 同上，第 83 页。

与人生境界一大标志的人生理想，不仅与樯帆林立的十里洋场的上海大异，与香岛充满活力的现状也相距甚远，而与正代表着泰西文明同时也是人类文明发展方向的法、英近代文明，更是迥异。此时的王韬，所面临的压力与挑战，已经不是是否有足够的力量直面承认现实那么简单，还无可避免地牵扯着他作为一个儒家知识分子的世界观与价值观，同时，他也面临着不同类型、不同进程的文明——农耕文明与近代都市大工业文明——的双重压力与挑战。

事实是，即便是在江南所谓富庶之地，因为弊政战乱，所入眼者，也多"败壁颓垣"、"苍凉满目"，或者"其地多盗"，殊非路不拾遗、夜不闭户的太平治世。面对如此江山、如此时事，知识分子要么奋起而有所作为，要么沉浸于自我构设的精神世界当中自洁自守。但要真正去如此实践，两者亦皆非易事。原因并不难找寻——近代中国正遭遇着千古未遇之巨劫奇变。对于那些为传统文化所化之知识分子而言，特别是在人生信念与文化审美趣味方面都已经人文中国化了的知识分子而言，他们首先面临的，正是为他们所信守的"中国意识"的危机，以及来自于泰西思想文化在此方面所提出的挑战。

而当泰西文明不仅只是所谓的奇巧淫技、不仅以口岸文明的方式呈现在他的面前的时候，作为晚清中国第一代口岸知识分子，王韬发蒙以来所逐渐经营出来的传统文人的精神审美世界，也就不能不随之发生动摇，只不过，这一精神思想的变迁过程，远非想象得那么轻而易举。

应该说，此番西行让王韬改变最大的，还是他的"西方观"或者"世界观"①，但这并不是以他否定中国传统思想文化的历史与现实价值为前提的，事实上，在对中国传统思想文化的认识与观念上，王韬的西行，至少从外面看上去，有时候在他自己的叙述中，似乎又没有对其留下多少清晰而可察的触动；或者说，尽管当时王韬已经得到了李鸿章的默许而重新回到了离开近二十年的上海，但他很清楚，如果在附逆的罪名之上再加上一个中国的"文化叛徒"的罪名，这对他的现实人生而言，无疑雪上加霜。所以，一个值得注意的现象，自欧洲返回香港的王韬，尽管开始大张旗鼓地宣扬泰西政治文明和工业文明，但他在对待中国传统思想文化方面，也似乎显得更为"保守"。这究竟是一种奇妙的政治平衡

① 有关王韬的"西方观"的形成，可参阅段怀清《王韬"西方观"的形成与晚清中英跨文化交流》(2005年8月在北京大学中英跨文化交流国际会议上所提交的论文)。

术,还是有其他暂时不为人知的隐秘,此处暂且不论。只不过,尽管同样肯定儒家思想的精神价值,王韬已经不同于那些将儒家思想置于一个封闭的思想体系当中来认知的传统知识分子,相反,此时的王韬,更多时候已开始用一种比较的视角方法来重新解释儒家思想,尽管这种比较的方法还远远谈不上科学,而且,这种比较的解释的结果,可能依然是对儒家思想的近于宗教般的信仰与推崇。而这种比较的方法产生的基础,就是当时的王韬,已经不能不放弃传统的"华夷观",转而接受一种全新的"世界观"。这种观念形态上的"内在革命",是一个新的知识分子或知识生命产生的重要标志,也是其必然结果。

二

与泰西文明给王韬在视觉上和精神上所带来的冲击震撼相比,1879 年的东瀛之行,似乎更接近于一种休闲式的文化交流,而东瀛之行中的王韬,似乎也不再是西行途中那种"朝圣者"、"取经者"或者"滑稽可笑的东方人"形象,相反,更多时候,无论是出现在旅日华人面前的王韬,还是出现在日本新派知识分子前面的王韬,既是一个通晓西学、了解西方文明的东方开明知识分子,很多时候,又是一个放浪形骸、不拘礼节甚至醉生梦死的名士。

具体而言,与西行时候的一个"文化打工者"的身份相比,东瀛之行时候的王韬,已经被当时日本启蒙知识分子视为了解西洋文明的博学而难得的东方知识分子,甚至于被奉为当时日本启蒙知识分子的良师益友。由日本仙台人冈千仞所撰写的《扶桑游记·跋》中,对于王韬声名于日本士人中之影响及其东游之缘起作了简单介绍:"《普法战纪》传于我邦,读之者始知有紫铨王先生。以卓识伟论,鼓舞一世风气。实为当世伟人矣。"[①]这种说法,得到了另一个日本人的呼应,在《扶桑游记上·跋》中,日人龟谷行介绍邀请王韬来日本经过的文字中有类似说明:戊寅之春……几个日本人在游龟井户探梅期间,一个名叫栗本的日人提到"吾闻有弢园王先生者,今寓粤东,学博而才伟,足迹殆遍海外。曾读其《普法战纪》,行文雄奇,其人可想。若得飘然来游,愿为东道主"[②]。相比之下,

---

① 王韬著:《扶桑游记》,台湾文海出版社有限公司,1966 年,第 237 页。
② 同上,第 67 页。

王韬自己对于此番东游缘起的解释，则要更接近于一种朝向自我的平实。在《扶桑游记·自序》中，王韬说自己从小就对传说中的蓬莱仙山有着无限好奇和向往，"余少时即有海上三神山之想，以为秦汉方士所云蓬莱诸岛，在虚无缥缈间"①。而当时在香港以及回到上海之后，与王韬素有往来的一些在华日本知识分子对于东瀛风土人情的介绍，似乎进一步激发了王韬作东瀛之游的念想。"余多与日东文人交，每相间，笔谈往复。""辄夸述其山川之佳丽，士女之便娟。谓相近若此，何不一游。"②更何况那些力邀王韬访日的日本人还提到了这样一个对王韬同样不无诱惑的理由，那就是到日本去的中国知识分子很少，"至东瀛者，自古罕文士。先生若往，开其先声"③。无论如何，作为受邀者的王韬，对于东瀛之行，倒是一直处于自己设置的心境与中国历史文化意境之中，至少在动身之前如此。

但与《漫游随录》相比，《扶桑游记》更像是一部中国传统文人的游记——这里没有什么真正激动人心的人物、事件、场景或者风貌，没有西行途中一路上的期待、好奇、激动、振奋乃至欢呼。事实上，被作为"精神思想导师"奉迎到日本的王韬，并没有真正在当时与之往来的日本知识分子中主动提及那些他们期待并感兴趣的话题，譬如东西方文明冲突问题，譬如对于西方文明的评价问题，譬如对于东方文化和东方民族的未来的预见问题等等。王韬的诸多行止，甚至一度让那些对他抱了诸多期待的日本知识分子中的一些人感到疑虑乃至失望。

实际上，王韬在日本期间，正如跋中所言，常常是"文酒跌宕，歌筵妓席。丝竹呕鸣，欣然酣畅。不复以尘事介怀"④。这自然不免让那些以"学究条规"来规范士人的日本读书人心生失望甚至恼怒。所以也就有人认为，王韬"儿女之情有余，而风云之志不足"，并认为此王韬非他们从《普法战纪》读出的彼王韬。不过，上述看法或者议论，并非所有与王韬往来的日本人都赞同。有人就认为，这些不过是没有真正了解王韬的枉意之言，"先生慨欧人眈眈虎视，亲航欧洲，熟彼情形，将出其所得以施之当世，而未有所遇。于是遁迹海岛，俯仰感慨，举其

---

① 王韬著：《扶桑游记》，台湾文海出版社有限公司，1966年，第3页。
② 同上，第4页。
③ 同上。
④ 同上，第237页。

幽忧不得于内者,托之声色豪华,信陵之于醇酒妇人,岂其所真溺爱哉!其心独苦也"①。这已经是从文化心理与时代背景的综合角度,来不乏同情地解读王韬当时在日本的所作所为了。

而对于日人对于自己旅日期间耽于酒色的议论,王韬并非没有觉察反应。他曾经在一次聚会时草就的一绝句中云:"莫怪王郎太有情,相逢只是说流莺。乐天老去樊川谪,尚得天涯薄悻名。东国名儒谈道学,南州狂士说莺花。不知至理原无异,儿女痴情总不差。"②王韬的此番解释并非戏谑,甚至还带有若干真诚,因为它符合王韬的思想实际。但在一个有情终被无情误的时代,王韬式的"自我堕落"或"自我放逐",既有诸多无奈,其中亦包含着若干犹有不甘的真诚和自我挣扎。

确实,《扶桑游记》中,王韬不仅甚少主动谈及天下大势或日人欲知的西学西政,亦很少涉及谈道论学方面的内容,即便有日人将自己的著作拿来请教,王韬也很少在游记中记述自己当时的评价。不过,即便是在很少的记录中,还是可以窥见王韬当时对于道学所持的基本观点立场。曾经在一次与日人交谈中,王韬如此阐释"道","道也者,人道也,不外乎人情者也,苟外乎人情,则断不能行之久远",这与他在《原道》一文中的观点完全一致③,甚至也可以拿来作为他的"放浪不羁"行为的解释。它所反映出来的是,王韬此时思想中对于自然主义、自由主义和人道主义思想的一种以人情人性为本的基本肯定态度。依照这种思想,对于宗教或文化文明,在王韬看来,无论哪一种,只要违背了人道,都会有盛有衰。④ 这也是一种在当时同样具有启蒙意义的思想。而对于西方宗教,王韬采取的也是一种现实理性的态度,譬如,他曾经在游日期间,与日人谈及如何效法西方的时候,提出了"为治者不必尽与西方同"的观点。⑤ 而他所举的例子,就是安息日。他分析到安息日乃为古礼,传承下来,固然有其原因在,但在西方那些为贸易者中,也有安息日,但也照样"有不甚守者"在,而贫者更须每日工作,方能有每日之进食。如果安息日一日不劳作,对于这些贫者而言,可能就

---

① 王韬著:《扶桑游记》,台湾文海出版社有限公司,1966年,第237页。

② 同上,第81页。

③ 同上,第104页。

④ 同上。

⑤ 同上,第105页。

意味着一日不得食。所以在他看来，安息日只是对于富贵者"藉以养身心，恣游览"，而对于贫贱者而言，并无苛守之现实意义。这种解释，或许会被视为过于拘泥于细枝末节，并没有对文化或文明大开大阖式的体认，但其中依然可见王韬对于中西文化交流传习过程中如何从现实出发、不脱离实际、以人为本、尊重人性人道等观点主张的思想路径。

或许这种解释背后所潜隐着的某些东西，也可以拿来作为王韬自己虽然是近代中国知识分子中最早受洗入教者，但却殊少公开承认的原因的一种解释吧。

但是，与《漫游随录》中所张扬的那种少年轻狂冲动相比，与那种为异域文化和文明强烈震撼并有洗心革面式的"认同"相比，《扶桑游记》确实显得要沉稳平实而老练。这不仅在人情世故上，更多还是表现在王韬的世界观或者东西方文化观经过沉淀之后的反思与体悟上。尽管游日期间的王韬议论传统学问不多，但谈论西学和西方文化之处，依然屡见不鲜。而这些议论，也明显不同于《漫游随录》中那些印象式的议论，而是在经过了经验沉淀与理性思考之后所得出的真知灼见。王韬对于时人一味追随仿效西人的态度颇不以为然。"余谓仿效西法，至今日可谓极盛。然究其实，尚属皮毛。并有不必学而学之者，亦有断不可学而学之者。又其病在行之太骤，而摹之太似也。"[1]王韬这里所讽喻的时人，不仅有当时的国人，也包括当时日本国内方兴未艾的向西方看齐的现状。

游日期间，王韬也遭遇了只有在儒家文化圈才可能有的一些经历，而这些经历，真正地触到了王韬内心深处最隐秘也最敏感的伤痛。曾经有一出身日本华族的贵族知识分子，在与王韬交谈中询问王韬是什么官，以及为什么原因来日本游历："正钠问余为何官，以何事东游。"[2]这是一个令王韬颇为尴尬的问题，或者说直接触动了他的伤心处。但王韬游记中初记对此仅为轻描淡写之应付，"余不禁哑然失笑"，并回答道"仆向尝从戎，得保举儒官，旋赐五品衔。以口舌遇祸，因谗被废。素性不乐仕进，以此反得逍遥世外，优游泉石，颐养性天，立说著书，以自表见。……南北大僚以幕府征者皆不就。盖麋鹿野性，志在长林"[3]。

---

① 王韬著：《扶桑游记》，台湾文海出版社有限公司，1966 年，第 130 页。
② 同上，第 43 页。
③ 同上。

但令王韬可能始料未及的是,并非只有一个日本人就此发问。没过多久,《扶桑游记》中又出现了一则类似记录,日人锄云"突然"询问王韬:"为官人耶? 为逸士耶?"①而前次遭遇此类问题尚能"哑然失笑"的王韬,这次的反应却是"愕然几不能答"②。这也再次说明,没有仕途功名,对于王韬来说,确实是一件愧憾终生的事情,无论他怎样以著述或者他途来替代搪塞。何况他一直以"抱非常之才,而不以供非常之用"视己。如今"人文失职,烈士暮年,其为抑塞,初何可言"③。于是,《扶桑游记》到底还是按捺不住心性,出现了这样一些充满了骚怨之情的诗句:"白也世人皆欲杀,凤兮吾道岂终穷。""恰恨生才才不用,由来多事是苍穹。"④"千古文章心自得,五洲形势掌中收。头衔何必劳人问,一笑功名付马牛。""老来百事久心灰,惊见宏文绝点埃。""如我飘零安足问,不禁为国惜人才。"⑤甚至还有"万事不如杯在手"这种极度失望之后的伤心之语⑥,以及"雄心欲著祖生鞭,游遍欧洲路八千。慷慨谈兵辛弃疾,风流耽酒杜樊川。世无知己堪惆怅,天付斯才岂偶然"和"振襟自有一世想,濯足更思万里流"、"世情变换云中狗,人事苍茫水上鸥"⑦一类的感慨。只是这样一类失落沮丧的穷途感慨与痛楚,那些急于获悉世界大势与西人强盛原由的日本知识分子,似乎是无法理解,更无法认同的——如果换在十年前或二十年前,王韬身上还有着与那些日人一样的豪气与冲劲,时过境迁,此时的王韬,面对家国天下,当初的豪情已不再,尽管人生尚未到暮年,但所言所行,却尽显暮气。这是王韬个人的人生悲剧,无疑也是一个急需振作的时代和国家的思想悲剧。

在西游期间,王韬游记中很少有这种类型的情绪流露,而在游历东瀛之时,王韬却要么避而不论时务,要么耽于酒水声色,要么就是伤恸欲绝,只能以诗代言。上述类型的议论或者抒发,也因之充盈纸上。

而所有这一切,究竟又是为什么呢? 上述分析或已足释之,但又不尽然。

---

① 王韬著:《扶桑游记》,台湾文海出版社有限公司,1966 年,第 78 页。
② 同上。
③ 同上。
④ 同上,第 31 - 32 页。
⑤ 同上,第 33 页。
⑥ 同上,第 51 页。
⑦ 同上,第 52 页。

值得注意的是，如果我们不是孤立地阅读《漫游随录》和《扶桑游记》，而是将这两个带有明显互文性的游记文本结合起来解读，我们对于 19 世纪下半期，尤其是王韬晚年的文化思想的形成、发展、归结等，应该会有一个更为清晰的认识把握。如果说《漫游随录》让我们看到的是一个开放的心灵、充满期待的心灵、尚新的心灵和敏于探索求知的心灵话，《扶桑游记》让我们读到的，多为新鲜激动过后的沉潜幽深。但是，在这种沉潜幽深之外，也有因为人生、时运等的乖桀而生发出来的一些游戏人生的放浪不羁。这种放浪不羁，实际上在中国传统文人应时自处的历史当中本是屡见不鲜的，但发生在晚清中国的一个开明知识分子身上，则不能不让人深为痛惜。而王韬面对诺大中国所发出的"狂妄"诘问"苍茫谁尽东西界"，也因为王韬这种自我放纵式的东瀛之行，而失去了不少它所应该具有的历史的沧桑与深邃。

该文原发表于《北京化工大学学报》2005 年第 12 期

# 从中西文化交流处与民间草根文化生态之变迁处着手

## ——王尔敏《近代文化生态及其变迁》读评

　　早在 19 世纪,近代中国社会文化研究就已经引起那些来华甫定的西方传教士们的关注。仅以 1872 年创办于香港的英文评论刊物《中国评论》①为例,这份近代西方最为重要的汉学评论刊物,在创刊号上即开宗明义地一一列举出来它所关注并欢迎的文稿所关涉之内容主题,包括中国古代和现代建筑;农业、工业和商业;考古学;艺术与科学;文献;传记;中亚民族人种、地理和历史;年代学;朝鲜历史、语言、文学和政治;工程;民族人种;动物志、植物花卉;地理、物理和政治;地质学;行会与贸易联合;普通历史与区域历史;碑铭;中国与其他国家之交往;中国对于日本文学、宗教、哲学和文明之影响;法学;古代与现代文学;生活方式与习惯,运动与休闲娱乐;神话;医药;冶金术和矿物学;钱币学;政治体制、机构与管理;宗教,其原则,习俗与礼仪;对与东方相关著作之评论;黑社会(秘密会社);贸易线路;原著、小说、戏剧等翻译。②

　　而在这些内容主题中,又绝非仅限于古代中国,整个《中国评论》二十九年(1872—1901)143 卷中,涉及到有清一代的文稿评论甚多,这些文稿评论也涉及到清代政治、经济、军事、外交、文化、教育、民间会社(秘密组织)、地理、交通、农业、工业等诸多领域范围。而其中不少资料文献,亦多关注中国民间社会风教

---

　　① *The China Review*, or *Notes and Queries on Far East*,1872 年 7 月创刊,1901 年 6 月停刊,共出 29 卷 143 期。这是一份创刊于香港、主要由英美来华传教士、汉学家为撰稿人和读者的英文汉学评论刊物。

　　② *The China Review*, or *Notes and Queries on Far East*, Vol. 1,No. 1, 1872。

及草根文化生态。

最近出版的台湾著名文史学家王尔敏先生《近代文化生态及其变迁》一书，乃其长期从事中国近代史研究的一个方面的成果小结①，这些成果由十一篇单独成篇的论文组成。这些论文又被分成为两个大的方向，一为"文化生态"，主要关注近代中国社会文化——主要是民间社会文化民俗风教，其中著述者用力尤深者当为《清廷〈圣谕广训〉之颁行及民间之宣讲拾遗》及《儒学世俗化及其对于民间风教之浸濡》两文。前者对清代康熙、雍正两朝在全国范围内颁行推广《圣谕广训》的状况作了详细介绍。而该文尤为引人注目者，在于它对民间宣讲圣谕广训机制方式的勾陈，以及对于这种宣讲方式的后世影响的提示。其中特别介绍了这种宣讲方式对于后来来华新教传教士用来进行宣教布道，尤其是对于他们街头传教方式的影响；其次是对于晚清启蒙知识分子借此来宣讲传播救国保种的新知识的介绍方式的影响。"宣讲拾遗方式，由讲圣谕本身直接扩大而形成，不但西洋教士可以因袭其形式，亦被知书之士所看重"②；"甲午战后（1895 年以降），中国全国激起危亡意识，知识分子了解波兰、安南、缅甸、朝鲜、琉球之亡国，深深感受中国大难将临之危机，于是产生唤起民众之思想，进而引导于知识普及大众之急切需要，与立意使之加速、简化、通俗、易晓，因是而创生一代之知识普及运动"③。"其中推广新知唤醒民众之一种方式，即是借取宣讲拾遗经验，而改变其内容，传播民众最新知识，甚至引用新工具于讲习之中"④。在介绍《圣谕广训》之于晚清新教传教士们的影响启发方面，显然并不仅止于宣讲方式的借用，正如王尔敏先生所介绍的那样，《圣谕广训》本身，还被那些传教士、汉学家们翻译介绍给了欧洲。"欧洲人对于《圣谕广训》也并不陌生。自1778 年至 1924 年，西文刊印《圣谕广训》译文者，不下十种。最早为 1778 年

---

① 据王尔敏先生在该文集"自序"中介绍，有关中国近代史研究，在此文集之外，他尚有中国近代思想史著作专书两种、论文四十余篇；中国近代军事史有专书三种、论文数篇；中国近代外交史有专书一种、论文十数篇；基督教史有专书一种、论文数篇；明清社会文化史有专书两种（本书不计），史学方法有专书一种。此外对于近代秘密宗教与秘密会社也有专门研究成果。王尔敏：《近代文化生态及其变迁》，白花洲文艺出版社，2002 年 5 月，南昌，第 1 页。

② 王尔敏：《近代文化生态及其变迁》，白花洲文艺出版社，2002 年 5 月，南昌，第 28 页。

③ 同上。

④ 同上。

Leontiev 所译成的俄文本,以至 1904 年卫礼贤(Richard Wilhelm)所译德文本。而英文本则最早为米怜(William Milne)译成。其时米怜尚在马六甲,竟早先翻译此书,足见其了解华人对此书之重视。"①其实,还有一位对于《圣谕广训》西传作过比米怜之贡献有过之而无不及者,此人即为传教士、汉学家理雅各。理雅各不仅将康熙圣谕十六条翻译成了英文,更关键的是,中国的这种"皇家儒学"的确定与宣讲方式,确实引起了这位后来的牛津大学首任中文讲座教授的关注重视,以至于在受聘为牛津大学中文讲座教授之后不久,理雅各就于 1877 年 5 月—11 月,先后分四次公开举办了关于《圣谕广训》的讲座。而最后一次讲座,竟然还邀请到了大清政府驻英国公使郭嵩焘。而郭嵩焘日记中也并没有回避这段中西文化交流史上绝对值得引起关注的经历。更有甚者,理雅各对于《圣谕广训》的介绍,并非一次讲座即告结束,而是在他后来长达二十年有余的牛津大学职业汉学教授生涯中,作为必修内容,屡次在其课堂上固定地逐条讲授《圣谕广训》——这一事实倘若亦被王尔敏先生征引于此,定当给那些关注《圣谕广训》于中西文化交流之影响者以更多兴趣。

相比之下,《儒学世俗化及其对于民间风教之浸濡》一文,以晚清香港儒生翁仕朝为个案,参照翁仕朝的现实行止以及藏书读书著述,以"中国伦理道学世俗化"为考察旨归,从草根平民知识分子之于民俗风教之影响着手,探究儒学世俗化的最广大、最民间、最底层的浸濡方式路线。"除博学鸿儒之外,尚有广大多数各行各色之村镇乡里儒生,终生抱器守道,践履儒家教义礼法,谨持勿失,而于民俗风教时时导引,并具有深远影响。"②

实际上,王尔敏近代文化生态研究中"清廷《圣谕广训》之颁行及民间之宣讲拾遗"与"儒学世俗化及其对于民间风教之浸濡"两文,实为同一课题之面、点结合。前者主要是就皇家儒学或者帝国儒学自上而下的体制化的"儒教"路线,而后者则是民间儒家知识分子如何在民间文化生态环境中以文化道德个体为本位、对此遥相呼应并身体力行,以及这两种儒教方式对于民间社会文化生态的交互影响作用。这两篇论文的出发点,都是为了落实"中国伦理道学世俗化"

---

① 王尔敏:《近代文化生态及其变迁》,白花洲文艺出版社,2002 年 5 月,南昌,第 27 - 28 页。

② 同上,第 31 页。

方式及途径这样一个研究目标。而后者着眼于儒家草根平民知识分子日常生活化的处生应世方式及路径之考察，尽管面临着材料、研究方法甚至研究价值等诸多挑战，但论文对揭示晚清中国社会、尤其是下层社会的道德伦理的形成与维护方式，以及一个底层儒家知识分子的知识世界与精神伦理世界的构成和变迁，无疑具有相当的启示意义。

与上述对于晚清中国社会、尤其是民间社会文化生态的形成的研究相比，该文集下编则集中探讨了近现代之交中国社会的文化变迁，尤其是民间社会的文化变迁。值得注意的是，作为这种文化变迁引发的表现形态的语言变革，成为了王尔敏先生此时关注的焦点。在该文集中，他用四篇论文逐步阐述了"中国近代知识普及化"运动的方式、路径——这一研究依然是着眼于中国民间社会和中西文化交流，可以与上编中"道德伦理的普及世俗化"互为补充。这四篇论文分别为《中国近代知识普及运动与通俗文学之兴起》《中国近代知识普及化之自觉及国语运动》《中国近代知识普及化传播之图说形式——以〈点石斋画报〉为例》和《〈点石斋画报〉所展现之近代历史脉络》。王尔敏先生这种因为"研究近代思想史，势必侵入文学领域"的专业"越界"，其实倒是极为符合近现代之交中国文学文化发生的历史事实。茅盾在《中国新文学大系·小说一集·导言》中就曾经明确指出，"民国六七年的时候，好像还没有纯然文艺性质的社团。那时的《新青年》杂志自然是鼓吹'新文学'的大本营，然而从全体上看来，《新青年》到底是一个文化批判的刊物，而新青年社的主要人物也大多数是文化批判者，或以文化批判者的立场发表他们对于文学的议论。他们的文学理论的出发点是'新旧思想的冲突'，他们是站在反封建的自觉上去攻击封建制度的形象的作物——旧文艺"[①]。但王尔敏先生的近代文学研究，尽管围绕着文学运动而不是拘囿于作家作品的个案文本研究，但显然并没有仅仅围绕着文学观念形态的生长或者变迁，而是涉及到语言、文体、文学理论、文学的现实社会功能（包括知识功能、教育功能与审美功能，尤其是前两者）等在近现代社会条件和历史条件之下的生成衍变。其中，王尔敏先生特别提出，中国现代文学史以五四新文学运动为其发轫，此观点固已广为接受，但对于

---

① 转引自《茅盾论中国现代作家作品》，乐黛云编，北京大学出版社，1980年1月，第5页。

现代文学史发生的考察研究,却不能拘囿于五四新文学运动,这一提示,虽然来自于近代历史研究专家,而且也并非首倡,但对现代文学史研究者来说,依然具有启发意义。"就文学史而论,以 20 世纪头十年以来所谓广义之'五四'为新文学段落,当无重大争议。然于追溯渊源背景,演变根由,并不能真正掌握最原始动力之所在。再就思想脉络考察,此一渊源背景,实应上推至于 19 世纪 90 年代中日甲午战争(1894)以后。是以就思想史研究,无论如何均不能不自此处讨论思想之觉醒与转变。此点正可说是与文学史家立场观点根本不同之处。"①

而近代中国知识普及运动与通俗文学之兴起之间相辅相成之关系,在王尔敏先生的论述中亦得到很好证实。其中,对于晚清新教来华传教士在近代中国知识普及以及通俗文学之兴起中之历史贡献与地位之解释评价,原本多为文学史界所忽略或不知,尤其是对傅兰雅和《万国公报》于甲午中日战争之后所发起的"时新小说"活动的介绍,以及当时沪上口岸文学知识分子与西方传教士联合利用小说这种通俗文学形式来作为"感动人心"、"变异风俗"的工具,以求彻底根除中华积弊"鸦片"、"时文"、"缠足"的举措,颇有文学史料价值与意义。而王尔敏先生对于这些史料的运用,更是驾轻就熟、游刃有余。而对于作为近代通俗文学之批判与超越的五四新文学之兴起的历史条件所作的解释,亦富有历史意味并符合现代文学之发生状况。王尔敏先生在该文"文体变迁与'新文学'理论之形成"一节特别总结介绍说,"晚清十年间(1901—1911)产生繁盛之通俗文学,于辛亥革命成功,似已尽到时代使命。全国承此开天辟地之民权政治重大历史转变之启示,思想上产生许多乐观憧憬与愿望。一切人民之富裕、国家之强大、文化之兴旺、国际地位之提高,均寄予新政府以极高期望。文学反映思想宗旨,遂连带产生重大变化,进而形成一个'新文学'创生之生机。一代'新文学'运动由此而展开"②。这种解释尽管仍然没有摆脱历史决定论的文学史观的拘囿,但由于此结论之前,已经就近代知识普及运动以及通俗文学之兴起作了详尽介绍,因此这样的结论并不显得唐突单薄。而在下文中所列举的现代新

---

① 王尔敏:《近代文化生态及其变迁》,白花洲文艺出版社,2002 年 5 月,南昌,第196 页。

② 同上,第 254 页。

文学产生的几个要点，包括"民初口岸文学的堕落"、"文学改良与'新文学'理论之创生"、"新文学理论之实践与推行"，尤其是"民初口岸文学的堕落"一点，大大地扩展了近现代文学史研究中就近代通俗文学运动与五四新文学之产生所作了一般结论，从通俗文学的历史贡献与五四前夕的堕落两个方面，阐述了近代通俗文学与五四新文学之间的历史的辩证关系，这一学术贡献尤为值得肯定。

# 范存忠与爱默生

可以肯定的是,范存忠并非是第一位将爱默生(范存忠译"艾默生",现通译
"爱默生")这位美国 19 世纪重要的思想家、批评家、新英格兰的文艺复兴运动
的重要领袖介绍给中国读者的现代学者。早在 19 世纪末期,已经有辜鸿铭在
他有关西方人文传统的阐释中提及爱默生。① 稍后更有胡适在日记中记载了自
己两度造访爱默生的家乡并拜谒爱默生故居的经历,而且还翻译了爱默生的一
首名诗。② 不过,辜、胡两人的文字,对于爱默生的论述要么过于简略,要么并非
真正涉及到他思想著述的精髓全部,因此还不曾为中国读者呈现构建一个相对
清晰完整的思想家与批评家形象。这种现象到 1932 年因为范存忠的一篇有关
爱默生的论文而发生了改变,这篇论文就是发表在 1932 年 9 月号《国风》上的
"艾默生"一文。③

其实,在辜、胡有关爱默生的文字之后,范存忠的"爱默生"一文之前,《学
衡》时期的梅光迪、吴宓等人,也曾经对爱默生的思想主张有所涉及,不过,当时
的梅、吴等"学衡派"诸子,忙于应对白话文学与新文化运动的批评进攻,他们可
能更熟悉的是爱默生所归属的那个思想传统,对于爱默生的个人思想,他们并
没有给予多少特别关注,更没有从学术的角度予以专门研究,至少在 20 年代的

① 作为英国批评家卡莱尔的忠实追随者,辜鸿铭注意并提及爱默生并不让人感觉到
有多少奇怪。

② 参阅《胡适日记》,卷二,安徽教育出版社,2001 年 1 月,合肥。

③ 在该期《国风》文前插图中,还配有爱默生图像一帧。文后声言"以下论艾默生的著
作,准于下期续完",但实际情况是紧随其后的第三号《国风》为"圣诞特刊",即"孔子纪念专
号",所以并没有继续刊登范存忠上述未曾刊完的论述爱默生的著作部分。

《学衡》时期如此。

有意思的是,范存忠对爱默生的介绍,偏偏是将这位对 19 世纪普通美国人的精神生活与思想生活曾经产生了重要影响的富有思想洞察力的"观察家"和"言说家",从他所归属的思想传统中分离了出来,相对独立地介绍了爱默生的生平著述及其思想的主要内容基本特征等。

一

范存忠首先引述了英国 19 世纪一位诗人,同时也是一位重要批评家的马修·阿诺德(Matthew Arnold)对爱默生的一段评语。在这段评语中,阿诺德不仅指出了爱默生的思想与一般哲学家、思想家思想之间的差别,而且还指出了爱默生的思想与 19 世纪新英格兰知识分子及普通民众的精神生活之间的现实联系:爱默生不是第一流的诗人,不是第一流的散文家,也不是第一流的哲学家。但是,爱默生的文章,是 19 世纪英语散文里最重要的作品。原因在于,人们要在精神上过生活的,爱默生是他们的朋友,是他们的援助者。在这方面,他的地位比大诗人、大文豪、大哲学家重要多了。①

实际上,无论是在他自己的时代,亦或在后来,对于爱默生的评价几乎就是毁誉参半、褒贬各异的。褒誉之者,将其推崇为 19 世纪新英格兰的文艺复兴运动的精神领袖,一个美国知识界、思想界开始具有自觉的独立于欧洲知识界、思想界意识的积极鼓吹者,一个发现并影响了梭罗、惠特曼等 19 世纪美国重要的散文家、诗人的精神伯乐。而毁贬之者则认为,爱默生不过是英国批评家卡莱尔的思想在美国的一个应声虫而已,是新英格兰的绅士传统的代言人,他所代表的,根本就不是整个美国的声音,尤其不是美国底层民众的声音。

不过,范存忠显然不愿意将爱默生在中国的形象弄得如此模糊不清。他甚至根本就没有介绍那些毁贬者的观点,相反,他借介绍阿诺德的评价,肯定了爱默生在 19 世纪美国人的思想生活中的地位和作用:

> 现代批评家对于安诺德的话,虽则在细节上不无异辞,但在大体

---

① 范存忠:《艾默生》,刊《国风》第 1 卷第 2 期,第 1 页。

上,是可以承认的。严格的说,艾默生当然不是个哲学家,因为他没有一个显著的哲学家系统;就是艾氏自己也说,"谁知道我的思想的,我不用对他说,我是没有系统的"。至于艾默生的诗,在技术上,是不是第一流,还有个疑问。但是,艾默生的散文与日记(或则可以说《日知录》),同柏拉图的语录、蒙代的杂感、鲍士伟尔的约翰生传,永远是智慧的宝藏,永远是人类精神上的滋补品。①

这段阐述值得注意的地方,并不在于它进一步说明了爱默生思想的一般特性,即缺乏系统性和完整性,而是在于它强调指出了爱默生的那些著述,尤其是他的记录自己每日三省吾身的思想日记,其独特的思想文献价值,几乎可以与柏拉图、蒙田等人的同类著述相媲美。确实,作为一个思想家,爱默生最为重要同时也最为人们所关注并产生了时代影响的言论方式,往往是他的那些演讲、书信以及此前所提到的日记。正是这些著述文字,使得爱默生的思想,与一般日常生活保持着一种密切而及时的关系,一种直接而坦率的因应方式。在这里,同时代的知识分子或者一般民众,都能够获得对于精神生活、对于现实政治、对于过去与未来的思想启迪。也正是从这个角度来说,爱默生的那些著述文字,"永远是智慧的宝藏,永远是人类精神上的滋补品"。

几乎跟普通的孩子没有任何差别——这是范存忠在介绍爱默生的生平和成长经历时所突出的一点。这自然是爱默生早年生平的一个事实,但亦不尽然。固然少年时代的爱默生并没有那些天才少年式的"幼而颖异,崭然露头角",但也并非混同于一般人的无名之辈。范存忠介绍说"他是个平凡的孩子"——当然这并非是范存忠第一个这样说,几乎所有爱默生的传记作家都这样认为,原因似乎不辩自明:尽管爱默生十二岁左右就能写诗和演讲,但这样的"天赋"几乎就是他的那个时代类似家庭背景的孩子共同的才能,甚至就在他自己的兄弟之中,爱默生也并不显得突出,"至少他的天才没有在早年流露出来"。

范存忠对爱默生生平的介绍,基本上借用了一些爱默生研究者的观点,其中并没有多少新意,但对中国读者来说,这样的介绍毕竟是关于这位美国思想家、批评家的最基本的个人信息。譬如范存忠所引用的爱默生哈佛大学同学对

---

① 范存忠:《艾默生》,刊《国风》第 1 卷第 2 期,第 1 页。

这位当年班上 59 人中的第 30 名学生的评价"胸有城府"。这样的评语在汉语背景中并不是一个完全不会引起歧义的描述。于是,范存忠又对此作了一些补充:

> 他不甚关心人家对他的同情,虽则人家对他表示同情时,他并不岸傲。他常把他的作品读给人家听,人家听了高兴,他也很高兴;不过他的神貌似乎在说,"我不管你们欢喜不欢喜我的东西;那些是我写的;我有我自己的快感"。不知道他的,就说他是"莫测高深"的人;知道他的应当承认"大智深藏若愚"。

用这样的语言来如此描述一个 19 世纪的美国思想家和批评家,显得多少有些过于中国化。即过于用一种中国化的价值语言,来描述评价一个西方思想家的言行举止。或许是对这种"越轨"介绍同样保持了必要的谨慎,范存忠并没有让这样的"轻慢"走得太远。在介绍了爱默生大学毕业后选择进入哈佛神学院并准备成为一名神职人员之后,范存忠留下了这样一段文字:两年后,他竟失去了他的爱伦。他再也不能把她美妙的心灵与大自然、与朝雾、与晚星、与花、与天地间的诗连结在一起了。

这是一段读起来有些突兀的文字,尤其是当他刚刚介绍了爱默生的大学同学认为他"胸有城府"的评语之后。一个"胸有城府"之人,又是怎样与大自然、与朝雾、与晚星、与花、与天地间的诗连结在一起的呢? 这中间显然还需要必要的过渡说明。遗憾的是没有。一个"莫测高深"的"胸有城府"之人,或许正是与他沉湎于与大自然、与朝雾、与晚星、与花、与天地间的诗连结在一起有关。但这样的"城府",似乎应该被换成"山水"——当时的爱默生更是一个"胸有山水"之人,而不是一个"胸有城府"之人。

作为一个富有思想个性和独立精神的思想者的爱默生,似乎是从职业生涯开始了他与习惯常规之间的紧张关系。"那时,他是波士顿第二教堂的牧师。论理,他应该学他的父亲、祖父、曾祖父、高祖父,安分守己,执行他的牧师职务;他应该替神位唯一派的教堂宣传。但是,教会里为什么要分门户,为什么要有党派,为什么要有各别的机械的仪式?"[①]正是在对教会里这种党派门户之分的

---

① 范存忠:《艾默生》,刊《国风》第 1 卷第 2 期,第 3 页。

习惯常规的疑惑追问中,爱默生逐渐确立起来个人思想的鲜明特性。这种特性不仅与一种不苟且的思想习惯有关,而且也与一种直面当下现实,从存在之中发现与追问的思想习惯有关。而一旦这种发现与追问产生了实际的结果,往往就是生活或者习惯不得不因此而发生改变的时候,这正是爱默生这种思想特性对现实生活产生影响的具体体现。

或许我们可以从爱默生对于宗教的这样一段思考论述中,窥见其日后思想的一斑,他说:

> 宗教,在人心里,不是轻信;在事实上,不是仪式。宗教是生命。……宗教不是旁的东西,可以找得来的,可以加上去的。宗教是你所有的机官的新生命。①

爱默生式的思想"叛逆",或者爱默生式的自我思想觉醒与独立,正是从对宗教的反思开始的。当然我们并不能够因此而将爱默生视为一个宗教反叛者,事实上,爱默生的超验主义运动的思想基础,其本身依然带有一定的宗教体验主义色彩,所不同者是爱默生始终强调的是一种"个人化"的宗教,也就是如何将一种共同的宗教转化成为一种个人性的宗教,一种真正属于自己的宗教。他反对仪式化的宗教、教条化的宗教、习俗化的宗教,主张的是一种有个人主体意识的宗教,一种有生命活力的宗教,一种剔除了轻信与盲从的宗教。当然,爱默生的上述主张,难以避免地会与当时教会势力形成冲突。多少也与此相关,爱默生难以以一种神职人员的身份发表自己的思想、阐明自己的主张,而以一种世俗的、自由的知识分子身份,似乎是最适合他的思想与主张的。"教会里沿袭的门户与党派,可以范围千千万万的普通教士,却缚不住我们的艾默生。他爱他的教友,但他更爱耶稣,更爱上帝,更爱真理。"②

范存忠并没有将爱默生的这种思想特性,与儒学思想史上的某些"大儒"相提并论,这是他的阐述与"学衡"时期的知识分子们的阐述所不同的。比较而言,梅光迪更习惯将中西人文思想传统中的一些代表性思想家进行对比阐述。

---

① 范存忠:《艾默生》,刊《国风》第1卷第2期,第3页。
② 同上。

二

如果以为,爱默生思想的形成仅仅是因为与教会之间的紧张关系,或者是仅仅因为对于宗教的反思,显然没有注意到欧洲因素或者 19 世纪英国思想因素在爱默生此间思想形成过程中所占据的地位与所取的作用。正如范存忠对前往欧洲的爱默生所作的总结那样:

> 要是艾默生在三十岁那年害病死了,我们现在大概不会记着他的。在三十岁以前,我们可以说,他没有发表什么东西。他只做了一些诗,写了几本日记,讲了几篇布道文章,在文艺上,在思想上,还没有什么成就。他也许同他的父亲祖父一样,只在教会历史上留着一个名,给后来好事者做考证的资料。但是艾默生没有死,他是不会死的,上帝要他活着,直等他完成了他的使命。

是否是上帝要爱默生活着,这显然不是我们可以说明清楚的,但有一点可以证明的是,在 19 世纪的新英格兰,无论是在爱默生的亲人中还是友朋中,他似乎都算得上是长寿。而长寿对于成就爱默生在世俗知识分子中间的成就名声,确是不应被忽略的因素。

所有爱默生的研究者,都对他 1833 年的欧洲之行给予了充分关注。事实上当时大多数美国知识分子,都将到欧洲旅行视为一种文化朝圣,也是一种自我思想成就过程中必不可少的程序环节。而对于爱默生的第一次欧洲之行,范存忠的介绍也格外详细:

> 他于 1833 年初离美往欧,经过西锡来,罗马,翡冷翠,威匿斯,越亚尔俾斯山,由瑞士,往法,往英,于十月初返美。他不是普通的游历家;他是最用功的留学生。他费了九个月的工夫,在书院里,在教堂里,到处做刻苦的研究。他拼着死劲读意大利文与法文。他读歌德。在歌场,在戏院,在宴会,在巴黎的康庄大道,在苏格兰的荒漠旷野,他见到了不少第一流的人物。他见到了乐铎与柯尔立奇,华兹渥斯与卡来尔。他不是随便拜访了几位外国人,谈谈风月,归来写几篇"谈话录"或"回忆录",提高人家的身价,同时也提高自己的身价;他要将那

些人的思想行为著作成为他自己的一部分,他要充分的了解人生。

范存忠上述文字的值得注意之处,在于他强调了爱默生的此次欧洲之行,尤其是他所拜谒接触的那些英国诗人、思想家对他所产生的影响。而在随后的文字中,范存忠紧跟着又补充道,"他不但注意人文的东西,对于自然界也有浓厚的兴趣。有时,自然现象的观察增加了他对于人文的感悟"①。他还说,"他到了巴黎的万树园,得到一个感想:他以为自然界的东西,美的,丑的,整齐的,错乱的,林林总总,千千万万的东西,都是观察的人某种特性之表现。他觉得,一条爬行的蝎子,一个斑斓的植虫,与我们人类有一种神秘的关系。他自己说是个自然学家;其实,他是研究人文的自然学家"②。其实,如果说作为一个对大自然的存在以及与人之间的神秘关系产生兴趣并一直予以专注是爱默生思想的一个特色的话,其实这种特色更多不是在欧洲被开发出来或者得到启发的,相反,而是在爱默生自己的祖国。与爱默生相比,那些被视为爱默生思想的追随者或者启发者,譬如梭罗、惠特曼等人,无论是对康可德附近的瓦尔顿湖周围的观察描述,还是对北美大陆荒漠旷野的凝望歌唱等,都要超出爱默生。换言之,如果说从植物界或者动物界的形形色色,感悟到人生的形形色色,在这一点上,爱默生未必会比梭罗、惠特曼等人更出色。但不同于梭罗与惠特曼的是,当时的爱默生还是愿意将自己思想中所遇到的启发,归功于自己的欧洲之行。他在回到波士顿之后的一次有关"自然史学之功用"的演讲中,谈到了自己在巴黎的经验,并这样阐述道:自然科学最大的功用,就是为人类解释人类;因为"人的道德规律,与物的道德规律,好比镜外的颜面与镜内的颜面"③。爱默生这里提到了为他后来反复强调的两个"规律",即所谓"人道"与"物道"。在这两者的关系中,一个反复为爱默生所提醒的事实是,人不能沦为"物道"的奴隶。与梭罗、惠特曼所选择的表述语言文体不同的是,爱默生是通过更为理论化的文字而形成上述思想的,尽管他的"理论"语言常常浸润着一种抒情的、主观的、浪漫的个人气息。

值得注意的是,范存忠似乎更愿意将爱默生对于自然的意义的发现,归因

---

① 范存忠:《艾默生》,刊《国风》第1卷第2期,第5页。
② 同上。
③ 同上。

于他的欧洲之行,甚至于他在巴黎"万树园"所得到的启发。为此,范存忠还提到了同一年也到过万树园并在这里同样获得过启发的法国小说家巴尔扎克。"他也同艾默生一样,从动物界的形形色色,感悟了人类的形形色色,得到了他的《人生喜剧》的观念(在《人生喜剧》的导言里,他说,这部书的观念,起源于人性与兽性之比较)。"①

爱默生曾经长时期思考的是神性,这是他在放弃神职人员生涯之前所时时刻刻关注的对象,但是,欧洲之行让他在神性之外,有了更深入、更广泛地思考人性与兽性的机缘,很多时候,爱默生不是使用兽性这个概念,而是使用物性。爱默生的这种所谓神性、人性与物性的思想,后来被 20 世纪初美国新人文主义批评家白璧德引申为三种不同的生活态度,即所谓超自然的生活、人文的生活与自然的生活。前者是一种超越于人性的生活,一般人难为,后者是一种低于人性的生活,绝大多数人不能为。比较之下,也就只有中间的那种人文的生活是一种符合人性的、适宜于绝大多数人的生活。

但在爱默生后来的论述中,他并没有将这三种生活方式或者所谓三种"规律"相提并论。一般而言,他所提到的往往是"人道"和"物道"。在这样的语境中,他一般不提"天道",即那种超自然的、神性的、一般人不能为的生活。

或许,我们可以从范存忠对欧游归来的爱默生的现实生活状况的一番描述中,窥见到上述所谓人文的生活的真实:

> 艾默生欧游回来,到那美国史上最可纪念的康考德。他爱他的老家,爱他的邻居,平易近人,不带半点留学生的气味。他做本地的教育委员,到星期日学校去教书,加入防火会,加入那时候的"社交团体"。1835 年是康考德二百周年殖民纪念,人家邀他演说;他讲的又准确,又清楚,连六十年前参加独立战争的老兵都能领会。

或许这正是爱默生所倡导的那种人文的生活,一种带有思想的世俗精神生活,一种独立的、自觉的思想。爱默生曾经将美国学者或者所谓知识分子,界定为"思想着的人"(Thinking Man),他所强调的,并不是知识者客观上所拥有的知识,或者说知识并不是知识分子的文化身份的本质,而是思想,作为动词的思

---

① 范存忠:《艾默生》,刊《国风》第 1 卷第 2 期,第 5 页。

想,是思想着的人。爱默生在康可德所平静地经历着的现实生活,看似平静,实际上正是在日常生活的表象形式之下,爱默生在实验着自己所倡导的那种有思想的日常生活和自觉的个人生活的超验主义的思想主张。这种主张,并不是要将每一个思想着的个体与他人、与生活、与现实区别开来,相反,这种主张本身就是要思想着的主体在现实生活的基础之上展开自己、发现自己、确定并发展自己。

范存忠将爱默生这种生活理解为一种简单的生活,不仅如此,他还提到了爱默生对于东方的倾慕——他将自己的续娶夫人称为"我的亚细亚",意思是除了表示对于夫人的爱之外,还表示了他对"东方文明的兴趣"——又温和,又大方,富有谐趣。[①]

其实,对于 19 世纪中后期的新英格兰的几乎所有知识分子来说,爱默生当时所过的那样一种生活,都难以说是一种简单的生活,无论是小说家霍桑、散文家梭罗,还是女作家梅·阿尔科特。对于当时康可德的知识分子们的日常生活以及理想生活实验,霍桑的长篇小说《福谷传奇》曾经有过详细描述。超验主义者的社会理想与生活理想,也似乎并不仅限于一种简单的生活。

不过,爱默生对于东方的兴趣,譬如他对中国的兴趣,确实是真实存在着的,这似乎首先是一种思想时尚——对于 19 世纪西方一些希望在欧洲或者西方文明传统之外寻找到新的思想文明因素与启发的思想家们来说,通过传教士、汉学家们翻译介绍的那些中国经典文献,他们俨然发现了许多在西方文明话语体系中被压抑、忽略甚至屏弃的异域思想道德因素。爱默生对于东方与中国的关注,后来亦有专门的论述。[②]

## 三

范存忠的爱默生介绍,是在一种非常学科化的语境中展开的,这与范存忠自己的西方文学专业背景有关,也因此,他对爱默生的介绍评述,并没有什么具

---

① 范存忠:《艾默生》,刊《国风》第 1 卷第 2 期,第 7 页。

② 参阅钱满素:《爱默生和中国——对个人主义的反思》,北京三联书店出版社,1996 年 4 月,北京。

体的中国语境或者当下语境，不像"学衡"时期的那些知识分子，急于将白璧德的人文思想作为一种支撑性话语，来回应新文学和新文化阵营的批评。不仅如此，白璧德自身对于西方近代主义和现代主义的批评，包括他对中西方古代人文传统思想资源的嫁接融合，实际上也为现代中国的人文知识分子们的中国立场与中国意识，提供了一个来自于西方主流话语阵营的有力支持或者呼应。这种支持和呼应，既是对西方主义的反动，也是对现代主义的反动。比较之下，范存忠对爱默生生平及著述思想的介绍阐释，则更接近于一种普及性的知识传播，而不是一种有针对性的现实批判。

不过，这样的介绍也并非没有值得肯定的地方，尤其是在现代中国文学与文化语境中，几乎每一位域外思想家、作家的中译介绍都有时代背景。而范存忠却能够以这样一种漫不经心的文字，介绍这位一直争议不断的美国批评家：

> 但是，家庭之爱，儿女之爱，与沉思冥想的工作，消除了他不少的烦恼。他不但能够排遣个人的烦恼，又能帮同他的朋友们解脱人生的苦闷。他家里常住着一大批性情不同、思想各别的人；他的家庭可以说是一所精神疗养院。他自己又能在人事倥偬之际，不断的写他的日记，不断的出去讲学，不断的来做文章。到了晚年，工作完了，他的二十余册的著作，挤满了一架。他老了，坐在书房里，读他自己的文章，好似读人家的文章，他笑着对他的女儿道，"啊，那些东西真是好的很！"

其实，这样的一个爱默生，显然是范存忠从那些有关爱默生的生平传记中读出来的，而不是他凭空想象出来的，因为早在20年前，当胡适来到康可德，在爱默生的旧居拜谒凭吊的时候，他所想象出来的，只是那个"一击惊世界"的爱默生，那个在康可德河畔桥头伫足冥思的爱默生，而不是这样一个在简单的生活中挥发着思想活力的爱默生。

# 梅光迪对卡莱尔思想的解读阐释

　　梅光迪曾经为自己拟订过一个庞大的读书写作计划①，遗憾的是，直至他1946年在贵阳去世，这个写作计划还只是开了一个小小的头——这个头，就包括他对卡莱尔思想的解读阐释。梅光迪对卡莱尔思想的解读阐释，集中于他的《卡莱尔与中国》一文，该文原刊《浙江大学文学院集刊》，后收录于《思想与时代》第四十六期"梅光迪纪念专号"。

　　卡莱尔在中国，或者说卡莱尔的思想在中国思想界所产生的影响回应，这几乎可以作为一个专门的课题。原因很简单，从辜鸿铭开始，也就是从19世纪下半期开始，卡莱尔的思想已经被传播介绍到中国知识分子中间，其中既有像辜鸿铭这样直接的亲炙师承，也有像梁启超这样经过日本知识界的转口②，还有像梅光迪这样，因为思想导师欧文·白璧德的介绍阐释。当然不能说梅光迪对于卡莱尔的思想"兴趣"只是因为白璧德的缘故，但几乎没有人会忽略白璧德对于卡莱尔、爱默生等人思想的解读阐释可能对梅光迪所产生的影响。

　　有趣的是，梅光迪对于卡莱尔的思想"兴趣"，与白璧德看上去并非完全一致。在《卡莱尔与中国》一文开篇，梅光迪似乎首先想说明西方思想家汉学传统

---

　　①　有关梅光迪的写作计划，参阅段怀清《梅光迪与欧文·白璧德的人文思想与人文批评》，刊《浙江大学学报》2000年1期，人大复印资料《文艺理论》2000年5期转载。

　　②　有关梁启超经过日本知识界接受卡莱尔思想的状况，参阅段怀清、若杉邦子《卡莱尔的英雄观在近代日本与中国》一文，刊复旦大学日本研究中心《日本研究集刊》，1997年第1期。另刊日本佛教大学《中国言语文化研究》第10号，2010年7月10日出版。

中的卡莱尔及其人文思想与人文批评的现代意义①，也就是从西方思想史（特别是西方理性主义的兴衰）、中西思想文化交流和西方汉学史的多重角度，来澄清卡莱尔批评思想中的中国因素。而梅光迪显然并没有将这样一种思想背景的勾勒澄清，作为他的卡莱尔与中国论述的全部，而只是他的跨文化叙述的一个引言开篇。

西方关于中国的叙述，或者说西方人对于中国形象的建构，显然并非一成不变、古今一律。而中国对于西方的意义，无论是作为一个西方之外的"他者"还是"异端"，中国的存在本身，通过汉学家们的介绍叙述与想象，已经进入到西方知识分子所谓普世主义的叙述文本之中。而梅光迪似乎正是从这里，发现了卡莱尔与中国这一命题的独特意义所在。

在梅光迪看来，卡莱尔并非是一个专门研究论述中国的"专家"，而且，卡莱尔的中国论述，也正逢中国形象在西方处于衰落的特殊时期。"当中国文化在西方之衰落期中，独有英国卡莱尔者，屡屡称颂之。"②对于一个屡屡遭受列强凌躏的殖民地半殖民地国家的知识分子来说，一个来自于列强国度的思想家，因为对于自己民族思想传统的阐释称颂而在前者那里所产生的情感上的好感几乎是无庸置疑的。但对于40年代的梅光迪来说，卡莱尔显然不是第一个对中国传统思想文化进行现代阐释并有所褒扬的西方批评家。也因此，让梅光迪对卡莱尔产生特别印象的显然还另有他因。梅光迪说，"先生于中国文化，非有专门研究之人，更无详瞻而有系统之论述。然其基本人生观，甚多与吾国圣哲相似者。故每一语及吾国，辄中肯綮"③。卡莱尔思想与中国古代思想传统，尤其是与儒家思想传统的"暗合"或者"默契"，似乎并非是中西文化交流史上的唯一个案。在白璧德所清理出来的人文主义思想谱系中，原本就包括了中国的孔孟思想及其余绪。而卡莱尔对于中国思想的称颂或者解读，不同于一般汉学家的所在，也为梅光迪所关注并重视。"较之今世西方号称汉学家者，专其力于琐碎之考证工夫，往往白首穷年，得椟还珠，'见树而不见林'，于吾国文化之精粹，始

---

① 有关西方传教士汉学传统、外交官汉学传统、思想家汉学传统、作家汉学传统以及职业汉学家汉学传统，参阅段怀清《〈中国评论〉与晚清中英交流》（广东人民出版社，2006年8月）。

② 梅光迪：《卡莱尔与中国》，刊《思想与时代》第46期，第1页。

③ 同上。

终茫然者,盖有上下之别"①。晚清以降,对西方汉学这种方法论方面的批评,显然并非自梅光迪始。早在19世纪末期,辜鸿铭就对西方传教士汉学传统中这种过于关注考据而忽略对中国传统文化精神的探讨的状况提出过尖锐批评。②而白璧德也曾经对西方现代学术在方法上过于专注于语文学式的研究而忽略了整体性研究的趋势提出过批评。

梅光迪受白璧德的影响,对于理学的兴趣超出朴学不难理解。而从其上述有关汉学家考据之学的评述来看,梅光迪显然更倾向于卡莱尔式的有关文化之本质精髓的阐述方式,即所谓"林木"中的"林"以及"棣珠"中的"珠"。

—

梅光迪并没有掩饰自己对于卡莱尔与中国这一命题的现实引发,即从《卡莱尔传》的作者、苏格兰人威尔生(Davia alex Wilson,1864—1933)对于卡莱尔与孔子的比较论述中所受到的启发。"威尔生者,在缅甸为英廷法官者多年,深喜东方文化,而于孔子尤服膺之至。故其书中常有以卡莱尔与孔子相较。而于其所称中国之处,当然为之标出。一般读先生文集者,向不注意此点,……得威尔生之指示,再检先生遗著,始知其生平有极富趣味之一段中西文化因缘,此本篇之所以作也。"③

卡莱尔著述中较早提及中国者,是他的《衣之哲学》,其中所假设之一乌托大学教授在漫游世界各文明古国之时,曾经造访过中国的万里长城。"其人万物皆备,尤好深沉之思。又曾漫游地球上诸文明古国,到中国则见万里长城。"④该书中所提及中国之信息,除了上述万里长城,还有所谓嘉庆时期白莲教之乱,并将白莲教与意大利的秘密革命团体相提并论。零星的中国信息还有道光皇帝、中国店铺门前一般习惯悬挂"童叟无欺"一类的招牌等。这些信息,距离一个汉学家的中国知识无疑相去甚远,即便是在那些对中国有兴趣或者好感的西

---

① 梅光迪:《卡莱尔与中国》,刊《思想与时代》第46期,第1页。
② 黄兴涛等译:《辜鸿铭文集》上下卷,海南出版社,1996年,海口。
③ 梅光迪:《卡莱尔与中国》,刊《思想与时代》第46期,第2页。
④ 同上。

方思想家中,这些有限的信息,也并不能够说明卡莱尔对中国持有一种特殊的态度。实际上,卡莱尔这部著述中之所以会出现与中国相关的信息,与其说是因为他对中国的神秘和政治文化充满了好奇,还不如说是为了实现卡莱尔自己的世界文明与文化批评之需要,一种尽可能穷尽世界上所有成熟的文明与文化之需要。

这一点在卡莱尔另一部著作《英雄与英雄崇拜》中进一步得以显示。梅光迪也对卡莱尔的这部重要著作给予了积极评价,认为它"表扬伟人在人类历史上之重要地位,而对于近代民治主义之流弊,痛加绳正"①。梅光迪认为,卡莱尔著述中所列举六类不同类型的世界伟人,"其独到之见,则为伟人本质皆同,其在世间所建树事业之不同者,则受偶然环境之所支配而然"②。值得注意的是,卡莱尔对于文人精英地位与作用的强调中,也就是当他论述到近代文人之于社会统治领导力时,特别谈到了中国的科举制度。而这一点,自然也是倡导新人文主义的梅光迪所关注者。梅光迪专门介绍了卡莱尔对此的一段文字论述:③

> 据我所闻,关于中国人最有意味之一事,虽不能明其详,然引起吾人之无限好奇心者,即中国人真正企图,在使文人统治社会。若谓吾人明了此制如何推行,其成功至若何程度,固为吾人之轻率。凡此等事,当然失败居多,然即其细微之成功,亦可宝贵。即其企图,亦何等可贵乎。在中国全国中,有不少之努力,于青年中搜求才智之士。学校为人人而设。夫于学校中训练此等青年,固不为甚智之事,然仍是一种办法。青年之露头角于初级学校者,则升之于高级学校中之优越地位,愈升愈高,升入仕途,而为将来之执政大员。盖先行试用,以定其能否,因其才智已显,故希望最佳。彼虽尚未执政,而尽可试用之。彼或系无能者,然必有相当之聪明。而为执政者,非无聪明者所能也。聪明并非工具,乃一能利用任何工具之手。故尽可试用此等聪明人,因其最值得试用者也。吾人相信,凡吾人所知世间任何政制宪法政治革命以及社会机构,无有如此事之可以满足吾人研究上之好奇心者。

---

① 梅光迪:《卡莱尔与中国》,刊《思想与时代》第 46 期,第 2 页。
② 同上。
③ 同上。

贤智之事,身居重要,乃一切宪法与政治革命之主旨。因吾人始终宣
称且相信真正贤智之士,乃心地高俊而忠义仁勇兼备之人。得其为统
治者,则一切皆得。不得其为统治者,则虽宪法之多如山莓,议会遍于
村落,亦一无所得耳。

卡莱尔是在他的《英雄与英雄崇拜》第五章,也就是"文人英雄"一章中对中
国的科举制度作上述表述的。而在这段论述之前,卡莱尔已经先后论述过历史
上的神灵英雄、先知、诗人、教士等这些"古代的英雄主义形式"。而且这些英雄
"出现在遥远的时代","其中一些形式早就成了不可能的,再也不会在这个世界
上表现出来"。① 言下之意,所谓文人英雄,"完全是新时代的产物",而且只要他
所赖以产生的条件具备,这种形式的英雄就不会消失,"只要精彩的写作艺术或
我们所说的印刷术这种现有的写作艺术存在,他就有指望继续下去,成为一切
未来时代的英雄主义的一种主要形式"。而且,卡莱尔对这种英雄也作出了正
面肯定,"在各个方面,他都是一种非常卓越的人物"。②

也就是说,卡莱尔是在历史地考察了西方历史上各种形式的英雄主义,进
入到现代新的语境之中,结合新的时代环境而"发现"的一种最有希望和未来的
新的英雄主义形式。为此,他先后分析了这种文人英雄的个案:约翰逊、彭斯和
卢梭,但也指出,这些应该被奉为英雄崇拜的伟人,事实上并没有得到应有的尊
重和崇拜,认为他们"被当作某种无用的难以形容的人,他们存在于世界上只是
为了给无聊者娱乐,并得到一些硬币和欢呼,靠此生活"③。而在卡莱尔看来,
"既然精神的总是决定物质的,那么这种文人英雄就应该被视为我们最重要的
现代人物。他将会成为一切的灵魂。他教导的东西,整个世界将会去做和创造
出来"④,"文人英雄将被发现履行着一种对我们来说是永远光荣、永远崇高的智
能,这种智能一度被公认是最高的"⑤。

卡莱尔就是在这样的语境中,在对大学教育、写作以及文学等进行了逐一

---

① 卡莱尔:《英雄与英雄崇拜》,张峰等译,上海三联书店,1988 年 3 月,上海,第 253 页。
② 同上。
③ 同上,第 254 页。
④ 同上。
⑤ 同上,第 255 页。

扫描之后,进一步对文人在现代社会中的地位与作用给予了高度评价。"左右这一切,文人在现代社会中的重要性和至上重要性,出版竟至取代布道坛、参议院等等,已被承认了一段时间;并且在后期经常被承认是一种情感上的胜利和奇迹。"①而对于文人阶级在欧洲曾经的状况,卡莱尔提到了法国,他说,"我把一个无组织的文学阶级的这种反常状况叫做所有其他反常之事的核心,既是产物,也是根源;它的某种好的安排将是万物的一种新的生命力和公正安排的奇葩。在欧洲某些国家,在法国,在普鲁士,人们已经可以看出为文学阶级的所作安排的某种开端,标明着这种安排的逐步可能性"②。

紧接着,卡莱尔提到了上述这个"最有趣的关于中国人的事实"。对于这个事实,尚未展开论述的卡莱尔已经事先给出了结论,"这个事实是我们明显地肯定不能达到的",但这一异域文人们曾经享有的体制性的优越性与实践形式,还是"激起了无限的好奇心"。

在论述中国的科举制度之前和之中,卡莱尔是一边建构文人英雄对于现代的意义,同时又一边解构在一个怀疑论时代重新建立这种信仰与信念的现实可能性。即便如此,在这里,中国已经衰落的科举制度以及文人英雄们曾经享有的尊严与荣耀,对于西方知识界思想界的体制性参考意义并没有完全消失。为此,卡莱尔并没有展开分析科举制度在中国衰落的内在的与外在的原因,而是对世界范围内的怀疑论的甚嚣尘上提出了反驳批评。在他看来,怀疑论才是英雄主义走向没落的根本原因:

> 怀疑论不单意味着思想的怀疑,并且还有道德的怀疑、各种不虔诚、不真诚、精神瘫痪。也许,自世界开始以来人们所能细说的那些世纪里,很少有哪个世纪会比这个世纪使英雄主义的生活对一个人来说更为困难。这不是一个信仰的时代,一个英雄的时代!英雄主义的可能性已在所有人的头脑里从形式上被克制。英雄主义永远消失了;琐碎之事、形式主义和常识永远来到了。……一个衰老的世界,在它之中不可能存在奇迹、伟大、神圣;一句话,这是一个无神的世界!

---

① 卡莱尔:《英雄与英雄崇拜》,张峰等译,上海三联书店,1988 年 3 月,上海,第 270 页。
② 同上,第 275 页。

卡莱尔并没有因此而提出一种新的有神论思想。相反,卡莱尔自己就是一个无神论者,但是,他并没有也不愿意因此而同样放弃信仰或者信念,包括对于新的时代英雄的呼唤与昭示。对此,对于一个生活在"大众民主泛滥"时代的梅光迪来说,文人英雄及其崇拜所唤起的,不只是对于士大夫阶级曾经辉煌历史的愉快记忆,似乎也带有对痛苦现实的一种有效回避。而对于卡莱尔上述阐释的点评,似乎可以看出梅光迪的大致心迹,"先生于吾国科举制度之内容及其实施情形,当然所知无几,其所征引,亦未云得之何书或何人。然其纯从原则上着想,以阐明经世治国之大法,则即起吾国古昔圣哲而问之,亦当无异词。夫圣贤在位,本吾国政治之特色"①。

其实,卡莱尔有关中国古代科举制度方面的有限知识,极有可能就是来自于为梅光迪所诟病的西方传教士汉学家,譬如19世纪末期卫三畏、理雅各等人有关中国的阐述著作中都已经介绍过中国的科考制度。当然,卡莱尔有关科考知识来源于何处并不重要,重要的是,在梅光迪看来,卡莱尔并不赞同通过"聚众人而用平等投票之法所能解决",而这也正是卡莱尔"之所以深赞吾国之科举制度"的原因所在。

三

梅光迪赞同卡莱尔对于西方近代文明已濒于破产的论述,认为"非得奇杰非常之人物,为之领袖,则前途茫茫"②,尽管卡莱尔并没有同时阐明究竟如何才能够识拔伟人。而有关西洋近代文明的批判,包括对英国贵族阶级居高位但不能"尽其高位所赋予之本职"之事实的批判,以及针对上述种种病态现状而提出的英雄主义、勤工主义等主张(这些思想观点主要见诸卡莱尔的《过去与现在》一书)③,梅光迪也一一予以体谅理解。而对于卡莱尔每于批判西方社会尤其是英国社会中知识分子阶级和贵族阶级的没落衰朽之时辄引中国材料的作法,梅光迪亦有会心体悟。"先生于他种挽救之法外,又举中国为例",梅光迪这里大

---

① 梅光迪:《卡莱尔与中国》,刊《思想与时代》第46期,第2页。
② 同上。
③ 同上。

段征引了《过去与现代》第三卷第十五章中卡莱尔论述中国古代帝王冬至祀天的文字，卡莱尔在这里一方面阐明了中国式的有神论思想及祭祀形式，另一方面又试图说明，这种宗教并不等同于西方的基督教，而更有助于促进人生道德和力田敬祖。而梅光迪围绕卡莱尔上述阐述所进行的解读，尤其是有关中国敬天法天思想中所包含着的为卡莱尔所关注并认可的思想，无疑是梅光迪对卡莱尔思想的解读中另一值得关注的地方。

梅光迪阐释说，"先生尤知中国人之力田敬祖，为中国人之宗教。盖力田为天意好生之工具，亦为盖天所付与人之责任之表示，敬祖为敬天之一端，亦为人生不朽意义所寄，非宗教而何"①。梅光迪这段阐述文字之意义，不仅在于揭示出了卡莱尔从中国思想文本和社会实践文本中发现了为西方文明所不同的"异端"形式，而且也进一步肯定了为晚近西方来华传教士及教会所非议否定的中国人的敬天祭祖，并将此视为中国人所特有的一种宗教形式。尽管梅光迪并没有从西方汉学的历史语境出发，来展开清理西方汉学家们对于中国人的宗教信仰的种种描述乃至非议，但他通过卡莱尔有关中国人的力田敬祖形式的肯定，实际上对中国文明和文化的现代意义与文化思想价值给予了肯定。

卡莱尔对于中国经验的引用参照，并不仅限于上述科举制度、士大夫阶级的社会地位以及民族宗教信仰，还延伸到中国的政治制度，"先生又总论中国政治之成功，倍极揄扬，以反证西洋政治之失败"。梅光迪所引述卡莱尔有关中国政治制度的论述，涉及到中国帝王世俗权力与宗教权力的彼此相安无事。他所列举的事实，即"中国帝王教主"允许佛教徒诵经高唱，"只要其信徒，略得安慰而已"，而"对于此种举动，甚慢视之，然乐许其流行无阻。彼之智慧，乃远出于多数人所想象之上也"。②

对于19世纪英国来说，从中国经验中发现一个更理性的、世俗的政治制度与教育制度的意义，显然具有不少现实意义。就连麦克斯·缪勒、理雅各这样的东方学家，亦都在其专门的东方学研究之外，同时也在关注并阐发东方经验的西方意义，何况像卡莱尔这样急需新的文化材料来阐明论证自己的时代文化批判主张的思想家。不过，梅光迪还是注意到，19世纪西方汉学家，以及像卡莱

---

① 梅光迪：《卡莱尔与中国》，刊《思想与时代》第 46 期，第 2 页。
② 同上，第 3 页。

尔这样的批评家,在对中国经验和中国文本的阐述中所存在着的"理想"色彩,"此论当然以理想眼光视中国。然中国政教合一,虽儒家所称之圣王,实际上寥寥无几,然由科举以进之名卿贤相,历代多有。中国科举之弊,不在其立法之不善,在其用法之不善也"①。

初略而言,卡莱尔对于中国的论述,似乎并没有超越伏尔泰,但卡莱尔所强调的中国为一理智国家,包括对于选拔名卿贤相之科举制度的肯定,其出发点或者思想归属,并非与伏尔泰完全一致。卡莱尔实际上是希望通过对中国经验的考察,来阐释在现代语境中确立一种制度性的文人选拔体系的可能性,以及如何遴选所谓伟人英雄以便他们更好地来引领社会群伦。而卡莱尔的英雄观之理想主义或者唯心主义之处,在于他对英雄的高尚纯洁之灵魂的强调,同时也主张英雄还要有"深粹优越之智慧"。需要说明的是,卡莱尔的英雄主义,很容易与所谓"贵族主义"或者庸俗化了的精英主义混淆在一起。梅光迪显然注意到了这一点,并特别指了出来。"始则先生以伟人主义著声,保守派误信伟人主义,即贵族主义,欲引为同调"②,不仅如此,梅光迪同时也注意到,"其伟人主义,为不满于现状之革命主义,自由派亦欲奉之为党魁"③。

梅光迪对卡莱尔思想的上述辨析的意义,在于将其从种种现实思潮中分别出来,以确立其独特的个人思想地位及价值。正如梅光迪所进一步解释的那样,"先生之真意,在彻底改革人类,以涤荡其灵魂,使之归于高尚纯洁之境,而后有领袖可言"。而卡莱尔思想的根基,在梅光迪看来,也并非是一种没有立场的兼容并包,而是"本诸基督教圣经之教义,而与我国修齐治平之大道,亦多暗合"。④ 而对于那些一般流俗对于卡莱尔这种独来独往式的思想的非议批评,梅光迪也给予了关注并提出了自己的解释,"先生在文艺思想界之地位,独来独往,纯属超然,时彦怪惑,莫测高深。然皆畏其口而敬其人,病其立言之激。而叹其忧世之切"⑤。

---

① 梅光迪:《卡莱尔与中国》,刊《思想与时代》第 46 期,第 3 页。

② 同上,第 4 页。

③ 有趣的是,留学时期的胡适就已经注意到了卡莱尔以及爱默生思想中的这种批判现实的"革命"倾向,但在新英格兰的知识分子们看来,尤其是在爱伦·坡这样的偏激的个人主义者看来,爱默生所代表的,不过是新英格兰的一种绅士传统(Genteel Tradition)而已。

④ 梅光迪:《卡莱尔与中国》,刊《思想与时代》第 46 期,第 4 页。

⑤ 同上。

卡莱尔思想中的"中国因素",显然并非一般意义上的思想"暗合"。梅光迪似乎并不愿意直接指出中国思想传统对卡莱尔所产生的具体影响,但他还是不厌其烦地列举了这样一个命题,那就是近代科学对于卡莱尔式的人文批评所造成的逼压,以及如何从人文主义者角度来解释宇宙自然现象,包括生命与死亡。而在对上述命题的阐释中,梅光迪提到了伪托的一段孔子与童子之对话。梅光迪否定了这段对话的真实性,但他也指出,这段对话尽管是伪托,但却符合《论语》中"子不曰乱力怪神"的记载,以及"未知生焉知死"的思想,"可代表孔子之精神"。而这些文献资料,正是卡莱尔在因应近代科学话语时所经常引用的。梅光迪为此所得出的结语是,"先生虽受德国哲学之陶冶,而不喜其玄想,虽深入宗教,而不愿谈来世,非一专重人事之中国儒家而何"。①

几乎与同时期英国一些汉学家一样,卡莱尔对于中国经验与文本的关注,自然地引发了他对当时英国政府对华政策的批评。也就是梅光迪所言之"虽其于中国,多凭理想,不免过情之誉"。但正如梅光迪在《卡莱尔与中国》一文结尾中所指出的那样,尽管他并不接受《卡莱尔传》的作者威尔逊将卡莱尔与孔子相提并论的做法,但他主动提出,卡莱尔足以与韩愈、欧阳修以及近代中国的曾国藩等并列而无难色。这样的提法,在梅光迪另一篇专门论述他的思想导师白璧德的回忆文章《欧文·白璧德:人与师》中亦有类似表述,这亦可证明,在梅光迪看来,无论是卡莱尔,还是马修·阿诺德以及白璧德等西方人文主义批评家,尽管他们"未能博观吾国典籍,于数千年来之圣哲贤豪,更多心领神会,在沟通中西文化事业上作有系统之贡献,以垂百代"②,但是,他们的思想,与中国古代经典传统中的那些微言大义在精神上是彼此契合的。而因此所产生出来的对于这样一位中国文化的西方知音的挚爱,几乎与中国文化的信仰一样,均更为坚定。这似乎也是梅光迪在对卡莱尔与中国的渊源作了上述阐释之后的一个现实归结。

该文原发表于《杭州师范大学学报》2008 年第 7 期

---

① 梅光迪:《卡莱尔与中国》,刊《思想与时代》第 46 期,第 4 页。
② 梅光迪:《卡莱尔与中国》,刊《思想与时代》第 46 期,第 5 页。

# 曾觉之与普鲁斯特

1933 年 7 月 10、17 日,《大公报·文学副刊》连续刊载了曾觉之(1901—1982)的"法国小说家普鲁斯特逝世十年纪念"长文《普鲁斯特评传》。评传一共包括四个部分,即:(一)绪论;(二)普鲁斯特之生活;(三)普鲁斯特之著作;(四)结论。正如副刊编辑在编者按中所云:"普鲁斯特逝世十周年纪念为去年十一月十八日。此文早已撰成,原当应于是日登出。乃因本刊稿件异常拥挤,不得已而缓登。业已于去年底本刊第二百五十九期中特别声明。祈作者与读者共谅之。"[①]

毫无疑问,这是国内文艺界首次以如此篇幅专门介绍这位第一次世界大战后法国最为重要的作家,而且,恐怕也是第一次将普鲁斯特的法文名字如此翻译。此前在 1932 年《中法大学月刊》第一卷第三期上,曾经刊发过罗大冈翻译的《战后法国文艺思潮》一文,原文作者为 Denis Saurat。该文译自《当代欧洲文学运动》一书,后者 1928 年出版于伦敦,原为伦敦大学国王学院诸位教授讲授的欧洲文学讲稿之汇总,其中法国文学部分,由该校法国文学教授、法国人 Denis Saurat 讲授。"这篇有关战后法国文学的讲稿介绍了战后法国文坛的一般趋势——怀疑主义,极致的自我集中,神秘主义,独断主义,右倾或左倾。其中着力介绍了负盛名的作家,如 M. 蒲斯特,描写恋爱问题的怀疑主义小说家。"[②]在这里,普鲁斯特被翻译成"蒲斯特"。而在另一处由岑时祥翻译的《小说与自传》[③](法国人

① 《普鲁斯特评传》,刊《大公报·文学副刊》,1933 年 7 月 10 日。
② 《中法文化月刊》第一卷第三期,第 77 页。
③ 《中法大学月刊》第三卷第一期,第 9 页。

Henri Massis 著)中,普鲁斯特则被译成马尔赛·柏鲁士特。这至少表明,在曾觉之之前,国内法国文学研究界对于普鲁斯特的名字的汉译,尚无一致之选择。而曾觉之的这一译法,此后一直沿用至今。

有趣的是,尽管曾觉之留法八年,而且其专业为文学和哲学,但他 1931 年受聘的却是北平中法大学服尔德学院(以法国思想家伏尔泰 Voltaire 名字命名的文学院)中国文学系主任。同时代早就有关于那种向西方人讲中国文化、向中国人讲西方文化的"两脚兽"式的学者的讥讽,但曾觉之却以自己的法国文学背景,主持北平中法大学的中文系。其实这也并非现代教育史上的创举或者唯一。这种做法不仅有周作人以日本文学背景主持燕京大学中文系在先,也有郭斌龢以西方文学背景主持浙江大学中文系在后。但这也至少说明,曾觉之并不属于那种仅仅只能够向国内学界同人或者一般读者介绍西方文学并仅仅以此谋食者。

而同样值得一提的是,在发表这篇《普鲁斯特评传》的同时,曾觉之还兼职支持北平中法大学的学术刊物《中法大学月刊》,而且在这个大量介绍法国文学、尤其是 19 世纪以来法国文学的学术批评刊物上,曾觉之也发表了数量甚为可观、内容广泛而且分析议论深刻精辟的文论,撮其要者即有《论翻译》(第一卷第二期)、《阿达剌(Atala)研究》(第一卷第五期、第二卷第一期)、《浪漫主义试论》(第二卷第三、四、五期)、《维多雨果》(第八卷第二期)等。上述评论涉及到作家研究(《维多雨果》)、作品研究(《阿达剌(Atala)研究》)、流派思潮研究(《浪漫主义试论》)以及翻译研究(《论翻译》),这些已经足以显示出 30 年代初期曾觉之作为一个法国文学研究家在文学批评方面的全面能力。

其实还不只这些。在作为一个跨文学—文化研究家之外,曾觉之的散文写作同样引人注目。在《中法大学月刊》创刊号上,曾觉之就刊出了他的旅行游记《归心》。这一长篇散记的署名为"解人",为曾觉之笔名。据作者自己介绍,"这本感想录是两年前旧作,月余的海程,殊觉寂寞,日长无事,望海观天之暇,随心所之,信笔而录,非论工拙,求能表示当时之心情而已"。但在笔者看来,《归心》是一部非常独特的作品,其在文体和写作上的创新以及内容上的真实丰富,使得这部作品成为了同时代漫游札记中一部值得再读的佳作。

一

曾觉之的《普鲁斯特评传》,刊发于由以保守主义思想立场闻名的清华大学教授吴宓主持的《大公报·文学副刊》,这是一个乍看让人惊讶甚至产生怀疑的事实。但《大公报·文学副刊》从 1928 年创刊,到 1934 年初停刊,期间刊发了大量介绍西方文学的评论、综述、快讯等,这也是人所共知的一个事实。

曾觉之这篇长文中一个非常引人注目的地方,就是它所配发的相关照片。其中普鲁斯特照片六桢,另普鲁斯特小说手稿照片两桢。普鲁斯特照片分别为"儿童时代之普鲁斯特"、"漂亮交际家普鲁斯特"、"恋爱中之普鲁斯特"、"壮岁徘徊之普鲁斯特"、"中年厌倦游乐之普鲁斯特"、"老去幽居恍如隔世之普鲁斯特"。仅从这些修饰语来看,曾觉之对于普鲁斯特所持态度立场已昭然若揭。

事实果真如此吗? 在评传"绪论"中,曾觉之用这样一段文字,开始了对普鲁斯特这样一位在战后法国文坛占据显著位置、但对中国文学界来说还相对陌生的当代小说家的介绍:

> 人类生活究竟有没有一定的目的,殆是谁也不敢断言的问题。不过人类要于自己的生活中造出一个目的来,使自己生活得集中而有所归宿,又是十分显明的事实。所以,不管在理论上人生若五花八门而不可究诘,实际上,各人在各人的生活中都有相当一定的主脑;因为,人生得以维持不坠,人生所以兴趣无穷,全由于有这预立的与希望的目的,至这目的是否能实现,则在所不计。①

在曾觉之看来,文人艺术家的生活的目的,就是艺术,"他们的生活完全规律在实现他们艺术的一点上;因为要实现他们的艺术,他们不惜以他们的生活为尝试之工具。他们尽量地为各种生活,实在不过是使艺术得尽量充分的表现而已"。② 循着这样一种观点,曾觉之得出这样一个有趣结论,即文人艺术家的

---

① 《普鲁斯特评传》,刊《大公报·文学副刊》,1933 年 7 月 10 日。
② 同上。

生活本身便是一件艺术品,且是最美最伟的艺术品,超过于他们所作的一切,或者说,"文人艺术家完全为艺术而生活,艺术是他们生活的目的"①。这是曾觉之介绍议论作为小说艺术家的普鲁斯特的前提条件。他也似乎是在用这样一种预先提示的方式,来减弱普鲁斯特生活现实中的种种特立独行的言行可能带给读者的刺激。"我们欲于此叙述法国现代小说家马塞尔·普鲁斯特的生活与作品;关于他的生活,常人每以他少年时这样爱热闹娱乐的,后来乃完全与社会绝缘、闭门著书为可怪,以为他的生活有两个时期的不同。实际上,这是一贯的:普鲁斯特少年时的爱热闹繁华,完全为他的艺术设想;后来见时日无多,自己身体又多疾病,若不及时工作,著作将无成就之望,他于是一变从前习惯,完全著作。这是为使自己的艺术得以成就,他不得不如此。"②而似乎只有作如是观,我们才可能真正走进一个艺术家的世界,作为小说家普鲁斯特的生活与心灵世界,去在他的作品之外,感受另一部同样由小说家普鲁斯特完成的作品:他的现实人生。"我们从这一点去看他的生活,我们可以晓得一位艺术家可以资我们观感的,固不仅在他的艺术作品而已。"③

艺术家们是否从自己童年时代开始,就在有意识、有目的地为了一个艺术的目标而"规律"自己的现实人生,这应该还是一个值得探究的命题,但曾觉之认为并不存在着两个甚至多个普鲁斯特,而只有一个普鲁斯特的说法,却可以澄清小说家的现实人生与他的文学作品之间所形成的内在紧张关系。而且,这种观点也让我们自然联想起《大公报·文学副刊》的主持人吴宓。在文学与文人之间,吴宓似乎用自己的实践,证实了曾觉之的上述立论。

但是,曾觉之的上述立论,也就是艺术家是为了一个明确而坚定的艺术目的而规律自己的现实人生的说法,却马上为自己对普鲁斯特的童年生活的描述所破解,因为他在介绍普鲁斯特的出身及早年生活的时候,强调的却是他的家庭背景、血缘遗传以及普鲁斯特自己的健康等因素对他性格和早年生活所产生的决定性影响,而不是所谓艺术家自我设定的人生目的,一个为艺术的人生。他说,"父亲为当时有名的医生,他的善于观察人物,殆有遗传关系。母亲属犹

①　《普鲁斯特评传》,刊《大公报·文学副刊》,1933 年 7 月 10 日。
②　同上。
③　同上。

太族,犹太人是具有矛盾特性的民族,人谓他能以十分孱弱之身抵抗死亡,是犹太人性格之表现,即他的思想文字,亦受母系方面的影响不小。他九岁后便有他终身不离而使他一生苦楚的呼吸器官病。自后他怕见阳光,怕与旷野接近,不能亲花草树木的芬芳鲜气了"①。

这是曾觉之所描述普鲁斯特生活之开始,而这种开始,又几乎直接影响到普鲁斯特后来的生活乃至整个人生。而从这种论述中,我们似乎并不能够感受到多少曾觉之上文中所提到过的艺术家的生活为一个艺术的目的所"规律"的说法,这也至少表明,任何一种笼统的概括,对于以追求张扬个性为突出特征的艺术家来说,都未必会完全合适。

但如果放在普鲁斯特的犹太血统和19世纪末、20世纪初的环境中,来论述普鲁斯特的宗教信仰,或者说"宗教对他的幼年没有留下什么痕迹,在他的小说中也没有神",这样的描述大抵不差,但也有些过于生硬。不过,曾觉之很快补充了上述有关信仰的论述,他说,"但因受母亲的熏陶,他恨说谎,愿牺牲,他性情充满善意"②。而且他还是注意到了普鲁斯特与20世纪的文学思想之间的关系,遂在传统的宗教信仰之外,指出了普鲁斯特思想中的这样一种独特性,"他喜欢凡在自然中是美的、善的、伟大的,在他所最厌恶,是那些不感到善的事物,不知情爱之温媚的人们"③。不过,曾觉之循着这条线索对普鲁斯特多情善感的童年生活的描述,却多少让人将他与卢梭及19世纪法国浪漫派的文学过于紧密地联系在一起,这一点未必十分符合普鲁斯特早年生活的实际情况。

但曾觉之强调了普鲁斯特早年学校生活中曾经对路易十四时代贵族社会生活所表现出来的"低徊往复",以及他对动植物研究的偏好。而这两点,似乎才应该是走进普鲁斯特的文本世界和精神世界的有效现实途径。与此同时,曾觉之也强调了普鲁斯特在中学时代已经显露出来的对于时间与记忆的敏感与关注。"他此时既觉得我们心情感觉之丰富,不过以常人不留意,埋没于黑暗中,不得出现于意识之幕上,因而人不晓得。而他却晓得,若他为文学,他便愿

---

① 《普鲁斯特评传》,刊《大公报·文学副刊》,1933年7月10日。
② 同上。
③ 同上。

走这一条路了"①。这一表述符合普鲁斯特写作生涯、尤其是职业写作生涯开始之后的状况，但尚在中学时代的普鲁斯特，是否就已经产生了这样的自觉呢？或者说，普鲁斯特究竟是在怎样的一种自我言说语境中提出并强调对于黑暗中的时间——我们遗忘了的另一个自我——的追忆的诉求的呢？在《驳圣伯夫》"序言"开篇，普鲁斯特这样写道：

> 对于智力，我越来越觉得没有什么值得重视的了。我认为作家只有摆脱智力，才能在我们获得种种印象中将事物真正抓住，也就是说，真正达到事物本身，取得艺术的唯一内容。智力以往以时间的名义提供给我们的东西，也未必就是那种东西。我们生命中每一小时一经逝去，立即寄寓并隐匿在某种物质对象之中，就像有些民间传说所说死者的灵魂那种情形那样。生命的一小时被拘禁于一定物质对象之中，这一对象如果我们没有发现，它就永远寄存其中。我们是通过那个对象认识生命的那个时刻的，我们把它从中召唤出来，它才能从那里得到解放。它所隐藏于其中的对象——或称之为感觉，因为对象是通过感觉和我们发生关系的，——我们很可能不再与之相遇。因此，我们一生中有许多时间可能就此永远不再复现。②

这是普鲁斯特对于他的"追忆失去的时间"理论的最完整的阐述，而上述阐述尽管没有强调但已经清楚表明了的一点，那就是他对所谓"智力"及其在一个人的精神生活及内心世界活动中的作用的怀疑与否定。而这似乎也从一个角度回答了曾觉之前文中的阐述在哪些地方偏离了普鲁斯特的"时间"理论。而且，普鲁斯特也特别强调——这也是他的"时间"理论中往往被人们忽略了的要点——他并非是在追忆并试图复现所有已经失去的时间。他说，"在我一生的途中，我曾在乡间一所住所度过许多夏季。我不时在怀念这些夏季，我之所想，也并不一定是原有的那些夏日"③。他还说，"获得这种失而复现，不仅智力对我们无能为力，而且智力也无法找到那些能使这些过去时间隐藏化入的对象。有些对象的时间你有意寻找，以便同你生活的那些时间建立关系，

---

① 《普鲁斯特评传》，刊《大公报·文学副刊》，1933年7月10日。

② 同上。

③ 普鲁斯特，《驳圣伯夫》，王道乾译，白花洲文艺出版社，1992年9月，第2页。

但这样的时间也不可能在这样的对象中找到它的寄寓之所。甚至有什么东西可能再唤起那样的时刻，它们也会随之复现，即使是这样，它们也将是诗意尽失的"①。

请注意上述引文中有着重号的句子。普鲁斯特用这种表述，切断了自己与现实主义或者实证主义的文学主张之间的可能联系。而且，他也用这些表述显示出，他所强调的感觉、印象、回忆以及与之相伴随甚至成为其驱动的情感、欲望等，才是艺术创造的基础，但普鲁斯特并没有将上述艺术创造的基本要素，同样移植到一个小说家的现实人生当中，更遑论视此为一个小说家的人生目的了。而这也反映出，曾觉之在阐述普鲁斯特的艺术人生时，可能犯了一个倒果为因的不大不小的错误。

幸运的是，这样的错误在他的"评传"中并非处处存在，也没有因此而严重影响到他对普鲁斯特艺术人生的基本立论与分析阐述。譬如，他列举了普鲁斯特服兵役的经历，列举了他为了不忤逆父亲的愿望而选择了巴黎大学法科及预备学校的事实。而这些也都进一步说明，普鲁斯特并非早早地就在按照一个小说家的目标来规划设计自己的人生。于是，曾觉之突出了伯格森的心理哲学对普鲁斯特的影响：大家晓得普鲁斯特对于时间的观念、生活的意义、智慧的职务、无意识的蕴藏等，都与伯格森的哲学相似。② 对于两人之间的这种关系，究竟是一种影响与被影响的关系，而是一种暗合或者引发照亮关系，曾觉之没有断然论之，但他接着写道，"他似是伯格森哲学的亲身经历，亲身感到，亲身实验者。他或者因为伯格森的指示而更明了自己的使命，益相信自己的脑中有特殊的东西在"③。

而普鲁斯特也似乎从这时候开始，才产生了成为一个文人、过一种有目的规划的艺术生活的具体行为。"他要为文人，他于是联合一班青年朋友，各人出钱，办一个杂志，名《宴会》。这些青年都很兴趣于当时社会历史政治文学艺术的运动，努力介绍外国的文艺思潮。"④

---

① 普鲁斯特，《驳圣伯夫》，王道乾译，白花洲文艺出版社，1992 年 9 月，第 2 页。
② 《普鲁斯特评传》，刊《大公报·文学副刊》，1933 年 7 月 10 日。
③ 同上。
④ 同上。

## 二

但曾觉之否定了那种认为普鲁斯特在成名之前只是一个"时髦而无所谓的作家"的认识，认为固然当时普鲁斯特喜欢交际——尤其是与他后来几乎与世隔绝的生活相比——而且认识当时名人甚多（他的文集《娱乐与时日》即有法朗士的序言），但倘若因此而将普鲁斯特视为一个纨绔子弟一类的青年，或者巴黎的名人社交场上的常客，"这是人们对他一生不能除开的一种误解"。

曾觉之将普鲁斯特的生命意识与死亡意识以及"时间"理论的形成，与他呼吸器官疾病的不能根除及他对此的敏感与复杂感受联系起来所展开的介绍分析说明，是言之有理的。而他对普鲁斯特一段社交生活经历与他的小说创作、尤其是他后来的作品中的人物和场景细节描写之间关系的阐述，包括这些经历留存在普鲁斯特记忆当中的纤细，这到底是应该归因于普鲁斯特记忆力的惊人，还是作为一个小说家的才能，则是一个见仁见智的问题。但多少与篇幅方面的受限有关，曾觉之似乎难以展开分析说明普鲁斯特的这种社交生活，与一般社交热衷者的社交生活之间的异同，而且也没有更深入地阐述普鲁斯特在当时的社会界中为时代名流所青睐欢迎的真正原因。但对于有着曹雪芹和《红楼梦》阅读经验的中国读者来说，普鲁斯特这段纸醉金迷般的奢华生活可能给他后来的小说写作产生的影响，似乎并不难理解。但这样的生活经验，并非可以直接催生出《红楼梦》或者《追忆逝水年华》这样的小说。文本世界，是小说家在现实经验基础之上的"虚构"。这样的"虚构"，不只是人物、故事、情节上的"想象"，更是对生活、生命以及意义、价值等命题的思考与想象。

而普鲁斯特对于生命流逝的敏感、对于死亡之神随时会降临的潜意识中的畏惧，与他不得不通过一种完全将现实、将时间、将自在的一切忘记的社交狂欢的追逐矛盾地交织在了一起，折射出了潜心写作之间的普鲁斯特内心世界的复杂与挣扎，而不仅仅只是轻浮地将生命与时光挥霍浪费。但这样的挣扎，在一直甚至带有一些纵容地保护着他的母亲去世之后而发生了变化。这个时候，普鲁斯特对于已经逝去了的生命时光——那是他的生命的一部分，鲜活而热烈的一部分——的追忆与留念，对于这部分时光和曾经的生命美好的抒写，开始占据他的意志，"他晓得是时候了，他于是要斩断繁华生活专从事于著作了"。

  这是普鲁斯特生命历程中一个新阶段的开始，一个几乎完全自闭的阶段。"他自后便迁居在四周全以树皮保护的房子中，他不能听外面的声响，窗子常闭，他不能受新鲜的空气。他的病使他怕闻一切的香气，他不注意房内的装饰，不愿有鲜花，他很爱乡间的景物，不过想想而已，他不能享受。"①曾觉之的这段文字，让我们自然想起普鲁斯特《驳圣伯夫》中的"睡眠"、"房间"中的文字内容。但需要说明的是，这种生活，并非是普鲁斯特为了一个艺术的人生目的而有意识地"选择"的，而是因为身体状况，因为自我压迫式的"习惯"等等而促使导致的。从 1906 年到 1922 年，在这段时间里，普鲁斯特"生活在他失去的时间中，即他正在重出他的纪念于他的小说中"。如果仅仅从他对自己早年生活经验的依赖来看，我们似乎不大容易理解为什么普鲁斯特会去批评现实主义和实证主义式的写作主张。但是，如果我们理解了普鲁斯特所谓进行艺术创造的人并不是社会实践中的人，而是人的"第二自我"或所谓深在自我这样的观点，我们也就会理解这一阶段有时候他还是会重返当年的社交场中的原因所在：他不是在表层式地印证当年的某些东西，而是在追寻寄寓或者藏匿于那些时间物件当中的"时间"——一种曾经失去的鲜活的生命时光。

  而"评传"对于普鲁斯特主要作品写作经过的描述，以及对他如何在专业读者和一般大众中逐渐确立起声名过程的描述，特别是对普鲁斯特与死神赛跑，专力于写作情形的描述，饱含了同情与肯定，也因此，一个文学生命的高尚与可贵，也昭然于曾觉之的文字之中。

  与"评传"中对普鲁斯特看似有些偏执怪异的行为方式的描写介绍相比，曾觉之对普鲁斯特的《失去时间的找寻》（现译《追忆逝水年华》）内容的择要介绍，似乎更值得予以关注。

  他说，普鲁斯特这部长达四千页的巨著，是"一个神经质，一个感觉很是敏感的小孩的长成史，或者是一部心史。一个个人的进展史"②。他还说，"这个人沉潜于人生中，觉得生活的肤浅无味，而渐渐深求，一步步找寻，结果发现自己的志向，自己的使命，自己应该做的是什么，同时又找出人生的真正意义。全书于是终结"③。

---

  ① 《普鲁斯特评传》，刊《大公报·文学副刊》，1933 年 7 月 17 日。

  ② 同上。

  ③ 同上。

他还说,这部巨著并不像作品的标题那样,给人一种强烈的哲学意味,相反,它处处描写的,是纤细的实质性的真实。不仅如此,它所描写的,也是叙述者"情感内心的生活"与"贵族社会的生活"两面,而这两面实际上是一个完整生命曾经经历的生活历程。

而在对这部 20 世纪法语文学巨著各卷内容作了一般介绍之后,"评传"作者这样追问:"这样的一部著作的重要,在什么地方呢? 普鲁斯特的特殊贡献而有异于以前作家的,是什么呢?"为了回答上述追问,"评传"作者先是谈了一段有关近代学术知识的进步的话题,认为"从绝对到相对的转变,在近代思想上是非常重要的,可以说,一切近代的学术知识都从此流出来"。而这种相对的观念"必然的也是要应用到对于人的研究上",而在此方面,"最大的一点是从前的心理学仅注意于人的智慧生活,绝对的理性的抽象的人心,而以情感因人而变异为不当研究,且无须研究。近代心理学正相反,觉得人的大部分生活是在情感生活中,情感是人生的原动力,我们想真正地认识人,非研究人的情感不可;而我们所谓意识的,仅不过是人生中的一小部分,人的大部分生活,是在暧昧深奥的无意识中。因心理学上有这一部分的改变,近代的心理研究者便开辟出无限的田地,而对于人得到更深的认识,自不待言而明白了"。[①]

而 20 世纪文学受到这种思潮的影响是显而易见的,因为文学是表现人生的。这种文学上的影响或者改变,在曾觉之看来,在 20 世纪初期的法国文学中尤为明显,一个鲜明的例证,就是小说作品中出了文学"新人"。而在此方面,普鲁斯特的贡献则尤为显著。"他的著作是描写人心的,他所写的,他所认识的人心的深刻真实,罕有伦比。一方面继承前人而更加深入,别一方面而开辟出许多法门便后人可以再进。"[②]

而对于普鲁斯特在其著作中所使用的方法,以及因此而得到的结果,包括在文学史上的地位,"评传"作出了这样的归纳概括。首先,普鲁斯特的作品之"难读",在于作品"内容的新鲜"和"文字的冗长"。而对这两点,曾觉之给予了这样的阐释,"内容新鲜,自非以特殊的文字表现之不可。许多批评家责备他的文字的不简捷,殊不知他正要这样繁重的语句方能表现他的思想。……他不是

---

① 《普鲁斯特评传》,刊《大公报·文学副刊》,1933 年 7 月 17 日。

② 同上。

从事外表的平面描写的唯实派,他要深入人心,他以为真正的人,是在平常人所不能见的隐秘处。达到这隐秘处,方是看见真正的人"①。而要达到这隐秘处,唯一可用的方法,不是智慧或者理性,而是所谓的直觉或者直观的方法。而这似乎也就成了普鲁斯特的小说所以不同于平常的理由。

显然不止如此。普鲁斯特小说文本中所凸显的"变化",与"时间"在变化中的作用与意义,已经不是传统意义上的对于人生、时间的空泛感叹,而是有着深刻的思想背景在其中。曾觉之认为,"普鲁斯特相信宇宙的一切都在不停息的转变中,什么都在变。……因此他重视时间,重视时间对我们的影响"②。"普鲁斯特十分亲切地体验到,特为我们在他的作品中指出时间对于人类生活、对于人类情感的重要。同时他描写他的人物也常在进展中,因为这些人物受时间的支配","普鲁斯特的小说中的人物与别的小说中的人物不同的,即因这点:这些人物当是不停的进化的,不像别的小说中的人物,似是定型。……读普鲁斯特的小说,看其中人物的进展,每每出人意外,而常有种种非望的喜悦,即以作者捕捉到人生的这种真实性,使读者觉到这才是人生,毫无伪饰的人生"③。

而普鲁斯特小说文本中对于细节和细节描写的高度重视,也为曾觉之所注意。他说,"普鲁斯特是以深入的方法,探求真正的人心的。同时又注意于外表社会的生活,为十分精细的观察"。"可以说,他的艺术即在于外表内心的同时刻画"。而对于普鲁斯特在法国文学史和近代文学上的意义这样的命题,曾觉之尽管表现得颇为谨慎,而不是像那些二三流批评家那样静态地看待自己的批评对象。他说:

> 普鲁斯特在他的作品中,想以精微的分析力显示真正的人心,想以巧妙的艺术方法表现出科学的真理。即他的野心似在使艺术与科学合一;我们不敢说他是完全成功,但他的这种努力,他使这种努力所得的结果,我们可以说,后来的人是不能遗忘的。他实在有一种新的心理学,一种从前的文学没有的心理学;他将动的观念,将相对的观念,应用在人心的知识上,他发现一个内是崭新而为从前所不认识的

---

① 《普鲁斯特评传》,刊《大公报·文学副刊》,1933 年 7 月 17 日。
② 同上。
③ 同上。

人。这是近代的人,近代动的文明社会中的人。则他的这种发见的普遍性可想而知。①

他还说,"普鲁斯特的影响正在发展,我们不能估计,与其说他是承继前人,不如说他是开启后人,想不久当有闻风兴起而创作更为瑰玮美丽的作品"②。

## 三

曾觉之的《普鲁斯特评传》一文,并不是他的法国文学批评中最为重要的一篇,但却有其不宜遗忘的意义在。首先,将在时间上如此贴近的一个西方当代作家及其作品进行介绍批评,这样的文学文本信息对于当时的中国文学界无疑是及时必要的,而也正因为其时间上的如此接近,便给评论带来了判断和预言上的挑战。但通读全文,曾觉之显然勇敢而沉着地直面了上述挑战;其次,将普鲁斯特这样一位对于其母语读者都感觉到阅读困难的当代作家的作品相对完整地介绍给中国读者,其中需要斟酌的地方之多是可以想象的,而《普鲁斯特评传》的作者显然也小心谨慎同时又客观冷静地解决了上述问题;再次,如何公允地评价普鲁斯特及其文本中所表现出来的 20 世纪意识,或者西方的现代性,如何在 20 世纪的哲学、心理学、社会学和文学等思潮的背景语境中,来介绍西方当代小说写作的创新,尤其是通过普鲁斯特的个人努力所开启的一个现代小说的新纪元,曾觉之的带有一定预言性质的评说,也大多为后来的文学事实所证实。这也从另一个角度说明了这篇评传所表现出来的真知灼见。而在可能是国内第一篇如此篇幅介绍普鲁斯特的文字中,其立场之中立,观点之公允,介绍之沉着,分析之贴切,议论之精辟,均达到相当深度与高度,这也进一步反映出,作为法国文学研究家和批评家的曾觉之,在 30 年代法国文学的研究批评方面所显示出来的扎实厚重之功力。

该文原发表于《新文学史料》2007 年第 2 期

---

① 《普鲁斯特评传》,刊《大公报·文学副刊》,1933 年 7 月 17 日。

② 同上。

# 张荫麟与《浮士德》

一

《现代》杂志1932年创刊号上，有"献给一九三二年歌德百年纪念祭"广告一则，其中介绍了郭沫若翻译的"歌德两大名著"，即《浮士德》和《少年维特之烦恼》。《少年维特之烦恼》为增订本。而该广告对《浮士德》一书所作的介绍全文如下：

> 本书是老年歌德的不朽名著，是费了他数十年的长时期的努力才写成的。译者郭沫若先生亦费尽十年辛苦才译出来。译者自己说："原作本是韵文，我也全部用韵文译出了。……为要寻相常的字句和韵脚，竟有为一两行便虚费了我半天工夫的时候。"想见本书翻译之精审，实为与原文同具不朽的名译。全书四百另二页，三十二开本，道林纸精印，卷首刊少年歌德与老年歌德名贵铜像二幅，末附译者后序四页。①

"歌德在中国"其实是比较文学领域中"文学传播学"研究方面的一个经典个案。歌德著述中，仅《浮士德》一部作品，从1928年第一个中文译本开始，一直到1994年绿原的译本、1998年杨武能的译本面世，前后一共有20余种中文译本（包括一些盗版本以及出版时间不详的版本、再版本等）。这些译者分别为

---

① 《现代》，第一卷"创刊号"，1932年5月，第28页。

郭沫若(上海,1928)、张荫麟(天津,1933)、周学甫(上海,1935)、莫素(上海,1936)、梁宗岱(广州,1936)、刘盛亚(剧本,重庆,1942)、津惠(台湾,1963)、艾人(台湾,1967)、曹开元(台湾,1969)、淦克超(台湾,1970)、董问樵(上海,1982)、钱春绮(上海,1982)、绿原(北京,1994)、杨武能(合肥,1998)。另外还有顾绥昌(上海)、任彝人(上海)等人的译本。从上述译本出版时间来看,就大陆而言,30年代是歌德的《浮士德》在中国翻译出版的一个高峰,其原因与歌德逝世百年纪念有关,在郭沫若的译本之后,先后有张荫麟、周学甫、莫素、梁宗岱等人的译本出版。再一个翻译出版《浮士德》的高峰,是80、90年代,在这二十年中又有董问樵、钱春绮、绿原、杨武能四个译本出版。此外,60、70年代在台湾也出版了几个不同的译本(按,绿原先生曾经在1999年5月12日《中华读书报》上所刊载之《〈浮士德〉该怎么读?》一文中说《浮士德》中译本"迄今有七八种之多",这大概是没有算台湾出版的译本)。

其实,1932年3月22日,为纪念歌德百年忌辰,中国读书界、出版界还刊发了不少纪念文章,也出版了若干专门著述。其中《大公报·文学副刊》在1932年3月21日第220期上,就曾正式刊出纪念歌德百年忌辰专辑。其中首先刊发了编辑部的一篇介绍"葛德纪念消息杂志(一)",中云:"德国大诗人葛德(一译歌德,1749—1832),于1749年8月28日诞生于德国佛兰克府城,1832年3月22日殁于德国魏那城。今年三月二十二日(明日)适值其逝世百年纪念,筹备庆祝者,自以德国为最盛大。兹分志之。"①

就在同一期《大公报·文学副刊》上,还刊载了宗白华的一篇论文《歌德之人生启示》,分"歌德人格与生活之意义"和"歌德文艺作品中所表现的人生与人生问题"两部分,对歌德的人格及著述作了介绍说明。第221期所刊宗白华翻译的《歌德论》,译自比学斯基的《歌德传》,宗白华认为这部传记是"德文歌德传中最美丽最流行的一部"。而他所翻译的《歌德论》一文,就是译自该书第一篇,"这篇有关歌德个性的书中第一篇描写分析歌德的个性尤其深刻。现翻译出来,供国内爱慕歌德者参考"。

而有关歌德的专门著述,在《大公报·文学副刊》1933年5月15日第280期上,刊登有一则有关张月超所著《歌德评传》的书讯。这部由神州国光社印行

---

① 需要略为补充说明的是,原文中将歌德的出生日期误印成了1849年。

的著作,同样是为了歌德逝世百年纪念所作。值得注意的是,该书作者当时还只是南京中央大学的一名在校学生。该书编撰过程中曾经得到宗白华、范存忠两位教授指导。该书附有宗白华序言,另附录三,一是歌德生活与著作年表,二是关于歌德的重要英文参考书,三是关于歌德的中文书籍。全书共 14 章、370 余页。一名在校学生尚能编撰如此一部专门著作,一方面说明当时国内知识界读书界对于歌德之重视,另一方面也说明歌德在中国已经有了相当基础。

或许宗白华在为这部由在校学生编撰的书稿"序言"中对歌德的评价,可以让我们多少了解一些为什么这样一位域外作家会得到中国读书界如此青睐的原因所在。他说:

> 歌德不只在他文艺作品里表现了人生,尤其在他的人格与生活中启示了人性的丰富与伟大。他的生活是他最美丽最巍峨的艺术品。①

《大公报·文学副刊》如此规模刊发纪念歌德的文章,与当时担任副刊编辑的张荫麟有关。《大公报·文学副刊》原本为吴宓编辑,1930—1931 年吴宓游学欧洲期间,张荫麟、浦江清、贺麟以及赵万里等人曾经协作编辑该副刊。此后上述诸人也多有辅助,包括积极为文学副刊撰稿。而"文学副刊"专门开辟"葛德纪念消息杂志",一方面因为歌德个人之影响,另一方面则与张荫麟、贺麟等人对歌德的特殊兴趣不无关系。

但当时读书界对于歌德有兴趣者,显然并非仅只张荫麟、贺麟二人。

1933 年 3 月 27 日《大公报·文学副刊》中,刊发了这样一则有关歌德的书讯。文云:

> 去年三月二十二日为歌德(1749—1832)逝世百年纪念,本刊准备纪念文若干篇,以稿多地狭,未能尽登。忽忽周岁,又值歌德逝世之日,除续登张荫麟君精译之《浮士德》外,谨以《歌德之认识》一书介绍

---

① 《歌德评传》,《大公报·文学副刊》,1933 年 5 月 15 日。另第 220 期(1932 年 3 月 21 日)上刊登编辑部"葛德纪念消息杂志(一)",另刊宗白华《歌德之人生启示》一文。在后者正文前有作者一则短小题记,介绍了这篇文稿的曲折离奇经历:"去年冬天写了一篇《歌德之人生启示》,纪念歌德今年三月二十二日的百年忌。不料原稿毁于商务印书馆日寇炮火之中。幸精神的产物不是物质的势力所能完全毁灭的。现将该文发表于此,在追念歌德不朽的精神中,庆幸我国民族精神的复活。三月四日南京。"

于国人。

此书系宗白华周辅成二君合编，南京钟山书局发行，民国二十二年一月初版，实价八角。凡 340 余页。内容系收集去年春北平及他处日报杂志上所出之歌德逝世百年纪念文及特选之论文数篇，而分部编列者(其中四篇系录自本刊)。而编者之一的周辅成在"编者前言"中有这样一段文字说明：本集子中所收诸先生的文章，实在可表现我国人之吸收西洋思想，并不示弱于日本人。只要我们稍一读日本之研究德国文学的权威(如山岸光宣等)论歌德的著作，再一看此集内重要的文章，其忠实的研究，表现我国思想界对于外国文化颇有了解认识的能力。……

由上可知，《歌德之认识》一书，实际上基本上囊括了当时国内读书界有关歌德之介绍评论文字之精华，也基本上体现了当时国内读书界评论界对于歌德及其思想著述的认知水平。鉴于该书迄今已不大为人所知，特将其目录摘引如下：

插画：歌德七十九岁时画像，Stieler 氏画；歌德在意大利。向往(诗)冰心女士；编者前言(周辅成宗白华)；附言(宗白华)。

第一部，歌德的人生观与宇宙观

1. 歌德之人生启示(宗白华)

2. 歌德之人生观与宇宙观(程衡)

3. 歌德对于哲学的见解(周辅成)

4. 自然科学者歌德(戈绍龙)

第二部，歌德的人格与个性

1. 歌德何以伟大？(杨丙辰译)

2. 歌德论(宗白华译)

3. 歌德处国难时之态度(贺麟)

4. 论歌德(谢六逸译)

第三部，歌德的文艺

1. 歌德诗中所表现的思想(田汉译)

2. 歌德的浮士德(徐仲年)

3. 歌德的少年维特之烦恼（宗白华）

第四部，歌德与世界

1. 歌德与德国文学（杨丙辰）

2. 歌德与英国文学（范存忠）

3. 歌德与法国（徐仲年）

4. 歌德与中国文化（卫礼贤著，温晋韩译）

5. 歌德与中国小说（陈铨）

6. 孔子与歌德（唐君毅）

7. 歌德与中国（郑寿麟）

第五部，歌德纪念

1. 纪念歌德（华林）

2. 德国怎样纪念歌德年度（姜公伟）

附录：魏玛举行歌德纪念之盛况；苏俄的歌德百年纪念会；歌德的
生平与著作（魏以新）。

实际上，国内知识界介绍评论歌德并非始于 1920 年代。在郭沫若翻译《浮士德》上部之前，还在晚清末年，曾经留学德国的辜鸿铭，就因为卡莱尔的影响而对歌德及其著作思想给予了充分关注。所不同的是，尽管辜鸿铭经常征引歌德的语句观点，但辜鸿铭这些批评文章多为英文，而且刊发于上海西方人主持的一些英文或者德文报刊，因此国内学人知之甚少。倒是留学美国期间的胡适，曾经对辜鸿铭这一时期的那些英文批评略有关注，但当时也只是仅限于偶然兴趣而已。

二

但张荫麟对于歌德的阅读与关注，并非开始于翻译《浮士德》时期，而是更早。

早在 1928 年 4 月 2 日的《大公报·文学副刊》第 13 期上，张荫麟就发表了一篇题为《评郭沫若译〈浮士德〉上部》的长文。在这篇译评开篇，张荫麟对晚清自林琴南以降引介西方文学的状况作了一个简单小结，并提出了如下批评：

尝病国人之读西书，多不知善择，往往小言琐记，视同圭珍。而文化之结晶、不朽之名著，反束之高阁。其介绍翻译也亦有然。往者林琴南氏以旷世之文笔，而不舍之辛勤，而所译多第二三流以下作品，论者惜之，而后人知以林氏为鉴者盖鲜。①

哪些作品在张荫麟看来，方足以被视为西方文学之瑰宝精华者呢？

歌德（Goethe）之《浮士德》（Faust）者，乃德国文学之精髓，而与希腊荷马之《伊利亚特》、罗马维吉尔之《伊尼特》、意大利但丁之《神曲》、英国莎士比亚之《哈姆雷特》，共为世界文学五大伟著者也。

为了进一步了解张荫麟对于歌德《浮士德》这部世界伟著之认知，不妨再引述若干他的文字：

《浮士德》原书分上下二部，上部之前有三曲。一、献词。二、舞台上楔子，为台主丑角与诗人之对答，大旨在讽刺庸俗之缺乏艺术鉴赏力。以上皆与剧情无关。三、天上楔子。魔鬼之王靡非斯特·菲烈斯谒于上帝，言及下界浮士德其人。魔鬼曰：吾能诱之使入于邪。帝曰：不然。纯善之人，自能于迷惑中寻正道。魔鬼请试之。帝曰：恣汝所为，吾言终验。言已遂退。以下即入上部正文。

浮士德坐书室中，厌倦于知识之求索，将欲自杀，为天仙所止。是夕魔王变形相见，约明日复来，至则许浮士德以人世一切享乐，而浮士德售其肉体与灵魂与魔王为酬。议成，刺血书券，浮士德遂偕靡非斯特出游。

……

第二部历叙浮士德致身为人类服务，于此中得人生之意义。魔鬼终莫能诱。最后在天使环绕天乐悠扬中，浮士德之灵魂上升于天国。而楔子中上帝之预言果验。②

张荫麟认为，《浮士德》原书上下部各成一段落，各可为一独立之著作。"许

---

① 张荫麟，《评郭沫若译〈浮士德〉上部》，《大公报·文学副刊》1928 年 4 月 12 日，第 13 期。
② 同上。

多批评家且谓后部破坏前部之命定与终决（fatality and finality），实为一艺术上之错误，不如使前部分离。"正是因为有了上述认识，张荫麟对当初郭沫若选择翻译《浮士德》上部而没有克竟全书，并不感觉到特别遗憾，"固无足深憾也"。

张荫麟对郭沫若所译《浮士德》上部的批评，是他的歌德研究，尤其是《浮士德》研究翻译之肇始，也是一个高水准的开始，这一年他才 23 岁，尚未从清华大学毕业。而这时的郭沫若，早已是个名满国内的大诗人。张荫麟拿郭沫若的译本来评论，显然不是为了说几句恭维话，而是要进行认真的翻译批评。

首先，张荫麟对郭沫若选用韵文体来翻译《浮士德》给予了肯定，"兹译全用韵文，亦为一种新尝试"。对于郭沫若在后序中所提到的有时候为了一两行译文而"虚费半天工夫"的翻译态度，张亦予以积极评价。不过，在上述正面回应之后，张文迅速转向对郭沫若译文的批评。受到批评的第一点是郭沫若自己在序中自述翻译这部著作"初译费时一暑假"，而修改译文也不过"仅仅只有十天"。对于这样的工作效率，张荫麟并没有不作辨析地予以认同。他说，"倚马可待，固足自豪，然观其译本中谬误之多，如下文所例示者，吾人毋宁劝郭君不必如此匆匆。人生虽促，然不宜在此等处省时间也"。

对于郭沫若的初译本，张荫麟不满者还在于，"以诺大著作，初次介绍于国人，乃无只字之序引，一般读者若于原作者之生平及原书在文学史上之地位无相当之认识，乌能了解而欣赏之"。而对于这种对读者"不负责任"的态度，张荫麟明确表达了批评意见。

显然，上述诸点不会是让张荫麟撰写这篇译评的最主要原因。正如他在下文中所写到的那样："近余方读歌德原书，适于友人案头见郭译一册，因取以与原书校，其谬误荒唐，令人发噱之处，几于无页无之"。随后张文就郭译"剧前献词、舞台上楔子二段（占译文二十二分之一）"作为对象，认为即便在这有限译文中，谬误已经不下"二十余处"。而且更为严重的是，"其中有十余直与原文风牛马不相及"。于是张最终选择了郭译中 13 处存在明显争议者进行了例句说明。其中既有语法上的理解错误（张认为郭译中有些语法错误源于郭以英文语法附会德语语法），也有词汇理解上的偏差，当然也是因为对整个篇章的理解上的差别而导致的在用语词汇选择上的情感色彩的差异。

# 三

或许是因为有了这篇意气飞扬的译评在前,所以几年之后当张荫麟决定亲自动手翻译这部世界名著的时候,他没有忘记对自己翻译之缘起作一介绍说明:

余译《浮士德》,原是课余自遣,未意即以问世。甫成二出,寄友朋传观;值歌德逝世百年纪念,文副编者取以刊布(本刊第 222、223、224期)。予既感编者之意,转自愧惧。盖"场头"既开,若不愿有始无终,便不能不负上一笔重大文债。自今以往,予惟有在本刊陆续偿之而已。然身羁课业,作辍不恒,刊布势难赓接不断,此则当求读者原谅。

《浮士德》上半部旧有郭沫若译。其书初出时,予尝为文评之,载本刊第 13 期。郭译于信达雅三方面均多遗憾,此殆非予一人之私言。然此无足怪者。歌德之著《浮士德》,其属始至迟当在 1775 年,其上半部之完成,则在 1808 年,历时凡 33 载。而郭先生译之,则仅费一暑假耳(据郭译日记)。然无论如何,郭先生为国内已成名之诗人,予何人斯,敢与争美?而复浪费笔墨者,以郭译止于上部,无意更及其余(郭先生在译本中已言之)。他人又久无嗣响;予觉《浮士德》一书,实有使国人得窥全豹之必要,与其续貂,使译本文体上成为两橛,毋宁一冒"架床叠屋"之险,以期得一文体统贯之全译。浮士德在德文外,各主要欧言中大抵有一种以上之译本。其在英文,以予所知,译本已逾十种。去年耶鲁大学某女士尚有新译刊行焉。则予今重译,固无需于解嘲之辞与?

今所刊布,未为定本,尚待全书成后改削。歌德原著,曾因脱稿之先后,分段刊行,初版后复几经删订,今固无仿效之。所望精通德文之读者,取校原书,纠其谬误(此殊不易免,即所已刊布之二,后自复校,已发现一二错处),或投文本刊,或直接赐函(可由本刊转致),或严词指斥,均所深切感谢。郭译予往在国内曾校阅一遍,出国时未挪以自随,今兹属笔,故不觅观,免为不自觉之因袭,或乱己意也。然上半部成后,当取郭译一校。郭译胜处,苟得郭先生之允许,当不惮参采也。民国二十一年五月,译者识于美国加省大学(加州 Stanford University)。①

从上文所落时间地点来看,张荫麟着手翻译《浮士德》,当是他在美国斯坦福大学留学之时。此时歌德百年忌辰已过。或许是有感于世界范围内所掀起的纪念歌德百年纪念热潮,或者是因为当初对郭沫若《浮士德》上部译本的批评言犹在耳,总之,张荫麟并没有回避郭译本对他的影响,介绍中甚至开诚布公地说如果郭译有"胜处",倘若得到原译者同意,张荫麟将予以"参采"。这里的态度,与当初批评郭译时的语言,已经有了明显改变。对于张荫麟的翻译批评,稍后倒未见相关议论。但有关张荫麟这一时期的那些有关史学批评方面的文章,则有观点认为,"此类批评文章,少年气盛,不稍假借,用词颇为严苛,然实事求是,并非哗众取宠"。

有关张译《浮士德》所用译本,张荫麟曾经有过交代:

拙译系依据德文原本莱比锡书店所刊者。1929 年秋钧于上海某德文书店,价约一金,今恐倍蓰。《浮士德》本子,但就单行者而论,已无虑数百种。所不同者,大抵在序引及注释耳。德邦印刷艺精,鲁鱼罕见;又无不妄学人以"改良"旧作自任。故任取一种本子,当可与拙译参校。

《浮士德》英译本据云在 1850 年前上部已逾 20 种,下部已有三种。而后复增几种愚愧不知,惟知至少已增四种。此等译本,愚至今尚未毕读一种,自无从比较其优劣。惟据西方论坛之公意,韵文疑似以出 Bayard Taylor 手者为最佳。此种有"现代丛书"(Modern Library)本,价亦最廉(定价美金九角半),出版处纽约书店,在中国亦最易得。至散文译之著者则有 A. Hayward 一种。歌德原作,胜在声韵者半;以散文译,则买椟还珠。然即 Taylor 其韵译,号称标绝者,亦每大失原作声情之妙。②

当初尚在批评郭沫若《浮士德》上部译本时,张荫麟所采用的方法就是将中

---

① 张荫麟,《大公报·文学副刊》,1932 年 8 月 29 日。

② 同上。

文译文与英文译文以及德文原文进行并列比较。这种方法在他自己正式开始翻译的时候，依然沿袭，并无变更。下面是张荫麟将《浮士德》中一段德文原文、英文译文与中文译文并列进行的比较：

| 德文原文 | 英文译文 | 中文译文 |
| --- | --- | --- |
| Soldaten | Soldiers | 兵士（唱） |
| Burgen mit hohen | Castles with lofty | 连城何堂皇！ |
| Mauern und Zinnen, | Ramparts and towers, | 壁垒坚如钢。 |
| Madchen mit stolzen | maidens disdainful | 女儿何娇昂！ |
| Hoehnenden Sinnen | In Beauty's array, | 玉貌令如霜。 |
| Moecht' ich gewinnen! | Both shall be ours! | 一朝齐纳降！ |
| Kuehn ist das Muehen, | Bold is the venture. | 壮哉此功勋， |
| HerrHch der Lohn! | Splendid the pay! | 伟哉此酬赏！ |
| Und die Trompete | Lads, let the trumpets | 为我吹战角， |
| Lassen wir werben, | For us be suing, | 为我擂战鼓， |
| Wie zu der Freude, | Calling to pleasure, | 召我追欢乐， |
| So zum verderben, | Calling to ruin. | 召我蹈危苦！ |
| Das ist ein Stuermen! | Stormy our life is; | 此是陷阵声！ |
| Das ist ein Leben! | Such is its boon! | 此是真生命！ |
| Madchen und Burgen | Maidens and castles | 美女则连城， |
| Muessen sich geben, | Caxpitulate soon. | 誓将同克胜。 |
| Kuehn ist das Muehen, | Bold is the venture, | 壮哉此功勋， |
| Herrlich der Lohn! | Splendid the pay! | 伟哉此酬赏！ |
| Und die Soldaten | And the solders go marching | 所以猛士群， |
| Ziehen davon, | Marching away! | 慷慨赴战场。 |

英译下段第六七行大失原意，不必论矣。原文上段前六行互为韵，皆用 n 收（内韵，复多用 n 收），声举阳刚。下段中六行亦然。本为军歌，正所宜尔。而 Taylor 之译则何如？①

---

① 《浮士德本子答问》，《大公报·文学副刊》，1933 年 5 月 15 日。

张荫麟所译《浮士德》，相继刊登于《大公报·文学副刊》（主要有 1932 年 8 月 29 日第 243 期、1932 年 9 月 12 日第 245 期、1933 年 3 月 27 日第 273 期、1933 年 5 月 29 日第 282 期等），直至 1933 年白璧德去世、《大公报》邀请胡适、傅斯年主持星期论文，"文学副刊"遂停。而张荫麟所译之《浮士德》，也成为郭译《浮士德》之后第一个完整中译本。

而有关张荫麟对于西洋文学及文学翻译之兴趣，当年他在清华大学的同学贺麟有这样一番描述：

> 民国十四年，吴宓（雨僧）先生初到清华，任研究院主任，无疑地，吴宓先生是当时清华的一个精神力量。他开了一班"翻译"的课程，选习的人并不多。有时课堂上，只有荫麟、陈铨和我三人。我们三人也常往吴先生住的西工字厅去谈论。
>
> ……
>
> 在吴先生鼓励下，荫麟译了不少的西洋诗。据我所读过的，除零星短诗外，他曾译了史考德的长诗"幸福的女郎"。这诗是用七言古诗译的，声调好，诗的境界也高，曾在文学副刊发表过。他曾经加以修改，剪贴好了寄给我一份。他自己曾说过，他的文学兴趣是雨僧先生启发的。我尝举出诗教、礼教、理学为中国学人应有的学养，他也常以他具有诗教的陶养，引以自慰。①

20 年代的吴宓，因东南大学"学潮"、梅光迪去美、刘伯明病逝、《学衡》遭受到新文学阵营的围剿而离开南京，前往东北大学执教，旋重回母校清华，任教于西洋文学系，并受命筹组清华国学研究院。吴宓可能没有预料到的是，他对西方古典文学的偏好与修养，尽管没有帮助他自己翻译出彪炳后世的译作，但却影响到了他的学生张荫麟，并为现代中国文学界贡献出了第二个《浮士德》的中译本。

该文原发表于《新文学史料》2008 年第 3 期

---

① 贺麟，《我所认识的荫麟》，刊《张荫麟先生纪念文集》，周忱编，汉语大词典出版社，2002 年 10 月，上海，第 188 页。

# 戴望舒的一封法文信及其他

一

　　自 1932 年 10 月 8 日在上海乘法国邮轮去国，至 1935 年 3 月在马赛乘船返国，戴望舒原本期待并为此而作了长时间准备的法国留学生活，历时不满三年而结束。既没有获得那个"婚约"所需要的一纸文凭，似乎也没有认真系统学习他所青睐的法国文学。他在法国期间，正如曾经与他在里昂大学同宿舍的罗大冈回忆的那样，过的是一种"闲散艺术家"式的生活。其实也不尽然。尽管在里昂大学期间，戴望舒注册选习"法国文学史"，这张文凭，缴了学费，但据说他从不去上课，也不按时做作业，当然最终也就没有成绩，但戴望舒在里昂期间，在罗大冈的记忆中，却又是极为勤奋的。"在里昂那一段时间，他给我的印象的确是很勤奋的。他不但把比利时的法文小说译成中文，同时也把中国当代短篇小说或中篇小说，例如丁玲的《水》译成法文，经过法国青年作家艾琼伯的加工与介绍，发表在当时法共的文学刊物《公社》上。"①

　　事实上，戴望舒留学期间诗歌创作数量上确实很少——《戴望舒全集》中收录他留学期间所完成的诗歌作品不过四五首，即《古意答客问》、《灯》、《霜花》以及写作时间大抵为此时期的《微笑》和《见无忘我花》。而他此间却完成了大量翻译作品，包括法国、意大利、西班牙、比利时小说翻译等，留学时期也因此而成了戴望舒翻译生涯中最为旺盛而多产的时期之一。正如罗大冈以及施蛰存回

---

① 《罗大冈文集》，卷 2，P496，中国文联出版公司，2004 年 2 月，北京。

忆中①所提到的那样，戴望舒这一时期的翻译，集中在南欧文学的翻译介绍方面，尤其是意大利、西班牙和比利时文学的翻译介绍。而这一地区的文学，又正是国内五四新文学运动以来介绍得相对较少的。除了翻译介绍上述地区的文学，戴望舒还极为关注当时法国文艺界尤其是进步文艺界的动态，为《现代》杂志撰写提供了一些相关报道。②而对以苏佩维埃尔为代表的法国当代超现实主义诗人及其作品的介绍，显示出戴望舒对法国现代文学最新动态的个人把握能力和文学风格趣味的偏好——值得注意的是，法国当时文坛有两种最新的"潮流"，一种是进步文艺界的左翼文学倾向，另外就是超现实主义，而戴望舒竟然对于这样两种看上去相去甚远的文学思想和艺术风格均有浓厚兴趣，并且还有深切共鸣，这种现象，是否从一个侧面折射出戴望舒当时思想倾向和艺术风格上的复杂性甚至矛盾性，仍然值得探讨。此外，戴望舒还与当时正在修习中国文学并对中国当代进步文艺有兴趣的法国青年作家艾琼伯（今译艾田伯）合作，共同翻译介绍了一些当时中国几位青年小说家的作品，包括丁玲、张天翼、施蛰存等人的小说，另外也为艾田伯提供过有关30年代中国左翼文学运动方面的文坛信息。③这些都显示出，戴望舒留法期间，并没有彻底断绝自己与左翼文学运动之间的联系，④甚至还因为屡屡参加此类公开游行活动而遭遇校方警示。

不过，过于突出戴望舒同情、支持甚至直接参加进步文艺和市民阶级的反法西斯运动的一面，而没有注意或者忽略了戴望舒作为一个诗人对于文学尤其是纯文学投入沉湎的一面，会对戴望舒20年代后期及30年代留学期间思想的复杂性乃至矛盾性缺乏全面完整把握。对于戴望舒当时积极投身进步文艺或者群众运动的"激情"，罗大冈有这样一段意味深长的文字：

---

① 施蛰存的回忆见《施蛰存七十年文选》，第290－291页，施蛰存著，上海文艺出版社，1996年4月，上海。

② 戴望舒对当时法国进步文艺界活动情况的介绍最为引人注意的一篇文章，就是他那篇《法国通信——关于文艺界的反法西斯谛运动》（载《现代》第3卷第2期，1933年6月）。

③ 有关戴望舒与艾田伯此间合作方面的情况，参阅《艾登伯致戴望舒信札（1933—1935）》，徐仲年译，《新文学史料》，1982年第2期，第216页。

④ 戴望舒20年代末在上海一次因为政治聚会遭遇拘禁之后，基本上淡出了与政党政治之间的直接联系，但从他在法国期间的活动来看，他对进步文艺以及市民阶级的反法西斯运动集会，仍然积极参加，表达自己的支持。

戴望舒还有一种特别的"脾气",简直使我惊讶,那就是他对于进步的群众运动怀有热烈的同情,甚至可以说怀有自己不能遏制的激情。光就这一点来说,他本应当而且有条件创作比他四十五年短短的一生所留下的诗篇更丰富而且更伟大的诗作。可惜盲目的命运没有允许他这样做。①

罗大冈这里所说的进步群众运动,主要是指 1934 年春季,"巴黎以及法国若干大城市的工人和进步群众先后游行示威,反对法国日益猖獗的法西斯势力,要求将支持法西斯组织的法国警察总监希亚布撤职"②。而戴望舒留法期间,显然参加的不仅只是这年春季的群众运动。但在里昂期间戴望舒往来甚多的一位天主教神甫杜贝莱眼里,戴望舒却是一位沉湎于文学的诗人。在五十多年后回答一位法国研究者的提问中,杜贝莱神甫是这样介绍与他往来时期的戴望舒的:

是罗大冈给我介绍戴望舒的。他看很多书,到我家来,写了诗歌,他连给我写两首③,可惜因为第二次世界大战时盖世太保找我了,我得马上离开城市去农村,所以那两首诗丢了。

……

(对政治)好像他不感兴趣。只有文学他要谈,特别是诗歌。④

这进一步说明,戴望舒当时精神上思想上正处于一个自我交战的关口,大概也就是罗大冈所说的那种自己"不能遏制的激情"——对于是做一个两耳不闻窗外事的抒情诗人,还是一个要铲除人世间种种不平罪恶黑暗残暴独裁等等的诗人政治家,留学期间的戴望舒时时逡巡在两者之间而难以自我选

① 《罗大冈文集》,卷 2,第 497 页,中国文联出版公司,2004 年 2 月,北京。

② 同上。

③ 据利大英《杜贝莱神甫访问记》,戴望舒在里昂期间,曾经送给神甫两首用法文写的诗歌,"他看很多书,到我家来,写了诗歌,他连给我写两首,可惜因为第二次世界打战时盖世太保找我了,我得马上离开城市去农村,所以那两首诗丢了"。而利大英教授认为,杜贝莱神甫所说的那两首诗,就是《古意答客问》和《小曲》。但《小曲》的写作时间标明为 1936 年 5 月 14 日,发表于 1936 年 6 月 26 日的《大公报·文艺》第 169 期。载《香港文学月刊》,1990 年第 5 期,总第 67 期。

④ 利大英:《杜贝莱神甫访问记》,载《香港文学月刊》,1990 年第 5 期,总第 67 期。

择。这种"两难",在他 1934 年 8 月至 10 月从里昂到西班牙短暂旅行期间再次表现了出来。

有关戴望舒这次去西班牙的动机和计划,罗大冈是这样介绍的:

到 1934 年戴望舒在里昂中法大学已经住了两年。"法国文学史"这门功课他名义上已经学了两学年。实际上他从未去上课听讲,也不参加考试,所以两年之后成绩毫无,照规定应当开除学籍,遣送返国。但他申请延长一年,有势力的人替他从旁说话,所以学校又一次批准了他的申请。于是 1935 年戴望舒到西班牙去了一趟,为期大约为一个月左右,旅行的目的是到马德里图书馆去查阅并抄录收藏在那里的中国古代小说。这件工作他确实是完成了。听说他返国之后,曾经发表过他从西班牙抄录回来的一部分材料。①

这段文字中有多处史实错误,首先是戴望舒去西班牙的时间不是 1935 年,而是 1934 年;其次,戴望舒在西班牙羁留了不是大约一个月,而是大约两个月。不过对于戴望舒前去西班牙的目的,罗大冈却说得极为具体,那就是到"马德里图书馆去查阅并抄录收藏在那里的中国古代小说"②。戴望舒此行目的究竟何在? 他在此间又究竟干了些什么,以至于他回到里昂不久就遭到里昂中法大学当局的查问,并被勒令回国?

1934 年 11 月,也就是戴望舒自西班牙回到里昂后不久③,戴望舒按照要求,给当时的里昂中法大学的教务长写了一封法文信④,信中介绍了自己此行的目的、行程等,当然并没有提及自己在西班牙参加游行示威活动的事情。此信

---

① 《罗大冈文集》,卷 2,第 498 页,中国文联出版公司,2004 年 2 月,北京。

② 对于戴望舒此次前往西班牙的目的,王文彬《戴望舒全集·传略》中说是"此行,一方面是为了领略西班牙的美丽风光和悠久文化,另一方面也是为了向国际作家反法西斯运动表示同情和声援。整个游学期间,他更多的是寻书访书,出入图书馆和书肆,与诗人、艺术家广交朋友,广泛地吸纳艺术新潮"。王文彬,《戴望舒全集》,诗歌卷,第 6 页,中国青年出版社,1999 年 1 月,北京。

③ 戴望舒此行的具体时间为 1934 年 8 月 22 日至 10 月 19 日。

④ 里昂中法大学管理机构的组成,依据法国 1901 年通过的协会法,由中法双方共同担任。校长由法方人员担任,教务长由中方人员担任。

原文为法文,中文译文如下: ①

秘书长先生:

依照大学联合会会长的要求,我很荣幸地在下面向您阐述我们这59天(从8月22日至10月19日)以来在西班牙的行程,正如同我曾经在从马德里寄给您的信中跟您提到过的一样。

在我动身去西班牙的那个时候,本来只打算在那里停留20多天。我原定的旅游目标的确只是想去马德里国立图书馆和在 Escorial 图书馆(指西班牙爱斯高里亚尔静院——译者)里结识几个中国朋友和去读一些文献书籍。但是在参观过这两个图书馆之后,我得到许可可以阅读在以上两个图书馆里一些珍贵的书籍:例如1553年印刷的《悲喜剧和诗歌汇编》(根据法文翻译,未曾与中文核对,下同——译者),1548年印刷的《著名童话故事(王国系列插图版)》,1502年印刷的《Su Fong 实用针灸疗法》和其他一些珍藏本。这使得我无法马上离开这里。在我所知道的图书馆里,还没有哪个能让我像在西班牙的图书馆一样抄写这本有很高的文献和文学价值的《悲喜剧和诗歌汇编》。这个匆忙的有关返程延期至9月末的决定,我已经在第一封信里告诉过您了。

我的工作将在9月末完成,但是其间可能因为经费不足而中断。我在上一封信里已经向您申请借过一些旅游经费,但是这些钱还不够,于是我又向我的好友罗(Lo,指罗大冈——译者)写信希望他能帮我。由于他也很拮据,所以迟迟没有给我回音。而上海书局方面的人又说只有到10月份才能支付给我稿费,钱那时才能到账。

就在这时候,西班牙大革命爆发了。前些天,因为这个原因,所有交通都很不便,使我在10月15日收到了钱以后仍然无法立即上路。我必须再停留3天,等秩序完全恢复正常之后才能于10月19日到达里昂。

秘书长先生,以上就是我在西班牙的情况。就像您已经知道的那

---

① 此信法文影印件由 Jean-Louis Boully 先生提供,特此说明并感谢。

样，我在西班牙的这次出行更像是去学习的。如果说这次出行有点久，那是因为有一些变化超出了我的预期。如果您能把以上原因在作报告时告诉大学联合会会长，我将不甚感激。

　　向您致以最崇高的敬意和最衷心的问候。

　　此信署名戴朝寀，这个名字正是戴望舒 1933 年 10 月 1 日进入里昂中法大学的注册表格上所填写的名字。戴望舒在信中提到了西班牙爆发的大革命，但没有表明自己对此的态度，以及他自己是否曾参与其中，他显然是在回避这些不必要的麻烦。戴望舒在西班牙期间参加群众运动的事情，据罗大冈介绍，"关于这一点，望舒是守口如瓶的，对我也没有提起过"。既然戴望舒如此保密，那么他参加群众运动的消息又是如何传到里昂中法大学校方那里的呢？罗大冈回忆说是"因为法国警察有这方面的情报，并且通知了学校，这个中国学生不能再留在法国"。而据里昂市立图书馆东方部主任、里昂中法大学档案整理者 Jean-Louis Boully 提供的信息，戴望舒此行政治活动之所以暴露，是因为"一些右派学生告发他到西班牙的目的是参加西班牙左派的革命活动"。

二

　　对于此次前往西班牙的一些细节，戴望舒自己在他的《西班牙旅行记》中已经透露了一些。首先是他离开里昂前往西班牙的具体时间，他在《我的旅伴——西班牙旅行记之一》中说得很清楚：

　　1934 年 8 月 22 日下午五时，带着简单的行囊，我到了里昂的贝拉式车站。择定了车厢，安放好了行李，坐定了位子之后，开车的时候便很近了。送行的只有友人罗大刚一人（即罗大冈——作者），颇有点冷清清的气象，可是久居异乡，随遇而安，离开这一个国土而到那一个国土，也就像迁一家旅馆一样，并不使我起什么怅惘之思，而况在我前面还有一个在我梦想中已变得那样神秘的西班牙在等待着我。①

　　而且这段文字也透露了一点戴望舒此行的目的：一个在我梦想中已变得那

---

　　① 《戴望舒全集》，散文卷，第 4 页，中国青年出版社，1999 年 1 月，北京。

样神秘的西班牙在等待着我。对此,他在《西班牙的铁路——西班牙旅行记之四》结尾处说得更明白:

> 而我,一个东方古国的梦想者,我就要跟着这"铁的生客",怀着进香者一般虔诚的心,到这梦想的国土中来巡礼了。生野的西班牙人,生野的西班牙土地,不要对我有什么顾虑吧。我只不过来谦卑地,小心地,静默地分一点你们的太阳,你们的梦,你们的怅惘和你们的惋惜而已。①

也就是说,某种程度上,戴望舒此行,也可以视为里昂中法大学中国留学生中当时常见的暑期旅行而已,他的麻烦在于超过了暑假返校时间依然未归,再加上被查出参加了学校所不允许的政治活动,又有所注册的法国文学史一课一直没有成绩,所以"数罪并罚",被勒令遣返。戴望舒离开里昂乘船回国的时间是 1935 年 2 月 8 日。

除了他的《西班牙旅行记》,对于在西班牙期间具体的工作,尤其是罗大冈回忆中所提到的查阅古代文献方面的工作,戴望舒《西班牙爱斯高里亚尔静院所藏中国小说、戏曲》一文中有更详细记载,兹录如下:

> 西班牙与我国交通,始于明季,我国珍籍,或有由传教士流传彼土者。曩游西班牙,即留意寻访。然该国藏书最富有之马德里国立图书馆,所藏我国旧籍,为数寥寥,多为习见坊本,无足观者,为之怅然。后游马德里近郊爱斯高里亚尔静院,始得见中土逸书二三种。其关于通俗文学者,有《三国志演义》一种,为诸家所未著录。书名《新刊案鉴汉谱三国志传绘像足本大全》,首页题"新刊通俗演义三国志史传,东原罗本贯中编次,本林苍溪叶逢春彩像",有嘉靖二十七年钟陵元峰子序,序中有"书林叶静子加以图像,中郎翁叶苍溪镌而成之"等语。书凡十卷,二百四十段,每页十六行,每行二十字,图在上端,两边题字,古朴可爱,惜缺第三、第十两卷耳。案《三国志演义》,除元至治刊《全相平话三国志》及嘉靖元年刊《三国志通俗演义》外,见存诸本,当以此为最早,以滞留时期不多,未遑细览,至今引为憾事。静院所藏,尚有

---

① 《戴望舒全集》,散文卷,第 28 页,中国青年出版社,1999 年 1 月,北京。

明嘉靖刊本《新刊耀目冠场擢奇风月锦囊正杂两科全集》,亦系天壤间孤本,所选传奇杂剧时曲甚富。时曲无论,传奇杂剧,亦颇多今已失传者,虽系选本,且仅录曲文而无宾白,然亦弥觉可珍。当时曾抄目录一份,并摄书影数页,返国后谋将全书影出,曾与静院僧侣通函数次,终以摄影索价过昂未果。未几而西班牙内战突起,爱斯高里亚尔沦为战场,静院所藏,未知流落何所,而余所抄目录及书影,亦毁于炮火,仅赵景深及郑振铎二位先生曾借抄目录各一份尚存而已。思之怅然。①

戴望舒这里所提到的仅由赵、郑两位版本目录学家抄录而存的书目具体情况,不曾搜寻校正。但就这篇文字中所言,戴望舒西班牙之行,确实与寻访查阅收藏在西班牙各图书馆包括修道院中的中国古代文献有关,而非仅止于一般意义上的观光旅行,或者因为"不能遏止的激情",而去参加西班牙的大革命。

此文原发表于《新文学史料》2007 年第 4 期

---

① 《戴望舒全集》,散文卷,第 336 页,中国青年出版社,1999 年 1 月,北京。

# 徐志摩与"新文艺丛书"

1926年8月14日,徐志摩与陆小曼在北京北海公园举行了订婚仪式,10月3日正式成婚,此时,徐志摩正值而立之年。成婚之后,徐志摩旋携陆小曼——他"这一辈子的成绩、归宿"——南下,开始了他再婚后的五年生活。

从后来写给友人的书信看,当初无论是对再婚、对南下以及对婚后的工作发展等,徐志摩无不是寄予了希望的。在一封初抵沪致友人张慰慈的信中,徐志摩这样说道:"我曾回硖三次,此时但急于安顿,负累甚重,非赶快工作不可。硖石虽小,有曼相伴当不至烦,且我亦倦矣。"①"从此我想隐居起来,硖石至少有蟹和红叶,足以助诗兴,更不慕人间矣!"②其中的乐观自信与满足喜悦,展露无遗。

尽管父母对徐志摩的离婚再婚心里面可能老大不乐意,但事到临头,该建的新屋照建,该行的大礼照行,陆小曼这个洋派的媳妇,还是照样进了硖石徐家祖屋的大门。而且从徐志摩的描述看,陆小曼进徐家,至少在场面上并没有受到慢待冷落,"直到前一星期咱们俩才正式回家,热闹得狠那。小曼简直是重做新娘,比在北京做的花样多得多,单说磕头就不下百外。新房子里那闹更不用提,乡下人看新娘子那还了得,呆呆的几十双眼,十个八个钟头都会看过去,看得小曼那窘相,你们见了一定好笑死"③。文字中尽显一种入乡随俗式的愉快与满足,尽管陆小曼当时的真实心境,亦未必尽如徐志摩所言所想。

---

① 虞坤林编:《志摩的信》,学林出版社,2004年7月,上海,第223页。

② 同上,第12页。

③ 同上,第225页。

只是这种世外桃源式的闲居生活，很快就被打破了。在看似因为战乱的借口之下，无法掩饰的是家庭内诸多不适应，以及由此引发的不愉快甚至矛盾冲突等。有关这种种的不如意，在徐志摩致胡适的一封信中，袒露得尤为彻底：①

> 生命薄弱的时候，一封信都不易产出，愈是知心的朋友，信愈不易写。……但是每回一提笔就觉着一种枯窘，生命、思想，哪样都没有波动。在硖石的一个月，不错，总算享到了清闲寂静的幸福。但不幸这福气又是不久长的，小曼旧病又发作，还得扶病逃难，到上海来过最不健康的栈房生活，转眼已是二十天，曼还是不见好。……碰巧这世乱荒荒，哪还有清净的地方容你去安住，这是我最大的一件心事。……中国本来是无可恋，近来更不是世界，我又是绝对无意于名利的，所要的只是"草青人远，一流冷涧"。这扰攘日子，说实话，我其实难过。你的新来的兴奋，我也未尝不曾感到过，但你我虽则兄弟们的交好，襟怀性情地位的不同处，正大着；另一句话说，你在社会上是负定了一种使命的，你不能不危险地过日子，我至少决不用消极的话来挫折你的勇气。但我自己却另是一回事，早几年我也不免有一点年轻人的夸大，但现在我看清楚了，才、学、力，我是没有一样过人的，事业的世界我早已决心谢绝，我唯一的希望是能得到一种生活状态，可以容我集中我有限的力量，在文学上做一点工作。好在小曼也不慕任何的浮荣，她也只要我清闲度日，始终一个读书人。

上述这段文字，出自此时的徐志摩本不意外——原本他就是指望再婚后携娇妻在硖石乡下过一段神仙眷侣生活的，只是不想这一梦想转眼之间就成了泡影。他的那种"草青人远，一流冷涧"的梦想，也就只能是新月下临窗的一声喟叹了！让人关注的是，在这封信中，徐志摩竟然还说出了这样一段话，"早几年我也不免有一点年轻人的夸大，但现在我看清楚了，才、学、力，我是没有一样过人的，事业的世界我早已决心谢绝，我唯一的希望是能得到一种生活状态，可以容我集中我有限的力量，在文学上做一点工作"，这就不免让人感觉到有些突兀了，想必接获此信的胡适，多少也会对婚后不到半年的志摩自信心却衰减得如

---

① 虞坤林编：《志摩的信》，学林出版社，2004 年 7 月，上海，第 277－278 页。

此迅捷感到吃惊。

这种逐渐消散的自信,首先当然是与当时避难旅中的困窘有关。在写给友人的信中,他多少有些夸张地发着满腹牢骚,"我们在上海的生活更是无可说的,……我也闷得慌,破客栈里闲守着,还有什么生活可言"①。这种情绪,迅速蔓延到他的写作当中——他不仅失去了生活,俨然也失去了创作,"几月来真如度死,一无生气,一无著述"②。

当然,此时的徐志摩还不会预料到,他将不得不在上海这个他曾经在此求学却并不怎么喜欢的城市里,安顿下他那个不叫家的家,并不得不开始他在上海、南京、北京以及家乡硖石之间的驿马命生活。当生活向这位理想主义的浪漫诗人真正展开它最现实琐碎甚至平庸的那一面的时候,除了向往远方以及自我突围,似乎就只剩下无奈的忍受了。

**一、"我本心境已坏": 1927 年—1931 年,在困顿中突围**

(一)"我本心境已坏","生活有更新的希望不"?

1926 年 8 月,尚沉浸在再婚喜悦之中的徐志摩,在一则日记中充满信心地重写了当初恋爱时他鼓励陆小曼的那句话:只要你我有意志,有志向,有勇气,加在一个真的情爱上,什么事不成功,真的。

同年底,避难沪上的徐志摩,在旅栈中写下了这样一段明显带着别一种情绪的文字:

> 我想在冬至节前独自到一个偏僻的教堂里去听几折圣诞的和歌,但我却穿了臃肿的袍服上舞台去串演不自在的"腐"戏。我想在霜浓月澹的冬夜独自写几行从性灵暖处来的诗句,但我却跟着人们到涂蜡的跳舞厅去艳羡仕女们发金光的鞋袜。

明眼人都知道,这段文字,其实就是志摩对自己避难沪上时生活境况的另一种真实描写。或许是觉得上述这种情绪不大健康甚至还有些危险,尤其是有悖于自己对于爱情的理想,以及对小曼必须承担的责任,在隔日的日记中,徐志摩又赶紧自我调整,"投资到'美的理想'上去,它的利息是性灵的光彩,爱是建

---

① 虞坤林编:《志摩的信》,学林出版社,2004 年 7 月,上海,第 13 页。
② 同上,第 20 页。

设在相互的忍耐与牺牲上面的"。不过,尽管如此,显然已经经受了爱的现实的第一波冲击的徐志摩,还是不大自信地又追问了一句:再过三天是新年,生活有更新的希望不?

甚至在1927年的新年第一天,徐志摩在日记中再次以另一种形式重复了那句话:给我勇气,给我力量,天!

显然,这一次徐志摩所重复的,尽管还是那句话,但这种勇气和力量,已经不是直接来自于他和陆小曼,以及他们之间的爱情,或者对这种爱情的未来的信任,而是祈求于那一神秘的所在和力量——天!

一年之后,徐志摩在日记中再次重复了这句话。此时的他,兼着光华大学和东吴大学的课——生活与现实,已经向这位爱情与艺术的理想主义者显露出最平庸又最真实的面貌,更关键的是,陆小曼式的生活,也越来越展示出徐志摩即便有所准备仍不熟悉或者极力克制、宽容仍难完全接受的那一面面。

所有这一切,当然并不意味着徐志摩的爱情理想旋即破灭,或者他对陆小曼的爱情也已经暗淡冷却,事实上,就在徐、陆二人之间最初炽烈的爱情火焰逐渐减弱的时候,取而代之的,应该还有日常夫妻之间那种嘘寒问暖、柴米油盐式的温情。问题是,无论是在"纯粹性灵"的理想追求与激励慰藉上,还是在日常生活夫妻的世俗温馨欢乐上,徐志摩都越来越感觉到自己当初选择的"草率",并不得不面对并承受由此而产生的后果。

1930年前后,徐志摩自己的生活状况、家庭状况以及精神状况至少在他自己感觉上都已越来越不顺遂。对于文学创作的焦虑,由于他对当时文坛现状的估计、认识的不足,而家庭内部生活的不如意,似乎也在加重着志摩精神上的苦闷与无奈。在1929年8月一封致远在海外的刘海粟的信中,徐志摩坦率地倾诉了自己的心声:①

> ……我的心愿是去翡冷翠山中住上半年光景,专事内心修养,能著作当然更妙。因为上海这样生活如再过一年两年,我即使有一二分灵机都快要到泯灭尽净的光景了,真是言之可惨。我不是超人,当然一半得靠环境,所以唯一的救命希望是去外国。……国内事无从说

---

① 虞坤林编:《志摩的信》,学林出版社,2004年7月,上海,第154页。

起，文艺界并皆消沉到极点，还是不去说它吧。

　　上述文字前半部分说的是自己和家庭，后半部分则是对当时文坛状况的一种悲观无奈。值得注意的一个事实是，此信距离志摩与小曼婚后独自一人到国外去云游半年不过九个月！信中的徐志摩，让我们感受到一种身陷围城之中的困顿，似乎只有出城——逃到那遥远的地方，才有真正的新生活。这种生活在别处或者在远方的感觉，也似乎一直伴随着徐志摩的婚后生活。尽管他所呈现出来的行动姿态，也是在积极或者消极地努力追求，但这种姿态本身，似乎并不是想在向生活的密林或者生活的更深处突进，更多而是在朝向着想象中的远方与他处。

　　而对于他自己当时的精神状况，徐志摩在两个月后另一封致刘海粟的信中说得更为具体：①

　　　　迩来生活之匆忙乏味已臻绝境。奔走沪宁间，忍受冷板凳生涯，睡眠缺少，口舌枯瘦，性灵一端，早经束诸高阁。但俟有远飏机会，更期吐纳。在此决不能有何发展。

　　徐志摩从来就没有隐瞒他对学者式"冷板凳"生活的了无兴趣。这种感觉或者观点在他发现了"康桥"的意义和价值之后更是肆意散漫看来，成为他所主张的"性灵"说的基础——在他看来，学者生活本身是与他所主张的"性灵"生活背道而驰的。而为了养家糊口，他不得不"奔走宁沪间"，以应付婚后家庭生活的"巨大开销"。而这种非其所愿的"冷板凳生涯"，尽管已经让他"口舌枯瘦"，一副可怜兮兮的模样，但他却又无法甚至也无力摆脱，因为除此之外他当时并没有更好的养家糊口的方法。

　　（二）"我真有些回顾苍茫，悲观起来了。"

　　1923 年 6 月 20 日，在写给文学青年张友鸾的一封信中，徐志摩将自己《草上的露珠儿》一诗中末尾三句拈出，送给这位与自己一样正做着文学梦的青年：②

　　　　我曾有三行诗，说诗人是：

---

　①　虞坤林编：《志摩的信》，学林出版社，2004 年 7 月，上海，第 157 页。
　②　同上，第 124 页。

"你是精神困穷的慈善翁,

你展露真善美的万丈虹,

你居住在真生命的最高峰"。

有谁会去怀疑 20 年代初刚返国归来、豪情万丈的徐志摩对于生活和艺术曾经抱持的态度与信心呢?当时也确实有原本对生活与艺术已经悲观甚至绝望者,在志摩式的乐观的感染照亮之下,又重新恢复了生命与情感的活力。恰如徐志摩自己在另一处信中所言,一个真正的理想主义者,即便是面对挫折,也不能陷入到对生活与艺术的绝望之中,"一个理想主义者临到了失望的境界却不肯投服绝望的情绪与悲怆"①。在这样的理想与情绪的鼓胀之下,徐志摩当时所从事的工作,也自然地生发出精神的感召力量,"大家普遍都承认《晨副》是中国文学界里一份重要的报纸,承认他是负有指导的使命的"②,这是一位友人在写给徐志摩的信中所肯定的。而《晨报副刊》的工作,正是徐志摩在与陆小曼再婚、南下之前在北京最主要的文学实绩。

当然,所有这些也都是发生在徐志摩再婚南下之前。而婚后南来生活的现实,明显在一点点蚕食徐志摩原本丝毫也不低落的理想。而影响并非是某一方面,而是几乎渗透到他对爱情、生活、艺术、社会以及政治现实诸多方面。这种悲观或者颓唐,就像是一种无法抵御的病毒,在逐渐渗透到志摩的血液、骨髓当中。如果说刚从硖石避难沪上之初,徐志摩可能还只是从当初对再婚以及婚后生活的幻想中跌落到现实的人间,对自己改造环境的能力产生了一些疑惑,但尚未失去对人生事业尤其是文学的信心的话,到了去世前两三个月,徐志摩甚至对自己的文学理想与创作自信亦有些动摇,在致胡适的一封信中,他灰溜溜地说,"南来作品除三、四首诗,续成一篇小说外别无可说"③。此间徐志摩在创作上的成绩当然不仅止此,但与自己原初的文学理想目标以及友人们的事业成绩相比,徐志摩显然难以感到欣慰满足。这种悲观,甚至让很少愁秋的徐志摩,面对秋风秋雨,也变得落寞与抑郁,"一连不知多少天风雨连绵,竟像是末日到了的样子,我是最感受天时变化的,这几日简直的生了忧郁病,精神身体都

---

① 虞坤林编:《志摩的信》,学林出版社,2004 年 7 月,上海,第 213 页。

② 同上,第 212 页。

③ 同上,第 297 页。

不受用"①。原本那个意兴飞扬的徐志摩,渐渐竟为一种人生的暮气所浸染,以致他对当时诗歌创作的期待,也似乎越来越寄希望于域外经验与那些当时留学在外的文学青年们。而对于他自己,他也不得不自嘲道:"我不是诗人,我自己一天明白似一天,更不须隐讳;狂妄的虚潮早经消退,余剩的一片粗确的不生产的砂田,在海天的荒凉中自艾。"②

不过,倘以此便认为徐志摩已经彻底失去了对于文学的信心,显然又过于偏激简单。就在他失事前两个月致胡适的一封信中,徐志摩还就《诗刊》季刊第一期的出版信心满满地告诉胡适:③

> 我读了《诗刊》第一期,心里很高兴,曾有信给你们说我的欢喜。我觉得新诗的前途大可乐观,因为《诗刊》的各位诗人都抱着实验的态度,这正是我在十五年前妄想提倡的一点态度。只有不断的实验,才可以给中国的新诗开无数的新路,创无数的新形式,建立无数的新风格。

留学回国之初的徐志摩,曾用一首《为要寻一颗明星》,来表达自己对于爱情、理想、光明以及艺术的全部期待与努力:

> 我骑着一匹拐腿的瞎马,
> 向着黑夜里加鞭;
> 向着黑夜里加鞭,
> 我跨着一匹拐腿的瞎马。
>
> 我冲入这黑绵绵的昏夜,
> 为要寻一颗明星;
> 为要寻一颗明星,
> 我冲入这黑茫茫的荒野。

---

① 虞坤林编:《志摩的信》,学林出版社,2004年7月,上海,第302-303页。
② 同上,第77页。
③ 同上,第304-305页。

累坏了，累坏了我胯下的牲口，

那明星还不出现；

那明星还不出现，

累坏了，累坏了马鞍上的身手。


这回天上透出了水晶似的光明，

荒野里倒着一只牲口，

黑夜里倒着一具尸首。

这回天上透出了水晶似的光明！

所不同者，几年过去了，现如今，徐志摩倒真像是骑着一匹拐腿的瞎马，向着黑夜里加鞭，只是原本心里还期待着那颗透出了水晶似的光明的明星，而现在则更像是因为对身后的黑暗感到恐惧，并因此而急于冲破突围而去。至于光明在哪里，那颗明亮的星是否还在，这些已经不是他目下所最为关切的了。

（三）"新月的烦恼"："新月诸公皆热心政治，似不屑治文艺，我亦不便强作主张也。"

作为一个新文学编辑家，徐志摩的成就先以《晨报副镌》为代表，后以《新月》和《诗刊》为代表。

新月书店、《新月》杂志，这既是徐志摩实现自己的文学理想的阵地，也是他与现代中国自由主义知识分子们保持联系与友情的一种现实方式。但新月"阵营"内部并非铁板一块。倒是徐志摩说起自己在文学编辑方面的理想的时候，连带着后来的《新月》、《诗刊》，作了一番事先的自我检讨：

我早就想办一份报，最早想办"理想月刊"，随后有了"新月社"，又想办"新月周刊"或"月刊"，没有办成的大原因不是没有人，不是没有钱，倒是为我自己的"心不定"。[1]

徐志摩这样说，倒更像是为后来的《新月》杂志和新月书店的偃旗息鼓，提前找一个体面的借口，一个徐志摩风格的借口。他在另一篇文章中说：[2]

---

[1]　徐志摩：《我为什么来办我想怎么办》，《晨报副刊》1925 年 10 月 1 日。

[2]　徐志摩：《仇友赤白的仇友赤白》，《晨报副刊》1925 年 10 月 22 日。

我恨一切私利动机的活动，我恨作伪，恨愚暗，恨懦怯，恨下流，恨威吓与诬陷。我爱真理，爱真实，爱勇敢，爱坦白，爱一切忠实的思想。

即便如此，也并不意味着当他发现自己所坚持的文学理想，与新月同仁们发生分歧之时，他会轻易地放弃，但他一时也找寻不到坚持或者改变的现实方法。在1929年7月21日一封写给自己一位学生的信中，徐志摩坦率地说出了自己当时在《新月》杂志社中的困境：①

我编《新月》，早已不满同人之意。……我颇想另组几个朋友出一纯文艺月刊，因"新月"诸公皆热心政治，似不屑治文艺，我亦不便强作主张也。

其实，"新月"同人之间的分歧，显然并不完全因为政治文艺理想的差别，即便是在文艺上，新月"诸公"之间，理念、观点、趣味、品位之间的差别也是明显存在着的。在对具体的文学作品的评价上，徐志摩与梁实秋、胡适之间，就常常辩论不休。如此景况，倘若是发生在专业的评论者之间，所谓见仁见智，自然无关大体。但倘若发生在负责具体编务的抉择者之间，则只会徒增烦恼。《新月》创刊伊始，徐志摩还曾经信心十足地宣称：②

我们对我们光明的过去负有创造一个伟大的将来的使命；对光明的未来又负有结束这黑暗的现在的责任。我们第一要提醒这个使命与责任。

如果以为《诗刊》的创刊，意味着《新月》阵营的分裂，其实不然。有关于此，其实徐志摩自己在《诗刊·序语》中已经说明了，"我们欣幸我们五年前的旧侣，重复在此聚首"，当然"我们更欣幸的是我们又多了新来的伙伴"。初略清点一下，徐志摩、闻一多、陈梦家、邵洵美、孙大雨、梁实秋、方玮德……除了陈梦家、方玮德两位，大体上还是《新月》的老面孔，所不同者，倒确是少了胡适、罗隆基、潘光旦这些热衷于政治评论的同人。但在他生前最后一部出版的诗集《猛虎集·序》中，徐志摩对南来几年的文学生活，作了这样一番初略总结，言辞之间，

---

① 虞坤林编：《志摩的信》，学林出版社，2004年7月，上海，第205页。
② 徐志摩：《新月的态度》。

则已尽显沧桑：

> 最近这几年生活不仅是极平凡，简直是到了枯窘的深处。跟着诗的产量也尽"向瘦小里耗"。要不是去年在中大认识了梦家和玮德两个年青的诗人，他们对于诗的热情在无形中又鼓励了我奄奄的诗心，第二次又印"诗刊"，我对于诗的兴味，我信，竟可以消沉到几乎完全没有。……人是疲乏极了。

继续的行动以及离开上海前往北京的生活，似乎成了徐志摩的一个复活的机会，或者诚如徐志摩所言，"在无意中摇活了我久蛰的性灵"，但这样的复活，不过是在这公开的文字中，在他的日记和友人之间的往来信函中，则处处可见实际生活的压迫，已经将徐志摩逼到了再无路可退的窘境。徐志摩说，"我恨的是庸凡，平常，琐细，俗；我爱个性的表现。"①但南来之后，他已经深陷庸凡、平常、琐细与俗之中而无法自拔了。

**二、"我不是个学者，教书也只能算是玩票"：在光华、暨南、中央大学及北大之间**

几乎所有研究徐志摩者，都认为去世前几年徐志摩之所以要在光华、暨南、中央大学及北大兼课，奔波往返于沪、宁、京之间，原因就在于经济问题——不是因为徐志摩自己，更主要是为了满足陆小曼高昂的生活开销，保证她的生活习惯和生活水准不至于受到影响。也因此，也有不少人将徐志摩最后的死，归咎于陆小曼，认为是陆小曼"杀死"了徐志摩。这样的观点，似乎也可以从徐志摩此间写给陆小曼的那些家书中找到若干可靠的证据。1926 年 2 月 23 日，热恋之中的徐志摩，在写给陆小曼的情书中，这样情意绵绵又信誓旦旦地发誓道：②

> 我有你什么都不要了。文章、事业、荣耀，我都不要了。诗、美术、哲学，我都想丢了。有你我什么都有了。抱住你，就比抱住整个的宇宙，还有什么缺陷，还有想望的余地？你说这是有志气还是没志气？

---

① 《徐志摩未刊日记（外四种）》，虞坤林编，北京图书馆出版社，2003 年 1 月，北京，第 175 页。

② 虞坤林编：《志摩的信》，学林出版社，2004 年 7 月，上海，第 66 页。

很快,热恋时候的狂热,逐渐为婚后生活的现实所替代,而且这一切来得似乎又是那么的快! 其实,要说徐志摩热恋期间完全失去了理智,也不尽然。就在与陆小曼订婚后、正式结婚前的一则日记中,对于婚后两人生活,他已有基本打算:[①]

> 蜜月已经过去,此后是做人家的日子了。回家去没有别的希冀,除了清闲,译书还债是第一件事,此外就想做到一个养字。在上养父母(精神的,不是物质的),与眉养我们温暖的爱,自己养我的身与心。

五年之后,去世前不到半年的徐志摩,家书中似乎已经没有了当初那种似乎永远也说不完的情话与缠绵,所叙也多为日常夫妻都需要面对的柴米油盐! 1931 年 6 月 14 日致陆小曼的家书中,开宗就是说"事"——那个情感浓烈得化不开的徐志摩,似乎已经远去了:[②]

> ……
>
> 第二是钱的问题,我是焦急得睡不着。现在第一盼望节前发薪,但即节前,寄到上海,定在节后。而二百六十元期转眼即到,家用开出支票,连两个月房钱亦在三百元以上,节还不算。我不知如何弥补得来? 借钱又无处开口。我这里也有些书钱、车钱、赏钱,少不了一百元。真的踌躇极了。本想有外快来帮助,不幸目前无一事成功,一切飘在云中,如何是好? 钱是真可恶,来时不易,去时太易。我自阳历三月起,自用不算,路费等等不算,单就付银行及你的家用,已有二千零五十元。节上如再寄四百五十元,正合二千五百元而到六月底还只有四个月,如连公债果能抵四百元,那就有三千元光景,按五百元一月,应该尽有余付,但内中不幸又夹有债项。你上节的三百元,我这节的二百六十元,就去了五百六十元,结果拮据得手足维艰。此后又已与老家说绝,缓急无可通融。

尽管这并非婚后徐志摩首次跟陆小曼谈家庭开销问题,但谈得如此"专

---

① 虞坤林编:《徐志摩未刊日记(外四种)》,北京图书馆出版社,2003 年 1 月,北京,第 222 页。

② 虞坤林编:《志摩的信》,学林出版社,2004 年 7 月,上海,第 113 页。

注"、如此"专门",似乎还没有过。问题并不在只是向陆小曼说说进项和开销,徐志摩之所以拉下了自己清高而且不食人间烟火的诗人脸面,关键在于如何真正解决这种家庭入不敷出的窘况。对此,他一方面说自己将进一步开源——不过这是有限度的,而另一方面,则在遮遮掩掩之下,向陆小曼提出了节流的建议:①

> 我想好好和你商量,想一长久办法,省得拔脚窝脚,老是不得干净。家用方面,一是(屋子),二是(车子),三是(厨房):这三样都可以节省。照我想一切家用此后非节到每月四百,总是为难。

或许是深感经济上的压力确实太大,自己也已经甚感疲于奔命,徐志摩才在上述绝对有伤脸面以及陆小曼自尊的情况之下,近乎哀求地提请陆小曼认真对待自己的意见:②

> 你如能真心帮助我,应得替我想法子,我反正如果有余钱,也决不自存。我靠薪水度日,当然梦想不到积钱,唯一希冀即是少债。

说到欠债,这在徐志摩看来,绝对是一件"掉价而且伤自尊的事情"(degrading and humiliating thing),"你得知道有时竟连最好朋友都会因此伤到感情的,我怕极了的"。

徐志摩甚至想到了孩子,拿这样一个陆小曼绝对会认真对待的话题来引起她的注意重视,并冀此让陆小曼戒掉吸食大烟的习惯,当然也减轻了家里的"特用"开销:③

> 我们自家不知到哪天有那福气,做爸妈抱孩子的福气。听其自然是不成的,我们都得想办法,我不知你肯不肯。我想你如果肯为孩子牺牲一些,努力戒掉烟,省得下来的是大烟里。哪怕孩子长成到某种程度,你再吃。你想我们要有,也真是时候了。……至少我们女儿也得有一个,不是? 这你也得想想。

---

① 虞坤林编:《志摩的信》,学林出版社,2004 年 7 月,上海,第 114 页。
② 同上。
③ 同上。

而徐志摩上述种种烦恼,还都是在他断绝了与父亲之间的经济往来、独立养家——自己与陆小曼的小家——找到了在大学兼课这样一个相对稳定可靠的谋生途径之后所产生的(当然,在大学兼课也不时遇到薪水不能按时发放的问题,但基本上会补齐)。在此之前,尤其是蜜月因战难从家乡硖石逃到上海之后,徐志摩一度想到过出国——"你信上说起见恩厚之夫妇,或许有办法把我们弄到国外去的话,简直叫我惝恍了这两天!我哪一天不想往外国跑,翡冷翠与康桥最惹我的相思,但事实上的可能性小到我梦都不敢重做"。

于是只能留在中国。留在中国的第一种逼迫,就是生活问题。父母又不能依赖,"我决不能长此厚颜依赖我的父母。就为这经济不能独立,我们新近受了不少的闷气"。那么,作为一个在国外接受了现代教育训练者,徐志摩究竟该何去何从,已经不能仅凭自己的专业兴趣,还不得不考虑到家庭。"我到哪里好?干什么好?曼是想回北京,她最舍不得她娘,但在北京教书是没钱的,《晨副》我又不愿重去接手(你一定懂我的意思),生活费省是省,每月二百元总得有是不是?另寻不相干的差事我又是不来的,所以回北京难。留在上海也不妥当,第一我不喜欢这地方,第二急切地也没有合我脾胃有事情做。"

或许有人会问,难道再婚时候的徐志摩,竟然不曾为自己与陆小曼婚后生活全盘谋划?其实,徐志摩基于与父亲协商以及父亲最终同意与陆小曼婚事的结果,他曾经设想婚后最理想的生活方式——至少一段时期的生活方式——是:最好当然在家里耽着,家里新房子住得顶舒服的,又可以承欢膝下。不过,这样的方式时间久了,又让徐志摩自己感到多少有些难堪:"我又怕我父母不能相谅,只当我是没有出息,这老大还得靠着家,其实我只要他们能懂得我,我倒十分愿意暂时在家休养,也着实可以读书做工,且过几时等时局安靖些再想法活动。"

再就是流传中的来势汹汹的战难,一并打破了徐志摩的如意算盘,再加上与父母家人之间的一些分歧,最终让这种桃花源式的生活流为一场春梦。带着陆小曼避难沪上的徐志摩,显然已无人生之退路,此时最为关切的是,他必须找到任何一个现实途径,来养他重新组织起来的这个小家庭。

也就在他将《曼殊斐儿的日记》一书作为新年礼物送给陆小曼,并题写"一本纯粹性灵所产生,亦是为纯粹性灵产生的书"的八个月之后,徐志摩接任上海光华大学教授,并兼任东吴大学法学院教授。但这样纯粹性灵所产生的作品,在徐志摩后来的岁月中,是越来越难以产生了。1928 年中,因为婚后生活的不如意,也是为了自己寻一个精神上和现实的出路,徐志摩再次出游,先后去了日本、美国、加拿大、法国、英国、印度,直到是年底才回国。尽管旅途中他曾在致友人的书信中描述自己"我梦里哪一晚不回去",但他又说"不知道我的心在哪里","我……心里也不得一丝的安宁,过日子就像是梦,这方寸的心,不知叫烦恼割成了几块,这真叫难受"。多少与这种恍惚不定的心绪有关,徐志摩此行,竟然在亚欧之间无所事事地晃荡了半年之久。

回国两个月后,徐志摩再次接任光华大学教授,并兼南京中央大学英文系教授,同时担任中华书局编辑。1930 年 8 月,徐志摩辞去了中央大学教职,四个月后,又因光华学潮,志徐摩也只得辞去光华教职。对于辞去光华教职的详细原因,他在是年底写给胡适的信中有详细说明:①

......

上海学潮越来越糟,我现在正处两难,请为兄约略言之。光华方面平社诸友均已辞职,我亦未便独留,此一事也。暨南聘书虽来,而郑洪年闻徐志摩要去竟睡不安忱,滑稽之至,我亦决不同次长人等,求讨饭吃。亦函陈钟元,说明不就。

也就是在这样一种近于进退两难、走投无路的窘境之下——"不意事变忽生,教书路绝,书生更无他技,如何为活"——徐志摩向胡适、蒋梦麟求助,并在他们的力邀之下,决定赴北京大学执教。至于那种所谓徐志摩离开上海、重返北京,是因为旧情复燃一类的说法,显然是对徐志摩此时家庭生活经济上所承受之现实压力了解不够,对徐志摩此时心理上所经受之疲惫亦缺乏应有之同情。也正是在这样的境况之下,徐志摩于 1931 年 2 月只身离沪,到北京大学英文系任教,同时亦兼任北京女子大学教授。据徐志摩到京开课后写给小曼的家书看,当时他在北大和女子大学每星期各八小时的课,也就是一星期有十六节课,这不能说不繁重。因为初来乍到,为了能够在北大的讲坛上站得稳当,徐志摩开课伊始煞是用力,而这么多的课时,再加上来回几地奔波,又缺乏家庭生活的照顾,徐志摩的心力,并未完全从沪上生活的劳碌中彻底摆脱出来。不过,就

---

① 虞坤林编:《志摩的信》,学林出版社,2004 年 7 月,上海,第 286 页。

经济而言,北大一个月三百元的收入,女师大初为兼职教授月薪二百八十元,后因教育部严令教授不得兼职,但可兼课,而兼课收入每月六节课为一百五十元。每月加起来,如徐志摩所言,"有二百八和三百,只要不欠薪,我们两口子总够过活"。

这当然是徐志摩一个人算的经济账。这样的职位对于其他家庭来说,其收入可能已足抵敷出还绰绰有余,但对于徐志摩来说,却并未解决所有问题。在致胡适的一封书信中,徐志摩依例哭穷道:①

> 说起上月女大的二百六十薪金,不知是否已由杨宗翰付交给你。现在又等着用七月份的钱了,不知月中旬有希望否?迟到二十五不来,我又该穷僵了,兴业还是挂着账。你回北京时请为代询,如发薪有期,可否仍照上月办法,请你给我一张你的支票。

也正是与此相关,出于对徐志摩的真切关心,同时也为了让徐志摩真地能够从上海家庭生活的泥沼中解脱出来,能够真地更专注于前途事业,是年8月,在胡适与蒋梦麟的努力之下,徐志摩被推选为中华文化教育基金会与北大合作设立的基金研究教授。对于这样一个职位,徐志摩早就"垂涎":"下半年希望能得基金讲座,那就好,教六个钟头,拿四五百元。余下工夫,又很可以写东西。目前怕只能做教匠。"②

但在就北大职之后,徐志摩却又因为家累母丧,数度往返于京沪之间,疲于奔命。期间也曾为替代上课事与胡适联络,"北方授课如何是好,真急死人。北大方面有(一年级)散文读本及翻译觅替最易,此外长诗研究及十九世纪文学,急切竟想不出办法"③。此亦可见当时徐志摩在北大外文系所授课程,有诗研究及19世纪西方文学。在徐志摩母亲去世之后,因为家务诸事,徐志摩精神更显萎靡。对于北大授课事,亦更显精力不及。"家中丧礼已过,今日回沪一连几日又闹琐细(与老家),大家受罪皆不愉快,一个执字可怕。我精神极萎靡,头痛失眠,肠胃不舒,抑郁得狠。……意志将颓,可畏也。"④而对于教书以及治学问,徐

---

① 虞坤林编:《志摩的信》,学林出版社,2004年7月,上海,第297页。
② 同上,第101页。
③ 同上,第291页。
④ 同上,第293页。

志摩原本就没有定性与兴趣，对此，他自己也很是清楚。在 1931 年 8 月 13 日写给胡适的一封信中，徐志摩亦坦言，"基金讲座的消息转教我发愁。你是最知道我的，我不是个学者，教书也只能算是玩票，如今要我正式上台我有些慌。切不能说外面的侧目，我确是自视阙然，觉得愧不敢当。我想辞，你以为怎样，老大哥？讲座的全部名单报上有发表否，文科另有哪几位？"①原本渴望的基金研究讲座教授一职，最终变成现实，但徐志摩书信中的坦言，恐怕让曾为他获得此职鼎力襄助的胡适亦感"尴尬"。或许与上述因素有关，徐志摩作为一个现代西方文学和比较文学教育者的成绩，相形之下就多少有些黯淡逊色。

不过，如果说在婚后五年中徐志摩在创作上有些懈怠，其成绩也与他自己以及友人们的期待多少有些差距，这是显然存在着的，但如果说徐志摩此间全无成绩，完全沦落为一个养家糊口的家庭奴隶或金钱奴隶，又显然有些过分。其实，这五年中，徐志摩还成就了他一生事功中极为难得的一部分，譬如主编《新月》杂志，譬如为中华书局主编"新文艺丛书"，为亚东书局主编"新文学丛书"。而他的译作《英国曼殊斐儿小说集》(1927)、散文集《巴黎的鳞爪》(1927)、散文集《自剖》(1928)、诗集《翡冷翠的一夜》(1927)、小说集《轮盘》(1930)、诗集《猛虎集》(1931)亦于此间先后出版，不可谓不努力。而这样的成绩，还是在有一段时间几乎天天有课，同时还要敷衍陆小曼的社交生活的境况之下取得的，由此观之，虽不能说徐志摩就十分努力，但也不至于就是完全自我放纵沉沦。或许我们可以说，倘若徐志摩不是为生计奔波于沪、宁、京之间，不是为怜惜照顾陆小曼的生活习惯而徒糜时间于社交中，他在文学创作上的成绩或许会更辉煌。不过，从 1928 到 1931 这三年中，徐志摩的创作确实受到外环境与内环境的双重影响，这一点，就连他自己在与友人的信函中也是直言不讳的。

## 三、新文艺丛书

徐志摩在新文学编辑出版方面的成绩，除了主编《晨报副镌》、《新月》(包括新月书店)以及《诗刊》季刊之外，就要以为中华书局编撰"新文艺丛书"和为亚东书局编撰"新文学丛书"为重要了。

① 虞坤林编：《志摩的信》，学林出版社，2004 年 7 月，上海，第 296 页。

（一）徐志摩与中华书局及"新文艺丛书"之缘起

徐志摩与中华书局之间的工作关系，从志摩日记以及书信看，得益于刘海粟的引荐。在中华书局 1930 年 12 月 23 日签收的一封徐志摩来信中，可见他与中华书局之关系及编撰"新文艺丛书"之缘起。信中写道：①

> 前年弟自欧归，海粟始倡议于鸿公，承书局处处为弟谋便利，议定合约，最初弟亦征稿颇力，但局方印刷甚迟。

这封信是写给当时中华书局编辑所所长舒新城的。从信中所提双方接触并合作时间来看，当为 1928 年底或 1929 年初，因为徐志摩是 1928 年 11 月方结束自己再婚后的亚欧漫游回国的。信中亦可见当初一段时间，徐志摩自己倒是极为努力，积极为书局和丛书征集书稿，但书局在该丛书的印刷出版方面却进展缓慢。1929 年 10 月 26 日，徐志摩致信在法国考察美术的刘海粟，尽管徐志摩任此职已半年，但丛书刊印之事却进展缓慢，徐志摩亦深为此扰：②

> 伯鸿夏间患痢，乃积劳所致，近来稍好。此公真热心肠人，我敬之弥笃。中华新文艺丛书我为收罗稿本已有二十余部，但皆未印得，转瞬满年，成绩一无可见为愧，然非我过也。明年此职致盼得庚续，兄如函伯鸿，乞便为道及。上半年幸兄与鸿公惠助，得坐享闲福许久，感念未可言宣。但中华总当为尽力，选书至慎，决不做亏本生意也。

上述内容不仅表明，为中华书局编辑一职，确系得力于刘海粟向中华书局总经理陆费逵（伯鸿）的力荐，而且当时的徐志摩也非常需要这份兼差，不为别的，只为每月可坐领 200 元的编辑费。

对此，尤其是徐志摩接受中华书局编辑一职的经过，有论者叙述道：③

> 正因为志摩平时待人宽厚，所以志摩有急难时，朋友们从四面向他伸出友谊的手，分担人生道路上的重压。志摩在客栈住了没有多久，友人宋春舫就请他到上海梅白格路六十三号自己家里。刘海粟知道志摩经济紧张，就去找陆费伯鸿。陆费伯鸿是颇有见识的出版家，

---

① 见"徐志摩致中华书局舒新城、万维超书信 35 封"。
② 虞坤林编：《志摩的信》，学林出版社，2004 年 7 月，上海，第 154 页。
③ 顾永棣著：《徐志摩传奇》，学林出版社，2004 年 8 月，上海，第 183 页。

富有同情心。刘海粟说:徐志摩是个难得的人才,过去编过《诗镌》,在读书界有影响,应当请他编辑一套文学丛书。伯鸿一听是徐志摩:那好,每月送他二百元编辑费,请他在家看稿编书好了。

每个月 200 元的编辑费,对于当时刚从家乡海宁硖石避难到上海的徐志摩和陆小曼来说,显然并非是一笔可有可无的收入。其实,即便是对中华书局来说,一个月只是在家里编辑丛书而支领 200 元的收入,也绝对是一份令人羡慕的工作。从 1922 年开始,一直到 1932 年,当时中华书局总经理陆费伯鸿每月所支工资,即为 200 元,当时编辑所长舒新城月薪 280 元,印刷、发行两所所长月薪 240 元。1932 年之后,陆费伯鸿才加薪到 300 银元。

而一个月支领 200 元编辑费的徐志摩,需要完成怎样的工作量呢? 同样在这封写给舒新城的信中亦略有提及:①

> 收稿以每月四五万字为准,弟误以为摊自上年,本年但交五十万字已足,不图上年字数尚成百万,但此节不成问题,今年底将届来岁,弟自当继续义务为局收稿百万之数,补足不难。

也就是说,按照合约,徐志摩每月只要向书局交足四五万字的书稿即可。中华书局现存徐志摩致舒新城、万维超信函 35 封,均为就"新文艺丛书"的编辑事宜的工作往来函件。其中,致万迥儒(迥儒,即万维超)信函凡 7 封,致舒新城信函凡 28 封。又致万迥儒的两封信(1930 年 3 月 8 日信以及 1930 年 10 月 11 日发、17 日签收信),已收入《中华书局收藏现代名人书信手札》一书,余 5 封未见收录;致舒新城 28 封信中,有 6 封收入《中华书局收藏现代名人书信手札》一书(1930 年 4 月 13 日信、1930 年 6 月 10 日信、1930 年 8 月 8 日信、1930 年 12 月 1 日信、1930 年 5 月信、1931 年 3 月 26 日信),余 22 封未见收录。

"新文艺丛书"的编辑时期,正是徐志摩再婚后羁旅沪上、内外交困、精神生活亦日显窘迫的时期——在那种表面上的风光与喧嚣热闹之下的,是一颗迫切需要拯救的心灵。除了在沪、宁两地以及后来北大、女师大奔波兼课外,中华书局每月 200 元的编辑费,对于徐志摩来说,绝非可有可无的小收入,实际上在数额上已经占到其家庭月收入的三分之一。

---

① 见"徐志摩致中华书局舒新城、万维超书信 35 封"。

而从"新文艺丛书"实际操作的状况看,最初主要是计划出版创作类的新文学著作,但显然中华书局还希望能将外国文学翻译部分亦纳入计划之中,而且书局方面对此也有自己相对独立的意见。在中华书局 1930 年 9 月 8 日签收的一封来信中,徐志摩对舒新城来信中所提翻译介绍世界名作的计划表示肯定,"奉读介绍世界名作计划,甚佩,略有可商榷处"①。而在中华书局 1930 年 12 月 23 日签收的一封徐志摩来信中,他就舒新城来信中所提出的翻译计划更具体地谈了自己的看法:

新城先生:

尊生翻译计划甚大且备,承见询,已就来单按目作记,凡加○○○者敝意最应译,○○者略次,○者更次,√者已有译本,?者类多诗集,译诗实太艰难,能手更不多得。弟意不如径以国界为分,请人专任,关于英国文学得□容为拟一详单,此外可分法、德、南欧包括意西,北欧包括瑞□丹、中欧、俄、美。关于法国,弟可转请沈旭历兄代议,美国又请孙子潜兄代议,此外,局中如无□门者,弟亦可勉为筹划,总之原则不外:

一、先译大家杰作,如 linl+mina 至少以三书代表之,哈代至少以四书代表之,传记为最近文坛风气,读者最多,此可专一致力。□尽先翻大部著作,因只有大书□□以任此,□计划如得成功,译界□见光彩,详情容再面议。

有关外国文学翻译,徐志摩甚至有过将胡适当时正在组织的集体合译《莎士比亚全集》的出版交给中华书局的设想。在 1931 年 2 月 15 日致舒新城的信中,徐志摩略微提及此设想:②

适之为译莎士比亚事,连接来电函,催我回平,我日内即离沪,然不久仍须回此也。译名作事,另函奉报。

综上可见,中华书局当时显然已经有系统翻译出版世界文学名著的计划,至少从舒新城致徐志摩的书信中可见一斑。但因为徐志摩的不幸失事,该计划

---

① 见"徐志摩致中华书局舒新城、万维超书信 35 封"。

② 同上。

显然还没有全面展开即告终结。不过对于中华书局来说,并没有也不愿意就此放弃该计划。1932 年,徐志摩去世之后,中华书局开始出版钱歌川、张梦麟主编的"现代文学丛书",以延续徐志摩主编的"新文艺丛书"。该丛书也包括创作和翻译两部分。1934 年,中华书局开始出版钱歌川、张梦麟主编的《世界文学全集》。

尽管徐志摩为"新文艺丛书"编辑,征稿校阅皆由其负责,再加上当时徐志摩在新文学阵营中的影响力,一般来说,他所提交的书稿,基本上为书局接受。但书局仍需遵循敏感书稿的报审制度,另外书局内管理者之间对这些书稿有时也会有意见分歧。譬如在 1929 年 3 月 7 日致书局编辑万维超的信中,徐志摩即提到《苏俄的妇女》一书已经通过审查①,而在他 1929 年 7 月 8 日写给远在欧洲的刘海粟的一封书信中,徐志摩则谈到了编辑一本梁宗岱翻译的《梵乐利诗》不为中华接受一事:②

> 梁宗岱兄常来函,称与兄甚莫逆,时相过从。此君学行皆超逸,且用功,前途甚大。其所译《梵乐利诗》,印书事颇成问题。兄不有信来言及交中华印乎?两月前我交去中华,伯鸿亦允承印。但左舜生忽作梗,言文词太晦,无人能懂。且以已见《小说月报》何不交商务云云。坚不肯受,以致原稿仍存我处,无法出脱,为此颇愧对梁君。今尚想再与伯鸿商量,请为代印若干部,如有损失,归我个人负担,不知成否?见梁君时,希婉转为述此意,迟早总可印成也。

徐志摩信中所提梁宗岱翻译的法国诗人瓦雷里(Paul Valéry,1872—1945)的《水仙辞》一诗,后来中华书局已经在 1930 年 4 月出版的王实味的《休息》一书封底刊登广告。广告中涉及该书内容以及价格:"《水仙辞》,梁宗岱译。这本小册是梁宗岱先生翻译保罗梵乐希的《水仙辞》。温文尔雅,熨帖入微,前面更有梵乐希的本传,使读者既观其著作,复明其身世,研究近代文学者,不可不读。一册四角。"这也进一步说明,尽管当时徐志摩作为丛书主编,有着选择作者作品的权力,但这个权力并非是不受限制的。最终梁宗岱的《水仙辞》还是作为

---

① 见"徐志摩致中华书局舒新城、万维超书信 35 封"。
② 虞坤林编:《志摩的信》,学林出版社,2004 年 7 月,上海,第 154 页。

"新文艺丛书"之一种,得以刊印出版。不过刊印中间的"波折故事",断非局外人所能想象。正如信中所言,梁文原刊《小说月报》,尽管在文学界引起广泛注意,但对于作为出版方的中华书局的管理者们来说,鉴于"新文艺丛书"是针对一般文学爱好者,由此提出译文过于"晦涩"、"无人能懂"一类的责词,似乎也不为过。再加上与《小说月报》、商务印书馆之间的竞争关系,遂有此推委,似亦在情理之中。惟有徐志摩为朋友担当的行为,确实令人感佩。而《水仙辞》最终刊印出版,徐志摩之努力,当为首功。而且也正是因为有了徐志摩的努力,也才使得这样一部现代翻译风格独特的经典译本,得以作为"新文艺丛书"之一种,由中华书局刊印出版。

有关梁宗岱翻译《水仙辞》一事,早在 1928 年 9 月 20 日一封从旅欧返国途中写给胡适的信中,徐志摩即已谈道:①

> 宗岱与法当代大诗人梵乐利交往至密,所作论梵诗文颇得法批评界称许,有评传一篇,日内由商务徐元度送交兄处,希望刊载《新月》,稍迟再合译作出书。

在徐志摩主持"新文艺丛书"期间,出版方面受阻的事例,显然并不仅止于梁宗岱翻译的《水仙辞》一书。除了因为图书审查以及选题或者语言文字原因而被耽搁的书稿外,也有莫名其妙被拖延出版的书稿,这类情况大概更多是与书局本身的经营考量有关。譬如蹇先艾的小说集《还乡集》,在中华书局 1931年 2 月 18 日签收的一封徐志摩来信中已经"代签契约"②,而且该书稿费作者也已预领,但书一直拖延到 1934 年,在作者反复催询之后方才出版。

(二)"新文艺丛书"目录

从 1929 年接受中华书局之聘担任编辑,1930 年由其主编的"新文艺丛书"陆续出版面世,直到 1934 年列入丛书中的最后一本著作、蹇先艾的小说集《还乡集》在作者反复催询之后出版,四年之间,列入该丛书中一共编辑出书 32 种,其中文学创作 15 种,文学研究评论 1 种,译著 16 种。鉴于《中华书局图书目录(1912—1949)》中该丛书刊录亦有阙佚,现将该丛书 32 种著译目录列录如下:

---

① 虞坤林编:《志摩的信》,学林出版社,2004 年 7 月,上海,第 282 页。
② 见"徐志摩致中华书局舒新城、万维超书信 35 封"。

1.《一个女人》;丁玲著,1930 年 4 月出版

2.《一幕悲剧的写实》;胡也频著,1930 年 1 月出版

3.《口供》;郭子雄著,1931 年 8 月出版

4.《少女书简》;夏忠道著,1932 年 12 月出版

5.《日本现代名家小说集》,(日)左藤春夫等著,查士元译,1930 年 1 月出版

6.《幻醉及其他》;谢冰季著,1930 年 10 月出版

7.《石子船》;沈从文著,1931 年 1 月出版

8.《卡尔与安娜》;(德)里昂哈特·氟兰克著,盛明若译,1931 年 4 月出版

9.《过岭记》;孙用译,1931 年 2 月出版

10.《死的胜利》;(意)丹农雪乌著,伍纯武译,1931 年 2 月出版

11.《休息》;王实味著,1930 年 4 月出版

12.《还乡集》;寒先艾著,1934 年 12 月出版

13.《阿凤》;冷西著,1931 年 8 月出版

14.《现代法国小说选》;(法)苏保等著,徐霞村译

15.《轮盘》;徐志摩著,1930 年 4 月出版

16.《金丝笼》;陈楚淮著,1930 年 12 月出版

17.《波多莱尔散文诗》;(法)波多莱尔著,刑鹏举译,1930 年 4 月出版

18.《诗人柏兰若》;(法)意特里著,李万居译;1931 年 4 月出版

19.《春之罪》;茅以思著,1931 年 1 月出版

20.《珊拿的邪教徒》;(德)霍布门著,王实味译,1930 年 4 月出版

21.《勃莱克》(研究著作);刑鹏举著,1932 年 4 月出版

22.《虹》(短篇小说集);胡山源著,1931 年 8 月出版

23.《结婚集》;(瑞典)斯特林堡著,梁实秋译,1930 年 1 月出版

24.《牺牲》;(意)丹农雪乌著,查士元译,1931 年 1 月出版

25.《爱俪儿》;(法)莫洛怀著,李惟建译,1931 年 4 月出版

26.《爱神的玩偶》;孙孟涛著,1931 年 2 月出版

27.《旅店及其他》;沈从文著,1930 年出版

28.《傀儡师保尔》;(德)施笃谟著,陈林率罗念生著,1931 年 1 月出版

29.《断桥》;(美)怀尔德著,曾虚白译,1931 年 2 月出版

30.《德国名家小说集》;(德)里尔等著,刘思训译,1931 年 10 月出版

31.《水仙辞》;(法)保罗·梵乐希著,梁宗岱译,1931 年出版

32.《五言飞鸟集》;(印度)泰戈尔著,姚华(茫父)译,1931 年出版

按:《五言飞鸟集》是姚茫父“以印度诗人泰戈尔诗意,而演为五言古近体诗;绝似齐梁人作品,实开翻译界之新径焉”。

另,1930 年,徐志摩还为亚东书局编辑了一套“新文学丛书”。该丛书也是到徐志摩失事后的 1934 年方才出齐。书目著译者如下:

“新文学丛书”创作部分:

1. 陈白尘:《风雨之夜》;1932 年 5 月出版

2. 曹雪松:《心的惨泣》;1930 年 12 月出版

3. 沈从文:《一个女剧员的生活》;1931 年 8 月出版

4. 彭家煌:《平淡的事》;1931 年 2 月出版

5. 陈明中:《秦淮河畔》;1931 年 2 月出版

6. 王皎我:《桃色三三曲》;1931 年 8 月出版

7. 陈学昭:《败絮集》;1932 年 5 月出版

8. 彭家煌:《出路》;1934 年 2 月出版

9. 钱公侠:《丝棉被头》;1934 年 1 月出版

10. 白序之:《老处女》;1934 年 1 月出版

11. 汪蔚云:《泡沫集》;1934 年 1 月出版

12. 左干臣:《第四者》;1934 年 4 月出版

13. 沈从文:《游目集》;1934 年 4 月出版

“新文学丛书”翻译部分:

1.《死的舞蹈》;(瑞典)斯特林堡著,吴伴云译,1934 年 4 月出版

2.《我的一生》;(俄)安尼西亚口述,陆鸿勋译,1931 年 8 月出版

3.《现代日本短篇杰作集》;(日)夏目漱石等著,丘晓沧选译,1934 年 4 月出版

4.《现代名家小说代表作》;(英)高尔斯华内馁等著,傅东华选译,1934 年 3 月出版

5.《法国代表平民短篇集》;(法)罗易·菲力伯著,查士骥译,1931 年 8 月出版

6.《前线十万》;(英)约翰赫比著,唐演译,1932 年 8 月出版

(三)"新文艺丛书"的著译者

"新文艺丛书"的著译者,大概分属于当时文坛几个不同的阵营,当然也有几位当时还只是大学在读学生,像刑鹏举、郭子雄、伍纯武等,皆为徐志摩在光华大学的学生。对于他们,徐志摩不仅积极邀约参入"新文艺丛书"书稿的著译,甚至后来他们前往法国留学,徐志摩亦曾专门向海外友人推荐,并请予以关照①,师生关系,可见一斑。

有说"新文艺丛书"中创作类书稿的组稿多为沈从文代劳者,似不确。其中丁玲、胡也频为沈从文好友,但徐志摩也认识。王实味更为《新月》的作者。至于陈楚淮,因为闻一多、饶孟侃的关系,已多次在《新月》上发表剧作,徐志摩自然不会陌生。而胡山源、蹇先艾等亦在徐志摩在北京主持《晨报副镌》时期有往来。稍微冷僻一点的作者,譬如冷西、茅以思等,即便是由沈从文从中邀约,也不至于说所有创作类书稿皆由其代劳。事实上,冷西的作品集中有一篇,起先亦曾刊《新月》。

关于这一点,也可以从徐志摩为"新文艺丛书"组稿的方式中得以佐证。1929 年 7 月 21 日,在写给其学生李祁的一封信中,徐志摩一方面谈到自己当时在上海的近况,"我半年来竟完全懒废,作译俱无,即偶尔动笔,亦从不完稿。……下半年或去南京,或去别处教书,上海决不可久驻",另一方面他也趁机向对方约稿,"我为中华撰新文艺丛书,正缺佳稿。女士一本创作,一本译作。我已预定,盼及早整理给我,办法稿费或版税均可"。②

从徐志摩与中华书局之间往来信函看,一般状况之下,"新文艺丛书"的

---

① "我有几个朋友到法:伍纯武、郭子雄、王志圣都是光华的优秀,都仰慕你的。这回去,一到即起奉谒,请多多指教。"见《志摩的信》,虞坤林编,学林出版社,2004 年 7 月,上海,第 156 页。

② 虞坤林编:《志摩的信》,学林出版社,2004 年 7 月,上海,第 205 页。

著译者,都是通过徐志摩而将自己的书稿"转售"给中华书局的,也就是说,著译者自己并不直接就出版、稿费或者版税等事宜与书局联系。但也有例外,譬如蹇先艾的小说集《还乡集》,当时即由徐志摩经手,纳入到"新文艺丛书"之中,而且徐志摩在世之时,该书转售稿费蹇先艾也已收领,但直到徐志摩去世两年后,该书依然未能正式出版。蹇先艾曾于 1933 年 10 月 4 日致函舒新城查询:①

新城先生大鉴:

数年前在平一度聆教,久未通讯,想念劬劳。志摩在世时曾介绍拙作《还乡集》一册,由贵书局出版,列为"新文艺丛书"之一,当承慨然收买,并将书价汇来。忽忽数年。志摩亦人去物故,而此书迄未出版。友人渴欲一读者甚众。每若探问,弟辄不知所答。敢专函探询,究竟此书是否付梓,何时可出,尚希不吝示覆,俾便转告友辈,无任感荷。专上并候

著祺。

弟　蹇先艾　上

此信舒新城显然收到了,并给蹇先艾作了回复,回函中显然也告知该书已经付排,并即将出版。但又过了半年,仍未见该书面世。等不及的蹇先艾,又给舒新城去了一封探询的书信:②

新城先生大鉴:

去冬曾上函探询拙著《还乡集》出版消息(此书系二年前由徐志摩先生经手转售贵局)。当得覆示,谓已排版。一经校竣即可付印。惟来信迄今又逾半年,此书消息渺茫如故。友人中渴欲一读拙著者颇不乏人。弟每感苦于应付,敢再函先生,并希示知确实出版日期,以便能告敕友,无任切感之至。专上即颂

著祺

蹇先艾　上　7 月 17 日(1934 年)

---

① 《中华书局收藏现代名人书信手迹》,中华书局,1992 年北京,第 204 页。
② 同上。

由此亦可知,该丛书在徐志摩尚在世之时之所以没有出齐,原因确实很多。徐志摩自己也为此屡感烦恼,并在致舒新城、万维超甚至远在海外的刘海粟的信中都有过抱怨。

当然丛书中也有出版顺利者,譬如沈从文的《石子船》。出版之后,沈从文专门写了一封信给中华书局。或许是因为著译者都是通过徐志摩与书局联络,因此沈从文的这封信函写得也多少有些"冒失":①

径启者:

向中华印行之拙著《石子船》已出版。从文照例或可取书数册。若能将此书寄四马路新月书店沈从文收,十分感谢。专此敬请

著安。

沈从文　四月十日(1931 年)

(四)新文艺丛书的内容

对于"新文艺丛书",中华书局尽管没有像对待一些重要古籍的整理出版、中小学教科书的编撰以及《辞海》的编写那样耗费人力财力,但显然也是中华书局在新文学或者现代文学出版方面的重要努力。不过,查《中华书局大事纪要(1912—1954)》,对此丛书的记载寥寥,只提到某年此套丛书中有三种遭国民政府禁毁,损失不少之类信息。当然,亦提及其中有几种亦能印到3—4 版。这里所提到遭到禁毁的著作,就有丁玲的《一个女人》和胡也频的《一幕悲剧的写实》。

或许可以从中华书局为该丛书所作的广告词中,发现一些书局当年对该丛书的市场定位:

本丛书由徐志摩新生主编:所选各稿,无论译述与创作,均经过徐先生详细的校阅;取材严格,文字优美。其主旨在供给一般爱好文艺的人们一种良好的读物。

而从丛书中著译者在各自著述前言后记中的交代,多少亦可以看出不少当时文学读物的市场风尚以及著作者的态度。譬如沈从文在《石子船》后记中就颇有些落寞地写道:②

---

① 《中华书局收藏现代名人书信手迹》,中华书局,1992 年,北京,第 116 页。
② 沈从文:《石子船》后记,中华书局,1931 年 1 月出版,上海,第 142–143 页。

这一集与过去一些小册子,另外还有不同的,是仿佛近来性情更沉郁了一点。往日能在文章中生感慨,近则没有了。近来牢骚很少,在忧郁情调中找出诙谐的风致,把一个极端土地性的人物,不知节制似的加以刻画,一切皆近于自嘲,是自己所看出的特色之一。这作风与我没有好处,也很明白的。显而易见的是,近来这类文章送到别一杂志去,已经很有被退回的经验了。被退回不一定是完全糟糕,但从这实验中,则可以知道我的方向是已转入了更不为人欢迎的路上,退回就可以当好证据了。

以后我是继续这样,还是另走名利双收别人所走过的路?以我这时所想,则或者都不是。我当把笔放下,另找一种事业才行。到了明年不再写小说了,也许当真还乡去,仍然在那有生趣的司书生的职位上过几年。几年以后,中国人趣味大约不一定还维持到三角恋爱与徒有血泪字样的文学上,我的书稍有销路,仍然可以动手写我自己不精彩的文章了。

还有王实味。在"新文艺丛书"中,收有王实味著译两种,一为书信体小说《休息》,另为翻译的《珊拿的邪教徒》。后者曾有郭沫若据德文原著的译本,1926 年已由商务印书馆出版。而王实味在该书"译者序"中开宗明义,"为了要想法子弄饭吃,译者开始译这本书。……但为了要吃饭,却又不能不译书——因为此外找不出吃饭的法子来——这是无可奈何的事"①。

类似的叙述,显然与出版者的市场期待并不完全一致。不过也并非所有著译者都与沈从文那样不合时宜的"悲观",王实味那样"现实"——也有对自己的著译抱了喜悦乐观的态度者。查士元在其所选译的《日本现代名家小说集》"序"②中就信心满满地说道:

> ……把他们的作品作一次介绍,这是我年来重负着的理想,这理想居然被我轻轻的放到了实地,同时我闷塞的心灵,也因此得了一次舒展,我真是怎样的愉快,怎样的欣欢!

---

① 王实味:《珊拿的邪教徒》,译者序,(德)霍布门著,中华书局,1930 年 4 月出版,上海,第 1 页。

② 查士元:《日本现代名家小说集》"序",中华书局,1930 年 1 月,上海,第 1 页。

在丛书著译者中,也有像冰心的弟弟谢冰季这样刚开始写作的文学青年,一个在姊姊冰心眼中"永远是一个孩子"——因为"至今我若是梦见他,他仍是个穿着白地蓝花的土布衫儿,黄头发大眼睛的孩子"。不过,即便是这样一个永远长不大的"孩子",终于也用自己的文字,让姊姊刮目相看了:①

> 我越看越感动,我觉得的这作者决不是一个穿蓝地白花的土布衫儿的孩子,而是一个善怀多感的青年,他在行为上不曾有多少活动,而在他深忧沉思里,曾用想象去经验遍了人间的一切。

而梁实秋在其翻译的《结婚集》"致读者"中,也有一种深切的寄托在其中:

> 那么我们就由着"自然"去摆布吗?也不。我们要在可能的范围之内,消极的使我们的痛苦减少些就是了。我们纵不能积极的谋幸福,也要消极的别自作孽。我们不希望过奢,自然就不致失望太甚。我们要承认人生是始终不断的尽义务,有一份的义务自然就有一份的报酬。我们要打破浪漫的迷梦,节制过度的情感,顺从着自然,看清了事实,稳健的谨慎的在人生上面航驶吧!我们可以没有勇气去打破婚姻家庭,但是我们要有更大的勇气去走上这一条荆棘的路,汹涌的海!你若是不知道这一条路是怎样的荆棘,这一面海是怎样的汹涌,读过这本《结婚集》,大概也就知道一二了吧?

还是梁实秋式"教寓"式的语言与寄托,让人极容易联想起他所鼓吹的人性的中庸之道,以及古典主义的价值观。

相比之下,冷西的短篇小说集《阿凤》、茅以思的小说集《春之罪》、郭子雄的《口供》、夏忠道的书信体小说《少女书简》,在文学上就要显得稚嫩一些。但这些作品中,恰如尹庚在冷西的《阿凤》题记中所写那样,"在这里有热忱的心情,青春的幻影",而这也是"值得年青的友人的同情";②或者恰如余芫之在茅以思的《春之罪》"序"中所说的那样,"尽量的歌颂人间,歌颂他爱人的美丽"③,当然其中也有"发现了人生的另一面"之后的"深沉"与"落寞",一种"不得已的苦

---

① 冰心:《幻醉及其他》"序",中华书局,1930年10月,上海,第3页。
② 尹庚:《阿凤》题记,冷西著,中华书局,1931年8月出版,上海,第1页。
③ 余芫之:《春之罪》"序",茅以思著,中华书局,1931年1月出版,上海,第4页。

情",但其中毕竟还是少年的"人生的失败感"与"悲哀"。

此外,文学创作类著作中胡山源的小说集《虹》和蹇先艾的小说集《还乡集》亦值得一提。尤其是胡山源的《虹》,鉴于后来知晓者寡,特列其目录:《虹》、《手套》、《过路君子》、《珂莲》、《卢光斗》、《秋雨》、《董妈的伤心》、《黄大利》、《五里湖之雨》、《表话》、《几个忘记不了的面孔》。该作品集没有序,亦无后记。

在创作类著作中,只有陈楚淮的《金丝笼》为剧本集,尽管该书亦无序及后记,但其中所收《金丝笼》、《药》、《韦菲君》、《幸福的栏杆》四部话剧中,《金丝笼》和《韦菲君》得益于闻一多的推荐和饶孟侃的支持,已先行刊发于《新月》杂志。在此剧作集出版前,陈楚淮在《新月》杂志上刊发的话剧还有《浦口之悲剧》和《骷髅的迷恋者》。因为在大学期间及毕业后短期内连续在《新月》上发表戏剧作品,年轻的陈楚淮后来被认为是"唯美派的剧作家",新月派后期戏剧创作中的一枝独秀,"30 年代探索实验现代派戏剧中的代表人物"。①

徐志摩的小说集《轮盘》应该也值得一说。这也是徐志摩生前出版的唯一一部小说集,内收《春痕》、《两姊妹》、《老李》、《一个清清的早上》、《船上》、《肉艳的巴黎》、《"浓得化不开"》、《"浓得化不开之二"》、《死城》、《家德》、《轮盘》一共十一篇作品。显然是对自己在小说创作方面的成绩并不自信,或者是为了在文学上进一步帮衬抬举沈从文,徐志摩在作者自序前还请沈从文撰写了一篇序言。有意思的是,沈从文自己倒认为,作者之所以让他为之写序,只是因为"熟人的缘故",因为"趣味"。② 而就"沈序"③更深切的情绪内容看,应该还是包含有对当时文坛纷乱争斗的一些个人意见:

> 中国事情是很奇怪的。所谓文学运动,最近一个热闹时期,据说就是去年。怎么运动? 骂。"战士"与"同志"为正宗,"旁门""有闲""革命"之争持,各人都毫不吝惜时间与精力,极天真烂漫在自己所有杂志上辱骂敌人。为方便起见,还有新时代文学运动的战士,专以提出属于个人私事来作嘲弄张本的战术。

而在沈从文看来,《轮盘》的作者是与这样一个文坛隔离的,而其创作,也获

---

① 陈秉钺等编:《陈楚淮文集》,浙江大学出版社,2008 年 6 月出版,杭州,第 415 页。
② 《轮盘》,"轮盘的序",中华书局,1930 年 4 月出版,上海,第 1 页。
③ 同上,第 2 页。

益于作者与"这运动无关"。不过,在肯定作者在诗和散文方面的成绩的同时,沈从文对徐志摩在小说方面的努力,也给予了应有之肯定:①

> 作者在散文与诗方面,所成就的华丽局面,在国内还没有相似的另一人。在这集中却仍然保有了这独特的华丽,给我们的是另一风格的神往。

相比于沈从文的客气或者不客气,徐志摩自己要直截了当得多。他毫不隐讳地承认,"我实在不会写小说,虽则我很想学写。我这路笔,也不知怎么的,就许直着写,没有曲折,也少有变化。恐怕我一辈子也写不成一篇如愿的小说"②。当然,这样一篇如愿的小说,在作者这里,无疑还是有其内在的标准的,那就是"一篇完全的小说",应该"像一首完全的抒情诗,有它特具的生动的气韵,精密的结构,灵异的闪光"。而在徐志摩所列举出来的国外小说家,无论是"佛洛贝尔、康赖特、契诃甫、曼殊斐儿",还是"胡尔佛夫人"等,其小说的语言风格与徐志摩都有明显差异。不过,徐志摩还是老实地承认,尽管自己并不擅长于小说,但却是在老老实实地按照自己对于完美的小说的理解来写作的,并不去关注所谓是否合时宜,或者如何博得读者的欢心,套用他自己的一句诗,那就是:

> 我不知道风
> 是在哪一个方面吹。

---

① 《轮盘》,"轮盘的序",中华书局,1930年4月出版,上海,第2页。
② 同上,第5页。

# 大学之道：马一浮与欧文·白璧德

　　大不自多，海纳江河，惟学无际，际于天地。形上谓道兮，形下谓器。礼主别异兮，乐主和同，知其不二兮，尔听斯聪！

　　国有成均，在浙之滨，昔言求是，实启尔求真。习坎示教，始见经纶，无曰已是，无曰遂真，靡革匪因，靡故匪新，何以新之？开物前民，嗟尔髦士，尚有其闻！

　　念哉典学，思睿观通，有文有质，有农有工，兼总条贯，知至知终，成章乃达，若金之在镕。尚亨于野，无吝于宗，树我邦国，天下来同！

　　这是六十多年前，浙江大学校长竺可桢请马一浮①先生为浙江大学撰写的校歌。时正值抗战军兴、浙大尚在西迁途中。校歌既出，言好者众，但也有议论道：校歌太庄严，太难懂，训诲意味太浓，与现代大学教育所崇奉的个人价值与

---

　　① 马一浮（1882—1967年），浙江绍兴人。原名浮，又字一佛，幼名福田，号湛翁、被揭，晚号蠲叟、蠲戏老人。幼习经史，16岁应县试名列榜首。1899年赴上海学习英、法、拉丁文。1901年与马君武、谢无量合办《翻译世界》。1903年留学北美，习西欧文学，曾预撰《欧洲文学四史》等著作。后又游学德国，学德文。回国时带回德文版马克思的《资本论》。不久又留学日本，研究西方哲学。1911年回过，赞同孙中山领导的辛亥革命，常撰文宣传西方进步思想。后潜心考据、义理之学，研究古代哲学、佛学、文学等。抗日战争爆发后，应竺可桢聘请，任浙江大学教授，又去江西、广西讲学。1939年夏，在四川筹设复性书院任院长兼主讲。抗战胜利后回杭。1953年任浙江文史馆馆长。1964年任中央文史馆副馆长。是第二、第三届全国政协委员会特邀代表。精诗词，书法多山林气，篆刻崇尚汉印。一生著述宏富，有"儒释哲一代宗师"之称，主要有《泰和会语》、《宜山会语》、《复性书院讲录》、《尔雅台答问》、《尔雅台答问继编》、《朱子读书法》、《老子道德经注》、《蠲戏斋佛学论著》、《马一浮篆刻》、《蠲戏斋诗集》等（见《浙江大学百年发展史·人物篇》，浙江大学出版社2003年2月，杭州）。

自由理念有一定差异。两年后,后曾出任浙大中文系、外语系系主任的郭斌龢对校歌释义,并在学校纪念周仪式上向全体师生宣讲。郭斌龢对"校歌"首起四句,特别是大学的功能地位作了如下阐发:

> 言大学之所以为大,以海象征大学,百川汇海,方成其大。大学为学问之海,与专科学校不同,应兼收并蓄,包罗万有。英文称大学曰University,源于拉丁字 universitas,训混一,训完全,引申为宇宙。大学研究之对象为宇宙,凡宇宙间所有之事事物物,大学皆当注意及之,大学本身,大学本身可称为一个宇宙也。大学学科繁多,然大加别之,不外形上形下两种。形上指体,即讲抽象原则之学;形下指用,即讲实际应用之学。大学生活,礼与乐应当并重。礼是秩序,尊卑长幼,前后上下,各有分际,不宜逾越。乐是和谐,师生相处,有若家人,笙磬同音,诉合无间。乐记,乐者,天地之和也,礼者,天地之序也,和者百物皆化,序故群物有别。程子曰:礼只是一个序,乐只是一个和。礼属于智,在别其异,乐属于情,在求其同。形上与形下,礼与乐,皆一事之两面,相反相成,不可偏废。此为我国文化精神之所在,亦即我国国立大学精神之所在。①

而马一浮本人,对"校歌"首章也曾有过一段简明阐释:

> 今所拟首章,明教化之本,体用一原,显微无间,道器兼该,礼乐并得,以救时人歧而二之之失。②

抗战全面爆发后,马一浮自杭州避寇南迁,初居浙江桐庐,再转开化,又辗转至江西泰和。寄居泰和之时,当时也同在此地的浙大校长竺可桢与梅光迪等人,多次登门以大师名义礼聘马一浮出山讲学。经朋友敦劝,一直闭门自隐的马一浮打破自立规矩,开始在迁移途中的浙江大学公开讲学。马一浮的讲学秉承张载的"为天地立心,为生民立命,为往圣继绝学,为万世开太平"为宗旨,鲜明阐述了自己儒家六艺之学为中外一切学术源头和发脉的思想立场以及"义理

---

① 郭斌龢:《本校校歌释义》,国立浙江大学校刊,复刊 104 期,1942 年 2 月 10 日。
② 《拟浙江大学校歌》,见《默然不说声如雷——马一浮儒学论著辑要》,中国广播电视出版社,1995 年 8 月,北京,第 114 页。

名相论"的哲学体系。这些讲演内容，后来分别结集为《泰和会语》、《宜山会语》①。

就在马一浮在泰和、宜山为浙大学子讲学之时，梅光迪、张其昀、郭斌龢、缪凤林、景昌极、张荫麟、贺昌群、向达、王焕镳、刘永济诸人时亦先后教授于此。这些人，或者是史学家柳诒徵先生执教的原南京高师史地班的高才生，或者曾经在 20 年代初期的东南大学执教，或者曾经为倡导文化守成主张的《学衡》刊物积极撰稿。笼统言之，他们对待五四新文化和中国传统思想文化的哲学立场基本一致。不仅如此，因为东南大学、因为《学衡》，因为与梅光迪、吴宓等的交往，这些人与美国新人文主义思想运动领袖、哈佛大学的欧文·白璧德②教授也有着千丝万缕的联系。这种联系，也就成了这篇文章的引发之一。

**一、在一个学术日趋科学化、专业化的时代，一个奉行古典主义理想信仰的人文学者究竟如何安身立命？**

自 1905 年返国，到抗战时期在迁移途中的浙大公开讲学，三十多年间，马一浮基本上是隐迹林下，专心读书治学而不及世用。期间曾出任过蔡元培为教育总长时期的民国教育部秘书长，但旋即以不会做官辞之。后又对蔡元培任校长的北京大学的礼聘，以"今之学校制度不同于中土旧日书院，世之显学正以贩卖知识为重，以新说议论相尚"、"学校聘约，乃所以礼时贤，非所以待通儒"等为由而辞谢。如果说马一浮因为不善或者不满或者不屑于官场应酬而辞民国教育部秘书长任只是为了"独善其身"，那么，因为当时方兴未艾的现代学校体制与中土旧时书院不合为由而不肯远游讲学，则有着意味深长的东西隐于其背后了。

或许，可以从马一浮讲演中不时能够听到的对于所谓"潮流"和"时贤"的批

---

① 浙江大学敦请马一浮出山以及马一浮如何在江西泰和、广西宜山为浙大学生讲学的不少细节，在梅光迪写给他夫人李今英的家书中曾有记载。可参阅《梅光迪先生家书集》，梅光迪著，中国文化学院出版部，1980 年，台北。

② 欧文·白璧德(1865—1933)，美国哈佛大学比较文学教授，文化批评家，美国新人文主义运动的精神思想领袖。对西方现代思想，特别是培根以来的科学人道主义思想和卢梭以来的泛情人道主义思想及其共同的文化思想遗产进行了激烈的批判，并对古希腊、罗马的人文思想传统，包括古印度、中国儒家思想传统进行了有益的现代阐释和发扬，其思想泛及文学、哲学、宗教、历史、教育等。主要著作有《文学与美国大学》、《新拉奥孔》、《法国文学批评大师》、《卢梭与浪漫主义》、《民主与领袖》等。

评中,找寻出一些他之所以不肯出山、不肯与"时贤"为伍之缘由的蛛丝马迹。他说:"今之学子,尊今蔑古,蔽于革而不知因,此其失也。"而在他看来,"天下之道常变而已矣,唯知常而后能应变,语变乃所以显常","书院所讲求者在经术义理,此乃是常"。① 在一个将"变化"奉为旨归的时代,马一浮并不回避"变",而是强调"知常"而后方能"通变"。他说:"观变而不知常,则以己徇物,往而不返,不能宰物而化于物,非人之恒性也。若夫因物者不外物而物自宾,体物者不遗物而物自成,知物各有则而好恶无作焉,则物我无间。物之变虽无穷,而吾心之感恒一,故曰天下之动贞一者,言其常也。"②循着上述对于"今""古"之别、"常""变"之理的认知,马一浮还对当今知识分子与古代的"士"作了一番比对,并将两者相提并论,"夫今之所谓知识分子,古之所谓士也"。而古之所谓士,又是如何习道术、明人伦,特别是如何明定二者之间的界域的呢? 马一浮引用了《大戴礼·哀公问五义篇》中的一段对话。

> 哀公问:如何斯可为士矣? 孔子对曰:所谓士者,虽不能尽道术,必有所由焉,虽不能尽善尽美,必有所处焉。"是故知不务多而务审其所知,行不务多而务审其所由,言不务多而务审其所谓。知既知之,行既由之,言既顺之,若性命肌肤之不可易也。"③

作为一个怀有"旷世绝学"的当代大儒,在儒家学者最适宜的传道授业的讲坛上,马一浮首先不得不面对的"问题",竟然会是如何言说的困难——在现代教育体制、知识时尚和现代知识分子的语境中,马一浮竟然不知道如何与世人和时人进行对话交流! 概言之,他的困难,不是来自于古人,而是来自于今日! 不是来自于外人,而是来自于国人! 在"通变"与"知常"的关系上,马一浮深刻地认识到中国传统书院中所讲求的"经术义理"之"常",在现代教育体制当中,已经处于体系性的崩溃或者尴尬当中,尽管这种教育体制在当时的中国还只是初步展开。这样的困难,当然不是自马一浮时代始,实际上近代以降即已存在,期间不断演变膨胀,最终成为阻隔在传统意识、传统人文知识分子与新派知识

---

① 《复性书院开讲日示诸生》,见《默然不说声如雷——马一浮儒学论著辑要》,中国广播电视出版社,1995 年 8 月,北京,第 119 页。

② 同上,第 120 页。

③ 《赠浙江大学毕业诸生序》,同上,第 55 页。

分子之间的沟通"障碍"。

或许我们可以从晚清以降政府对学校教育中"中学""西学"各自所占的教授比例的一步步调整，了解到中国传统人文学术在近现代西方学校教育与科学观念的一步步进逼下节节退让的悲剧性处境；或者从中国传统"圣人之学"是怎样一沦而为"中学"，再沦而为"经史旧学"，直至最终被压缩成为"文科"或者"文史科"中的一门的过程，去体味那最后一代士大夫复杂而苍凉的内心感慨，以及他们被迫朝向现代知识分子的自我转化，和在这一转化过程中他们那或笨拙、或无奈、或落寞、或痛苦的现实形迹与心路历程，从中我们也可以多少找寻到读解马一浮此时文化心路的一些线索。

在整个中国社会朝向近现代艰难迈进的过程中，中国传统"圣人之学"也遭遇到了或许从未有过的、最强有力的挑战，而最大的挑战最初不是来自于传统文化的内部，而是来自于外部的一种异域思想文化，以及由此而滋生培植出来的现代西方物质文明。颁行于 1904 年的清政府学部《新定学务纲要》，对当时中国在"西学"影响下的学术人才培养目标依然作了明确规定，即"德行道义"并重的"通才"。为了保证中国幼童从小对"圣人之学"依旧能够保持着必须的心感身受，《纲要》还对幼童入小学堂提出了更加具体的要求，"须随时指导，晓之以尊亲主义，纳之于规矩之中，一切邪说彼词严拒力斥"，并要求全国各地学堂"俱照新章以规划"，"以忠孝为敷教之本，以礼法为训俗之方，以练习艺能为致用致生之具"。1905 年，向朝廷上"开办预科并招师范生折"时的张之洞，面对时局，已经没有了一年前朝廷颁行《纲要》时的那种强硬之气了。他在奏折中写到："中国教育智能必取资于欧美，而道德必专宗孔孟。"[1]这种主张，虽然依然强调了孔孟思想在近代学校教育中的地位，但欧美的"智能教育"却也随之堂而皇之地跨进了中国几千年来为"圣人之学"所控制的学堂。中国传统学问结构性的优越感已经开始发生动摇，它所赖以维系的整个社会基础也早已分崩离析。仅仅十几年后，视普通大学为"百家学说争鸣之地，奇才异能会萃之所"的观点已经不算是稀罕的了。在那里，"言学说，可社会以共产；谈主义，可专制以尊君；品行为，或青衿于佻挞；论名士，或风流以自赏"。以孔孟思想为核心要义的

---

① 《大学堂总监督张亨嘉奏报开设预备科并招师范生折》，《京师大学堂档案选编》，北京大学出版社，2001 年出版，第 247 页。

传统文化定于一尊的传统书院教育,已经在它最赖以维系传递的学堂里发生了巨大深刻变化,一些与之迥异的甚至于根本对立的思想观念、知识学说,开始从异端邪说,或者辅助补充地位,逐渐上升到与"圣人之学"平分秋色的地位。这种中国意识,更多体现于传统文化意识和民族意识在学校教育中的危机,是与学术思想上的近代意识的上升并行同步的。但是,尽管上述危机虽然因为清政府的垮台而一度有所减弱,但在对传统文化的现代境遇及其现代意义的考察追问上,却呈现出朝向思想学术本位的新的深度和强度。而与此同时,最初的封建卫道意识,也已经分化出它的多种时代变体。近代意识与学术思想民主之间的相融合,成为瓦解传统思想文化的独尊大统意识的主体。而在传统思想的现代变体当中,凭藉对西学精萃及其元典精神的考察,来观照中国传统文化的现代命运,以图会通融合古今中西文化精萃、重新探寻确立现代人文知识分子的精神归依及其安身立命之所在的思想努力,逐渐上升为一种强劲的时代思想文化声音。

不妨回过头来再看一看作为长期处于主流权力话语地位的儒家思想文化,在面对如此困境时所能够作出的体制性的最后挣扎。这一挣扎,依然是以强调青年学生对圣贤义理之学的恪守和再度展开"中学"、"西学"之辩的方式勉强得以完成的。1898年光绪帝颁定国是的上谕中,昭示天下读书之人"以圣贤义理之学置其根本,又须采西学之切于时务者,实力讲求,以救空疏迂谬之弊"。这里无论是对"圣贤义理之学"的捍卫,还是对西学"切于时务者"的讲求,显而易见都是出于现实政治利益的要求——变法维新、救亡图存。相比之下,张之洞对"中学"、"西学"关系的界定,却不仅只是出于现实政治利益的考虑,还有希望在西学势力日益强大、传统民族文化的领地已经日益缩小的处境之下,为"中学"的"救亡图存"寻找到一个学理上的说明和现实方式上的落实。但是,素怀"抱冰握火之志,持危扶颠之心"而"一身之存亡系天下之安危"的张之洞,面对如此局面,也只能用所谓的"体""用"之别,来规定"中学"和"西学"之间的关系。"夫中学,体也;西学,用也。二者相处,缺一不可。体用不备,安能成才?且不讲义理,绝无根底,则浮慕西学,必无心得,只增习气。"在张之洞看来,西学所强,仍然在于它的"用",他还是不承认,至少不是像新文化倡导者或者"新文化融合论"者那样去承认"西学"的"义理"。在张之洞那里,时世所谓的"中学"、"西学",都不是体用皆备、完美无缺的文化系统,而是需要并且可能互为补充的文化体系。"中学"乃"西学"现代的体，"西学"乃"中学"现代的用。只有体用咸备，方可共存。不过，儒学完整的体系性的文化自信，至此在像张之洞这样的士大夫身上也已经发生了动摇。也正是由己及人，张之洞将当时各学堂未能及时而大量地造就出"匡扶社稷"之才的原因，归咎于教育思想上的混乱。为矫时弊，张之洞提出了所谓的两义，"一曰中西并重，观其会通，无得偏废；二曰以西学为学堂之一门，不以西文为之全体，以西文为西学之发凡，不以西文为西学之究竟"。张之洞所能够做到的，也就只有这些了。

时势的发展，自然是大大地超出张之洞的意料。1912 年，出任民国教育总长的蔡元培，就"经史旧学"在民国学校教育中的地位答记者问时回答道："旧学自应保全。惟经学不另立一科，如《诗经》归入文科，《尚书》《左传》应归入文史科。"①从张之洞的"西学为学堂之一门"而不应为学堂之全体，到蔡元培的"经学不另立一科"，我们可以明显地感到，围绕经典学术思想所发生的变化已经是显而易见地发生了。这是任何人都无法回避、似乎也难以阻挡改变的现实。以儒家人文主义为核心的中国古典主义在西学完整体系的攻击之下，至此遭遇到了近于灭顶的灾难。对于那些依然"沉迷"于企图依靠传统的重新诠释来激活儒学的人来说，所谓"中体西用"论在近现代的命运，已经昭示出这种理论或者企图的无法避免的自欺欺人色彩，在严酷的社会现实和知识分子群体内部的思想现实前面，它已经日渐失去其体制性的优越感，沦落成为一种纯粹为个人精神选择的"自圣"依托。

于是，既然"体制性"的努力已经无法挽救传统儒学在现代的命运，那么，知识分子在思想上、学理上的自我澄清就变得重要而且必要起来了。也就是说，当体制性的群体自救已经不可能了的时候，剩下的，就只有知识分子个人性的精神文化自救了。每一个知识分子都必须面对如此现实并作出自己的选择。而每一种选择，同时也就意味着一种几乎完全不同的现实境遇。语言中的历史与现实中的历史，面临着同样的压力和挑战。

倘若因此而认为儒学的发展在近现代以降是一个不断"自蔽"的过程，儒学的精神生命力已经日趋丧失，就其体制性一面而言，或许大体如此，但就其对于

---

① 《在北京任教育总长与记者谈话》，《蔡元培选集》上卷，浙江教育出版社，1992 年 8 月，杭州，第 402 页。

思想精神个体而言,显然未必。那么,试图寻找到另外的思想体系并以此来重新阐发儒学的真义,或者打通西学乃至更多的"学"之间人为的畛域,为儒学真义的阐发找到更加靠近近现代的参照,其局面又当如何呢?这实际上也是许多中国现代人文知识分子在"古"与"今"、"中"与"西"之间苦苦奔波寻找和思考的问题,也是他们急于解脱的困局。

显然,马一浮就是上述思考者之一,但他并没有将自己等同于所谓的"中体西用派"。

对于自己后来终于应竺可桢校长之请的原由,或许可以从马一浮在给浙大学生讲演"引端"中的一段文字中窥见一二。他说,自己给浙大学生开设国学讲座,其意义在于:

> 使诸生于吾国固有之学术,得一明了之认识,然后可以发扬天赋之知,能不受环境之陷溺,对自己完成人格,对国家社会乃可以担当大事。

上述阐释实际上已经说明了马一浮心目中的"国学"的功能——发扬天赋之知,避免自己受环境陷溺,完成独立健康之人格,担当国家社会建设之大任,其目标毫无疑问是伦理的,就是在于"人"。这种"阐发"本身,就是时代环境的激发,也是向着时代环境的言说。马一浮所讲的"学问",既然其终极目的是伦理的,是在于人,那么,来学习此学问的人,就应该不分专业、不论长幼,皆需用心于此。但这种思想,又确实与当时已经确立起来的大学体制当中的科学化、专业化、讲求效益和效率的时尚潮流背道而行。如何因应、解决古典主义与现代主义之间的矛盾,作为一种个人行为,马一浮曾经选择归隐,但最终还是选择了出山。可是,究竟如何在现代大学教育体制下来发扬自己心目中的"国学",马一浮并不是一点犹豫忧虑都没有。面对分科而学的学生,马一浮自然能够体会到"诸生所习学科繁重,颇少从容涵泳之暇"。但这只是表象,根本的,是现代教育的价值取向与古典人文教育的价值取向之间存在着太大的差异分歧。

那么,作为一个人文学者,面对专科而学的现代学生,究竟如何开讲言说呢?

马一浮还是想到了信仰——对于中国传统人文学术的信仰。他自己为这种人文文化所化,他选择了这种信仰,他也同样希望那些听讲的学生能够为这种文化所化，做那种"物来而能应，事至而不惑"的大儒，而不只是一个专业化了的知识分子。如此，他提出了一个现代大学教育体制中，特别是在现代科学教育体制下进行知识传授的一个近乎特立独行的要求——听讲者首先必须接受对讲授内容的信仰，然后讲授者才可以开讲。他说：

> 信吾国古先哲道理之博大精微，信自己身心修养之深切而必要，信吾国学术之可昌明，不独要措我国家民族于磐石之安，且当进而使全人类能相生相养，而不致有争夺、相杀之事……具此信念，然后可以讲国学。

或许觉得还不够，或许担心那些听讲的学生还没有完全明白自己的"良苦用心"之所在，或许因为自己深切地认识到中国传统人文文化的现代危机，以及由此而必然引发造成知识分子精神信仰的失落空缺，马一浮对即将开讲的"国学"，与那些所谓的"知识"再次作了一番比较，他说他将开讲的学问："不是零碎断片的知识，是有体系的，不可当成杂货"，"不是陈旧呆板的物事，是活泼泼的不可目为骨董"，"不是勉强安排出来的道理，是自然流出的，不可同于机械"，"不是凭藉外缘的产物，是自心本具的，不可视为外物"。

没有理由要求六十多年前的大学生们能够完全理解并接受马一浮的这些教诲，因为他们毕竟是在五四新文化的洗礼当中长大的，"科学"与"人生观"的论战他们虽然没有直接参加过，但他们显然是这场论战的受益者——现代大学教育体制的地位已经日益稳固，科学思想已经在知识分子中不断深入人心。所以，尽管浙江大学对于马一浮应聘来讲学极为重视，每次讲演甚至对听讲者的礼仪都提出一些特别的要求，但就连浙大校长竺可桢，在 40 年代生活窘迫困苦至极的时候，也同样免不了会对人文学科和人文学者发一些牢骚。校长尚且如此，又如何来强求学生呢？

马一浮的"尴尬"——因为信仰而言说的尴尬，欧文·白璧德同样遭遇过。不过，跟马一浮不同的是，白璧德遭遇的，是现代教育体制内的"尴尬"。尽管他也怀念那种原初意义上的"大学"或者"学院"（College），但对置身于现代大学教育发源地之一的哈佛大学的白璧德来说，那毕竟是太过久远的梦想——他不可能隐于野，更不可能复兴传统的"学院"（College）体制，而只能够在体制内进行抗争。

　　1894 年,哈佛大学给了白璧德一个法语系的教职(后在比较文学研究所兼任指导导师,梅光迪、吴宓、林语堂、梁实秋等,就是他这一时期的学生),他在这里执教,终其一生。1902 年,白璧德升任副教授,1912 年升任教授——他完全遵循着现存体制,体制也按照它的规则和标准,来界定、约束着白璧德的工作。作为教师,白璧德一生的梦想是,能够在古典学(Classics)方面进行教学研究——许多研究者一致认为,白璧德在对古典思想的现代诠释方面所做的贡献,远远地超出了同时代那些只是把自己的眼光和思想禁锢在"古典学"系或专业、只能够给古典典籍做些考据一类贡献的"语文学究"们。但是,即便如此,在那种人文学科同样"科学化"的潮流下,在对古典学研究不断"语文学化"的取向面前,白璧德式的对于古典思想的"义理"性的诠释是不符合潮流的。为此,他只能在自己并不想呆的法语系和比较文学研究所从事自己最想做的事业——在现代语境下,诠释弘扬传统人文思想的现代价值和个人意义。

　　或许,对于白璧德曾经经历的"尴尬",以及逆流而动的思想勇气阐述得最好的,还是他的那些学生和朋友:

> 　　我觉得白璧德观点中让他倾注了最多心血和力量的就是教育问题……在美国,五六十年来,教育只是追随着某些现代理论的幻想(whim),在这里,任何有个性和信仰的人,可以随时随地地将自己的观点呈现于整个国家之前;在这里,那些曾经在德国、法国和英国受过不同训练的学者实际上成为了彼此歧异、背道而驰的品位和理想虚弱和不稳定的根源之一;每一种奇思怪想都有它自己的机会,而且,几代学术文化深受不断实验之苦……30 年前,白璧德还是一个地位不稳的年轻讲师,就在那时,他即开始了几乎是单枪匹马(也许得到了查尔斯·诺顿的默许)地抨击哈佛大学校长查尔斯·艾略特建立起来并普及全美的教育体制;直至其生命终结,他都反对约翰·杜威学校的"左道邪说"。这些都是他光彩的值得彪炳史册的功绩……①

　　这是 20 世纪 10 年代曾经跟着白璧德读书、并一生深受白璧德思想影响的诗人、批评家 T. S. 艾略特对白璧德历史贡献的评价。这种评价,是艾略特在对

---

　　①　艾略特,"阐释",刊《批评规范》,1933 年 10 月—1934 年 7 月,第十三卷,第 115 – 119 页。

白璧德的人文主义公开地作过"批评"之后做出的。

而以研究 20 世纪西方保守思想而著名的罗瑟尔·科克（Russell Kirk），更是直接将白璧德重新诠释和捍卫古典主义的努力界定为一种个人"信仰"：

> 简言之，我们可以把白氏的人文主义界定为一种信仰，认为人是一种由其本性所特有的法则所控制调节的特殊存在：存在着两种不同的法，即对于人的法，和对于物的法。人之所以比兽类显得高贵，是因为他认同并恪守这一符合其本性的法则。人文主义者的原则性的工作，就是教导人们检省自己的意志和欲望。这些检省是由理性支撑的——不是启蒙主义的私人理性，而是那种从对我们的先辈智慧的尊重中，从我们对赋予我们的本性的超验秩序的理解努力中成长起来的更高的理性。情感主义者，将人依附于冲动和情欲的法则；实用主义的自然主义者，把人仅仅当作受过驯化的无尾猿来对待；那些热衷于平衡的人，把人与其他的差异减低到数量上的平衡上——这些都是人的真正本性之大敌。①

这让人想到了爱默生（R. W. Emerson）的那句名言——这也是白璧德的《文学与美国大学》一书在扉页上所援引的箴言：

> 天地有二法，彼此相分离；
> 一法是为人，一法是为物；
> 后者筑城池，港湾与河流，
> 但其有野性，反主人为奴。

白璧德倾其一生，几乎就在阐明哪些是人之法则，哪些又是物之法则。而这些阐明，又自然让我们想起马一浮关于"己"与"物"、"常"与"变"的那些议论。而将白璧德的思想与古代中国和现代中国关联起来的，既有他自己的努力，还有他的那些中国学生。或许我们应该听一听梅光迪对于白璧德思想的现代意义和中国意义的说明：

---

① Russell Kirk, Introduction to *Literature and the American College*. National Humanities Institute, Washington, D. C. 1986.

于是，就像所有同龄人一样，沉浸于托尔斯泰的人道主义之中的我，同样渴盼着在西方文学中，能够找到某种与古老的儒教传统相通的更为沉稳而又有富有朝气的东西。带着极为虔诚的热情，我反复阅读了白璧德当时所出的三部著作。这些书给我展示出来的是一个崭新的世界，或者说是把旧的世界赋予了新的意义和新的语汇。我第一次意识到要以同样的精神去弥合在过去二十年中国新旧文化基础上所出现的日趋明显的无情的杂乱无章的断层，我也第一次意识到要以同样的精神和所积累的财富，在这样一个前所未有的关键时刻去加固这个断层。或许我1915年的秋天来到剑桥，拜师于这位德高望重的圣人的目的就在于此。

我想，那时的白璧德刚过五十，已经是完全成熟而且他的风格已趋定型的时期。尽管精力不是非常旺盛，但他看起来身体很好，他的头发稀薄，肤色白皙。晚年明显佝偻的身躯那时还几乎不太引人注目，每次去教室上课和从教室回来，他都是步伐快捷，似乎是一溜小跑。他那极度文雅和沉静的特点，只出自一个哲学家兼学者之人，而非世间凡人所能有。即便是第一次与他交往，你也会发现他是一位拥有大智慧的人：他让你想起那些古代掌管人的整个命运的哲学家，而不是现代学术圈中只是学有专长的专家。

白璧德的重要性在于他那能够清理疏通和阐释文艺复兴以来西方文明最重要的线索的基本观点。在日常为师，或作为有着繁重编辑工作的编辑，他把他的主要精力放在了对于普通观点的分析之上，跳过了纯粹的美学特性以及文学中历史的和文本的问题。尽管白璧德对风格有着很强的感悟力，实际上他也很关注事物的客观存在，他还是把纯粹的美学特性以及文学中历史的和文本的问题，看作相对来说与批评家生活不大相关的东西。因此，自从他大力呼吁宣扬命运解放以来，白璧德的每次演讲本质上就是观点的对立冲突以及对西方人的命运观的宣战。他的演讲结构松散，但倘若整理一下结构，从世界文学中引用一些中肯的引语——用明智的评论来做引语，无论是有利的还是不利的，这些讲演就会构筑出一个中心的主题。分辨出白璧德所担任的课程中的某个内容与其他内容的不同并不总是很容易的。因为他所有的课程都是相互关联并服务于一个目的的，并提出相同的基本原理，不同点只是它们在重点和细节之处上存在着差异。你可以去选修他的任何一门主要课程，去领会他的思想的主要倾向，并且以此来获知他在其他课程中所揭示出来的思想。对他思想的掌握，也可以受到他在课程讲解过程中经常重复的某些令人耳熟能详的引语的启发。这些借引的阐述有助于你，就像那些路标，与他一起进行知识朝圣之旅。这并不意味着他的思想阐释当中缺乏新鲜的材料，并使得他的阐释总是充满令人乏味的重复。相反，他的同时代的学术巨人中，几乎没有谁能够像他那样在材料的丰富性和多样性方面与他相媲美。但是，他明白，他对那些警句式的、合适的阐述的一定频率的重复，有助于加强一般大众那健忘的记忆中对他所传递的信息的记忆——这是他颇为欣赏的一个心理上的事实，在这一点上，他与那些高明的广告者和宣传者有着共同之处。他坚持有技巧地重复同一事实的另一个深层原因，在于它有助于那些听众们明晰他的思想的要旨，其作为一个统一体和核心，无论他是在论述任何一个重要话题的时候。

然而，对于那些赞同他的观点的学生来说——特别是对他最为接近的那些学生来说，我深信——他的每一次讲座都成了一次特别的表演。他一走进教室的那一瞬间，你就感觉到了一个大师的出现。立刻就能够产生出一种思想上的活泼与严肃共存的气氛。你清楚，无论他准备就哪个已经给出的话题进行演讲，他所阐述的，都会跟你所熟知所习惯的那一切不一样，而且，他会用一种积极的、决绝的态度来阐述他的这些思想，他会把自己真实的思想呈现给他的信仰者，并对那些怀疑论者提出论战，直至问题终结。在引用了某些公认的思想权威的观点之后，他会直言不讳地说："我完全不能够同意他的观点。"尽管他的性情得到了极好的训练控制，并有一种冷静的威严，但他自己可能会因为否决了那些绝大部分现代思想的最高统治者们的观点而很少能够使得他的听众产生真心实意的满意。当然，卢梭是他的特殊靶子，而且他也很少会对卢梭所钟爱的幻想弃置不顾。那些在对现代西方受到推崇敬畏的传统的滋养之下成长起来的美国青年，毫无疑问会被白璧德毫不留情的破除偶像的行为弄得痛苦不堪。但是，对于一个东方人来说,这却是一种快乐的经历,因为他对几十年来西方人精神生活当中所发生的一切一无所知,这一切对他来说自然也就是中性的、开放的和自由的,不需要服从任何个人的或者承继下来的服服帖帖。推测起来,对于白璧德早期的一些学生来说,是个人反抗或者孝顺的衷心,使得他们成为了对他怀恨在心的对手,这通常发生在一旦他们离开了他的"手心",并获得了攻击白璧德这个批评家最犀利的机会的时候。至少是最近几年,白璧德在他的教室里建立起了毋庸置疑的权威:再也很少听到不同的声音,激烈的论战也几乎不再有。尽管还不清楚那些默许的学生究竟是被他的学识和个性所折服,还是已经完全真正被转化,但有不少显然是属于后面一种类型。但是,来听他的课的学生越来越多,直至后来他的有一门课只好改在第 11 教学楼里,那里可以容纳三四百学生,通常是留给规定的和普通课程的。白璧德经常语气轻松愉快地对我说:"我的学生已经多得超过了我的能力了。"

在我心目中,白璧德的谈话,充满了意想不到和令人极为愉悦的智慧和洞察,而且具有相互对立矛盾以及极为宽泛的自由的所有魅力,但是从来不曾过远地偏离人文主义者信守的原理。白璧德似乎对所有适宜于人的活动都有兴趣,作为一个具有自己个人性情的人文主义者,所应该的,而且也急于呈现出来的对于大多数话题都感兴趣,从内在生活一直到印度、中国和日本最近所发生的一切。他的那些话语,平稳而大量地流动着,就像是一条平缓地流动着的河流。而你的唯一贡献,就像是一块中流巨石,或者就像是它的边沿的一道曲线或一个缺口,均匀地在这里、那里滋扰着流动着的河水。在一阵轻微的滋扰或者不适当地长久沉默之后,他会突然将他那双具有穿透力的眼睛投向你,半是严肃,半是好玩,探询你是否已经明白了他的观点。而他的反驳,如果需要的话,总是转瞬即逝的,决定性的,同时也是刺激着你的思维,让你有时候忍俊不禁的。

很自然地,我和白璧德的谈话的相当部分都是有关中国的方方面面,无论是旧中国还是新中国。我不知道白璧德是从什么时候开始对我的祖国产生严肃的兴趣的。当我们初次相见的时候,他已经对孔子和早期道家思想有了足够的了解，尽管他还没有对此写过一个字。无论如何，他是西方作家中第一个对儒家学说的人文精华作出评价，并发现早期道家与那些现代西方的自然主义信徒之间的契合，并因此而确立起了两种对立的、普遍的思想秩序分开来的生活观。在佛陀之后，孔子或许是性情上最为令他亲近的一个精神导师。带着一种深深的宗教意识，白璧德坚信，人身上有种神圣不可侵犯的东西，他喜欢将自己的宗教称之为"伟人的宗教"，没有恩典的利益回报，或者仲裁者的慈善义务。从儒家学说角度来看，这种宗教是由各个时代那些圣人富有生命力的而不是机械地表现出来的很高的伦理原则积累起来的一个整体，而且还经过了直接的个人经验的检验。白璧德和真正的儒家认为，那些通过个人主动和努力而宣称在这个世界上建立一个至高无上的精神思想帝国的个人都是绝对重要的。在他所谓的"道家明智的消极保守"中，他看到了精神上的一种滑稽化和精神自杀，尽管他并不否定道家学说在美学上的创造性价值，特别是在中国山水画中所超凡地包含着的美学上的价值。他习惯将他讲座中有关罗马人对于好逸恶劳的崇拜与一幅宋代的绘画中所描画的一个道家哲学家醉酒湖上、泛舟中流、远山如黛的画面所吸引，并将这两者相提并论。就在他去世前一两年，我曾经对他说最遗憾的是他不懂汉语，否则他就会充分利用那些思想资源，并来解救那些西方学者对中国文化所作的诠释；在他们那里，中国文化要么被他们装饰成为安置在博物馆中的埃及木乃伊，要么就是从他们自己的想象出发来对中国文化作出错误的诠释，——也就是说，他们要么是"科学的"，要么是"印象式的"，缺乏必不可少的哲学洞察力、文学才能和扎实的学识三者之间的结合（义理、考据和辞章）。至于我向他所提出的那个假如他年轻二十岁，他是否会学习中文的问题，他曾经一脸严肃地回答道，"我会的，如果能年轻三十岁的话"。

当然，对于那些浅薄无知的中国人或者外国人所宣称的所谓新中国的东西，白璧德不抱任何幻想。事实上，在考察众所周知的这个孔夫子的一向保守的国家所正在发生着的种种方向错误的转型的时候，白璧德毫不隐瞒自己的惊诧，尽管他对中国传统文化当中固有的缺陷并不清楚。他甚至对一种真正的儒家的复兴也保持着警惕,这种复兴只是试图延续中国民族生活的历史连续性,为此有必要向其中灌输一些现代西方因素,以达到明智调整的目的,但是,其结果却是他对最近中国知识领袖们的悲剧性的失败感到失望。在 20 年代中期,当莫斯科所领导的共产主义运动风头正劲的时候,白璧德却常常说,"如果中国走上了共产主义道路,我就对她无计可施了"。在意大利的法西斯主义出现之前,他从 1911 年之后的中国的持续的无政府状态中已经预见到一个"骑在马背上的强人"出现的征兆。而且他也经常反复警告日本扩张主义的威胁,在他看来,这也是日本国内同样混乱的结果。他情愿看到中国发展潜艇力量以有效地保卫海防,而不是去发展一个完整的海军体系,因为在当时中国政府是根本没有时间等待的。他认为,过去中国可以自由地陷于到"内战频仍"当中,其时衰微的皇朝根本不需要匆匆忙忙地选择一个继任者,并将皇权传递给他。但是如今面临外族列强的压力,特别是日本的压力,却不允许中国依然按部就班地享受他们拖延已久的政治假期。他会不时地提醒你目前政治形势的极度糟糕愚蠢,就好像你是应该对此负责的那些人当中的一个。对我来说,并不必要去说中国最近所发生的事情恰恰显示出了白璧德当初的预见有多么的精确。

一切有形的证据都表明,在一个拥挤不堪的学术世界中,白璧德是一个特立独行者。他就像是天上的一颗独行的星星,不属于任何一个星系。他注定要在一种阻碍他的个性才能开花结果的环境中度过他的一生。这也似乎是应当如此。人类的历史,无论是西方还是东方,总是充满了那些殉道者的头颅和烧焦了的身躯,在漫长的历史进程中,他们成为了人类的爱人和恩人。剑与桩都已经过时了,至少在盎格鲁—撒克逊民族中是如此,但对那些胆敢挑战权威的人的诅咒和惩罚却依然有效,而且也并没有过时。白璧德的思想上的盟友 P. E. 摩尔写道,"那些逆世界信仰而行的人,无疑需要所有人的忍耐力和所有人的力量。"他还进一步说道了一种"知识思想上的孤独"。这些话具有一针见血的真理性,完全适合于白璧德,也同样适合于摩尔自己的经历,尽管两个人本质上都是一个写作者,与当下那些浪漫症患者

的写作迥然不同——然而，我坚信这是所有文学都追求的爱好——对
于个人不幸的浪漫宣传。白璧德是这个无英雄时代的最后一个烈士。
他总是保持着自己早年的努力，与自己青年时代所保持的一些痼习相
一致，最近他在自己的一本新著中将其称之为"列阵而行的幼狮"。就
在第一次世界大战结束之后的几年里，当那些激进的作者们欢欣鼓舞
地预言各个国家将发生政治和社会上的巨变的时候，白璧德依然用他
那惯常的幽默说，这些年轻的改革者指望用"人的善良的牛奶"冲刷整
个世界，"他们会首先把我烧死在树桩上，只有这样他们才能够得势"。

在最后的分析中，白璧德是传统类型中的激进者。现如今这种类
型的激进者主要关注的是社会中的精英个人，同时也是知识和性格的
贵族的坦诚支持者的特殊地位。他坚信，一般而言，人们都有一种按
照世界看上去的样子来接受它的倾向，而不是通过先天的不拘泥于教
义主义或者只是为了个人方便而去直言不讳。他认为，他们迅速掌握
了事物形式的世间价值，并逐渐将现实丢在一边。无庸讳言，对于现
实的毫不妥协的追求，总是带来了个人灾难。孔子就被那些封建领主
们视为一个令人厌烦的自大的好事者；他不仅不能长久保持自己的职
位，而且还几次遭遇到现实危险。他的那些后来的追随者们的名字是
数不胜数的，他们因为自己的诚实和不妥协而遭遇到了流放、监禁或
者砍头的厄运。苏格拉底被毒死，就是因为他作为一个洞察者洞悉事
物真正意义的思想的对于他的同胞来说太耀眼了，他就像各个时代的
大多数人一样，非常欣赏意志力。在少数与多数之间总是存在着永恒
的矛盾冲突。对于白璧德来说，很遗憾的是出生在一个"激进"这个术
语已经被扭曲成为普通事业而战斗的人的代名词的时代，随着大多数
人的结论而作出反应这一种类型的领袖，很难说适宜于任何英雄
主义。

就其自身而言，白璧德从来就没准备承认因为不广为人知而作出
的个人牺牲。他是一个真正的运动员，在文明的记录中的命运较量中
拼搏着。如今，他已经作古，他的那些文字，却依然将作为一种宣言和
宏大的战略计划而服务于一场战争，直至在人的价值领域中的最后一
道壕沟也被占领。而且，这也是他的思想的阐释者的职责，即强调他

的使命的重大以及他的性格中的最基本的英雄主义。这个人和他的著作都属于那种不止一次地辩护被激发起来的个人的超越的个人勇气,来说出他们发现的他们自己时代的真理的勇气,而且坚信这一真理终将时兴于时。爱默生说,"一个大师的成功,在于二十年后能够把人们聚拢在他的思想周围。"这是一种典型的爱默生式的体面的乐观;然而,一个中国人却可以因为不愿意将美国式的热情传递而得到谅解。要检验我们现代的不耐烦,还是让我们听听一个 11 世纪的中国人是如何说的,并来安慰我们精神王国的命运定数的吧。在一个对韩愈文集旧版本所作的注释中,儒家和古典文学的伟大复兴者欧阳修(1007—1072)——他的地位与韩愈并列,并对韩愈思想的发阐抱有责任——曾经热心地并十分肯定地这样写道:

呜呼!道固有行于远而止于近,有忽于往而贵于今者,非惟世俗好恶之使然,亦其理有当然者。而孔、孟惶惶于一时,而师法于千万世。韩氏之文,没而不见者二百年,而后大施于今。此又非特好恶之所上下,盖其久而愈明,不可磨灭,虽蔽于暂而终耀于无穷者,其道当然也。(原文出自欧阳修《记旧本韩文后》)①

之所以如此不避嫌疑地大段抄引,首先是因为梅光迪的这篇对于白璧德的评论文章,算得上《学衡》派知识分子群中对于白璧德思想阐述得最有特色的一个,而且其原文为英文,国内读者阅之者少。更重要的,它几乎涉及到有关这个话题我所关注和试图表达的所有内容。

**二、大学教育的终极目的究竟何在?现代大学教育体制一点需要检讨的地方都没有吗,特别是在对待人文学术方面?**

与马一浮 1939 年还能够复兴中国传统书院的"幸运"相比——尽管这也只是一种唐·吉诃德式的努力——白璧德所能够做的,就是在现代大学教育体制内,对其发起单枪匹马式的批判。在对复性书院的"复性"二字的解释中,马一

① 梅光迪《人之师表》,原文为英文,收录于 Frederick Manchester & Odell Shepard: *Irving Babbitt*: *Man and Teacher*, P130,Greenwood Press, Publishers, New York,1969,初版于 1941 年。中文译文刊于《跨文化对话》,上海文化出版社,2004 年,总第 12 期,段怀清译。

浮曾这样说明：

> 学术之所以分歧，皆由溺于所习而失之，复其性则同然。复则无妄，无妄则诚。自诚明谓之性，自明诚谓之教。教之为道，在复其性而已矣。今所以为教者，皆囿于习而不知有性，故今书院讲学以复性为旨趣，以讲明六艺为教。治六经之学，必以六艺义理为主。六艺赅摄一切学术，故书院不分诸科，但分通治、别治二门。通群经大义为通治，专治一经为别治。

而白璧德同样提出了人文教育在现代大学教育中的无比重要性。即一个人的知识性格和道德性格的展开彼此是密切相关的。也就是说，如果教育要想真正有效的话，人文必须承担起相应责任。

在白璧德看来，现代哲学借助于对抽象理性的信任来解决通向真理之途的知识问题的努力是徒劳无益的。这些努力，他辩驳道，意味着在理解这一点上的失败，那就是最终人只有将自己附着在一个直接具体和有形的现实标准之上——也就是坚实地建立在经验之上，远胜于通过抽象的辩论，白璧德辩驳道，人们通过榜样和具体的行为或经验来学习。进一步而言，正如近些年所被认同的那样，一个社会的质量，倚赖于这个社会所选择的它所依傍的榜样的质量。依循那些"千百代的智慧"，比依循那些"瞬间的智慧"要明智得多。那些有关现实的问题，被那些让自己的经验通过普遍意识而得以丰富、有序和阐释的人很好地予以了回答，这些普遍意识来自于文学、艺术和传统这些人类遗产。正如白璧德的学生瓦尔特·李普曼（Walter Lippmann）所阐明的那样，这是"共同的历史"——是那些"伟大的先知前辈们的壮举和宏愿"——它们激励着每一代后来者给生活的尚未完结的历史增添新的高贵的行为。

在此意义上，白璧德认为，教师——如果他们是在正确地履行自己的职责的话——是在为文明的链条结构重要的连结，没有这样的连结，文明也就不可能承沿。他们既是文化守成者，也是文化的传递者。正是从他们这里，后来者得以能够赞赏他们自己祖国的那些理想，以及那些作为宽泛的文明一部分的东西，譬如正义，还有平等，以及有序的自由。正是通过他们在自己生活和行为当中的吸收与具体化的艰苦努力，无数代的老师们才获得了为他们的学生们所尊敬的那些东西。如果老师们眼下失去了一些他们这个群体传统上为人敬重的荣誉的话，很大程度上是因为他们自己背叛了这一神圣的信任。

教育者传统角色的转换，在最近有关"估价教育"的趋势当中很好地得以反映，这一趋势指望在纯粹的抽象知识当中来给道德发展提供答案。根据那些现代理论，孩子们通过那些课堂讨论、对话、游戏以及诸如此类的一切来发展他们"自己的"的价值。根据这些理论，相较于教师们传统上那些文化传递者的角色，依照这些理论，教师这个角色被严格训导不许用他们自己的价值观或者那些传统文化中的价值观来"干扰"这一过程。同样依照上述理论，学生们要尽可能少地给予指导，让他们尽可能多地听命于自己的瞬间"感受"，还有那些跟他们同类的人。价值观是在历史和文化的真空当中被选择的。可以预言的是，其结果只能是道德相对主义。

对白璧德来说，这就意味着失去教育最基本的意义——而这一意义，在白璧德看来，对人类生活和幸福至关重要，同时也需要每一代人来不断翻新。当下美国教育上的趋势，在于试图将伦理生活与情感上的同情和不受约束的冲动联系在一起。通过比较，白璧德坚持认为，对于历史和经典的适当理解，将导致对道德完全相对的理解：它建立在约束和自律之上，"一种中庸之道和普遍的法则"。他坚持认为，真正的道德，是建立在道德性格之上的意志的训练，它与那种情感的伪道德"美德"之间，存在着非常重要的差异。①

这是全美人文协会会长、美国《人文》杂志主编之一的约瑟夫·巴尔达齐诺（Joseph Baldacchino）对白璧德教育思想的一段阐述。而作为白璧德教育哲学的一个支撑的，就是他坚信教育的伟大目的是伦理的，是在于"人"，而不只是知识和向外的探索。在白璧德看来，文明在知识上已经完全陷入到对于低于人类的关系的研究当中，这种文明最终将误入歧途；那种文明正陷入到一种无意义

---

① Joseph Baldacchino, Foreword to *Literature and the American College*. National Humanities Institute，Washington，D. C. 1986.

的美学主义之中；一种枯燥乏味、毫无生气的专业化之中，以及一种狭隘的职业主义之中。而白璧德对于真正的人文主义的全新理解的努力，旨在使他的同代人重返教育的真正目的，那就是对于人性的伟大和限度的研究。

而研究人文学科的目的，在白璧德看来，就在于追求柏拉图式的智慧和美德的结果：也就是发展正确的理性和健全的性格。就像牛津大学和剑桥大学一样，美国的大学建立起来，是为了让那些正在成长中的一代人中的优异者去研究那些伟大的文学著作，以期待着学生在知识上和道德上的提升，并最终完成自我和人的提升。这样将对学生和国家有益。这也是"人文学"这一术语所应该包含的内容：即指不同语言中，通过对经过时间检验的文学作品的严肃诠释介绍，来培育思想和良知的那些研究。而在这类研究中，白璧德确实成为本世纪初难以逾越的一座高峰。①

不过，白璧德也因此而被那些教育自由主义者冠以教育专制和剥夺每一个人的教育权力的恶名。但是，白璧德对于大学的功用、人文教育的现状的思考与追问，却并没有因为这些批评或者自由主义的大行其道而终止。罗瑟尔·科克就循着白璧德的思想轨迹，继续向前探寻着，并对美国大学中人文教育"每况愈下"的状况，表示了同样深刻的忧虑：

> 美国的大学到底有什么作用、应该作些什么，这些白璧德都作过
> 很好的回答："如果小型学院想最好地为美国的教育服务，它们就应该
> 坚定地捍卫人文传统，而不是为了和大型的大学竞争而在教育方面花

---

① "人文主义者"、"人文主义"这些概念更多的、不同的含义，参阅 Vito R. Guistiniani 的《人、人的和人文主义的意义》(载《思想史学刊》VOL．XLVI，1985 年 4 月—6 月)，第 167－195页。美国人文主义论战中还有不少著作，同样涉及到这些概念的含义。可以特别参阅早期的一些著作，诸如：louisJ. A. Mercier 的《美国的人文主义与新时代》(Milwaukee，1948)；Lawrence Hyde 的《智慧的刀：论科学与人文价值》(London，1928)；Jacques Maritain 的《真正的人文主义》(Westport，Connecticut，1941)；Hough，Harold Lynn 的《内在控制》(New York，1934)；G. R. Elliott 的《人文主义与想象》(Chapel hill，North Carolina，1938)；J. David Hoeveler，Jr 的《新人文主义：现代美国批判，1900—1940》(Charlottesville，Virginia，1977)；George A. Panichas 的《欧文·白璧德的批评使命》，收录于他的《判断勇气》一书(Knoxville，Tennessee，1982)；William Van O'Connor 的《新人文主义》，收录于他的《批评时代，1900—1950》(Chicago，1952). 其他还有一些研究著作，可以参见 Panichas 编撰的《欧文·白璧德代表文论选》中的参考书目，以及 Nevin 的《白璧德》。

样翻新。如果按后一种方法，它们就有可能沦为三流的、设备落后的学校，而且会再现那个试图膨胀自己，使之成为公牛的青蛙的寓言……即便全世界的人都屈心于过这种量的生活，大学也必须牢记，它的目的是让毕业生成为真正有质量的人，而不是常规意义上的有质量的人。"

虽然美国学院的目的和制度都是沿袭古代欧洲的教育方案，而且，尽管在其初级阶段，美国大学特别受到牛津大学、剑桥大学和苏格兰的一些大学的影响，因此使得美国学院形成了一种独特的教育体系。规模不大，有时还可以说是封闭，主要是为了能够教学而不是为了获得有成就的学者，所以学院教育很快就影响到美国生活的整个基调和特色；哈佛大学或威廉和玛丽大学或耶鲁大学或者其他早期大学的直接影响，任何国家任何时代几乎没有可以与之相比的。19世纪下半叶，大学开始发展起来，大学在很大程度上以德国的体制为它们的模式；但是至少直到最近几十年，学院（college）的社会影响仍比大学（university）的社会影响要大一些，如果独立的学院不再存在的话，那么，美国文化的许多根基就会被拔掘去掉。

旧式学院教育的目的是伦理的，在于道德理解力的发展和人文领导力的发展；但是，它的方法是理智的，通过周密设计的人文纪律来训练心智。学院是人文研究机构：它的功能几乎如此简单明了。通过理解伟大的文学作品，年轻人就可能被寄希望来在他们社区里的教堂里、政治上、法律方面担任领导职务。

这与16世纪汤姆森·埃利奥特（Thomas Elyot）所称的"领导者的教育"是一致的。不论这种制度的缺点如何，它的确培养了一批有高度纪律的、具有文学素养的年轻人成为美国的民主领导人。通过致力于伟大的文学，他们学会了克制自己去为合众国服务；他们必须学习诗歌、哲学尤其是希腊和罗马的历史；有犹太人历史的圣经；现代思想和语言；修辞学以及科学艺术。研究的科目不多，而且学习的课程是一致的。学院的目的并不在于给学生传授每个学科的一鳞半爪的知识，而是教给他们基本的思想纪律、培养一种鉴赏和批判的阅读能力、输送有性格有头脑能使自己适应道德智慧的领导职位的人才给社会。倘若这些年轻人从学院中学到的不止是有关《圣经》上记载的历史、西塞罗的格言、普卢塔克(Plutarch)的插曲——除了这些，有的年轻人还获取了很多别的知识——所习得的这一切有益于他们更好地准备应对生活，应对他们那个年龄或者我们这个年龄的生活，这比现如今学院或者大学中的自助式的课程要好，在那里，那些大学生们即便是获得了那张文凭，可能也没有读过一本重要的作品——确实，如果说，他们只是埋头苦读那些乏味的课本的话。

如果美国高等教育机构能够给他们的学生普遍地传授约翰·亨利·纽曼(John Henry Newman)所说的那种文科教育，那么我们在精神秩序和社会秩序方面的许多困难就会大大地减少。但在这个时代，期望我们在大众教育方面取得如此成就，只不过是把我们的目标定得不可能达到的高度。如果我们能在我们这个时代去尽力恢复成就的标准，而这一标准又基本上与完全缺乏纽曼式的理想的、为旧式美国大学所拥有的标准相同，那么，我们就是幸运的了。

自白璧德时代以来，因为美国的学院(college)极力想把人人培养成多面手，所以它也就没能够达到早期美国的学院所努力的最低目标。美国的学院已许诺教授适应群体、社交、贸易、销售、商业的技巧和处世的能力。他们仿效大学(university)和技术学校的那些功能。尽管牢骚满腹，却又不好大声声张，他们把学院的那些老的原则安放在课程不起眼的角落里——那时他们还没有完全废除古典典籍、风雅文学、语言、道德哲学，甚至还有投机科学。"商业科学"、"沟通技能"、"法前教育"、"西医前教育"，所有这类东西取代了教育人们人文法则的课程。绝大多数学院放弃了他们的伦理目的，忘记了他们的知识意义。功能停止了，形式也就萎缩了。

在1986年认识到学院的这些目的并非易事。美国的学院一直为白璧德在他的《文学与美国大学》中所抨击的迅速扩大的病疾的折磨。只有列举其中四点方才能够使人获得满足。

其一，无目的：学院和大学作为一种重要产业的泛滥，雇佣成百上千的人，给他们好工钱，只是为那些孤独的年轻人提供一个上了年纪的大染缸——很少提供足够的思想，更不用说良知了。这个体制存在着,似乎就只是为了让其本身得到永存不朽一样。

其二,知识上的无序:自助风格的学制课程堕落成一种"开放"的学制,成为那些被放弃的知识的集成;一种以"职业为中心"的专业化计划的盛行;一种要求知识运用课程的变形;许多校园中在白璧德看来是人文学术精华基础的人文科目的消失。

其三,规模上的巨人主义:Behemoth 州立大学拥有四万学生,它奉行那种非人文的规模,嘲弄白璧德的"闲适和沉思氛围",追逐集体主义而不是一致性,安装了电视机的乏味的寄宿宿舍;犹太学生区,在这里许多学生从来没有见识过真正的教授,这里的教育管理者们所吹嘘的就是大学生的批量产出。

其四,许多教授和学生对意识形态的顶礼膜拜和攫取,这样一来,那些憎恨仇视从过去或者代表权威那里继承下来的一切成了大学里占据主导的情绪;政治狂热赶走了那些温和的课程,这些课程有助于公正中和和学术自由。①

绝大部分人——无论是同时代的还是后来者——都认为马一浮和白璧德的努力注定会失败。事实似乎也应证了这一点。但是,无论如何,在一种明知不可为的时代语境中,这两个 20 世纪中、美人文学者倔强而坚毅的声音,直到今天,依然依稀尚存。这或许也能够说明一点什么。

信仰和如何开讲,这也是 20 世纪部分人文知识分子在面对历史与现实时的一种独特的声音和姿态,这种声音和姿态,几乎从其出现或者呈现之时起,就倔强地朝向着人类未来之希望所在:大学之道。

该文原发表于《社会科学论坛》2005 年第 10 期(上半月刊)

---

① Russell Kirk, Introduction to *Literature and the American College*. National Humanities Institute, Washington, D. C. 1986.

# 《天下》英文月刊影印前言

## 一

英文月刊《天下》(*T'ien Hsia Monthly*)创刊于 1935 年 8 月,终刊于 1941 年 9 月,一共存在了 6 年。该刊最初每月出版 1 期,每月 15 日出版,每年 6、7 两个月休刊。1 年共出 10 期,每半年所出 5 期汇结为 1 卷。1940 年 8 月后改为双月刊,遂前后共计出版 12 卷,其中第 12 卷出版第 1 期之后,因太平洋战争爆发停刊,因此一共出了 56 期。

《天下》月刊由南京中山文化教育馆资助主办,编辑先后有吴经熊、温源宁、全增嘏、林语堂、姚莘农、叶秋原。其中,吴经熊为执行主编,温源宁为负责稿件的主编。该刊编辑部最初设在上海愚园路 1283 号,1938 年 1 月,编辑部地址变更到上海渡轮道 400 号。1938 年因抗战全面爆发,《天下》的编辑者曾转移至香港,但仍坚持刊物的编辑工作。

《天下》是一份以现代中国留学欧美的知识分子为主而创办的英文文学、文化类刊物,其宗旨为"向西方解释中国文化"。其主要读者对象,为在华西方人、具有西方教育背景的中国知识分子(主要是归国留学生)以及海外对中国文学、文化有兴趣并希望有进一步认识了解的西方读者。在该刊发刊词中,其主要资助人、立法院长孙科将该刊上述宗旨解释为"向西方介绍中国,而不是向中国引进西方文化",进而"推动国际文化交流"。由此可见,《天下》着重是在向西方乃至世界介绍中国,既介绍传统中国,也介绍现代中国,是现代中国一份不可多得的向外传播中国文化的窗口,也是外国人看中国的一个文化信息渠道。在现代西方语境乃至世界语境中，来阐释传统中国和现代中国，尤其是文化语境中的传统中国与现代中国，既源于《天下》的一种文化自觉，也是不同民族、不同文化之间平等对话交流的一种现代努力。

不过，从刊物内容来看，《天下》也曾经刊发过一些评介西方著述的文章。当然这些评介文章，所反映的也主要是中国现代知识分子对于西方文学文化以及学术研究成果的观点意见。

《天下》月刊之得名，从执行主编吴经熊事后的回忆说明中可知，与孙中山"天下为公"的理想有关，当然也可以说与中国知识分子家事、国事、天下事事事关心的传统一脉相承。只不过对于 20 世纪的中国知识分子来说，此时他们所置身、所面对以及所评说议论之"天下"，显然已经不是诸子百家时代之"天下"，而他们此时所肩负的文化使命，也已经不再是向蛮夷之邦、化外之地传播儒家思想中华文明，让周孔之道播及海外，以昭柔远，而是在近代以来中西文化力量及对话交流严重不对等的严酷现实面前，通过对中国传统思想之核心要义的阐发，实现他们让世界各国民众认识了解中国和中国文化，与中国人民"分享"中国文化价值的现代诉求，并最终达到让中西方之间更好地相互理解，避免因为文化误解而导致的矛盾冲突，以求和谐共存的文化理想。

二

《天下》月刊的上述宗旨，首先体现在它的栏目内容上。

从创刊号开始，该刊通常设置"编者的话"、"文论"、"翻译"、"书评"几个相对固定的栏目，另有"纪事"、"通信"这样带有一定补白性质的机动栏目。上述栏目中，真正涉及到时事的，也就只有"编者的话"或者所谓"社评"、"刊评"。这也是《天下》走出读书人的书斋或者象牙塔，对国内外重大时事直接发表意见的一个栏目，不过该栏目也时常刊发评述对于国内外一些重大的文化事件的言论。

而在"文论"一栏，一般登载 3、5 篇评述性的文章，内容涉及中西文化、政治、艺术、建筑、思想等方面。这些评论文章的作者，基本上是具有留学欧美背景的人文社科领域的专家学者，也有若干西方现代汉学家。这些文论，是中国现代知识分子和西方现代汉学家对中国文化（以传统文化为主）的现代阐释，集中地体现出《天下》月刊在重新阐释文化中国方面的努力。

"翻译"栏则基本上以对中国现代作家作品以及中国古代典籍的翻译介绍为主。如现代作家中曹禺《雷雨》(*Thunder and Rain*,3 卷 3—5 期及 4 卷 1—2 期)、沈从文的《边城》(*Green Jade and Green Jade*,第 2 卷 1—4 期)和《萧萧》(*Hsiao-Hsiao*)(第 7 卷第 3 期)、巴金的《星》(*Star*,5 卷 1—4 期)。此外还选译过鲁迅、老舍、冰心、萧红、姚雪垠、俞平伯、卞之琳、戴望舒、梁宗岱、凌叔华等人的作品。古代典籍方面,则选译过《浮生六记》(*Six Chapters of a Floating Life*,林语堂译,1 卷 1—4 期)、《贩马记》、《打鱼杀家》、《牡丹亭》之《春香闹学》、《林冲夜奔》、《列子杨朱篇》、《道德经》、《列女传》、苏东坡的诗等等。其中所选择翻译介绍的作品,不少是首次被翻译成英文,介绍给西方读者。

相比之下,"书评"一栏则以介绍新近出版的人文社科类著述为主,是对当时最新学术思想成果的评介说明,其内容并无藩篱,涉及到国外与中国相关的所有研究领域。这一栏目,既是了解西方现代汉学或者中国学最新成果的一个不可多得的渠道,同时也是了解中国学者对这些研究成果的评论意见的一个有效途径。

其次,《天下》月刊的上述宗旨,又通过它在全球各地极为广泛的订阅发行,来落实其在"世界性"方面的目标追求。

据称,《天下》由上海的别发洋行出版发行,借助别发洋行的力量,除在中国大陆、香港地区外,还在日本、新加坡、爪哇、英国、德国、法国、美国等地设有发行点。这种立足于上海租界和在沪西方人,通过上述遍及欧美亚洲诸国的发行渠道,基本上能够将《天下》的声音传递到世界各地。其刊物的运作方式,已经表现出现代文化传播的鲜明特性。

再次,《天下》月刊在"公正性"和"世界性"方面的宗旨目标,还通过其作者和译者阵营的特色反映出来。

《天下》稿件尽管以编辑部成员为主,但也积极广泛地征集外稿,其外稿作者,多为京沪两地具有欧美留学背景的高级知识分子。这些作者在对待传统中国以及现代中国的文化立场上,却不尽一致,其中既有现代自由主义知识分子(像邵洵美、金岳霖、凌叔华等),也有反对五四新文化运动的现代文化保守主义者(像被视为"学衡派"重要批评家的植物学家、诗评家和社会文化批评家胡先骕)。这些作者对中国现代化尤其是中国文化现代化的途径与目标的想象与设计，存在着明显观点上的分歧差异，但这些似乎并没有影响到他们向西方和世界介绍他们所阅读、所认知甚至所热爱的那个中国的热情。而这些介绍，其实从一开始就兼顾了学术性、思想性与通俗普及之间的平衡。事实上，《天下》的读者对象，并非是专业研究者，尤其不是西方那些专门研究中国传统文化和现代文化的专业汉学家或者业余汉学家，而是更多面向西方普通大众，是向一般西方读者介绍一个现实表象之后的中国，一个正处于动荡与纷乱之中的现代中国之后悠久而恒常的文化中国。

特别值得一提的是，《天下》月刊的作者队伍，亦并未局限于中国知识分子，而是几乎每期都会刊发至少一篇西方作者的稿件。这些稿件的作者，或者是西方汉学家、文学批评家、诗人小说家，或者是西方驻华人士（记者、外交官、教师、传教士等）。这些西方人眼中的传统中国与现代中国、现实中国与文化中国，极大地丰富了《天下》对于世界语境与现代语境中的中国的描述与阐释，也从一个方面体现出《天下》在文化立场上的客观性、公正性以及国际性和多样性追求。

三

说到向西方说明中国文化，尤其是向西方介绍传播中国传统文化的核心价值与审美诉求，这种焦虑感或者迫切性，其实在近代以来的中国知识分子中一直普遍地存在着。甚至早就有知识分子认识到，近代中西方之间的矛盾冲突，西方对中国的步步侵略，其主要原因固然在于对贸易经济政治军事利益的掠夺，但中西文化之间缺乏平等地对话交流，尤其是中国文化缺乏必要的面向西方的自我解释说明，导致文化上越来越多的偏见与误解，也是加深中西之间的矛盾冲突的不可忽略的原因所在。

还在第一次鸦片战争之后不久，当时处于中西往来以及冲突最前沿的广东，一位名叫梁廷枏的知名学者，就曾经将中西之间的冲突，与彼此之间文化上的缺乏了解以及由此生发出来的隔阂误解联系起来分析。他说：

> 盖其人生长荒裔，去中国远，不睹圣帝明王修齐治平之道，不闻诗书礼乐淑身范世之理，所得内地书籍，出于市商之手，徒求值贱，罔禅贯通；更畏例严，购求忙杂；又飘栖异域，必无淹博绅贤，古义邃精，岂

通解证。彼纵坚心求学，而责师之术，从入迷途，薄涉浅尝，挂一漏万，

无足以生其悦服，启其机械。夫是以始终墨守旧行之教，递相传述，辗

转附益。不知所考，则信奉愈坚；不知所疑，则触发无自意。

尽管这段文字中明显包含着以传统儒家中国为中心的"天下观"中对于西方，尤其是近代西方近于可笑的"无知"，但他认识到儒家学说其实也有西传之必要，认识到当时来华西方人包括西方汉学家缺乏对中国文化的精髓要义和核心价值的深入贴切认知理解，认识到这种"缺失"其实与中西之间的矛盾冲突不无关系，应该说这些在当时都是不乏真知灼见的。

近代中西文化交往中，对中国传统文化的"西传"或者"外传"做出最主要贡献的，其实并非是中国知识分子，而是西方那些业余或者职业的汉学家。这些汉学家出于各种考虑原因，将大量中国传统经典翻译介绍到西方世界，这些对于进一步扩大西方人对于中国和东方的了解认知，起到了一定作用。但是，作为19世纪西方汉学中最为重要的一支力量的传教士汉学，其对中国的译介阐释，是存在着诸多不足、缺陷的。这种缺陷不足，后来曾遭到过同样来自于西方教育背景的中国知识分子辜鸿铭的猛烈抨击和批评。而辜鸿铭在批判这些传教士汉学家对中国传统文化的"误读"的同时，也直接翻译了中国儒家最有代表性的几部经典，并用西方语言，在当时上海、北京、香港以及西方的外文报刊上，发表了大量阐释解读中国传统文化经典之核心要义的文论。这些文论，单就其观点主张来看，偏颇之见不少，但辜鸿铭却是近代中国最具盛名的用西方语言向西方读者解读阐释中国传统经典的批评家之一。

但辜鸿铭们或者辜鸿铭式的努力，终归无法阻挡西方列强对于中国的一步步侵略，无法阻挡近代中国的一步步衰落直至最终崩溃。中国文化的声音，中国文化与西方文化对话交流的努力，也终归被淹没在西方列强瓜分中国的殖民热潮与狂欢之中。

其实，在辜鸿铭孤木独厦式的悲壮努力之前，在香港、上海、广州这些近代开埠口岸城市中，已经有一些中国读书人开始了与西方来华传教士、外交官以及商人之间的交往合作。但这些读书人大多不识西文，或者干脆不愿意学习西文，对西方文化存在着种种预设偏见，导致了近代中西之间的文化交流，是以大量翻译介绍西方近代科技文明为主导的"一边倒"现象。

近代口岸知识分子中所存在着的这种以引介西方文化和文明为主导的中西文化交往方式,在"五四"新文化运动中得到了进一步加强。当中国的近代化和现代化以西方化或者外来文化作为压倒性导向的时候,中国传统文化的核心价值和现代意义,不仅在世界语境和现代语境中是无力且逐渐丧失其独立性和独特的文化价值的,即便是在中国本土知识分子心中,也早已经生发出中国文化的认同危机,有人将这种文化信仰危机,称之为中国意识的危机。

而在这样一种时代思想语境中,向西方介绍说明中国传统文化之努力的价值及意义又何在呢?

## 四

当然,值得庆幸的是,上述所谓"一边倒"的文化交流现象,并没有成为那个时代的唯一现象。

作为现代报刊史上一份有独特思想、文化以及语言特色的刊物,《天下》在向中国之外的世界介绍传统中国与现代中国方面所作出的努力与成就,无疑都是值得予以尊重和肯定的。尽管刊物上一些文章观点也有进一步探讨商榷之必要,但总体上所表现出来的"从思想的视角来衡量一切"的文化批评诉求,无论是对于从现代角度来解读阐释传统中国,还是对于从世界语境和世界文化语境来解读阐释传统中国,同样是值得予以充分关注和重视的。这些解读阐释中国传统文化与现代文化的努力,即便是对当下中国走向世界、和平崛起的国家战略,尤其是国家文化战略,依然具有一定的经验意义和参考借鉴价值。

而从现代思想史、学术史、翻译史以及言论史上,《天下》的历史意义与现实意义迄今亦未曾全然丧失。尽管它并没有真正意义上实现其自我设定的"囊括中国各方面的生活与文化;受过教育的中国人所感兴趣的西方生活与文学;'纪事'栏对当今中国的文学与艺术做出鸟瞰式总结;将重要的中国文学作品,无论古今与体裁,包括诗歌、散文、小说、短文,翻译成英文;当前中外书刊的评论"这一宏大高远之目标,但它确实在上述各方面都作出了有益的探索努力。这些思想经验与言论主张,即便对于今天的中国人来解读认识传统中国、解读认识中国传统文化,仍有不少裨益。

而从现代中西文化对话交流的角度来看,《天下》所突出的本土立场、世界意识、天下情怀之间的协调平衡,所强调追求的一个人文知识分子在文化的本土性与世界性之间的关切折中,所奉行弘扬的普世价值与文化的普遍性观念等,对于 20 世纪以及 21 世纪中国的传统文化的现代化以及人的现代化,也都提供了难得的文本经验。

如今,国家图书馆出版社计划全文影印《天下》月刊,这无疑是一件值得肯定支持的事情。这不仅有助于对于《天下》月刊的认识和学术研究,有助于了解认识《天下》时代它的作者们对于中国传统文化与现代文化的解读阐释,同时也有助于借鉴《天下》的经验,更加全面完整准确地认识中国文化的对外交流与传播,并帮助我们去探究,如何在一个更现代的语境和更充分的世界化语境中,理解认识中国文化的本土性与世界性,理解认识中国文化中所蕴涵的文化普遍性与普世价值。

《天下》月刊影印版已由国家图书馆出版社 2009 年 11 月出版

# 《中国评论》前言

## 一

19 世纪西方的中国研究或者汉学发展的一个重要标志，就是一些具有广泛影响且存在时间相对较久的汉学刊物的相继出现。这些刊物或者创办于欧洲本土，或者是在割让地及新开埠的口岸城市，后者当中至少包括《中国丛报》（*The Chinese Repository*）、《华洋通闻》（*The Celestial Empire*）、《皇家亚洲文会北中国支会会报》（*Journal of the North China Branch of the Royal Asiatic Society*）、《中日释疑》（*Notes and Queries on China and Japan*）、《凤凰杂志》（*The Phoenix*）、《中国评论》（*The China Review，or Notes and Queries on the Far East*）和《教务杂志》（*The Chinese Recorder*）。而后来一些汉学研究者，往往更为关注对于单个汉学家以及单行本著述的研究，通常忽略了"对于那些在中国口岸城市出版的具有开拓性的英文期刊的贡献之研究"（参阅 Norman J. Girardot，*The Victorian Translation of China：James Legge's Oriental Pilgrimage*，California University Press，2002，Berkeley）。而在上述有关中国的英文报刊中，尤以《中国评论》因为存在时间长、立场相对客观（既不像最初一些教会所属的有关中国的西方语言版的报刊，也不同于一些有关中国的纯粹商业性的报刊，甚至也不同于西方主义或者殖民主义色彩浓厚的报刊）、内容相对丰富、作者群广泛等而为当时关注东方尤其是中国的西方读者所重视，同时亦逐渐引起后来的汉学研究者之关注。

《中国评论》，又名《远东释疑》，1872 年 7 月创刊于香港，1901 年 6 月停刊，

前后存在长达 29 年,共出 25 卷 150 期。这是一份主要由英美来华传教士、外
交官、公务员、商人、旅行者、报刊记者等为主要撰稿人和读者的英文汉学评论
刊物。其主要内容涉及中国古代和现代建筑;农业、工业和商业;考古学;艺术
与科学;文献;传记;中亚民族人种、地理和历史;年代学;朝鲜历史、语言、文学
和政治;工程;民族人种;动物志、植物花卉;地理、物理和政治;地质学;行会与
贸易组织;普通历史与区域历史;碑铭;中国与其他国家之交往;中国对于日本
文学、宗教、哲学和文明之影响;法学;古代与现代文学;生活方式与习惯,运动
与休闲娱乐;神话;医药;冶金术和矿物学;钱币学;政治体制、机构与管理;宗
教,其原则,习俗与礼仪;对与东方相关著作之评论;黑社会(地下秘密社会);贸
易线路;原著、小说、戏剧等翻译。① 概略而言,这是 19 世纪末期一个关于中国
的百科全书式的知识的新式传播媒体,其中不仅相对完整地记录了 19 世纪后
二十五年中西方(尤其是欧洲)汉学研究的历史进程及学术面貌,也保存了当时
中国及传统中国的大量历史、社会和文献信息,既是研究 19 世纪后期西方汉学
史不可或缺的一份历史文献,同时对了解晚清中国社会、历史与文化等,尤其是
西方人眼中的晚清中国历史、社会和文化等,亦有不可替代之价值。

其实,在上面所提到的一些英文报刊中,《中国评论》亦被认为是西方世界
最早的真正汉学期刊。尽管《中国评论》当时的作者和读者群体,并非是专门的
或者职业汉学家,甚至也不完全是传教士汉学家或者外交官汉学家等这些最早
对中国社会与历史文化产生知识兴趣与研究阐释和介绍兴趣的群体,还有当时
出于各种原因、目的来到东方中国的西方人,包括殖民地民政官员、军人、工程
技术人员、各种类型的投资者或者商人、非职业的考古探险者、冒险者等等,但
因为这份刊物存在的时间长,再加上它在刊物编辑思想上相对开放自由,而 19
世纪后半期,正是西方汉学迅猛发展的时期,也是西方业余汉学向职业汉学转
型的过渡时期,而《中国评论》不仅见证了这一时期西方汉学领域所发生的主要
变化,更见证了西方汉学在 19 世纪下半期所取得的主要成就。原因很简单,几
乎所有 19 世纪重要的西方汉学家,先后都曾在《中国评论》上刊发过有关中国
或者东方的文论。对于晚清中西文学——文化交流史的研究者来说,《中国评

---

① *The China Review*, or *Notes and Queries on Far East*, Vol. 1, No. 1 (1872, Jul),
P2.

论》亦是一个不可多得的文献资料宝库。因为其中不仅刊载有当时汉学家们对中国传统精英文学文本的阅读阐释，更有对于中国丰富浩繁的民间文学及文献的阅读阐释，当时的来华汉学家们或者从未踏上过中国土地的中国研究者们，也正是从这里来打量观察认识了解中国，并展开他们或许长达终生的中国研究的。

二

曾经有学者就《中国评论》与同时期其他一些有关中国的英文报刊之间的关系、彼此之间在办刊方面的风格特点等作过如下比较描述：

> 由美国传教士裨治文(Elijah Bridgman)编辑的《上海文理学会会报》(*The Journal of the Shanghai Literary and Scientific Society*，1858 年创刊，此乃裨治文早期主持的《中国丛报》之继续，而又是稍后出现的《皇家亚洲文会北中国支会会报》之先锋)和由欧德理(Eitel)编辑主持的《中国评论》，第 1 期出版于 1872 年 7 月)成了西方世界最早的真正汉学期刊。它们至少是最早完全关注中国的期刊，与此同时，它们也意识到自己所担当的科学任务。《中国评论》，还有相比之下程度稍微弱一点的《教务杂志》和《皇家亚洲文会北中国支会会报》最充分地表达了这一时期世俗化和科学化的趋势。稍早由裨治文创办的《上海文理学会会报》，则描绘出一个过渡状态，在这里，传教的兴趣和世俗的兴趣("科学的和文学的")在对于获得东方知识的"战斗"中被大胆地结合在一起。对于裨治文来说，中国的光荣，就是提供给那些真诚的研究者的"充裕的工作"以及隐秘智慧的圣经的深度。①

上述描述判断的一个依据，就是当时英语国家最有影响或学术潜力的中国研究者评论者，大多在《中国评论》上发表过文论，有的还将自己有代表性的一些研究成果刊发于此。据不完全统计，理雅各(James Legge)、艾约瑟(Joseph

---

① Norman J. Girardot, *The Victorian Translation of China*: *James Legge's Oriental Pilgrimage*, California University Press, 2002, Berkeley (Los Angeles), P145.

Edkins)、湛约翰(J. Chalmers)、花之安(Ernst Faber)、欧德理(E. J. Eitel)、翟理斯(Herbert A. Giles)、欧森南(E. L. Oxenham)、梅辉立(W. F. Mayers)、伟烈亚力(Alexander Wylie)、庄延龄(Edward Harper Parker)、巴尔福(Frederich Henry Balfour)等,都先后在该刊发表过5篇以上的文论,而先后在该刊发表过一篇以上文章者,初略统计人数当在百名以上。该刊就中国经典翻译(尤其是有关"道"这一中国经典中专有术语的英译问题)、客家历史、边疆史、民间社会史、风俗史、器物史、语言(尤其是方言研究、汉语史研究以及比较语言学研究等)、文学文本等所展开的研究阐述,大多反映或代表了当时西方汉学研究的较高甚至一流水平。其中对中国文学,尤其是中国小说、诗歌、民间文学以及戏曲等的翻译介绍,也从一个方面反映出19世纪下半期中西文学对话交流、中国文学"西渐"的一般面貌。而同样值得关注的是,这些作者不仅大多有在中国或近中国的口岸城市、沿海城市生活工作的经验,有的甚至还有与当时中国权力当局直接接触的特殊经历,像梅辉立就曾经担任英国驻华公使威妥玛的翻译,直接与清政府总理衙门的大臣们进行外交事务交涉谈判,在清政府后来派驻英国公使郭嵩焘出国之前的日记中亦不时提及此人。这种汉学家对于当时中国社会、政治、外交、军事等的观察思考与解读等,无疑对我们今天了解研究晚清政治史、外交史等,提供了一个特别的视角。

据该刊主编①、创办者但尼士在《中国评论》"发刊词"(The Introductory Notes)中声称,该刊不仅独立接受刊发文章,在版面许可的情况下,还将选登《中国丛报》等汉学报刊上面有价值的文章。而它所接受文章的语言,并不仅限于英文,也可以是中文、拉丁文、法文、德文、意大利文、西班牙文、葡萄牙文,这也是当时欧洲汉学研究相对比较发达国家的语言。不过后来的事实是,仅有少量文章是用法文、德文、意大利文、西班牙和葡萄牙文撰写的,其他绝大部分为英文。

而且,据编辑者当初设想,每一期《中国评论》上,还将对同时期整个欧洲所有关涉东方的报刊上的信息予以介绍或者转载,包括对同时期欧洲或者美国所出版的有价值的汉学研究著作予以及时介绍评论。总之,编辑者当初就是希望

---

① 先后有但尼士(N. B. Dennys)、欧德理(E. J. Eitel)、波乃耶(J. Dyer Ball)等人担任过《中国评论》的主编。

将《中国评论》办成一个欧洲乃至西方世界的汉学研究与信息汇聚中心。不过，它的创刊地是在欧洲之外的香港，而且其主要使用的语言，也不再是 18 世纪和 19 世纪上半期西方汉学—东方学研究发达的意大利、荷兰、葡萄牙、西班牙、法国、德国等欧洲大陆的语言，而是英语。这一变化，当然也昭示着从 19 世纪下半期开始，欧洲汉学研究的中心，已经从欧洲大陆转移到英国和正在逐渐崛起的美国。

三

正如上述所言，《中国评论》是一个关于中国的百科全书式的综合评论研究刊物，其中所刊发的文章，其学术水准亦参差不齐。有来华旅行者浮光掠影式的印象记，亦有在华生活数十年、从事中国学研究亦达数十年的资深汉学家的专门研究成果，其中像理雅各、翟理斯等，当时已经是英国牛津大学以及稍晚一点的剑桥大学的中文讲座教授，是 19 世纪末期英国大学里职业汉学研究的开路人。

如果仅由此看，或许会有人以为，《中国评论》的创刊，是西方汉学界的一种共识，或者是英国汉学界协力促成的一个盛举，不过，真实情况却并非如此。

据其创刊号刊登的"发刊词"①介绍，在创办《中国评论》之前，其创刊主编曾主持过一个延续了四年之久的远东评论刊物《中日释疑》。据称，这是一个在当时中国和欧洲都普遍受到好评的刊物。但是，在编辑者因为工作缘故返回欧洲期间，其接任者出于"让当时所有人都感到莫名其妙的原因"而停掉了这份势头正盛的刊物。而当时另一份主要以传教士为读者对象、几乎与《中日释疑》出于相同办刊目的的刊物《教务杂志》也停刊了。这样一来，当时在香港，就只剩下一份部分内容与上述两份刊物相近的刊物即《凤凰杂志》。后者是一份以在亚洲的一般欧洲人为读者对象的刊物，因此也就难以满足那些对于中国、远东乃至整个亚洲有着专门研究兴趣和研究水平的作者和读者的需要。而这也就成了《中国评论》创刊的历史因缘与现实需求之所在。事实上，在其存在的二十多

---

① *The China Review*, or *Notes and Queries on Far East*, Vol. 1, No. 1 (1872, Jul), P1.

年时间里,《中国评论》基本上秉持了对华中立客观的立场,其中所发表的大多观点,也基本上能够超越偏激浅薄的西方主义或者殖民主义者的立场主张。尽管无论是编辑者还是作者,最终无法彻底摆脱西方文明以及西方优越论的影响,但这在殖民主义和欧洲中心主义正在全球范围内方兴未艾的 19 世纪,并非是轻而易举就能选择并坚守的学术与文化思想立场。

不妨以《中国评论》上所刊发的一些有关中国文学的文章略作展开说明。

《中国评论》曾经分四期刊登过理雅各就《圣谕广训》在牛津大学所作的公开演讲的演讲稿。值得顺便一提的是,刚抵达伦敦不久的大清驻英公使郭嵩焘,亦曾受邀到牛津大学,旁听理雅各有关《圣谕广训》的最后一讲,并就理雅各的讲稿内容还与之交换过意见。而作为传教士及汉学家的理雅各,之所以对《圣谕广训》产生兴趣,除了他对大众化、生活形态化的儒家思想观念的传播方式与认知转换方式感到好奇外,他对以儒家思想为其核心思想资源的中华传统道德伦理文明的历史、现状以及未来趋向的学术判断,都反映出当时英国汉学理性、专业同时又并不缺乏人文关怀的时代特点。

而《中国评论》上所刊发的对中国小说《水浒》、《玉娇梨》、民歌《茉莉花》等的解读介绍文章,大多能够本着共同人性以及普世价值的立场,来审视考察中国文学作品中所表现出来的民族性与人性。这些文章,可能因为对于中国文学以及中国历史文化缺乏系统完整的把握而使得提出的观点阐释显得多少有些隔膜甚至可笑,但这却是中西文化对话交流初级阶段所无法绕过超越的。

## 四

国家图书馆出版社此次本着保护利用历史文献、方便学术研究的目的,重新影印《中国评论》,这无疑是值得肯定的。同时亦需借此说明的是,《中国评论》存在的二十多年,正是西方殖民主义国家在东方肆意进行殖民掠夺的时期,也是中国不断遭到侵略、逐渐沦入到殖民深渊的时期。无论当时那些汉学家怎样超越,如何同情理解中国人民的感受及抗争,他们也无法彻底摆脱或避免时代、民族、文化所带来的影响。这些影响,最终也不可避免地反映在他们的文章里,这是需要阅读者在阅读过程中有所自觉的。

另外,与当时西方殖民主义运动密切相关的是,西方人正在形成的一种以西方为中心的新的地理知识。这些知识所反映的,是当时建立在西方强权和不平等的侵略现实基础之上的一种现实面貌。譬如在涉及蒙古、西藏、新疆等地的问题上,该刊主编在发刊词及正文内把上述几地与中国并列(其中蒙古应该也包括内蒙),这种说法只是当时西方人的观点;而将台湾称为福摩萨(Formosa),也是殖民意识的存留反映。对于这些,此次影印,为了保持资料的完整性和原始面貌,不影响读者阅读,一概未作处理,这也是需要予以说明的。

《中国评论》原刊共 25 卷。此次影印出版,将 14、15 卷合为一册,17、18 卷合为一册,23、24 卷合为一册,其余每卷为一册,共计 22 册,每册都重新编页码。另外,为方便读者使用,此次出版时,第一册前面编有总目及各卷目录,最后一册后面增加了各卷索引及福开森 1918 年所做的索引。

《中国评论》影印版由国家图书馆出版社 2010 年出版

# 《朝觐东方：理雅各评传》译后记

　　此前稍早时候，因为一个偶然之机缘，我曾有幸去了一趟位于秦楚边界的湖北郧西。在郧西上津这个据说有上千年县治历史、迄今仍保留了部分古城风貌的边关古镇的古城墙上，望着一边在奔腾不息流向汉水的金钱河，一边陡峭险峻连绵不断又叫不出名字的山岚，心中突生不少感慨。就在上城墙之前，我还在古镇一条街道上参观过一座据说始建于 1905 年、距今已有百年历史的天主教堂。在这样一个偏离中心城市的边关之地，发现这样一座与现代、西方等因素相关的实体所在，已经让我感叹不已了，更让我惊讶的是，据说上津天主教的传入，与明末清初西方来华耶稣会士汤若望不无关系。倘真如此，遥想三百多年前，一个德国莱茵河畔的贵族子弟，如何在皈依天主之后，凭借着信仰的力量，不远千山万水，来到中国，风餐露宿，全然不顾异域环境之陌生恶劣，人民之反感抵制，旅途之孤独寂寞，甚至深入到这人迹罕至、地广人稀的偏远之地。这不仅是宗教信仰的奇迹，中西文化交流的奇迹，也实在是人的奇迹和生命的奇迹！当年那些耶稣会士，怀持着"安贫、贞洁和服从"的誓愿，在远离故国的异国他乡，奔走宣教布道，直至终老，有的甚至最终亦未曾再踏上自己故乡的土地，将自己的一生，完全交给了所信奉的天主和誓愿。这样的人生，撇开宗教政治学术以及文化侵略一类的议论，究竟该如何认识评价，实在值得更深沉、更富有同情的思考与理解。

　　就在这样的浮想之间，我的脑海中出现的，就还有晚清新教来华传教士、英国人理雅各。

　　说到理雅各，还有他女儿为他所撰写的传记《理雅各：传教士与学者》一书，我在六年前完成该书翻译后所写的一篇"译后记"中有所说明：

2004 年 5 月，因为撰写《普天之下：欧文·白璧德与中国文化》一书，我在上海徐家汇藏书楼查阅计划中的最后一批外文文献，其中就有 19 世纪英国来华传教士、汉学家理雅各(James Legge) 的英译巨著《中国经典》(*Chinese Classics*)，以及他的女儿 Helen Edith Legge 撰写的 *James Legge：Missionary and Scholar*。前者是我此次上海之行计划查阅的文献，而发现后者则属于意外收获。

理雅各虽然被称之为"来华传教士"，但他的传教范围主要集中于香港，并间接延伸到华南地区，特别是靠近香港湾的粤南。事实上，在随英华书院(Anglo-Chinese College)迁来香港之前，理雅各主要在马六甲华人社群中传播耶稣基督福音。第一次鸦片战争之后，随着香港被割让给英国，这里也就成了英国对华政治、经济、文化交流的桥头堡或者中转站。理雅各 1843 年从马六甲迁来，直到 1873 年最终回国，他一共在香港度过了三十年的传教生涯。在此之后，理雅各作为牛津大学的第一任中文教授，开始了他漫长文化人生的第二个长达二十年的重要时期——专职汉学研究时期。

在读到理雅各女儿撰写的这部传记之前，我曾经收到香港浸会大学历史系黄文江博士赐寄的他的大作 *James Legge：A Pioneer at Crossroads of East and West*（Hong Kong Educational Publishing Co.，1996 年），还有他提交的几篇与理雅各相关的国际学术会议的论文。这些文献资料，对于我进一步认识了解理雅各的帮助是显而易见的——直到现在，与理雅各直接相关的第一手文献资料在中国内地依然不容易找到。

我用了一个下午读完了这部传记。这部由理雅各女儿撰写的传记，尽管不是有关理雅各传记文献当中最突出的，但至少有两点，使得这部传记具有其他与理雅各相关传记著作所无法替代的地位。其一是撰写者与传主之间的关系；其次是这部传记出版于 1905 年，也就是理雅各去世仅八年之后。不仅如此，传记中还直接引用了理雅各致伦敦传道会(London Missionary Society)、属灵小册子公会(Religious Tract Society)等的大量报告信函，以及他在长达近四十年的东方生活中写给家人友人的大量信札。这些文献资料，对于我们多侧面、近距离地认识了解理雅各，无疑是具有其不用再多阐述的价值的。

除此之外，一个女儿对于父亲所怀有的情感，时时浮现于传记的字里行间，读来令人不忍释手。也就在这时候，我决心尽快将这本一个世纪之前的传记作品翻译出来，也算是自己向理雅各这位 19 世纪东西方文化交流的开拓者所表示的一种敬意。而对于他所一直矢志不逾的在华传教事业，这一百年之后的心灵交流，也不妨看成是对这位先行者的一次迟到的精神回应与思想对话。

翻译只用了十五个工作日就完成了初稿，这在我个人工作效率上是从来不曾有过的。我把这看成是理雅各这个令人尊敬的英国来华传教士和东西方文化交流的开拓者的在天之灵对我的庇佑，我相信他那双睿智而慈祥的眼睛，在我工作的每一个白天或夜晚，一直在默默地注视着我。

因为每星期的几次课，我的翻译工作中时有间断。每逢此时，都是我的妻子周俐玲自觉而且自然地接着我的工作继续下去——这已经是我们之间多年形成的默契。她对这部书的翻译工作的贡献，具体地体现在第八、九和十章之中。

翻译是在每天几千字左右的进度中往前推进的。手背因为长时间在键盘上敲打而看上去有些发肿，我的女儿夸张地说，爸爸的手就像她星期五中午在学校时吃的包子。女儿的嬉笑，成为翻译过程中十分难得的调剂甚至享受。

此书翻译之初，得到了上海图书馆徐家汇藏书楼的秦民华女士、王仁芳先生的关照，他们的鼓励，增添了我对这座素有来历和明确目标定位的文化机构的敬意，在此一并致谢。

徐家汇藏书楼二楼阅览室左右墙壁上所保留着的两幅雕像，一直在默默地激励着我的工作，一幅是"耶稣会会士在首任会长前发愿像"（此像刻成于 1852 年，由两块黄杨木板雕刻而成，工艺精湛，人物形象栩栩如生），另外一幅是"圣依纳爵善终像"（此图为圣依纳爵·罗耀拉，S. Ignatius de Loyola，1491—1556，临终场景，为石膏像）。当我结束在这里的工作，静静地来到徐家汇大街上的时候，眼前是一片车水马龙的喧闹景象……

这篇早已完成的"译后记",当时并没有马上派上用场。原因很简单,就在我为此译本联系出版社时,由周振鹤先生主持的"传教士传记丛书",由广西师范大学出版社相继出版了。这套丛书的编译计划,与我自己对理雅各及晚清来华传教士在中西文化交流领域之贡献的关注不谋而合。我赶紧与周先生联系,并询问能否将我已经翻译完成的这部理雅各传纳入到该丛书之中。让我感到荣幸的是,在审阅了我的译稿并与出版方协商后,周先生很快回复该丛书愿意接纳理雅各传。这么快就解决了出版问题,我想这不是因为我的译文质量,而是因为在晚清来华传教士中,理雅各实在是一个不应该也不可以缺少的人物。

但是,理雅各女儿所完成的这部传记,只有十余万字,这不仅与理雅各漫长的一生(1815—1897)不大般配,就是与理雅各作为传教士的四十年生涯和作为汉学家的漫长一生(即便是作为牛津大学中文教授的二十余年)相比,也不免显得"单薄"(这里的意思是篇幅不够,甚至学术思想的份量亦不够,并无其他贬义)。也就在此时,我注意到了美国理海大学(Lehigh Univeristy)杰出教授(distinguished professor)、比较宗教学家、中国宗教史论家吉瑞德(Norman J. Girardot)撰写的《维多利亚时代的中国翻译:理雅各的东方朝圣之旅》(*The Victorian Translation of China:James Legge's Oriental Pilgrimage*)一书。坦率地讲,直到现在,这部几十万字的理雅各评传的中文翻译也已经结束之时,我的心中依然不能忘记当初读到这部著作时候的惊喜与感佩——吉瑞德教授的这部著作出版后,不仅先后获得过"美国宗教学会宗教历史研究著作奖"(Book Award in the Historical Study of Religion,American Academy of Religion)和"美国历史学会费正清奖"(John K. Fairbank Prize,American Historical Association),更关键的是,这部足以与理雅各这位 19 世纪下半期、尤其是后二十五年中西方世界最为重要的汉学家的学术思想贡献相般配的著作,完全弥补了理雅各女儿所完成的那部传记之不足。正如在此书英文版出版推荐意见中所述:

> 在这部权威性的著作中,吉瑞德集中研究了理雅各(1815—1897)这位 19 世纪中国与西方文化交流史上最重要的人物之一。作为中国经典文献的翻译者、转换者,理雅各不仅是在华传教士圈子里跨文化朝圣的先驱,也是牛津大学学术圈子中的先行者。通过探讨理雅各的

生平和他与麦克斯·穆勒(1823—1900)的密切联系,吉瑞德极为精练娴熟地将一种包含着传记考察的方法,带入到对 19 世纪末期诞生出来的"人文科学"的两个重要方面的知识历史的研究当中,这两个重要方面,就是汉学和比较宗教学。

应该说,对于吉瑞德教授的这部鸿篇巨作,我从头至尾一直是以一个"学生读者"的身份在从事着并不十分适合的翻译工作的。之所以这样说,并非出于一种言不由衷的谦恭,而是因为这部著作所涵盖涉及到的专业领域和学科知识,大大超出了我的专业背景和个人学术积累。对我而言,这一翻译过程,既是一个难得的学习过程,也实在是一次漫长而艰巨之挑战。其间我多次有中途放弃之想,跟理雅各在翻译"中国经典"过程中的心态波动亦多有"暗合"。但一种说不出来的原由,让我坚持着并最终将这部 60 余万字的著作全部翻译了出来。就在翻译到理雅各的弥留之际和去世之后牛津同人们的追思缅怀部分时,我的情绪亦多次因为过于激动而不得不暂时终止翻译。

关于吉瑞德先生的这部著作,我曾经有一篇书评(《国外社会科学》2006 年 1 期),此不赘述。我这里还想表达的,除了一个"学生读者"对于这部著作和作者的感谢,还要感谢吉瑞德教授慷慨将此书的中译本翻译权授予我,并协调原著出版方将中译本出版权赠予广西师范大学出版社,而且,吉瑞德教授还为此书中译本特地撰写了篇幅虽不长却意味深长的序言。就在我将此书译毕的消息邮件告诉吉瑞德教授的时候,他立即邮件回复并表达祝贺。这种在一个美国作者与中国译者之间所呈现出来的"特别关系",在吉瑞德教授为此中译本所写序言中有极为精妙的比喻阐释。

尤为需要说明并表达谢忱的是,鉴于吉瑞德教授的著作在体例上更接近"学术评传",而"传教士传记丛书"在体例上则更关注传教士的生平事迹,这就导致本书翻译之前,需要与作者协调并征询可能会出现的"删节"意见。让我感动的是,吉瑞德教授再次慷慨允许并书面授权我在翻译过程中进行必要之"删节"。这种学术信任与慷慨,实在让我感铭于心。而因为篇幅、体例等原因所不得不忍痛割爱的"删节",在译文中均有说明,但愿这些"删节",没有过多影响到原文思想表达的流畅和完整性。另外,原著"导论"("19 世纪传教士传统、汉学东方主义和比较宗教科学的旷世传奇")与"结论"("昏暗不清的迷途:世纪之后传教士传统、汉学东方主义与比较宗教科学的转换")两部分,极为精彩,具有很强的理论思辨力和高度学术价值,无奈因为与中文版出版要求有所出入,亦不得不放弃纳入,在此向吉瑞德教授和中文读者均表歉意。类似处理的还有原著第六章("翻译者理雅各:完成儒家经典,1882—1885")、部分章节中就 19 世纪下半期西方东方学和汉学所展开的分析议论,以及原著注释中有所展开的对于相关学术研究与成果的介绍部分。对于上述种种"越俎代庖"之"横蛮",惟乞作者与读者宽宥谅解了。

同样需要感谢的,还有美国加州大学出版社。感谢他们将此书中文版出版权赠予广西师范大学出版社,使得这部极为难得的学术著作得以与中国读者见面。

广西师范大学出版社的张民先生,是此书中文出版方的最初编辑负责人。他的慧眼与推进学术的努力,使得此书的中文翻译成为可能。而本书最终的责任编辑李琳女士,以其良好的职业素养和敬业精神,使得本书能以现在这样的面貌呈现在读者面前。对于他们的职业精神与个人素养,译者均表示敬佩感谢。

再次感谢周振鹤先生为本书出版及译本审校所提出的许多极富学术素养的修改意见。至于译本中因为译者学术水平和外文功力而可能出现的缺憾甚至错误,概由译者负责并请读者诸君宽宥。

是为记。

《朝觐东方:理雅各评传》(两种),段怀清、周俐玲译,广西师范大学出版社2011 年出版

# 《白璧德与中国文化》后记

2003 年仲夏,我到北京开会,顺便去北大看望乐黛云先生。时正京中伏天,酷热难耐,但朗润园的红莲池旁,竟然还能感觉到一丝半点的凉意,不知是心境,亦或天意。就在此次向乐先生问学中间,先生告知正在筹划一套有关"外国思想家与中国文化"的著作丛书,希望我能够接受并完成关于美国文化批评家欧文·白璧德与中国文化这一课题。先生的信任已让我感动,而先生的"你为此书最合适作者"的鼓励,则又让我汗颜。

在白璧德及其人文主义、"学衡派"知识分子群研究等方面,先生予我之关照提携多且厚矣。我的有关艾略特对于白璧德人文主义的诠释与批判、白璧德对于西方主义的批判等文稿,均为应先生之邀而作,并承先生雅意抬爱,未作任何删削地照登于由先生主持的《跨文化对话》第 8、12 期上。此外,还有我翻译的梅光迪回忆白璧德的一篇文稿,也经先生恩准,刊登于该刊。尤为让我感铭于心者,是我应浙江大学社科部之邀,编辑了《梅光迪文集》,当我在将文集提交商务印书馆之前请先生为此文集赐序时,正值先生即将去美国斯坦福大学讲学。先生竟不辞行前事繁,慨然允诺,并很快发来一篇关于梅光迪与"五四"新文学和新文化运动的专门论文,其中有关梅光迪之于胡适白话文学改良主张之特殊贡献的论述,发前论之未发,既精且当,对我读解梅光迪帮助启发至多。这些启发,部分已落实在已经完成并呈现于读者诸君面前的这部著作中了。

我初知白璧德之名,时在 1995 年。当时我在武汉一所大学教书。一美籍外教临归国前,送给我一批西方文学理论书籍,其中就有白璧德的《文学与美国大学》。我至今仍记得这位无意中对我后来的白璧德及其人文主义研究提供了因缘契机的美国人的名字：John Veltema，学生们都叫他"老杜"。

而在 80 年代末、90 年代初，随着国内知识界、思想界对于现代中国知识分子研究的深入扩展，特别是对于激进知识分子和左翼知识分子之外的现代自由知识分子与保守知识分子研究的深入，白璧德与"学衡派"知识分子群逐渐进入到研究批评之中，并先后出版了一批与"学衡"派知识分子群相关的文集、选集、日记、年谱等文献资料，这无疑为现代中国这一不应该被遗忘忽略的知识分子群体的研究，奠定了一个必不可少的基础。

而此时，我已经离开武汉，在复旦大学中文系，师从陈思和先生，攻读中国现当代文学专业的博士学位。我选定的博士论文选题，就是白璧德与"学衡派"知识分子群研究。复旦师门四载，获益之多，至今思之，心动怦然。思和师的宽容与奖掖，与我读书做事，俱为珍贵。然愚生驽钝，于学业精进弛缓，辜负老师期待，此为学之惰矣。

但我对于白璧德与"学衡派"知识分子群的研究，并未因为复旦学业的结束而终止。期间，美国人文协会（National Humanities Institute）主席、美国《人文》（*Humanitas*）主编、华盛顿天主教大学政治学系主任、国际知名的白璧德及其人文主义研究专家 Claes G. Ryn 教授，对于我的研究给予了极大的支持和鼓励，先后给我寄来了他研究白璧德思想的专著《意志、想象与理性》，以及他为美国 Transaction 版《卢梭与浪漫主义》、《性格与文化》等书撰写的长篇绪论，并在他来华参加国际比较文学会议期间，专门与我就白璧德及相关话题进行了富有启发和令人难忘的探讨。而他的朋友、美国人文协会会长、美国《人文》主编 Joseph Baldacchino 先生，更是古道热肠，给我寄来了如今即便在美国也非常难以弄到的《白璧德：人与师》一书（这部我一直期待能够一读的文献，竟然如此轻易地到了我的手中，当我翻阅这部书时，都还有一种恍然若梦之感）。而这部文献对于我的研究写作的帮助，读者诸君完全可以从我的这部著作中看出。不仅如此，Joseph Baldacchino 先生还给我复印并寄来了美国密歇根大学教授、白璧德研究专家 John W. Aldridge 教授撰写的一篇《白璧德在中国和白璧德与中国》的论文，还有最新数期《人文》刊物。这种跨国"人文情谊"，或许就是白璧德所乐道的"人文道德"之当代呼应吧。

本书集中撰写，其实只有不到半年时间。期间我还穿插翻译了英国 19 世纪传教士、汉学家理雅各的传记《理雅各：传教士与学者》一书，并准备撰写《〈中国评论〉与晚清中英文学交流》一书。所以中间未免有仓促之处，还望读者诸君谅解。而此书收尾之时，正是杭城大暑，因为电力紧张，偶尔还会遇上拉闸限电。挥汗赶字，其中甘苦，扪心自知。而我的妻子周俪玲女士和女儿段孟姝每于此时对我的支持和鼓励，也是这本书终于按期完成的一个保证。

书稿初稿完成后，得到责任编辑王红梅女士及书稿评审者的悉心阅读，就初稿内容、观点、语句乃至标点符号等，一一提出详细修改意见，并对该选题本身的学术价值，予以了充分肯定。接到审读修改意见后，我对初稿内容文字又作了比较大的修改。呈现在读者面前的，就是修改后的书稿。

白璧德不是一个经典意义上的哲学家，也不是一个学院派意义上的"文献学"式的思想研究者，甚至也不是 19 世纪末期西方那种流行的比较宗教、文学研究者。白璧德对于西方思想学术的读解批评，与他对于东方和中国思想学术的读解批评一样，都具有鲜明的个人思想风格。如何在处理白璧德这一思想个案的同时，兼顾西方 19 世纪以降的中国研究或者中国学传统，并在一个更宽泛的西方中国学的历史语境中，来回应白璧德在 20 世纪初期面对世界范围内的现代主义浪潮之时所发出的批评声音，一直是本书必须面对并试图解决的主要课题。鉴于本书并非专门的白璧德思想研究评论著作，所以在白璧德人文主义思想一章，分几个专题，就其主要思想观点作了介绍说明。

而白璧德与中国文化之间的关系，在作者看来，主要表现在两个方面：一是他与中国古代思想传统之间的关系，这主要体现在他对中国古代儒家思想资源的读解和借镜上；二是他与现代中国之间的关系，这主要体现在他对现代中国知识阶级的现状的关注以及与一些现代知识分子之间的具体师承关系上。对于上述两种关系，书稿分两章予以了阐述说明。

白璧德是一个思想视野开阔、历史意识浓厚、社会意识强烈的文化批评家。他自己的那些著作即已显示出，他从来就没有把自己的思想限制在狭隘的专业范围之内，而是延伸到与文学、宗教、政治、哲学、伦理学、社会学等相关学科，并超越国别民族的思想文化界域，在东、西方思想文化的历史长廊之中纵横捭阖。对于他的批评所涉及到的诸多学科，特别是宗教，本书作者限于学力，只能作些现象式的解读说明，而难以深入剖析，在此谨向读者诸君说明。

对于责任编辑王红梅女士所给予的督促指导，作为著者，自然十分感激。是为记。

《白璧德与中国文化》作为乐戴云先生主持之"中学西渐丛书"一种，由首都师范大学出版社 2006 年 11 月出版

# 《〈中国评论〉与晚清中英文学交流》后记

　　这部著作所关注的课题,是作者晚清中英文学交流研究的一部分。事实上,作者将晚清中英文学交流切分为三个子课题,第一个子课题集中于英国汉学和英国文学一方,以维多利亚时代汉学研究中尤为突出的一个刊物《中国评论》为中心,以这一时期英国汉学家对于中国文学的翻译介绍为主,兼及英国作家对于中国文学的解读与引发;另一个子课题以中英文学知识分子的跨文化互动为中心,主要探讨研究跨文化交流和对话当中的知识分子文化身份的自我确认与自我超越;再就是以近代翻译文学与五四新文学之间的关系为中心,来进一步揭示五四新文学的世界因素及其关系形态。对于第一个子课题,已经有了这部著作作为一个阶段性研究成果,遗憾的是限于诸多条件,未能够就维多利亚时代英国作家对于中国文学的解读阐释和引发作相应探索,只能留待以后(作者认为,维多利亚时代的英国汉学,至少形成了这样几个传统,即传教士汉学传统、外交官汉学传统、思想家汉学传统和作家汉学传统。而本书所探讨的,集中于前两种汉学传统,对于后两种传统则鲜有涉及。不过,对于西方思想家汉学传统,可以参阅作者的另一部著作《普天之下:欧文·白璧德与中国文化》,首都师范大学出版社 2006 年版)。对于第二个子课题,也有基本完成的《近代中国的知识图谱:传教士与晚清口岸知识分子》(此书后以《传教士与晚清口岸文人》为名由广东人民出版社出版)。这部著作就晚清中国新知识与新工具的区域特征和知识分子群体类型进行了个案式探讨,主要对香港英华书院以理雅各为中心的传教士与口岸知识分子群体、上海墨海书馆以麦都思为中心的传教士与口岸知识分子群体和京师同文馆以丁韪良总教习为中心与同文馆学生、译员群体为个案,对晚清中国口岸知识分子的形成与近代中国知识结构的文化生态环境和生发变迁状态过程予以描述分析。其中也兼及对几个比较突出的知识分子个体经验予以解读。而第三个子课题所试图揭示的《近代翻译文学与五四新文学》，应该是该项研究的归结，目前尚处于资料收集分析和写作酝酿阶段。

作者该项研究正式开始于 2004 年夏季，当时因为《普天之下：欧文·白璧德与中国文化》一书最后文献附录的需要，而在上海图书馆徐家汇藏书楼查阅晚清来华西方人——主要是英美新教来华传教士及其他人员——撰述的有关中国文学和文化的著作。在查阅的过程中，作者还完成了《理雅各：传教士与学者》(James Legge：Missionary and Scholar)一书的翻译，并深切地感觉到晚清中英文学交流以及在更广阔的语境中的中西文学交流这一课题还有大可为的空间。于是，开始拟订研究计划，并着手比较系统地查阅晚清英国汉学家的著述，逐步形成了维多利亚时代的英国汉学这么一个知识轮廓，并选择了 19 世纪后半期英国汉学研究领域最有特色的汉学研究刊物《中国评论》作为界面，以一个学术评论期刊为中心，就这一时期中英文学交流的最主要内容、最突出成果、最有成就的汉学家等课题展开研究。在此阶段，先后完成了《理雅各与晚清中国社会》、《理雅各"中国经典"翻译缘起及体例考略》、《理雅各与 19 世纪英国汉学》、《理雅各与满清皇家儒学》、《理雅各与王韬：传教士—汉学家与文人—政论家》、《晚清新教来华传教士"适应中国"策略的三种形态》、《他们为什么翻译儒家经典？》等论文，分别刊发于《汉学研究通讯》（台湾）、《浙江大学学报》、《中国比较文学》、《九州学林》（香港）、《二十一世纪》（香港）、《跨文化对话》、《世界宗教研究》等。与理雅各专注于中国古代思想传统及其文本形态所不同的是，维多利亚时代不少汉学家对于在中国士大夫阶级文化传统中不被重视甚至遭到鄙视的小说和民间文学给予了颇多注意，并留下了大量译述文献。研读这些译述文献，能够让我们在拨开历史的雾霭、真切地感受认识历史的发生过程的同时，对于晚清中英文学知识分子在对待异域文学和文化立场态度上所表现出来的的差异有了更切实的体会，并去进一步探究这些差异形成的原因及表现形态。譬如，晚清中国知识分子对于西学和西方文化，曾经有"师夷长技以制夷"的主张，而这种主张，在当时的知识分子中乃至后来相当时期，都被视为比较开明的思想看法。但在细读晚清英国汉学家对于中国和中国文化的评论著述中，作者发现，上述看法的政治功利性，实际上直接影响到晚清中国在向西方学习的过程中几乎同样无法摆脱的文化功利性——当维多利亚时代的汉学家们靠着自己的努力形成了带有西方近代科学学科特性的汉学的时候,中国知识分子对于西学的介绍——除了汉学家们介绍到中国的自然科学技术部分——并没有形成类似于他们英国同行的研究成果:中国对于西方文化的解读介绍,很长一个时期,一直无法摆脱救亡图存的政治主题和现实需求,这种状况几乎一直延续到五四时期。

上述认识,当然只是作者在阅读文献资料过程中所发现的许多疑问之一,而探究过程本身,既是提出上述疑问也是试图努力揭示并解释上述疑问的过程。这一探究自始至终得到了许多学界同人前辈的帮助、支持和提携。特别需要感谢的是香港浸会大学历史系的黄文江博士。他不仅慷慨地给作者寄来了自己研究理雅各的系列著述,还给作者的不少疑问提供了解答。事实上,黄文江博士的研究并不仅限于理雅各,对于整个晚清新教来华传教士及其活动行迹著述思想,文江博士多有涉及且成果粲然。美国理海大学(Lehigh University)的吉瑞德教授(Norman J. Girardot),是国际公认的理雅各研究专家,而且也是比较宗教学研究专家,他不仅极为信任地将自己的著作《维多利亚时代的中国翻译:理雅各的东方朝圣之旅》一书的中文翻译版权授予作者,而且还多次回答了作者在研究过程中提出的一些疑问。给予作者同样帮助的还有英国伦敦大学亚非学院的 Gary Tiedemann 博士。

复旦大学史地所的周振鹤教授,不仅慷慨地将作者翻译的《理雅各:传教士与学者》和《维多利亚时代的中国翻译:理雅各的东方朝圣之旅》两部书稿收录于自己主编的"传教士传记丛书",而且还在作者的具体研究过程中给予了许多极有专业水准的指教,并慨然将作者多篇论文推荐给相关刊物。在此对于周先生的提携指教谨致谢忱。

北京大学乐黛云先生与上世纪 80 年代以后中国比较文学之关系,实际上是一个已经超越了一般意义的严肃的学术话题。我在比较文学研究方面的每一点进步,都得到了乐黛云先生的鼓励、支持和提携。对此,我也只有以更好的成绩,来回报先生对于学界后辈的无私关照。

我的中国现当代文学研究,是在思和师的引导下开始的。思和师始终强调的中国现当代文学和文化的世界因素与世界背景,实际上应该是我的所有相关研究的思想起点和支点。而思和师在解读中国现代文学大师(特别是鲁迅、周作人、巴金和冯至)作品中的世界因素上之用力,也一直给我许多启迪(见思和师《中国现当代文学作品十五讲》,北京大学出版社,2004 年 5 月)。能够有思和师的"庇护",我在具体的研究工作中总是有一种依然身在复旦园里的感觉。我将此视为一种个人的福气。

遗憾的是,由于真正展开上述所期待的研究困难重重,相关中文参考资料极为有限,而英文原版文献资料的查阅也存在诸多不便,且在国内查找上述研究所需要的文献本身就存在先天不足。所以这部书稿因为文献资料方面的不足而造成的"缺陷"是显而易见地存在着的。不仅如此,由于建立起一个真正精确、科学、有效的英国汉学史知识框架本身就是作者的梦想与追求,但鉴于上述梦想与追求只有建立在尽可能完善的原始文献的收集阅读分析和概述基础之上,而这,也并非作者短期内所能实现,因此,书稿有意识地(当然也是迫不得已)集中于一个刊物,而且所有观点,全部来自于作者个人直接的原始阅读,故因为知识结构的缺陷,里面可能存在着不少贻笑大方的"拿捏不准"的浅薄错误。这样的错误,也只有等待将来弥补了。

书稿完成之后,得到了广东人民出版社崔肇钰编辑的热心鼓励和慷慨支持,不仅对书稿内容提出了专门修改意见,还积极地将书稿纳入到出版社"基督教与中西文化交流"研究丛书之中。对此,作者表示由衷感谢。

本书专论中几乎所有课题,都是与执教于浙江大学外国语学院的周俐玲女士共同完成的。我们曾经共同翻译了"七月派"诗人冀汸先生的诗选、共同完成了理雅各传的翻译。而这部著作的写作完成,同样渗透着她的劳动和汗水。在此,也要谨致谢忱。

《〈中国评论〉与晚清中英文学交流》由广东人民出版社 2006 年出版

# 后　记

　　收录在本文集中的文章,多为学术文化随笔、书评、序跋,内容多关涉中西文学及跨文化对话交流。从时间上看,这些文章大多完成于 2010 年之前,也就是我在杭州执教谋生的时期。因为它们算不上规规矩矩的学术论文,散漫在曾经刊发过的刊物中又心有不甘,敝帚自珍,结集一处,对于曾经的过去,是一个了结,也权当今后的一个念想。

　　21 世纪的头一个十年,我们一家是在杭州度过的。

　　1999 年夏,一个淫雨菲菲的午后,我们一家押着一车书,还有女儿的一架钢琴,外带一台电脑,从沪上迁来距离西子湖畔不远的华家池,并在此一住就是十年。其间我所有文稿后面,均曾落款"华家池",一度有人揣测,"华家池"是否为我书房的名字。其实,在杭州期间,只有陋室两间,根本没有专用的书房,只能挤占我们夫妇卧室外的阳台,将其封闭后权作书房用。因为逼仄,这里也不过就放了一台工作用电脑和一个书架而已。而华家池,是我所在浙江大学一个校区的名字,以这里一处被称之为"小西湖"的池塘而得名。池塘四周遍植各种树木花草,春夏之际,池塘边浓荫遮地,柳丝垂池,鸟雀鸣叫,知了不已,大有几番世外桃源、人间天堂的景致。我们一家也常在池塘边闲走散步、说话聊天,其中自然也会聊到"方塘半亩、活水源头"一类的话题或诗句,只不过也就说说而已。

　　没有想到的是,我们在池塘边一住就是十年。对于这段生活,我曾有两首打油诗记录,现抄录如下:

华家池(之一)

　　　　江干僻住正十年,临别犹话十年前。

轻车一乘人三口，陋室半间书四边。

窗下锅碗瓢盆响，门口琴棋书画酬。

幸喜蜗伏两载后，池畔楼上望青天。

**按**：1999 年 7 月，余携妻女，雇一车自沪前来杭州谋生。初住华家池校区，陋室一间，室民三口，其拥塞困顿，可以想见。稍后搬迁进一两居室之单元楼，条件改善。后屡过初居，指点示女，心中竟无半点怨苦。

## 华家池（之二）

欲将心思付梦中，又恐梦醒两头空。

华家常有一池水，陋室偏过穿堂风。

暮色生处燕子斜，细雨过后秋色浓。

惆怅总是临别意，窗前频望谁人共？

**按**：华家池校区因校区中间有一水面宽阔之水池而得名。此名得来传说久远，30 年代为浙大农学院。抗战军兴，浙大西迁，此地为日军强占为军营。战后复校，仍为农学院。解放后浙大一分为四，此地辟为浙江农业大学。校区内有水稻基地、蔬菜基地、油料作物基地、水果基地以及养殖基地等，闹市之中，颇能得田园静谧。余每于饭后，与夫人在池边田塍闲走，谈笑之间，见日落星起……

时过境迁，艰难处过去了，应一句潇洒的话，"弹指一挥间"。只是读书人的时间，好像从来就不是这样潇洒地过的，难以了结的，是曾经的一个个夜晚灯下的伏案，或静读，或枯坐，或冥思，或遐想……

"我有箫心吹不得，落花风里别江南"。这是晚清杭州名诗人龚自珍《吴山人文徵、沈书记锡东饯之虎丘》诗的末尾两句。作为与杭州话别的一种引用，多少也还算得上应点景吧。而用这样一本集子，作为对杭州十年的另一种告别，于他人，毫无意义，于自己，就难免有另一番滋味。

在此，也愿意利用这样一个机会，向吴秀明教授、楼含松教授、黄华新教授、罗卫东教授表示诚挚感谢；向袁清老师以及浙江大学清源学社的青年先进们表示诚挚祝福。对本书责任编辑宋旭华心性中如竹般的清明与澄澈，表示赞佩、倾慕和向往。

是为记。

2012 年 2 月 18 日沪上

**图书在版编目(CIP)数据**

苍茫谁尽东西界：论东西方文学与文化/段怀清
著. —杭州：浙江大学出版社，2012.4
ISBN 978-7-308-09814-4

Ⅰ.①苍… Ⅱ.①段… Ⅲ.①比较文学　东方国家、
西方国家—文集②比较文化—东方国家、西方国家　文
集 Ⅳ.①I0－03②G04－52

中国版本图书馆 CIP 数据核字(2012)第 063038 号

**苍茫谁尽东西界——论东西方文学与文化**

段怀清　著

| | | |
|---|---|---|
| **责任编辑** | 宋旭华 | |
| **封面设计** | 项梦怡 | |
| **出版发行** | 浙江大学出版社 | |
| | （杭州市天目山路 148 号　邮政编码 310007） | |
| | （网址：http://www.zjupress.com） | |
| **排　版** | 杭州大漠照排印刷有限公司 | |
| **印　刷** | 浙江云广印业有限公司 | |
| **开　本** | 710mm×1000mm　1/16 | |
| **印　张** | 18 | |
| **字　数** | 286 千 | |
| **版 印 次** | 2012 年 4 月第 1 版　2012 年 4 月第 1 次印刷 | |
| **书　号** | ISBN 978-7-308-09814-4 | |
| **定　价** | 38.00 元 | |